Teu é o reino

Outras obras do autor: TEATRO: LA VERDADERA CULPA DE JUAN CLE-
MENTE ZENEA/ LA NOCHE/ EL ENANO DE LA BOTELLA. POESIA:
MANUAL DE LAS TENTACIONES. CONTOS: JUEGO EN GLORIA/ EL
HORIZONTE Y OTROS REGRESOS.

Abilio Estévez

TEU É O REINO

Tradução:
Sérgio Molina

Copyright © by Abilio Estévez, 1997
Primeira edição em espanhol pela Tusguets Editores, Barcelona, 1997
Título original:
Tuyo es el reino
Todos os direitos reservados. Nenhuma parte desta edição pode ser utilizada ou reproduzida – em qualquer meio ou forma, seja mecânico ou eletrônico, fotocópia, gravação etc. – nem apropriada ou estocada em sistema de banco de dados, sem a expressa autorização da editora.

Preparação de texto: Eliane de Abreu Maturano Santoro
Revisão: Maria Sylvia Corrêa e Denise Padilha Lotito
Capa: inc. design editorial
Foto de capa: Photonica

Dados Internacionais de Catalogação na Publicação (CIP)
(Câmara Brasileira do Livro, SP, Brasil)

Estévez, Abilio
Teu é o reino / Abilio Estévez ;
tradução de Sérgio Molina
São Paulo : Globo, 2002.

Título original: Tuyo es el reino
ISBN 85-250-3494-0

1. Romance cubano   I. Título.

02-0226   CDD-cb 863.4

Índices para catálogo sistemático:
1. Romances : Século 20 : Literatura cubana   cb 863.4
2. Século 20 : Romances : Literatura cubana   cb 863.4

Direitos desta edição em língua portuguesa
adquiridos por Editora Globo S. A.
Avenida Jaguaré, 1485
05346-902 São Paulo – SP
Tel.: 11 3362-2000
e-mail: atendimento@edglobo.com.br

AGRADECIMENTOS

A Ramona e Luisa Pazó, Maydel Montesino, Alfredo Alonso, Bernardo Alonso, Gisela Gimeno, Ana Torrents, Beatriz de Moura, Ion de la Riva, Lorenzo Nadal e Cristina Fernández Cubas.

Para Elsa Nadal, que espero com fé.
Para Virgilio Piñera *in memorian*,
porque o reino continua sendo dele.

Mestre, que farei eu de bom
para alcançar a vida eterna?

Mateus 19,16

Sumário

I - Uma noite na história do mundo..13

II - Meu nome é Sherazade...93

III - Os fiéis defuntos...187

IV - *Finis gloriae mundi* 277

Epílogo – A vida perdurável...367

1. Uma noite na história do mundo

Contaram e contam tantas coisas sobre a Ilha que, se formos acreditar nelas, acabamos enlouquecendo, assim fala a Condessa Descalça, que está louca, e fala sorrindo e com cara de deboche, o que não é de estranhar, pois ela sempre tem cara de deboche, e fala chacoalhando suas pulseiras de prata e perfumando o ar com seu leque de sândalo, sem parar, certa de que todos a escutam, passeando pela galeria com os pés descalços e a bengala em que se apóia sem necessidade. Fala da Ilha e com a Ilha. Isto não é uma Ilha, exclama, mas um monstro cheio de árvores. E depois ri. E como ri. Escute; ouviu? A Ilha tem vozes, e, de fato, todos pensam ouvir as vozes, pois a Condessa Descalça lhes contagia a loucura. E a Ilha é um grande arvoredo de pinheiros, casuarinas, *majaguas*[1], umbaúbas, palmeiras, sumaúmas, mais as mangueiras e graviolas que dão os frutos mais graúdos e mais doces. E há também (o que é, sim, de estranhar) chou-

---

[1] *Majagua*: grande árvore antilhana do gênero dos hibiscos, com vistosas flores que variam do amarelo ao vermelho. (N.T.)

pos, salgueiros, ciprestes, oliveiras e até um esplêndido sândalo-vermelho do Ceilão. E nela cresce uma multidão de trepadeiras e roseiras plantadas e cuidadas por Irene. E é cruzada por caminhos de pedra. E tem, no centro, uma fonte de água verdosa onde Chavito colocou um rechonchudo menino de barro com um ganso nos braços. Formando um retângulo, erguem-se casas que a duras penas detêm o avanço das árvores. As árvores, não obstante, têm fortes raízes e levantam o calçamento das galerias e o piso das casas, e por isso os móveis se mexem, andam como se tivessem alma. Escute o que eu digo, um dia as árvores vão entrar nas casas, insiste, em tom de profetisa, a Condessa Descalça. E, mesmo com medo, Merengue, Irene e Casta Diva riem, riem dela, essa louca tem cada uma.

Chega-se à Ilha pela grande porta que dá para a rua de La Línea, que fica numa parte de Marianao chamada (fácil deduzir por quê) Reparto de los Hornos[2]. A entrada deve ter sido suntuosa anos antes. Tem duas severas colunas sustentando o frontão e o solene portão, bastante enferrujado, que permanece trancado. No alto do portão, ao lado de umas letras retorcidas onde se lê LA ISLA, há uma sineta. Se a pessoa quiser que lhe abram, deve balançar o portão para que a sineta dê o sinal, e então Helena virá com a chave para abrir o cadeado. Vivemos tempos difíceis, diz Helena a quem chega, a título de justificativa. O visitante deve reconhecer que, de fato, vivemos tempos difíceis. E segue até o vestíbulo. Não importa se lá fora, na rua, o calor é insuportável. O vestíbulo não tem nada que ver com a rua: está fresco e úmido, e é agradável parar nele para enxugar o suor. Num canto pode-se ver o carrinho de Merengue, branco que dá gosto, com os

[2] Reparto de los Hornos: *reparto*, em Cuba, serve para designar os bairros residenciais. O nome deste, portanto, poderia ser traduzido como "Vila dos Fornos", ou, mais livremente, "Vila Forno". (N.T)

vidros brilhando. E também cestos com diversas variedades de mangarito e uma tosca reprodução da Vitória de Samotrácia. A Ilha ainda não se vê, mas se pressente; do vestíbulo, é impossível avistar a Ilha porque um enorme tapume de madeira veda a visão. Antes do começo da galeria, as paredes são de um amarelo desmaiado, e o teto, supostamente branco, é tão amarelo quanto as paredes. De ferro, sem enfeites, são as luminárias, e quase nenhuma tem os vidros inteiros. Na primeira esquina, bem do lado da porta do tio Rolo, uma escarradeira de metal escuro e um mancebo de madeira que se gastou sem uso. Quando termina o tapume, avançando alguns passos pela esquerda da galeria, em direção à casa de Rolo, pode-se afirmar que enfim se chegou à Ilha.

E ninguém sabe a data em que a Ilha foi construída, pela simples razão de que não foi construída numa data, mas em muitas, ao longo dos anos, segundo a melhor ou pior fortuna dos negócios do Padrino. A única coisa que se sabe ao certo é que a entrada da frente foi terminada no tempo do governo do Menocal, no auge das "vacas gordas". O mais são especulações. Alguns acham que a primeira casa foi a de Consuelo, erguida por volta de 1880, e pode ser que tenham razão, considerando que a casa de Consuelo é a mais deteriorada. Rolo afirma, baseado em informações que ninguém sabe de onde ele tira, que boa parte da edificação já existia na época do Tratado de Paris. Mas não convém levá-lo muito a sério, pois todos sabem que Rolo é capaz de afirmar os maiores disparates apenas para exibir seus conhecimentos. Seja como for, é evidente que esse enorme quadrilátero de cantaria que cerca uma parte da Ilha (a que compreende o que eles chamam de Aquém) não foi erguido de uma vez, mas construído ao sabor de sucessivos gostos e necessidades. E talvez por isso ela tenha o ar de improviso que muitos lhe imputam, sua aparência de edifício inacabado. Altas e irregulares paredes enegrecidas. Exíguas janelas de vidro esmerilado. Estreitas portas de duas folhas. Lumeeiras azuis e roxas. Que importância tem a data? O professor Kingston explica, malicioso, que a Ilha é como Deus, eterna e imutável.

E é sorte as casas estarem no Aquém, porque o Além é praticamente intransitável. Uma acanhada cancela de madeira, construída há muitos anos por Padrino e agora quase destruída, separa o Além do Aquém. O primeiro é uma larga faixa de terreno não contida no quadrilátero do edifício, uma faixa de terreno livre onde se ergue uma única casa, a do professor Kingston, e um barracão onde, tempos atrás, o pai de Vido tinha a marcenaria. A única trilha mais ou menos visível nessa parte é a que o velho professor abriu com seu passo diário.

Acontece que a Ilha, em seu conjunto (o Além mais o Aquém), é muitas ilhas, muitos pátios, tantos que às vezes até eles mesmos, que moram ali há anos, se perdem e não sabem aonde ir. E o professor Kingston afirma que depende da hora, que para cada hora e cada luz existe uma Ilha, uma ilha diferente; a Ilha da sesta, por exemplo, não se parece com a da madrugada. Helena sustenta que sem estátuas seria diferente. É verdade, as estátuas. Quem pode imaginar a Ilha sem estátuas? Estátuas que Chavito espalhou pela Ilha. Seres mudos e imóveis, mas tão vivos como os outros, tão tristes e fracos como os outros. Assim fala a louca. E os outros sorriem, negam com a cabeça. Coitada. Coitada da louca.

Num cantinho que ninguém vê, entre o Discóbolo e a Diana, como quem vai para a antiga casa de Consuelo, está a Nossa Senhora da Caridade de El Cobre, num nicho feito de vidro e pedras (trazidas das pedreiras de Oriente). As pedras e os vidros se confundem com a folhagem. Para encontrar a Virgem, é preciso saber onde ela está. É uma imagem humilde e pequena, sem fausto, como o original que se encontra no santuário de El Cobre. Todos sabem que essa Virgem é a padroeira de Cuba; poucos sabem que não há no mundo imagem mais modesta, miúda (mede apenas vinte e cinco centímetros), sem retorcidas refulgências, construída quase com a intenção de que só a muito custo se repare nela. O artista (eminente) que entalhou o rosto mestiço é, evidentemente, anônimo. O manto (sem enfeites) foi feito com grosseiro tecido de um amarelo quase branco. Carece de coroa; para ser sincero, não lhe faz falta: o cabelo retinto basta como enfeite. O menino em seus braços, também mestiço, tem uma risonha expressão no rostinho. Mas onde o artista anônimo patenteou sua grandeza foi nos três jovens que, aos pés da Virgem, num barco, remam desesperados, presas da tempestade, lá na baía de Nipe. Todo o mundo sabe que a Caridade apareceu a esses jovens, que estavam a ponto de morrer. Ela os elegeu para salvá-los. Ela os elegeu para se revelar. Sendo tão pequenos, é preciso observá-los com extremo cuidado para descobrir que o artista anônimo (e eminente) os dotou de vida, isto é, de angústia. Dois deles (ainda não tiveram a visão) têm certeza de que vão morrer. Em compensação, o terceiro, o mais eleito entre os três, já avistou a luz e olha para o alto. O artista anônimo soube mostrá-lo no instante em que seu rosto, ainda sem perder a consternação, começa a cobrir-se de beatitude. Também é justo registrar aqui que as ondas de madeira que pretendem tragar esses três homens são uma amostra de virtuosismo. Diante de uma imagem tão humilde (por seu tamanho, digo), Helena pôs um pequeno vaso sem enfeites, sempre repleto de flores amarelas. Há também alguns ex-votos. É bom não perder de vista o nicho, a Virgem, quase perdida entre seus colegas pagãos (o Discóbolo e a Diana). Em algum momento ela será protagonista de um fato singular que marcará o início da catástrofe.

Você sabia que o mar ficava tão perto? É, sim, fica bem perto, e poucos sabem disso. Ignoro por que tão poucos sabem disso, se, nesta Ilha, onde quer que a pessoa se perca, o mar sempre fica perto. Numa ilha, o mar é a única certeza, porque numa ilha a terra é que é o efêmero, o imperfeito, o acidental, enquanto o mar, ao contrário, é o persistente, o ubíquo, o magnífico, o que participa de todos os atributos da eternidade. Para um ilhéu, a perene discórdia do homem com Deus não se dá entre a terra e o céu, mas entre a terra e o mar. Quem disse que os deuses vivem no céu? Nada disso, fiquem sabendo que tanto deuses como demônios vivem no mar.

Ignoro por que tão poucos sabem que o mar fica perto, se, depois de passar a acanhada cancela de madeira que separa o Aquém do Além e deixar para trás a casinha do professor Kingston, o ateliê de Chavito, a antiga marcenaria; depois de atravessar o córrego que, pretensiosos, eles chamam de Rio (que empenho de enobrecer o pequeno, o pobre, o tosco!), entra-se num matagal de *marabús*[3]. Esse matagal é chamado por eles de Monte Barreto. (Barreto foi uma espécie de

---

[3] *Marabú*: arbusto espinhoso nativo da África e largamente propagado em Cuba, constituindo uma praga de campos e pastos. (N.T.)

Gilles de Rais tropical.) Ali, para a direita, abre-se uma trilhazinha. Sei que dizer "trilhazinha" talvez seja um eufemismo. Trata-se apenas de um espaço mínimo onde o *marabú* não é tão agressivo, onde, com um pouco de imaginação, pode-se andar sem grandes dificuldades. Andando meia hora por ali, chega-se, primeiro, às ruínas da casa que dizem ter sido do tal Barreto (onde o enterraram, onde dizem que ele ainda vive, apesar de ter morrido há mais de cem anos). Depois, o *marabú* vai raleando, a terra começa a tornar-se areia e os pés de *marabú*, aos poucos, dão lugar a pinheiros, seringueiras, bagas-da-praia. De repente, quando menos se espera, tudo acaba, ou seja, surge uma faixa de areia. E aparece o mar.

Decido que hoje é quinta-feira, fins de outubro. Escureceu muito antes do crepúsculo, porque era o primeiro dia do outono (que não é outono) da Ilha. Embora tenha amanhecido um belíssimo dia de verão, aos poucos, sem ninguém notar, o vento começou a virar, e o céu se cobriu de nuvens negras que adentraram na noite. Chacho, que tinha chegado do Estado-Maior pouco depois das quatro horas da tarde, foi o primeiro a perceber a tempestade que se avizinhava e disse para Casta Diva que recolhesse a roupa do varal e saiu para a galeria. A mulher o viu depois, absolutamente imóvel, talvez olhando as copas das árvores. É verdade, pensou Casta Diva, é o fim do mundo, e fechou as janelas porque o vento, além de forte, carregava areia e sujeira e levantava rodamoinhos de folhas mortas. E ouviram-se as pancadas das janelas ao fechar. Irene, que tinha ido até a praça de Marianao pouco depois do almoço, ao voltar encontrou uma camada de poeira cobrindo o chão e os móveis, e alguns galhos de choupo incrustados nas grades da janela principal. Ao pé de sua cama, em pedaços, o jarro de porcelana. Irene se abaixou para recolher os cacos a que se reduzira. Uma das pontas da porcelana abriu-lhe uma pequena ferida num dedo. Eram quase cinco horas da tarde. Mais ou menos a essa hora, escureceu tanto que foi necessário acender as luzes. E Helena acendeu uma lamparina diante da estampa de Santa Bárbara que ela sempre tinha junto às fotos familiares. Não fez isso de modo maquinal, como de outras vezes, mas com certa devoção e murmurando alguma coisa disfarçadamente. Sebastián viu a mãe iluminada pela pequena chama e teve a impressão de que em seu rosto desaparecia a solenidade habitual. Sebastián estava em casa desde cedo; a senhorita Berta interrompera a aula de geografia para lhes dizer que, como a chuva era iminente, dava a lição da tarde por encerrada. Foi mais ou menos a hora em que Tingo-no-Entiendo foi procurar Sebastián e em que Merengue decidiu que as vendas do dia tinham terminado, que muito poucos parariam para comprar doces com aquele tempo, e deixou seu posto à entrada da Maternidade Operária. Na verdade, o temporal foi um pretexto: estava sentindo uma grande necessidade de se refugiar em casa. Mercedes chegou da prefeitura no momento em que Merengue abria o portão para guardar o carrinho de doces no vestíbulo. Quando Mercedes entrou em casa, viu a irmã na penumbra, com o queixo colado no peito. Correu até ela pensando que tinha sofrido uma das recaídas de sua doença. Marta repeliu-a ligeiramente. Por que você está no escuro?, perguntou Mercedes. A irmã sorriu: eu lá preciso de luz? Está chovendo? Mercedes disse que não e desabou na outra cadeira de balanço e percebeu que estava cansada. Não, não está chovendo, mas logo, logo vai cair um temporal. E Melissa saiu para o terraço, com Morales numa das mãos. Saiu sorrindo, feliz com a fatal iminência da tormenta. Do alto de seu posto privilegiado, avistou o tio Rolo, que estava na galeria. Pensou maligna que o prenúncio de tormenta não o alegrava como a ela. E, como era de esperar, riu, riu com gosto, porque Melissa é assim e é impossível entendê-la. E Melissa tinha razão: no caso do tio Rolo, a tarde o entristeceu, ou como diria ele, desculpando-se, provocou "incertas dores em meus músculos e fundas tristezas em minha alma". Sem fechar a livraria (foi realmente um esquecimento?), tio Rolo saíra para observar a Ilha. No exato instante em que Melissa o viu, ele viu Lucio acariciando as coxas do Apolo do Belvedere que fica bem atrás do tapume do vestíbulo.

É mentira que a Ilha é como Deus, eterna e imutável? Teve um começo, terá um fim e mudou ao longo desses anos. É mentira, também, que a entrada principal foi terminada em pleno esplendor das "vacas gordas" e que a primeira casa foi a de Consuelo, e aquela besteira que o tio Rolo diz sobre o Tratado de Paris? Mentira. Pura invenção. Imposturas que confundem. Lendas. E, quanto à verdade sobre a Ilha, quem pode dizer que a conhece?

E, se é verdade que em Cuba não há muitos salgueiros, ciprestes, oliveiras, por que há tantas na Ilha? Lindas, nada acanhadas perto de umbaúbas, *majaguas*, palmeiras e sumaúmas. Como crescem ali faias, tamarciras, abetos-do-canadá e até um magnífico sândalo-vermelho do Ceilão?

As luzes das galerias estão acesas. Pouco se consegue com isso. Se hoje não fosse hoje, já no fim da tarde Merengue teria colocado sua cadeira de balanço na galeria para fumar um H-Upmann e bater papo. Logo teria chegado Chavito com sua cadeirinha de lona dobrável e seu sorriso tímido e teria sentado diante do negro, pois é inegável que

Chavito gosta da prosa de Merengue. Chegaria Mercedes, de banho recém-tomado e novamente impecável, com o colo alvíssimo de tanto talco de Myrurgia, e se encostaria numa coluna, suspirando com um sorriso nos lábios, dizendo que vem para esquecer por algumas horas a prefeitura e o maldito Morúa. Chegaria Casta Diva, com o avental florido e seu ar de diva, exclamando por favor, não me tentem, não me tentem que eu tenho muito o que fazer. E Chacho a seguiria, fazendo-se de contrariado, exclamando com falsa ira Não tem quem segure esta mulher em casa. Também chegaria Irene com seu leque de palma e seu sorriso. Se fosse uma noite realmente especial, apareceria a senhorita Berta, pois até ela às vezes é capaz de interromper suas preces e esquecer que é uma desterrada filha de Eva, como diz com perfeita dicção de professora de pedagogia. Também seria altamente provável que o tio Rolo desse o ar de sua graça, pois há noites em que Rolo vai chegando, como quem não quer nada, como vítima do acaso, e traria (do contrário, não seria ele) sua melancolia, seu ar de derrota e seu olhar entre aflito e esperançoso, como se os que se reúnem na Ilha fossem criaturas superiores. E Merengue, que o conhece muito bem, logo o fitaria com olhos tristes e exclamaria para si mesmo, mas tratando de que todos o ouvissem, pobre homem, pobre homem. Rebentariam as gargalhadas. Começaria a conversa. (Nada disso acontece: nos encontramos num romance.)

Hoje as luzes da tarde se apagaram muito cedo. Senhor, me deixe sonhar. Muito cedo, Marta fechou os olhos. Me dê, pelo menos, a chance de ter minhas próprias visões. Seus olhos viviam escassamente com a luz do dia. Já que não posso conhecer a Brujes real, a Florença real, me permita caminhar por *minha* Brujes, por *minha* Florença. E entrou em casa sem acender as luzes, para que precisa de luzes a pobre Marta dos olhos fechados? Eu gostaria de ver altas montanhas beirando lagos imensos com castelos e cisnes. Marta se deita.

Ou não se deita. Venta forte, e parece haver gente empurrando portas e janelas. Já que você me condenou à cadeira de balanço, ao permanente vermelho-escuro, quase negro, me dê também a chance de *ver* um navio, uma rua, uma praça deserta, um campanário, uma macieira. Deus, eu quero sonhar. Sonhar. Já que não posso ver o que todos vêem, que pelo menos eu tenha acesso ao que ninguém vê. É tão simples.

The land of ice, and of fearful sounds where no living thing was to be seen, diz o professor Kingston fechando as janelas com uma vara. As janelas são tão altas que só assim ele consegue fechá-las. O mundo vai se acabar num temporal, e você não terá nem um pouco de láudano para aliviar a dor de sua vigília. Você vive há tantos anos no Além, que sabe que é a mesma coisa estar num lado ou no outro. É a mesma coisa, velho, a mesma coisa. Acredite. E senta na cadeira de balanço, na cadeira de balanço de Cira, praticamente o único objeto que você conserva de Cira. A cadeira de balanço e umas cartas que ela lhe escreveu nos meses que você passou em Nova York. O professor Kingston respira com dificuldade. Tenta refrescar-se com o leque de papelão que lhe deram de manhã na farmácia. De um lado, o leque mostra a foto colorida de um gato. O professor Kingston vira o leque. Prefere a propaganda da farmácia Veloso à cara odiosa do gato. Agora seus olhos percorrem o aposento, em busca de algo para fazer. Como hoje é quinta-feira, não há aula. E ele não tem nenhuma tarefa pendente. As provas estão corrigidas e devidamente classificadas por nota, sobre a mesa. A cama, limpa e pronta para recebê-lo, quando o sono chegar. A cozinha, arrumada. Corre a vista pelo cômodo, que é espaçoso e fresco, pois tem quatro janelas que se abrem para o Além, e observa as paredes cinzentas, de um cinza amarelecido pelo tempo,

TEU É O REINO 23

que não recebem pintura, embora tudo esteja impecável e cheirando a creolina, pois como Helena não há nenhuma em toda Havana. Observa a mobília, a cama de ferro, o modesto guarda-roupa com espelhos manchados, a cadeira de balanço de Cira com sua excelente madeira (*majagua* talvez), que é como a idéia platônica de cadeira de balanço, a cadeira de balanço *em si*, e observa a mesa, péssima imitação de Renascimento, e demora os olhos na mesinha de canto que ele foi enchendo de livros, e no criado-mudo com o abajur e o volume de Coleridge. Tudo bem. Já basta, *that's O. K.* Tudo bem, contanto que ele não venha, que não apareça por aqui. *I fear thee, ancient Mariner.* Não quero vê-lo, não quero vê-lo por nada deste mundo, e quanto a isso devo reconhecer que não sou sábio. O professor Kingston ensaia certos exercícios de respiração que o médico lhe ensinou. Inspira lentamente, levantando os braços e contando até dez. Depois expira rápido pela boca. Porque *many things are lost in the labyrinth of the mind*, eu mal consigo me lembrar do rosto da Cira, de sua voz; não consigo me lembrar do vestido que ela usava. Às vezes me pergunto se tudo aquilo foi verdade. Se posso afirmar que ela tinha uma expressão de júbilo quando a encontrei, é porque cansei de repetir a frase ao longo destes anos, até que ela ficou aí, expressão de júbilo, *expression of joy*, sem que eu tenha plena certeza se foi assim. O próprio gato, Kublai Khan: eu só o vejo indiferente ao pé da cama dela porque sei que os gatos costumam permanecer indiferentes. São palavras, não verdadeiras lembranças. Quero dizer, é a retórica da memória que, quando as imagens desaparecem, dá a ilusão de que continuamos recordando. Mesmo assim, dele eu me lembro com perfeita nitidez. Ele continua intacto em minha memória, como se não tivessem se passado vinte e três anos. É, devo reconhecer que não vejo a Cira, que não vejo Kublai Khan do mesmo modo que vejo o marinheiro. O vistoso uniforme, os olhos negros e brilhantes, a pele evidentemente bronzeada pelo sol; o sorriso, as mãos. E interrompe os exercícios de respiração, permanece imóvel, à escuta. Teve a impressão de que alguma coisa se mexeu na Ilha, alguma coisa que não é a Ilha. Depois de tantos anos vivendo desterrado no Além, desenvolvi um sexto sentido para ouvir e conhecer as mais mínimas intimidades da Ilha. *Footsteps?* Não, não, pensa, arma-se de coragem, não foram passos, deve ser o medo, pois a primeira coisa que o medo faz antes de tomar corpo é avançar para que seus passos se escutem, pois o medo se parece muito com aquele famoso personagem de H. G. Wells. Ou quem sabe foi uma folha de palmeira arrancada por esse vento que hoje se levantou. Claro, ele sabe que não é nem o medo nem a queda de uma folha. E agora pode constatá-lo porque os passos se escutam de novo. Existe uma diferença enorme entre esse som e o outro, do vento agitando as árvores. São passos, sem dúvida. Passos lentos, pesados, de alguém que caminha a custo. O professor Kingston se levanta e, silencioso, vai até a porta, cola-se a ela. Baixa a cabeça e fecha os olhos, como se, suspendendo a visão, se concentrasse melhor. Os passos se aproximam, param, se aproximam, param. O velho tem a impressão de que é alguém mancando de uma perna. Aproxima-se tanto, que ele juraria escutar a respiração. Depois sente que a porta se mexe como se a empurrassem. Seguem-se alguns segundos em que há só a linguagem da Ilha, o vento, as árvores, o rodamoinho das folhas. Pensa: melhor abrir. Pensa: melhor não abrir, apagar as luzes, deitar na cama, cobrir-se bem, porque... e se for ele? Bom, se for ele, não há nada a fazer. Nada. *Just open de door and let him in and allow him to say everything he has to say.* Recomeçam os passos que agora se afastam da porta. Afastam-se como se fossem para a marcenaria. Passos lentos, pesados, passos de alguém que manca e caminha a custo. Que se afastam mais e mais até que deixam de se ouvir. De novo a Ilha, o vento, *like God Himself, the eternal and immutable Island.* Abre os olhos e vê que, em algum momento, o leque caiu de suas mãos. Vai até o guarda-roupa e veste um velho casaco de couro, dos tempos de Nova York, e tira do estojo o revólver que ganhou no tiro ao alvo de uma quermesse, um revólver de brinquedo que parece de verdade. E que, claro, não está carregado, como é de brinquedo não se carrega, serve para assustar, e depois acende a luz de fora e abre a porta e olha com precaução. A luz é fraca, some entre as primeiras ramagens de arálias e *marabús. Horrible weather.* O céu vermelho, baixo, milagre ainda não ter começado a chover. O vento é úmido, com cheiro de terra. Parece haver milhares de pessoas rondando, mas é só uma impressão que a Ilha costuma provocar. Deixa a exígua faixa de cimento em frente à porta. Apuro o ouvido, porque meu ouvido é mais confiável que minha vista, e não descubro, na algaravia das árvores, nenhum som alarmante. Permaneço imóvel durante alguns segundos, *that's all,* e vai voltando, quando sente algo escorregadio sob os sapatos. No cimento há uma mancha de vermelho intenso. Trabalhosamente, agacha-se. É sangue? Passa dois dedos pelo líquido, agradavelmente morno, e os leva até bem perto dos olhos. É sangue, sim, sangue. Trabalhosamente, levanta-se. Ergue o revólver, puxa o gatilho e escuta o golpe metálico do mecanismo do brinquedo. Vira-se. Descobre que a porta também está manchada de sangue, entra na casa e tranca bem a porta, passando os dois trincos, e sua respiração se torna mais e mais difícil, e vai até o meio da sala, bem embaixo da luz, e levanta a mão ensangüentada, Se um homem, diz, passasse em sonho pelo Inferno e manchassem seus dedos de sangue como prova de que esteve lá, e ao acordar ele encontrasse os dedos sujos de sangue... então?

Eleusis é a livraria do tio Rolo. Pode-se chegar a ela saindo para a rua e dirigindo-se para a esquina sul. Ali, muito perto da estrebaria, pouco antes de a rua de La Línea chegar à estação de trem, vê-se o cartaz com letras góticas de difícil leitura e uma seta. Basta virar-se um pouco para a direita para ver a livraria, e sabe-se que é uma livraria porque está escrito, pois, do contrário, a pessoa passaria reto pensando tratar-se de uma das guaritas do Estado-Maior. Com três paredes e um telhado de madeira, o Tio montou a loja e, como está pegada a seu quarto, ele abriu uma porta para a casa, sendo a casa como uma extensão da loja. E como o Tio não é bobo e sabe que a livraria não parece uma livraria, tratou de escrever em preto em todos os lados: ELEUSIS, O MELHOR DA CULTURA DE TODOS OS TEMPOS, e abriu uma pequena vitrine (o dinheiro só dava para isso) onde colocou, astuto, várias edições da Bíblia. E as vendas são muito boas, pois é inegável que o Tio soube escolher o lugar. Por ali passam os que vão para Bauta, Caimito, Guanajay, Artemisa e gostam de comprar seu livrinho ou sua revista para a viagem. E também muito soldado, e oficiais do Estado-Maior que vão ou vêm de Marianao para entrarem na monotonia do posto militar, que é mais suportável com um romancezinho de Ellery Queen. E, claro, não são só eles que passam; o Tio tem sua clientela fixa: professores e alunos do ginásio, professorinhas do jardim-de-infância e do primário, professores de inglês da escola noturna (como o professor Kingston) e um ou outro músico ou intelectual do lugar. O Tio é quem vende: o negócio não é tão próspero que ele possa se dar ao luxo de contratar um balconista. Mas tio Rolo não se queixa, ele se sente bem em sua livraria e todos os dias (até nos feriados nacionais) abre a loja às oito em ponto para só fechar às oito da noite, apenas com duas horas de pausa ao meio-dia, claro, pois, por mais que ele goste de ficar ali, o almoço e a sesta são sagrados.

Várias vezes pensou que a chuva já houvesse começado e saiu para vê-la. Mas deu sempre com a mesma imagem de céu vermelho, árvores agitadas, e tudo seco, sequinho, como se não caísse um pingo de água havia milênios. Você pensa que ouve uma coisa e ouve outra, e é impossível saber o que está escutando de verdade. Acende um charuto H-Upmann (o único luxo que ele se permite), na ilusão de que a fumaça espante os maus pensamentos. Acende bem o charuto girando-o entre os lábios, depois o afasta um pouco e o observa. Um bom charuto, sem dúvida. E não tem coisa melhor do que fumar um bom charuto depois de um dia inteiro de trabalho. É a única hora em que a gente se aproxima de Julio Lobo ou do filho-da-puta do Sarrá. Ouve a chuva cair, estrondosa, feroz, a chuva. Agora não pode ser engano, agora é evidente que afinal está chovendo, com gana, para compensar o que não choveu em todos esses meses. Sai para ver como se manifesta a fúria dos deuses nesse primeiro temporal de outubro. Ah, ilusão. Não caíram os primeiros pingos.

E Merengue pôs a cadeira para dentro porque, pensa, para ele dá na mesma se chove ou deixa de chover. Ajeita bem a almofada que Irene lhe fez para cobrir o buraco na palhinha e senta para desfrutar o charuto. Parece que chove e não chove. É isso. E se balança. Suavemente. Na noite anterior também se sentou ali, depois que todos se haviam retirado para jantar, para fumar seu H-Upmann sossegado, em silêncio. E, claro, recorda que na noite anterior chegou tarde em casa, as vendas tinham sido melhores que de costume. Chavito não estava. Mas não era isso. Não, não era isso. Na realidade, ele quase nunca estava quando Merengue chegava do cansativo trajeto por Marianao empurrando o carrinho de doces. O que preocupou Merengue na noite anterior foi descobrir que Chavito não parecia ter estado ali durante todo o dia, que seu quarto estava como ele

28 *Abilio Estévez*

(Merengue) o deixara. Seu filho era incapaz de passar incógnito pelo quarto. Se havia neste mundo alguém que o desarrumava, esse alguém era Chavito, um furacão que punha a casa de pernas para o ar, por ter sido criado sem mãe. Merengue, que sempre ralhava por ter de recolher os sapatos espalhados, as camisas largadas sobre a cama e as cuecas sujas sobre a mesa, sentiu-se desolado porque o quarto era pura ordem e limpeza, e era evidente que seu filho não tinha passado por ali. Enquanto se balança na cadeira de assento rasgado, pensa que Chavito é outra pessoa. Não que (Merengue já ruminara muito essa idéia) ele agora fosse mais sério, mais responsável; não que fosse mais homem. Não. Mesmo que fosse verdade, seria uma puerilidade colocá-lo nesses termos. Na noite anterior, Merengue chegou à conclusão de que seu filho tinha um segredo. E chegara a essa conclusão porque Chavito já não parecia ter segredos, explicava cada um dos seus atos ou cada uma de suas ausências com uma prolixidade exasperante. Para tudo ele tinha uma explicação oportuna, razoável. Ah, mas seus olhos... O que significava, do contrário, aquele olhar fugidio? O que significavam aqueles silêncios que podiam durar horas e durante os quais Chavito tamborilava na mesa e mexia a boca de maneira imperceptível? Contudo, o mais surpreendente no comportamento de Chavito era algo quase impossível de descrever. Não havia dúvida, ele tinha mudado, mas, se alguém obrigasse Merengue a explicar em que consistia a transformação, o negro abriria a boca, sem dizer palavra, e faria um gesto de perplexidade. O mesmo gesto de perplexidade que tem agora, sentado na cadeira de balanço, com o charuto entre os dedos. Fecha os olhos. Você também os fechou, Merengue, na última noite em que viu Chavito, e pegou no sono. E foi estranho você pegar no sono fitando o retrato de Nola com os jasmins frescos no vaso de parede, e, já adormecido, você continuou fitando o retrato, as flores, embora não fossem mais um retrato e um vaso, e sim uma mulher, um sorriso e um ramo de jasmins. Sabendo que não podia ser Nola, porque Nola estava morta. E você acordou ao ouvir um barulho na porta. A chave na fechadura, a porta se abrindo. Que horas eram no relógio? Você não sabe, não soube. Devia ser perto de quatro da manhã, ou talvez menos. Na penumbra não se sabe a hora dos relógios. Era Chavito, sim, Chavito não acendeu a luz, pensou que você estivesse dormindo, até que você se levantou e foi quem acendeu a luz para que ele visse que não estava dormindo. Ficou olhando para ele. E fiquei olhando para ele. Estava sujo, com cheiro de mato, de coquinho maduro, com vários rasgões na camisa. Não lhe perguntei nada porque a autoridade de um pai se impõe em silêncio. Fiquei olhando para ele um bom tempo para que tivesse vergonha e falasse sem necessidade de perguntas. Chavito é duro. Sempre foi, tenho que reconhecer. Não abriu a boca. Ficou parado como uma estátua de Chavito. Merengue esquentou água e, num balde, desfolhou os jasmins que tinha colocado para Nola e pôs água-de-colônia 1800 e raspou cascarilha. Trouxe uma toalha limpa e um bom sabonete Palmolive. Ajudou Chavito a tirar a roupa. Notou lerdeza nos movimentos do filho, como se sentisse um grande cansaço. Continuou a olhá-lo durante todo o tempo que Chavito empregou em seu banho, sem dizer palavra, sem que o outro tenha se dado ao trabalho, dessa vez, de apresentar uma daquelas explicações demasiado exaustivas para serem verdadeiras. Quando terminou, o corpo negro e jovem viu-se salpicado de pétalas e cascarilha. Merengue o ajudou a se enxugar, como sempre, preocupado em apagar os sinais do banho dedicado a são Francisco, Orula[4]. Quer que prepare sua cama? Não,

---

[4] Orula: um dos principais orixás da santeria cubana, equivalente a Orunmilá ou Ifá em certos candomblés. Preside os oráculos, é dono dos quatro ventos e grande médico, protegendo seus filhos da loucura. Seu correspondente católico é são Francisco de Assis. (N.T.)

velho, preciso sair. Merengue ergueu os olhos para ver, justamente, os do filho fugirem dos seus. Preciso ir. Amanhã eu explico. Amanhã você explica, amanhã você explica. Não protestou muito. Ajudou-o a se vestir, abotoou-lhe a calça, a camisa, amarrou seus sapatos e limpou-os com uma flanela. Passou um lenço perfumado pela nuca do filho. Tenha cuidado, pediu. Depois, quando Chavito já estava junto à porta e a ponto de sair, chamou-o e jogou-lhe um pequeno crucifixo de madeira, um crucifixo bento que Merengue sempre levava com ele. O rapaz apanhou-o com gesto beisboleiro, sorriu e botou-o no bolso. Agora, enquanto se balança na cadeira, sozinho, fumando um excelente H-Upmann na esperança de que a fumaça dissipe os maus pensamentos, Merengue deseja que chegue alguém. Alguém, qualquer um, Mercedes, Rolo, Irene, a senhorita Berta. Deseja que alguém o procure para bater papo, para contar piadas, dizer frases com duplo sentido, palavrões, qualquer coisa. Ninguém aparece. Merengue se levanta e segura a cadeira para que não se balance sozinha. Vai até o altar, fita os olhos de vidro do são Lázaro que ele e Nola compraram há vinte anos, quando Chavito nasceu, numa lojinha da rua Armonía. Olha para são Lázaro. Não pára de olhá-lo. Toca as feridas que os cães lambem. Velho leproso, você tem que me ajudar, caralho, você tem que me ajudar, diz, e acende as velas.

No relógio da senhorita Berta são onze horas e treze minutos quando ela lê sobre Barrabás em *Figuras da Paixão do Senhor*. Sentada à mesa de jantar, uma pequena luminária ilumina bem as folhas amarelas do livro e suas grandes letras. Desde seu tempo de estudante, a senhorita Berta tem o hábito de ler à mesa. E tem também o hábito de ir bebendo pequenos goles de chá de tília gelado enquanto lê, pois a primeira coisa que ela faz, logo cedo, é ferver uma grande jarra de infusão de tília que, depois de fria, coloca na geladeira. A tília a acalma, ajuda-a a pensar com clareza. E, à noite, ajuda a dormir. Também, enquanto lê, tem o hábito de marcar as palavras com os lábios. Coisa que não permite a seus alunos, mas que ela mesma nunca conseguiu evitar. Além disso, gosta de escarafunchar o nariz e tirar os pés dos chinelos e pousar as plantas calosas e cansadas no piso. São, mais ou menos, os hábitos da senhorita Berta enquanto lê. Ela tem outros; não tão persistentes como esses, adquiridos há mais de cinqüenta anos. Se bem que, talvez, coubesse acrescentar mais um hábito: levantar-se de quando em quando para observar o sono de dona Juana.

Sigilosa, com extrema precaução, a Senhorita entra no quarto e, sem nem sequer acender a luz, pára em frente à cama da mãe. Inclina-se não apenas para ver, mas também para escutar a respiração da velha. Dona Juana dorme de barriga para cima, as mãos cruzadas sobre o peito, o terço preso a elas, como se quisesse antecipar-se à morte, como se quisesse que essa última posição fosse a coisa mais natural do mundo. Às vezes, a senhorita Berta até se esquece das leituras religiosas e fica ali, no quarto, observando o peito da mãe subir e descer, e estuda, como pode no escuro, a expressão no rosto de dona Juana, não diferente da de quando estava acordada. A senhorita Berta espera. Há muito que ela espera. O doutor Orozco lhe disse um dia que dona Juana tinha no máximo seis meses de vida. Passaram-se trinta anos desde essa profecia e vinte e cinco desde que o doutor Orozco descansa no panteão da Loja União Ibérica do cemitério de Colombo. Neste ano, dona Juana fez noventa. A senhorita Berta nunca mais chamou um médico. Espera. Estuda, prepara-se e, acima de tudo, observa. Ali, no escuro, acompanha o ritmo não tão pausado da respiração da mãe. Olha com atenção e estuda o vasto corpo palmo a palmo. Há noites em que a tília não faz efeito e a senhorita Berta perde a paciência, pega uma lanterninha que guarda na gaveta do criado-mudo e ilumina o corpo da velha. Dona Juana, por seu lado, dorme às maravilhas e nunca altera o ritmo de sua respiração. Dona Juana se entrega ao sono com a segurança dos que nasceram para ser eternos.

Não vira a página, não consegue ler, não entende o que está lendo, volta repetidas vezes às mesmas palavras e nada, não tem jeito, impossível saber o que se passa com Barrabás nessas vinhas aonde ele vai. A senhorita Berta levanta os olhos para a janela. Vira a cabeça para o quarto, para a cozinha. Não vê ninguém, claro. Quem poderia ver? Ainda assim, persiste a sensação de que alguém a observa, de que alguém, postado em algum canto, segue cada um de seus movimentos com insidiosa curiosidade, com grosseira insistência. Abandona o livro, apaga a luz, vai até a janela e abre as venezianas, certa de que deparará com os olhos que tanto a perturbam. Na galeria não há ninguém, ao que parece. Não vê mais que uma confusa escuridão de vento, árvores e folhas. O ar entra pelas janelas, úmido e com cheiro de terra, com cheiro de chuva. Torna a fechar. Vai de um lado a outro da sala dizendo para si mesma que é uma tonta, que está louca, que já chega de besteira, ninguém, absolutamente ninguém, a observa. Mas, ao mesmo tempo, pega-se fazendo pose, será que não somos nós mesmos quando estamos diante dos outros, ou só diante dos outros é que somos nós mesmos? E onde estão os olhos? Ela não sabe, não pode saber onde estão os olhos, o mais terrível é que os olhos estão por toda a parte. E a senhorita Berta desaba na poltrona de *moiré* e enfia o dedo no nariz. Recorda que alguns meses atrás, entre maio ou junho (Domingo de Pentecostes), ela se sentiu observada pela primeira vez. Na igreja. Bem cedo. Não havia ninguém. A missa das seis acabara de terminar e ainda faltava um bom tempo para a seguinte, e não tinha chegado ninguém. Sentou-se no primeiro banco e depois se ajoelhou para rezar e ali, ajoelhada, sentiu que estavam olhando para ela. Experimentou uma sensação tão viva que se sobressaltou, tanto que se levantou e olhou para trás, procurou entre as colunas, certa de que alguém tinha entrado na igreja. Mas não havia ninguém. Ninguém. A senhorita Berta voltou para o banco, tentou rezar, tentou recitar o credo, várias vezes ergueu os olhos para o Cristo do altar-mor, com as sangrentas feridas sépia e a pele de cera, o cabelo retinto, os olhos docemente fechados, e não conseguiu recitar o credo, as palavras fugiam de sua mente varridas por aquele olhar que percorria seu corpo como uma mão enlameada. Tornou a correr os olhos pela nave deserta da igreja. Pensou ver o brilho de um par de olhos no confessionário e disse para si mesma que talvez o padre Fuentes estivesse ali esperando sua contrição, e riu por dentro, Como eu sou boba, até parece que é a primeira vez que o padre Fuentes me espera no confessionário, e se dirigiu ao luxuoso móvel de mogno e caiu de joelhos no genuflexório e, como sempre, começou a contrição com uma exclamação, padre, sou tão infeliz, voltei a pecar. Teve a impressão de que do outro lado respondiam, como sempre, com um pigarrear e um movimento de cabeça, afirmação ou negação (ela nunca sabia), e o gesto da mão que parecia, mais que de sacerdote, de regente de orquestra. Voltei a duvidar, padre, exclamou, e baixou os olhos porque a ruborizava confessá-lo, não tanto por causa da atrocidade que implicava como por repetir a mesma frase todos os domingos, disse que blasfemara mais uma vez, que tivera pensamentos impuros para com Nosso Senhor, que pusera em dúvida Sua magnânima obra, que se referira a Ele com palavras torpes. E ficou esperando que o padre Fuentes começasse com um Bem, vejamos, seu responso e seu castigo. Em vez disso, a única resposta foi um risinho. A senhorita Berta levantou-se de um pulo, sem atentar para a artrose, e se sentiu tão ultrajada que teve vontade de chorar. Não parou para medir as conseqüências de seu ato, abriu a portinhola do confessionário e, ainda que por um segundo tenha tido a sensação de que seus olhos deparavam com outros inquisitivos, sarcásticos, prepotentes, descobriu o banco do sacerdote vazio e recuou com o medo que provoca o fato de não ter o que temer. Ergueu os olhos e descobriu os olhos no afresco. O Cristo (agora loiro), oferecendo as mãos em sinal de bondosa entrega, olhava para ela com uma expressão tão doce que só podia ser irônica. De nada valeu a senhorita Berta recuar até o batistério, os olhos a seguiram até lá e depois continuaram junto com ela ao longo da nave, até o altar-mor, e, quando a senhorita Berta se deu por vencida e viu o padre Fuentes aparecer e desatou a chorar como uma louca, os olhos não tiveram a bondade de se retirar, mas continuaram cravados nela numa atitude de franco escárnio. Claro que agora, sentada na poltrona de *moiré*, enquanto escarafuncha o nariz com o indicador, sabe que estava enganada, que não foram os olhos do Cristo no afresco da igreja que a olharam, pois, se fossem, teria acontecido só na igreja, não na praça de Marianao nem na de Quincallera nem na sala de aula nem em sua própria casa como agora está acontecendo. E fecha os olhos para fugir ao olhar. Mas de nada vale fechá-los, pois continua com o olhar que é uma mão enlameada sobre seu corpo, sobre seu corpo inteiro, acariciando-a. E a senhorita Berta ergue os olhos para o céu, que não é céu e sim o teto da casa manchado de umidade, e diz Senhor, se é Você, escute a minha súplica, pare de me olhar, me esqueça, não tenha tanto trabalho por mim, por esta sua humilde serva, não me ilumine com seus olhos, me deixe continuar na escuridão de sua ignorância, Senhor, não me assinale com sua insistência, afaste de mim sua divina curiosidade, não me distinga, não me dê a importância que não mereço. Assim clama, e nem por isso deixa de sentir-se olhada. E repete a súplica várias vezes, pois descobre que,

Teu é o reino 35

enquanto fala, é menor a insistência do olhar. E, como se Deus tivesse decidido responder-lhe, ouvem-se, tímidas, umas batidas na porta.

Desculpe o incômodo, eu sei que é tarde, vi a luz acesa e resolvi bater, sei que você vai me perdoar, eu não gosto de incomodar. É Irene, e está triste. Como por obra de magia, a senhorita Berta deixa de sentir-se observada. Que tempo!, diz Irene. Essa chuva que não resolve cair de uma vez. Alegre, feliz, a senhorita Berta a convida a entrar. Que tempo mais esquisito, suspira, tentando não demonstrar o prazer que lhe provoca a chegada da vizinha. Irene entra; pára no meio da sala de jantar como se não soubesse o que fazer ou tivesse esquecido a que viera. A senhorita Berta lhe pergunta se quer um pouco de chá de tília, gelado, é muito bom, com gotinhas de limão, clareia o pensamento, acalma muito, sabe? Irene faz que sim. A senhorita Berta desaparece na cozinha, e se ouve a porta da geladeira abrindo e fechando, e se escutam os vidros num breve choque e o som do líquido, e em seguida volta a Senhorita com meio copo de infusão amarelo-esverdeada. Sente-se, mulher. E agora é evidente: Irene está triste, pode-se ver em seu rosto, nos olhos que não levanta do chão, na postura do corpo, como se tivesse um peso imenso sobre os ombros. Dócil, Irene senta-se numa das cadeiras do conjunto de jantar. Faz isso a seu modo, sem ocupar totalmente o assento; dá a impressão de estar disposta a se levantar a qualquer momento e sair correndo, para sumir na Ilha, entre o mato e as roseiras. A Senhorita, que trouxe também um copo de tília para ela mesma, senta-se na outra cadeira, defronte a Irene, e está feliz porque os olhos desapareceram e ninguém a observa, nenhum insidioso olhar a persegue; só tem diante de si os olhos de Irene, e estes não perturbam. Irene toma um gole da infusão gelada e suspira. A senhorita Berta fita Irene por um bom tempo, esperando que fale e, talvez para quebrar o silêncio, talvez porque seja uma pergunta que ela gostaria de fazer a todos e a cada um dos habitantes do planeta, lança assim, à queima-roupa, sem que venha ao caso, E você, acredita em Deus? Irene olha para ela por um instante; bebe outro curto gole da infusão e diz Eu saí de tarde, fui até o mercado comprar chuchu para o Lúcio, o Lúcio é louco por sopa de chuchu, e também na salada ele adora, e saí cedo, fui andando, cortando aqui por trás, pelo cine Alpha, e, aliás, encontrei uma amiga minha de Bauta e achei ela muito mudada, tão castigada pelos anos, tão envelhecida, essa minha amiga, Adela, não, Adela não, Adela morreu de tísica pouco depois do ciclone de 44, o nome dela é Carmita ou Cachita, não sei, mas não tem importância, o dia estava bonito quando saí para o mercado, e quando estava lá comprando os chuchus e outras coisas, como milho verde para fazer *tamales*[5], o tempo começou a mudar, mudou muito, como se de repente já fosse de noite, lembro que no mercado tiveram que acender as luzes para fazer as contas, não se enxergava nadinha, e voltei correndo, pois tinha deixado umas roupas no varal e não queria que molhassem, voltei no carro de praça de um senhor muito simpático, um tal de Ramón não sei das quantas, Ramón Yendía, isso, e cheguei a tempo de recolher a roupa, se bem que, se eu soubesse que não ia chover, não teria corrido tanto, e não é que, chegando, encontro o chão e os móveis cobertos de poeira e alguns galhos de choupo fincados nas grades da janela, e isso não foi o pior, Berta, afinal, a poeira eu varri num minuto e os galhos joguei na Ilha, que minha mãe dizia Tudo o que morre deve voltar para a terra, o mais terrível aconteceu quando entrei no quarto, e juro que, quando vi o que vi, senti o céu desabar, com anjos e demô-

---

[5] *Tamales; Tamal*: bolo semelhante à pamonha, por via de regra salgado, podendo ser recheado com carne. (N.T.)

nios, o céu completo, desabar em cima de mim, que foi que você me perguntou mesmo, se eu acredito em Deus?

Irene esteve rezando para a estampa de Cristo que ela tem sob o vidro do criado-mudo. A estampa, na verdade, não é de Cristo. Mas isso será esclarecido em seu devido tempo.

Se o leitor não propuser outra coisa, poderiam ser cinco horas da tarde. A Ilha deveria estar prematuramente escurecida. Irene acenderia as luzes para varrer a poeira e devolver à Ilha os galhos arrancados pelo vento e fincados nas grades da janela. Também é provável que pusesse os chuchus e o milho verde no cesto e recolhesse a roupa do varal. Deveria beber uma xícara de café frio, olhar o calendário e tornar a ver, fugaz, o rosto de Carmita ou Cachita, a amiga de Bauta, o rosto envelhecido, mudado, e pensaria que Carmita ou Cachita devia ter mais ou menos sua idade, e já estaria com cinqüenta (agora não o saberia ao certo). E refletiria O pior do tempo não é o que ele acrescenta, mas o que elimina. E se entrasse no quarto para se trocar, no chão, entre a cama e o guarda-roupa, diante do criado-mudo, encontraria espatifado o jarro de porcelana (alto, em forma de ânfora, com duas asas douradas e uma rosada paisagem rococó no bojo). Se o leitor não propuser outra coisa, Irene se inclinaria para recolher os cacos.

É preciso muita coragem para não acreditar, diz Irene. É preciso muita coragem para acreditar, diz a senhorita Berta.

Que horas são? Tome o chá de tília, é bom, acalma. O que foi que aconteceu? Não sei. Não sei como contar. Com licença um momento. A senhorita Berta desaparece pela porta do quarto. Cuidadosa, aproxima-se de dona Juana, observa, tenta escutar sua respiração. E dona Juana, como se soubesse que vigiam seu sono, é a imagem perfeita da anciã adormecida com sua camisola de linho branco com pequenos ramalhetes bordados e o rosário cujo crucifixo, dizem, contém Terra Santa e está abençoado por Pio XII. A senhorita Berta volta para a sala e senta diante de Irene e lhe diz Um jarro se quebra e vêm as lembranças. Irene nega, não, não, deixe eu explicar, apruma-se na cadeira, fecha os olhos.

O jarro significava muito para mim; mas o verdadeiro drama, Berta, é que eu esqueci por quê.

Primeiro pensou que o comprara para a mãe na lojinha do judeu que morava na estrada do *cayo*[6] La Rosa. Uma loja escura e úmida, abarrotada de peças baratas que imitavam bem mal os originais de Frankenthal ou de Sèvres. Ela se viu ali, escolhendo o jarro da paisagem rococó. O judeu, um velho de mais de oitenta anos, de longa barba amarelada, olhos miúdos, escuros e impertinentes, inclinavase para ela e explicava as razões que faziam do jarro uma autêntica obra de arte, e que essa escolha, portanto, provava que ela tinha um gosto muito refinado. Irene estendeu o lenço amarrado com o dinheiro que conseguira separar às escondidas daquele que ganhava pelas caixinhas de fósforos. O velho, por sua vez, estendeu o jarro com mãos trêmulas. Tratava-se, sem dúvida, de uma tarde de maio, porque ela queria comprar o jarro para o dia das mães, e ainda faltavam alguns dias, e ela teria de guardar o jarro na casa de sua prima Milito. Guardava viva a lembrança do cheiro de madeira e verniz daquela loja

[6] *Cayo*: nome das ilhotas rasas típicas do Caribe. (N.T.)

escura que ficava em frente de um curral com cavalos lindíssimos. Sabia, no entanto, que o velho que via na lembrança tinha muito a ver com o alfaiate de Santa Rosa que fazia a roupa de Lucio. E, além disso, Rita já não havia zombado dela dizendo que em Bauta não havia nenhum judeu com nenhuma loja na estrada do *cayo*? O único judeu de Bauta, dizia Rita, era o polonês da sapataria. Na verdade, pensou Irene, eu nunca comprei esse jarro em loja nenhuma, porque o ganhei do meu pai no meu aniversário. É, sim, na festa dos meus quinze anos. O pai chegou uma tarde da tecelagem carregando uma caixa enorme e disse que era para ela, e ela o abraçou e o cobriu de beijos, e abriu a caixa e ficou maravilhada com o jarro, que colocou sobre a mesinha jardineira, ao lado de sua cama. Que jardineira? Esse jarro nunca esteve na casa de Bauta, e em sua casa nunca houve uma jardineira. E pensou que, se tratasse de se concentrar bem, como fizera de outras vezes, certamente voltaria àquela casa de sua juventude para descobrir se alguma vez o jarro tinha estado ali. Viu uma longa alameda de palmeiras reais e no final a casa de madeira, bastante grande, pintada de azul e branco, de espaçosa varanda, que era uma maravilha. E chegou ao jardim de arecas e jasmins, rosas da terra e belas-emílias, e subiu os quatro degraus que a separavam da varanda, até que pôde ouvir os saltos de seus sapatos contra as tábuas lustrosas do piso. Entrou na casa. Sentiu-se uma intrusa: aquela não podia ser, de modo algum, a sala de sua casa. Percebeu que, na realidade, tinha entrado na casa de seu tio Rodrigo na praia de Baracoa. E nem disso ela tinha certeza, pois podia muito bem ser a casa de sua prima Ernestina em Santa Fé, ou qualquer outra casa que ela tivesse inventado. Então tentou recordar se sua casa, a casa de sua juventude, era de madeira ou de alvenaria, e se deu conta de que não havia como precisar o detalhe. Pensou ter certeza de que em sua casa havia um cheiro especial, o cheiro de carvão do ferro de passar, mas a informação de nada lhe valeu. Não sentia cheiro de carvão, nem de ferro de passar, nem de roupa de algodão engomada e quente; o que ela estava sentindo era o cheiro de chuva da Ilha na tarde de outubro. Passou um bom tempo entrando em casas alheias, desconhecidas, em casas onde só estivera em pensamento, tentando encontrar sua casa, a casa de sua juventude, sem conseguir voltar na memória ao lugar onde fora feliz até a angústia. E foi nesse momento que pensou recordar, o jarro tinha sido, na realidade, um presente de Emilio no dia em que marcaram a data do casamento. Irene viu Emilio de paletó azul, com aquele seu jeito tímido que conservou até o final, até quando reconheceu que estava morrendo. Viu-o como deve ter entrado na noite de 1934 em que decidiram que se casariam em primeiro de abril do ano seguinte, com seu belo rosto iluminado de alegria e o jarro embrulhado em tafetá dourado. Viu-o entrar várias vezes. Havia certa falsidade na evocação, e não sabia o que podia ser, era evidente que Emilio não era Emilio, até que percebeu que era o paletó. Ele não estava de paletó, e sim de vistoso uniforme militar, pois já naquele tempo, logo depois da queda de Machado, ele era ordenança de um coronel no acampamento de Columbia. E o paletó que ela via não podia ser de Emilio, mas de Lucio, e na realidade não era Emilio quem tinha entrado com o jarro e sim Lucio, e achou que estava enlouquecendo.

Não se preocupe, essas coisas acontecem, exclama a senhorita Berta, pensando, na realidade, que essas coisas não acontecem. E segura na mão de Irene e a acaricia, pensando que é a melhor maneira de mostrar-lhe seu apoio. Às vezes eu me esqueço do meu próprio nome, mente a senhorita Berta, e mente tão mal que percebe que Irene olha para ela com incredulidade e faz uma breve careta. Bom, não é que eu me esqueça..., é que eu me esqueço... Permanece em silêncio. Pára de acariciar a mão de Irene. Você sabe, a vida tem cada coisa... Irene assente. É, a vida tem cada coisa... E levanta a cabeça como se estivesse escutando; não é isso, não é que esteja escutando. E levanta as mãos. Você precisa dormir, diz a senhorita Berta com doçura, o sono é um santo remédio. Irene parece que vai se retirar, porque afasta a cadeira e se põe de pé com certa dificuldade e se dirige à porta. Mas não sai. Ainda não contei o pior.

Chamam à porta. Irene abre. Mercedes inclina-se, dá boa-noite, explica Não consigo dormir, esta noite estranha me deixou insone, como a Marta, rolo para um lado e para o outro e não consigo pegar no sono e, para piorar, vi um homem na janela. Irene toma Mercedes pelo braço e a faz entrar. Um homem na janela? Mercedes assente. A senhorita Berta se levanta, vai até a cozinha e volta com um copo de tília gelada para Mercedes. As três mulheres sentam-se à mesa. Um homem na janela?

Alta, magra, distinta como uma velha imperatriz desterrada, já de longe se vê que a Condessa Descalça é, ou foi, uma mulher de classe. Basta vê-la caminhar pelas galerias com suas pulseiras de prata e seu leque de sândalo, apoiando-se sem necessidade numa bengala que é uma serpente, orgulhoso o porte, segura de cada um de seus gestos, monologando com palavras precisas e bem escolhidas. Não é bonita e, ao que parece, nunca pôde vangloriar-se disso. E daí? Soube aparentá-lo. O cabelo, agora branco, parece liso; na realidade, olhando de perto, vê-se que foi arduamente penteado para que parecesse liso. Pardos às vezes, os olhos parecem verdes em certas manhãs muito claras, e seu olhar é intenso, irônico e sábio (mais sábio ainda naqueles momentos em que adquire um toque de desvario). Tem o nariz surpreendentemente largo e lábios grossos que ela disfarça sorrindo, enfatizando a ironia dos olhos. A pele, de uma bela cor acobrea-

42 Abilio Estévez

da, está sempre limpa, imaculada pela crueldade do sol da Ilha. E, embora use vestidos que têm vinte ou trinta anos, ninguém poderia tachá-la de anacronismo, muito menos rir dela. O fato é que sua elegância se transmite às roupas (não ao contrário, como costuma acontecer) e lhes confere uma misteriosa atualidade. Não são roupas de nenhuma época, afirma, incrédula, Casta Diva. São roupas de sempre, afirma, enfático, o tio Rolo. E o mais evidente é que, apesar da evidente mulatice, há alguma coisa nela que não pertence a Cuba. Nenhuma cubana, trata de explicar Rolo, é tão maneirosa, nem caminha com tanta majestade, como se em lugar de mover-se por esta Havana ardente, de trinta e tantos graus à sombra, ela o fizesse pelos góticos corredores de um castelo às margens do Reno; além do mais, que cubana é capaz de recitar, nesta época de confusão e futilidade, em perfeito alemão, os *Idílios*, de Gessner? Não, as cubanas, essas sagradas pérolas do éden, muito ocupadas com sua toalete, recitam, se tanto, as rimas fáceis de José Ángel Buesa, e nunca cantarolam Wagner, e sim o *Rico mambo*, de Damaso Pérez Prado. As cubanas estão muito ocupadas com a própria cintura, diz Rolo.

Isto não é uma Ilha, exclama a Condessa Descalça, mas um monstro cheio de árvores. Avança pela galeria chacoalhando suas pulseiras de prata e perfumando o ar com seu leque de sândalo. A bengala em que se apóia sem necessidade é uma serpente trabalhada em acana. E seu vestido, esta noite, é de linho branco rendado à *richelieu*. Escute o que eu digo, um dia as árvores vão entrar nas casas, insiste em tom de profetisa. E pára junto ao Apolo do Belvedere, que fica justo atrás do tapume do vestíbulo. Suspira. Que tudo isso venha a ser destruído! Que tanta beleza venha a desaparecer! E a Ilha parece responder. Com esse tempo, com a ventania, com a chuva que não resolve cair de uma vez (é como se já estivesse caindo), a Ilha parece gritar

É verdade, sim, tudo vai ser destruído, tanta beleza deve, precisa desaparecer. E a Condessa Descalça assente como se tivesse entendido. E segue seu caminho rumo à casa de Helena. Não precisa bater à porta. Helena está ali, postada no vão, fitando a Ilha com essa expressão tão dela, da qual só se pode dizer que às vezes parece indecifrável. Boa noite. Helena, claro, não responde. Nem sequer olha para a Condessa; parece apenas ter cerrado ainda mais os dentes, quando muito. A Condessa a observa dos pés à cabeça com cara de deboche. E permanece imóvel encarando Helena, apoiada na bengala, sem abanar o leque, sorrindo.

Condessa, você viu alguém na Ilha?, pergunta Helena. A Condessa afirma, eu sempre vejo alguém na Ilha. Um desconhecido, quero dizer. Todos somos desconhecidos. Helena olha para ela com indignação. Não sei para que falo com você. Não fale, responde a Condessa com o sorriso de deboche mais doce que se pode imaginar.

Estava sentada à mesa conferindo as contas, quando teve a convicção de que algo importante devia estar acontecendo em algum lugar da casa ou da Ilha. Fechou o livro depois de marcá-lo com cuidado, levantou-se e se encaminhou para o quarto de Sebastián. Abriu, claro, sem bater. O filho dormia com o abajur aceso. Aproximou-se, escutou atenta a respiração do garoto para certificar-se de que estava realmente dormindo, apagou a luz e se retirou, ainda mais convencida de que alguma coisa devia estar acontecendo em algum lugar da Ilha. Certa, certíssima, esses pressentimentos não a enganam. E foi até a porta e abriu, e então aconteceu aquilo a que Helena não soube se devia dar crédito, aquilo que a deixou confusa. E não foi só porque viu um vulto branco avançando pela Ilha, pois isso acontecia com freqüência, e até as estátuas de Chavito davam a impressão de estar em

44 *Abilio Estévez*

movimento certas noites, mas porque, quando avançou um pouco para se certificar de que fora uma alucinação, encontrou a Vênus de Milo manchada de sangue.

Incertas dores em meus músculos e fundas tristezas em minha alma: deve estar chovendo e, como de costume, o tio Rolo não consegue pegar no sono. Leu mais uma vez o décimo segundo capítulo de *Às avessas*, o capítulo extraordinário em que Des Esseintes viaja a Londres sem sair de Paris. Como de costume, o capítulo o inflamou. Vê-se viajando num fiacre, saindo de Paris a caminho de Calais para tomar o navio que parte rumo a Londres. É uma noite tormentosa, pensa, enquanto atravessa a campina de Artois. Claro, a paisagem que ele imagina é da Ilha, com sumaúmas e palmeiras reais, e o fiacre não é um fiacre, e sim um tílburi como os que se apreciam nas gravuras de Mialhe. É Sandokan quem conduz os cavalos a trote. Abre os olhos. Percebe que será muito difícil pegar no sono. Levanta. Acende a luz e não sabe o que fazer. Quase sem perceber, como que atraído por uma força invisível, pára diante do espelho do guarda-roupa. O espelho. Passa a mão pela testa e observa as grandes entradas que prenunciam a calvície. Decididamente, é verdade? É, sim, Rolo, você está ficando velho, e o que é pior: a velhice opera em você uma transformação prodigiosa: você começa a se parecer com os velhos de sua família. Os olhos já quase têm a mesma opacidade, as bochechas flácidas, as rugas em torno da boca, a bolsa sob o queixo. Você tem pêlos brancos no peito, Rolo. A barriga proeminente e as pernas finas. É verdade: você tem quarenta anos. Não teria importância se antes dessa idade não houvesse morrido José María Heredia. Quarenta anos. Quer dizer, você já viveu vinte e um a mais que Juana Borrero, quinze a mais que Carlos Pío Uhrbach, onze a mais que René López, dez a mais que Arístides Fernández. Julián Del Casal, o maior de todos, morreu aos vinte e nove. Vista-se, Rolo, afaste-se do espelho e ponha qualquer roupa, posso apostar que nesta noite você não terá um sono tranqüilo.

Não chove. A Ilha mente. O tio Rolo fita o céu vermelho por onde correm nuvens baixas e escuras, nuvens que dão a impressão de que toda a cidade é uma imensa fogueira. Para os lados do vestíbulo, diante do tapume e justo à esquerda do Apolo do Belvedere, acaba de ver a figura inconfundível de Lucio. Alto, elegante, de paletó escuro, que pode ser preto ou azul, Lucio esquadrinhando a Ilha, olhando para todos os lados como se temesse ser visto. Rolo se esconde. Entrefecha a porta e observa pela fresta do lado das dobradiças. Lucio avança alguns passos, olha para trás, levanta um braço que baixa em seguida com certa precipitação. Parece que vai fazer alguma coisa. Desiste. Desiste do quê? Agora parece que resolveu se retirar. Mas de repente volta decidido e acaricia, com temor e fruição, as coxas do Apolo do Belvedere.

Muitos se perderam na Ilha e nunca ninguém voltou a vê-los. Pelo menos é o que dizem por aqui. O tio Rolo (que está com medo e, por isso mesmo, sente certa alegria) seguiu pelo caminho de pedras até a altura do pobre e angustioso Laoconte sufocado com seus filhos pelas duas serpentes de Palas. É um Laoconte sem músculos, esquálido, malfeito, que mesmo assim impressiona em noites como esta. Lucio já não se vê em parte alguma. E o tio Rolo continua até a fonte onde hoje não cantam os sapos e o Menino do ganso não sorri, e continua até o busto de Greta Garbo (sabe-se que é de Greta Garbo porque Chavito o diz, se não, qualquer um pensaria que se trata de um busto da senhorita Berta no momento de rezar o terço), e parece que se ouve a voz da Condessa Descalça, isto não é uma Ilha, mas um monstro cheio de árvores, e ri, e como ri. O tio recua. A única coisa que ele não suportaria numa hora dessas é encontrar com essa louca com ares de rainha exilada. Não segue pelo caminho de pedras, mas corta por entre as plantas cultivadas por Irene e passa pelos Lutadores (os Lutadores inertes de Chavito) e chega ao Apolo do Belvedere, com aquelas coxas perfeitas que Lucio acariciou agora há pouco. O tio Rolo escruta procurando descobrir algum movimento especial da vegetação que lhe indique por onde Lucio se perdeu. A Ilha é um turbilhão com esse vento de outubro que ameaça chuva, e se abrem milhares de trilhas por onde Lucio pode ter-se perdido. Trilhas que tornam a se fechar no ato. Estranhas portas de ramagens. O tio Rolo faz um gesto de desalento, um breve suspiro de cabeça baixa. Então vê, aos pés do majestoso Apolo, um objeto brilhante. Abaixa-se e apanha o objeto úmido e sujo de lodo e folhas mortas. Tira o lenço e limpa bem o objeto e vê que é uma bússola engastada numa concha do mar, de nácar. E a bússola tem sua indecisa agulha em vermelho e negro. E, no outro lado da concha, a fotografia borrada da catedral de Santa Sofia. E escuta-se, do outro lado do tapume, rumor de água e uma voz cantando baixo um canto religioso numa língua estrangeira ou em péssimo espanhol. E o tio Rolo contorna e descobre quem já sabia que descobriria: Merengue limpando seu carrinho de doces, entoando cantos religiosos sob as asas recolhidas da Vitória de Samotrácia. Merengue vira a cabeça ao ouvir os passos; sorri de leve; não interrompe nem o trabalho nem o canto. O Tio sorri também, com mais vontade: ver Merengue é sempre um alívio. Merengue, diz. E o negro se ergue, joga o pano na água ensaboada e abre o sorriso mostrando os dentes branquíssimos de negro puro. Que noite ruim, exclama o negro. Todas as noites são ruins, responde Rolo, também com um sorriso, como querendo deixar claro que se sente feliz por encontrar-se com ele, no vestíbulo. O negro, porém, de repente fecha a cara, olha temeroso para todos os lados, faz o sinal-da-cruz e diz não, Rolo, esta é uma noite ruim. E Rolo está a ponto de dizer Não, velho, não é tão ruim, eu tive a sorte de encontrar uma bússola de nácar, o instrumento que indica o caminho, o único que orienta, que impede que a gente se perca.

Abre o portão e sai para a rua de La Línea, agora deserta e com os loureiros agitados pela ventania. À esquerda, para os lados do quartel de Columbia, vêem-se as luzes das primeiras guaritas. Escutam-se vozes e umas batidas. O tio Rolo segue para a direita, como para a livraria, mas, claro, que é que o Tio iria fazer na livraria a uma hora dessas? Passa ao largo dos currais e, na verdade, Rolo se dirige sem se dar conta (ou dando-se conta) é para a estação de trem. Prédio cinza (ou de um azul que o tempo tornou cinza), desses construídos há vinte ou trinta anos, austero, grave, com um saguão enorme, mal iluminado, em desarmonia com o acanhamento da sala de espera. Prédio desagradável que surge com prepotência em meio a uma paisagem onde o que predomina são árvores e casas pobres, com telhados enegrecidos. Muitas noites, quando não consegue dormir, o Tio vai até a estação e passa horas ali, pensando em qualquer coisa, e às vezes nem sequer pensando, simplesmente olhando os soldados, ou tentando conversar com Homero Guardavía, para puxar-lhe pela língua um pouco da tragédia de sua vida, sem que o guarda-linha ceda um milímetro em seu laconismo, pois se há um homem que não fala neste mundo é esse velho acorcundado e sujo, sempre espiando em torno com olhos de bicho acuado. A essas horas não costuma haver ninguém nas bilheterias. A essas horas não parte nenhum trem. Por entre os trilhos vê-se passar uma sombra que pode ser a do guarda-linha. Os quatro ou cinco bancos de madeira barata do salão principal estão vazios. Mas, num tamborete ao lado da máquina de Coca-

Cola, há uma mochila suja. Quase maquinalmente, o Tio arruma o cabelo e lambe um dedo que depois passa por suas bastas sobrancelhas. Senta-se no melhor banco, no que permite ver boa parte do salão, e faz pose de displicência. Então abre-se a porta do banheiro com o cartaz de CAVALHEIROS. Aparece um marinheiro abotoando a braguilha. O marinheiro acaba de abotoar a braguilha, sem deixar de fitar o Tio com olhos que este não sabe se são de ironia ou de reverência, e desliza os dedos pela braguilha como para se certificar de que está bem fechada. Dirige-se com passos seguros (seguros demais para serem verdadeiramente seguros, pensa o Tio) até o tamborete e apanha a mochila. O tio Rolo se põe de pé. Tenta aparentar indiferença, cansaço, tédio, levanta as sobrancelhas, deixa cair as pálpebras. Não sorri. O sorriso é o primeiro passo para a cumplicidade: não se deve sorrir logo no primeiro momento. O senhor pode me dizer as horas?, diz o tio Rolo sem olhar para o marinheiro (parece até que o Tio não se dirigiu a ninguém em particular). Porém, como o marinheiro demora a responder, o Tio o observa por um momento. O marinheiro está fitando o Tio com olhos mudos e uma cara que não diz mais que a de uma estátua de Chavito. E o Tio, que não consegue resistir à intensidade daqueles olhos grandes e escuros, desvia os seus para os trilhos, para o campo além dos trilhos, que parece uma mancha vermelha agitada pelo vento dessa noite de outubro, e por sorte nesse mesmo instante ouve-se o apito de um trem que se aproxima. Experimenta o alívio de ter algo a fazer. Vai até o portão que dá na plataforma e ouve o estrondo, o barulho como o dos trovões que faltam a essa noite. O trem que passa, luz rapidíssima que anima por um momento a desanimada estação de trem. Trem de soldados. Ele os vê passar adolescentes, sorrindo, dando adeus, brincando uns com os outros, com suas boinas onde brilham as armas da República. Só um segundo a passagem do trem, tão pouco tempo que, de repente, quando se restaura o silêncio, é muito difícil acreditar que ele tenha passado, e o Tio se volta e constata que o marinheiro já não está.

Qualquer um diria que está chovendo, mas o tio Rolo diz Não, é uma ilusão, e tenta dormir, e fecha os olhos, e não consegue dormir, e acende o abajur sobre o criado-mudo e começa a ler, mais uma vez, o capítulo doze de *Às avessas*, o capítulo em que Des Esseintes viaja a Londres sem sair de Paris.

Tampouco consegue ler. Entre você e as palavras de Huysmans (que, como você costuma dizer, não são as palavras de Huysmans, pois estão traduzidas para o espanhol) surgiu a figura do marinheiro. E você sabe que alguma coisa nele o inquietou, mas não sabe o quê. E você volta a vê-lo, alto, magro, com essa esbelteza tão bem ressaltada pelo uniforme de marinheiro, a pele escura, fresca, de adolescente, e os lábios (impressionaram-no muito os lábios) quase grossos sem chegar a sê-lo. Os movimentos elegantes, de bailarino, não de marinheiro. Você volta a ver os olhos, brilhantes, cor de mel. Desde menino você ouviu dizer que os olhos são a janela da alma. E, se a alma de cada homem se mostra nos olhos, como será a alma do marinheiro? No primeiro momento, você achou que os olhos dele miravam com insolência, agora não seria capaz de afirmá-lo. Insolência? Não. Talvez o olhar de alguém que sabe de tudo ou que é capaz de imaginar tudo, talvez o olhar de alguém que não vê os olhos dos outros e sim seu interior. Olhos grandes, brilhantes, cor de mel. E, de repente, você descobre o que o inquietou, descobre que o inquietou o fato de não haver naquele olhar, naqueles olhos, nenhuma piedade.

50 *Abilio Estévez*

E o tio Rolo, que é um personagem de romance, apaga a luz. Esta noite não vou dormir, diz, e dorme como costumam dormir (desaparecendo) os personagens de romance.

Lucio acende a luz. É fácil perceber que Irene não está em casa, não escuta os chinelos sigilosos, seus passos perseguindo-o pela casa, nem ouve suas perguntas maternais até o cansaço. Chegou ao quarto sem que ninguém tenha lhe apontado o relógio nem lhe perguntado se quer jantar ou por onde andou. Ninguém o obrigou a mentir. E se despe com calma, como se tivesse todo o tempo do mundo para se despir. E quando está nu e apaga a luz e se joga na cama e passa as mãos pelas coxas e pelo peito, ele se sente sujo. Pensa na boca de Miri percorrendo seu corpo, nas mãozinhas de Miri que o tocam como se ele fosse Deus, e se sente sujo. Também pensa, claro, em Manilla. Ele o vê gordo, repimpado em sua poltrona de estofamento puído, muito sério, fumando o charuto já consumido quase por completo, com uma expressão de desamparo que não pode ser verdadeira, e se sente sujo.

E por que ele foi à casa de Manilla? Não tem resposta para essa pergunta. Às vezes, simplesmente, está se aprontando, acreditando firmemente que vai ver Miriam, ou talvez pensando que é melhor ir ao cinema porque estão passando um filme do James Dean, e de repente, como se o demônio guiasse seus passos, já se vê defronte à poltrona puída de Manilla, deixando cair o dinheiro na manzorra de Manilla, e permitindo que as mãozinhas da menina o acariciem como se ele fosse Deus.

Teu é o reino 51

Hoje ele não pensava ir à casa de Manilla. Passou a tarde inteira imaginando que iria aos Aires Libres de Prado para ouvir as orquestras, e chegou a dizê-lo a Fortunato na fábrica de vinagre. E acha até que o convidou, e se Fortunato tivesse abandonado por algumas horas essa estranha atitude que vem mostrando nos últimos tempos, se tivesse dito que sim, Lucio não teria, de modo algum, ido à casa de Manilla. Mas o outro limitou-se a fitá-lo com a intensidade de seus olhos escuros, sem sorrir, e disse com certa violência Eu não vou a lugar nenhum. Lucio ficou tão desnorteado com a violência da resposta que baixou a cabeça sem saber o que fazer e disfarçou lavando vidros de vinagre. E o outro, que percebeu, chamou-o Lucio... E Lucio não se deu por achado e falou entre dentes Filho-da-puta, e o outro ouviu, ou adivinhou, e se afastou sem dizer palavra, e passou muito tempo sem voltar para perto de Lucio, e só voltou porque, já sem rancor, este o chamou. E Lucio pensa agora que, se Fortunato tivesse aceitado o convite, ele teria ido escutar as orquestras femininas de Aires Libres, a salvo de Manilla e de Miri. Mas não foi assim. Fortunato gritou Não tenho vontade..., e Lucio saiu da fábrica de vinagre às seis horas da tarde e chegou em casa, onde Irene o esperava com seu banho preparado com água bem quente e essência de patchuli e tomou um longo banho, porque para Lucio o banho era um dos grandes prazeres da vida, e passava horas ali acariciando seu corpo com a esponja ensaboada e pensando na vida, não em como ela é, mas como ele gostaria que fosse, pois a verdade é que ele nunca pensa na vida como ela é. Barbeou-se. Saiu do quarto sem se enxugar, a toalha amarrada na cintura. Como sempre, não precisou escolher a roupa, pois Irene, como se tivesse adivinhado suas intenções, já colocara sobre a cama a calça clara, o paletó de casimira azul, a camisa branca. Contrariado com a intromissão, que não deixava de ser oportuna, contrariado com a impressão de que sua mãe nunca se enganava, fechou a porta com violência e se entregou a outro de seus prazeres: deitar-se molhado sobre a toalha estendida sobre a cama e deixar seu corpo secar sozinho, enquanto pensava na vida, não em como ela era na realidade, claro, mas em como deveria ser. Depois se vestiu com cuidado, concentrando-se em cada detalhe da roupa, com a sensação agradável de que seu corpo aceitava qualquer peça com gratidão, que tudo lhe caía bem, pois ele, como dissera Rolo certa vez, sem saber que ele estava ouvindo, parecia um ator de cinema, e foi para a sala, onde o jantar já estava servido. Sentou-se na esperança de que Irene não sentasse diante dele. Irene, tão logo lhe serviu a água, sentou-se e nada disse durante um bom tempo, viu-o comer com o olhar compassivo e admirado que exasperava Lucio até as raias da ira, e só ao recolher os pratos comentou Esta noite o mundo vai acabar num temporal. Lucio respondeu com a habitual rispidez com que se dirigia à mãe Eu quero mais que o fim do mundo me pegue na rua, e saiu, e viu a Ilha feita um turbilhão vermelho de vento e folhas, e foi até a fonte e ficou muito tempo pensando, sem saber ao certo em que estava pensando, porque na realidade não estava pensando e sim vendo imagens e repetindo palavras e começou a sentir tristeza, uma tristeza que ele conhecia muito bem e que o fazia desejar um recanto e uma força superior que o fizesse desaparecer. E assim ficou por muito tempo, até que apareceu Sebastián, e Lucio deixou a Ilha, e saiu para a rua de La Línea e não foi aos Aires Libres, mas, quase por instinto, seguiu rumo ao Hospital Militar, atrás do qual, num bairro quase sem ruas, quase sem água, quase sem luz, praticamente num barraco, morava Manilla com sua filha Miri.

Assim que o sol começa a se pôr, Melissa sobe nua no terraço com o papagaio Morales numa das mãos. O leitor deve imaginá-la agora mesmo, apesar da noite, do vento e do cheiro de chuva, nua no terraço. Qualquer um diria que se sente dona do mundo. Melissa repete para Sebastián que o mundo é uma invenção de Marta, que Veneza não existe, que não existe Viena, nem Bruges, nem Praga, nem Barcelona, nem Paris. Diz que o mundo é apenas aquilo que podemos ver. Melissa diz essas coisas para Sebastián, e salta aos olhos seu prazer ao ver a confusão do garoto, a confusão de Tingo-no-Entiendo, e até a de Vido. O mundo é o terraço, a Ilha, e mais nada, exclama Melissa sem sorrir, sem aparente ânimo de brincadeira, do modo mais sério que se possa imaginar. Melissa parece gostar de passear nua pelo terraço anoitecido, porque então o mundo é ela. Sobe como se fosse ao encontro de alguém, mas sabemos que ela sabe que não vai ao encontro de ninguém a não ser ela mesma. Às vezes ela se deita no chão, se acaricia, fecha os olhos. É como se tivesse a impressão de que não está em parte alguma, ou seja, que não existe. E parece tão feliz! Melissa repete Ser feliz é não estar em parte alguma. Em outras ocasiões, o leitor deverá imaginar que ela se limita a avançar, como fadada a perder-se entre as sombras, no fundo escuro do terraço, ali onde as copas das árvores se juntam numa abóbada estreita e lúgubre. Fala baixo com o louro Morales. O pássaro mexe a cabeça, agita as asas. Melissa sorri. Pensará na ingenuidade que implica acreditar que o mundo existe, que existem essas cidades estranhas e distantes? Não há nada além disto, aqui começa e termina tudo, para que iludir-se inutilmente? As pessoas não viajam, imaginam que viajam, imaginam que sonham. Tudo isso finge dizer seu sorriso. O papagaio mexe nervoso a cabeça e agita as asas. Melissa disse a Sebastián que não se deixe enganar, que só aquilo que cada um vê existe de verdade para cada um, e por isso, porque nesse instante ninguém pode vê-la, só ela existe para si.

E, claro, se Melissa achasse que é assim, se realmente acreditasse no que diz, estaria enganada. Ela existe, sim, porque Vido está
trepado numa árvore e a observa nua avançando pelo terraço como ao
encontro de alguém que pensa ser ela mesma, e que na verdade é ele,
Vido. Melissa fala com o papagaio Morales. Vido não a escuta, não
importa, o que importa é ver a beleza de Melissa que se vê na noite do
terraço.

Quando este parágrafo começar, deverá ouvir-se um pio para
que as três mulheres se persignem. Devemos imaginá-las, sentadas à
mesa, com os copos de chá de tília gelado servidos pela senhorita
Berta. Muito tesa na cadeira, Irene estará de olhos fechados. Um
jarro se quebra, dirá a senhorita Berta, e vêm as lembranças. Irene
negará. De repente, as duas olharão para Mercedes. Um homem na
janela? Você tem certeza? Mercedes beberá a tília com suma lentidão, franzirá a testa como se estranhasse a resposta que deve dar.

Cheguei em casa, morta de cansaço, um cansaço que não sei se
chamo de cansaço ou de tristeza, tinha tido um dia horrível na repartição, o velho Morúa resolveu ser mais desagradável que de costume,
estava com uma *guayabera*[7] branca com o colarinho preto de sujeira,
as mãos trêmulas, as unhas imundas, o fedor de charuto me sufocando, e ele teimando em fechar as janelas, que o vento isso, que os pulmões aquilo, quem vai morrer dos pulmões sou eu, a escarradeira
devia estar transbordando, cada vez que o velho cuspia eu ouvia um
barulho que me revirava o estômago, que vontade de vomitar!, e,

---

[7] *Guayabera*: camisa de tecido leve e corte largo, para ser usada fora da calça, geral-
mente de mangas curtas e decorada com aplicações verticais. (N.T.)

TEU É O REINO 55

como se não bastasse, o trabalho era tanto que não me deixava parar nem por um segundo, milhares e milhares de processos de chatices municipais, as praças públicas de não sei onde, o dinheiro da merenda escolar, as contas de não sei que monumento para os heróis anônimos do Corpo de Bombeiros, enfim, eles passam o tempo perdendo tempo e, de quebra, fazem que eu perca o meu em troca dos miseráveis pesos que me pagam, hoje, mais do que nunca, ela olhava nostálgica pela janela, sempre gosto de olhar os telhados do Marianao, pretos de umidade, o obelisco, o tanque branco e vermelho do aqueduto, as árvores da Ilha que não sei se são mesmo as árvores da Ilha, mas basta eu imaginar que são para sentir um nó na garganta, sejam ou não sejam, eu olho para as árvores e consigo sair da repartição por alguns segundos, e hoje, quando afinal chegou a hora de eu sair de verdade, vi o céu claro, e não sei por que digo céu claro se na realidade estava mais escuro do que nunca, parecia que o mundo ia se acabar, na prefeitura diziam vão logo, vão logo, que a chuva está a um passo, mas eu não fui logo e, além disso, nem pensei em voltar de ônibus, nunca lhes contei que adoro os dias de chuva? A Marta vive dizendo que eu devia ter nascido em Londres ou Estocolmo, será que chove muito em Estocolmo? Onde fica Estocolmo? Essa cidade não existe. Apesar da minha tristeza, do meu cansaço, quando desci os degraus da entrada da prefeitura, senti uma coisa que não sei explicar, desculpem, sou tão atrapalhada!, é uma coisa que não consigo explicar e que, agora mesmo, me dá por chamar felicidade, entendem? Não, eu sei que não, não podem entender, não quero dizer que não me sentisse cansada ou triste, mas que, por estar cansada ou triste naquela tarde ameaçando chuva, eu estava feliz, eu costumo me sentir triste e feliz ao mesmo tempo, e é como se uma coisa tivesse a ver com a outra, não consigo explicar, o céu estava para desabar, com o vento forte, o cheiro de terra molhada, uma nuvem de poeira, de terra, de folhas, de papéis, e tudo isso aumentava a minha tristeza, aumentava esse estado novo que não sei como explicar e que agora me dá por chamar felicidade, e que na verdade eu não soube (não sei) do que se tratava, não sei se tinha mesmo um menino brincando com um pano preto, vim para casa a pé, não tinha ninguém na rua a não ser esse menino que agora não sei se existiu, as casas estavam fechadas a pedra e cal como à espera de uma catástrofe, já estava escuro, não podia passar das cinco horas, muitas vezes venho a pé e gosto de ver as casas da parte alta da rua Medrano, gosto de ver as senhoras, que a essa hora saem para a varanda e tomam café ou não sei o que em xícaras elegantes, e conversam, sorriem, quando a pessoa mora numa casa bonita não tem motivo para não sorrir, não é?, só que hoje foi diferente, primeiro: não tinha nenhuma senhora em nenhuma varanda; segundo: eu me sentia cansada, triste e feliz, tinha a impressão de que nem as ruas nem as casas eram as ruas e as casas de sempre, andava perdida e não vinha para cá, mas para não sei onde, e o vento, tão intenso como este de agora, não me deixava avançar, até que numa rua (não sei qual) vi uma roda, não, não era uma roda, um aro, uma coisa de metal girando rua abaixo, deslizou por uma rampinha como se alguém a guiasse, entrou no parque Apolo, o parque Apolo é uma pracinha que fica atrás do córrego, do lado do terminal de trens, e eu o chamo assim de brincadeira, porque tem a estátua de um sujeito, de um patriota que ganhou alguma batalha, que eu chamo de Apolo porque o pobre *mambí*[8] não podia ter saído mais feio nessa estátua, nem que tivesse sido feita por Chavito, e o aro ou a roda, aquela coisa de metal que girava como se alguém a guiasse, bateu na base da estátua e fez um som musical, e aí eu reparei que num dos bancos da praça tinha uma pessoa dormindo,

---

[8] *Mambí*: desigua os combatentes nas guerras da independência de Cuba e do Haiti. (N.T.)

eu fui até lá, Irene, Berta, escutem só, era um marinheiro, dormindo no banco da praça, um marinheiro com o uniforme completo, a boina sobre a barriga e uma mochila largada no chão, um marinheiro, escutem, um rapaz, um garoto, acho que não devia passar dos vinte, magro e sem dúvida alto (não cabia inteiro no banco), o rosto lindo, assim, todo bem delineado e com um toque oriental, de oriental de *As mil e uma noites*, quero dizer, e a mãos sobre a boina, mãos nada rudes, mãos que pareciam nunca ter içado uma vela (mesmo não havendo mais veleiros, a gente continua pensando em Salgari e no tempo dos piratas), não vi seus olhos, como eu já disse, ele estava dormindo, mas a boca eu vi, sim, entreaberta, e, juro, tive a impressão de que nunca na vida tinha visto uma boca tão bonita, e aí aumentou ainda mais o cansaço ou a tristeza, a felicidade sumiu, pensei Nunca houve felicidade, foi uma invenção para não me sentir tão mal, cheguei à Ilha como quem chega ao cemitério para ser enterrada viva, minha irmã Marta me recebeu como de costume, ou seja, não me recebeu, não retribuiu meu beijo, não disse palavra, perguntei como se sentia, e ela respondeu que ótima, feliz de ser cega para não ter que me ver, nem a mim nem a ninguém, pois ela acha que o resto do mundo deve ser tão idiota quanto eu, vocês sabem o que é passar o dia inteiro com o velho Morúa, enchendo páginas e mais páginas de chatices municipais, para chegar em casa e sua irmã, sua própria irmã, sua irmã gêmea, que dividiu com você a barriga da sua mãe, o cemitério e Taipi, tratar você desse jeito? Vocês acham que é justo? Tomei um banho quente, um banho quente não me tira o cansaço, a tristeza, mas me permite dormir o melhor possível, não jantei, tomei o suco de tamarindo horroroso que eu mesma tinha feito ontem, desabei na cama, acho que peguei no sono na hora, e sei que sonhei e não sei o que sonhei, o vento uivava, como nos romances de Concha Espina ou de Fernán Caballero, que eu nunca li, vai ver que eu sonhei que era Ida

Lupino fazendo Emily Brontë, eu teria adorado ser um personagem de *O morro dos ventos uivantes*, viver nas páginas de *O morro dos ventos uivantes*, até que uma hora ouvi umas batidas na janela e acordei, e num dos vidros foscos vi, perfeitamente recortado, o rosto de um homem, dei um grito, o vulto desapareceu, corri e, medrosa do jeito que eu sou, mesmo assim abri a janela, mas só cheguei a ver um vulto branco sumindo no Além, me apoiei no peitoril da janela e me debrucei para olhar melhor, e quando me afastei vi que a janela e minha camisola estavam manchadas de sangue.

Berta se levanta, vai até a janela, Parece que está chovendo, exclama sem convicção. Fora não há ninguém salvo o vento forte tentando arrancar as árvores pela raiz. Mas ainda não contei o pior, diz Irene arregalando os olhos. Berta volta para sua cadeira. Mercedes levanta a cabeça. É tanto o desamparo nos olhos de Irene, que as duas, como se estivessem de acordo, estendem as mãos para as dela e as acariciam. Mercedes lhe pede Não fique assim. Irene nega com a cabeça e acrescenta Como é que eu vou ficar se vi meu próprio filho? Como assim? Longo silêncio. As duas mulheres não param de acariciar as mãos de Irene. Outra vez, com voz sumida, quase num sussurro, explica que não conseguia lembrar quem lhe dera o jarro que o vento dessa tarde de outubro tinha quebrado. Mostra o corte feito pelo caco de porcelana, pergunta-se de onde poderia ter saído aquele jarro que agora descansa na lixeira. O mais terrível, o que ainda não contou, aconteceu quando quis recordar Emilio, seu marido por quinze anos, o único homem de sua vida, e quem lhe apareceu foi Lucio, isso sim que é grave, gravíssimo, estou ficando louca. Conte de uma vez, mulher, deixe de mistério. Irene fala como se não fosse ela quem falasse, há uma distância entre o que ela diz e sua cara de angústia, as palavras escapam de sua boca com estranha frieza.

TEU É O REINO 59

Passara muito tempo na cama procurando entre as lembranças o rosto daquele homem tão importante para ela durante os quinze melhores anos de sua vida, e, por mais que tentasse, quem lhe aparecia era Lucio, de paletó azul. Então decidiu fazer algo que até aquele momento se negara a fazer, não por capricho, não, mas porque queria encontrar o rosto de Emilio por conta própria, sem nenhuma ajuda. Mas houve um momento em que ela não agüentou mais e teve de entregar os pontos, foi até o armário e pegou a caixa de fotografias. Abri aquela caixa como se minha vida dependesse desse ato banal. A primeira coisa que achou foram as fotos de Lucio quando criança, robusto, meu filho sempre pareceu mais velho, de tão bem criado; achei fotos minhas com ele, fotos sozinha, aí, na Ilha, naquele tempo em que o Chavito ainda não tinha dado para fazer as estátuas; fotos numa praia (que praia?) e uma foto linda, colorida, onde apareço de casaco marrom caminhando pela rua Galiano, ou pela rua San Rafael, ou pela Belascoaín, sei lá, estou bem nas fotos, que nem sempre fui este desastre que sou agora. E por fim achou uma foto de Emilio. Afinal podia ver o rosto do marido. Num campo, sem camisa, na mão uma vara de derrubar mangas. Lindo, com o sorriso ingênuo que sempre teve, as sobrancelhas grossas, levantadas, sobre seus grandes olhos melancólicos; o cabelo preto, liso, caindo teimoso sobre a testa. Atlético, como o Lucio, o Lucio puxou o pai, com o peito sem pêlos, mais bem-feito que qualquer estátua de Chavito. Fiquei extasiada olhando a foto do meu marido e só assim consegui me lembrar dele, vê-lo na minha frente, quase falando comigo, eu o vi (Deus que me perdoe, tem coisas que não se deve falar dos mortos) como quando queria me tocar, quero dizer, me acariciar, me beijar, e não fazia isso bruscamente, Emilio podia ser qualquer coisa menos brusco, ele se insinuava bem suave, eu sabia que, quanto mais silencioso e suave ele chegasse, mais me desejava, eu o conhecia melhor do que ninguém, pelo jeito de me trazer uma xícara de café, ou pelo jeito de não me olhar, de evitar meu olhar, quando estava com desejo era como se tivesse vergonha de mostrar os olhos, e, sabem, desculpem eu falar assim de um morto, sei muito bem que tem coisas que a gente não deve falar dos mortos, mas esse homem tão tímido amava com uma paixão que continha não só a dele mas a minha também, minha paixão estava misturada com a dele como meu corpo não estava, por mais que eu me empenhasse em ser sua, em me entregar, em me deixar possuir, eu me deitava na cama, fechava os olhos, e não precisava fazer mais nada, só esperar sossegada, de olhos fechados, escutava seus passos em volta da cama, e, para dizer a verdade, não sei como podia ouvi-los, se ele me rondava com tanta delicadeza que as batidas de meu coração pareciam mais fortes que seus passos, ele me acariciava a cabeça e aí eu já não era mais eu, me transformava em qualquer coisa, animal indefeso, com susto, nunca perdi o susto, e acho que o amor é isso, um susto, e quando você perde o susto é que acabou o amor, e é lógico o medo, é que, quando você está apaixonada, está diante de alguém mais forte que você, alguém a quem você permite ser mais forte, alguém a quem você entrega sua coragem, alguém que pode fazer com você o que quiser, reduzi-la a pó se esse for seu desejo, eu gostava daquele susto com que meu corpo deixava de ser meu, e hoje consegui recordar aquele homem, eu o vi como na foto, sorridente, de peito nu, e foi como se a foto se animasse, e ele largasse a vara de derrubar mangas para se aproximar, dizer, sem me olhar direto nos olhos, que me amava, vocês me perdoem, não me condenem por lhes dizer o que vou lhes dizer, eu me deitei na cama, fechei os olhos, me abandonei ali, no quarto onde só se ouvia a chuva que eu sabia que não era chuva mas o vento deste dia estranhíssimo, eu me abandonei, digo, esperava por ele, senti um aperto na barriga, de susto, ia ser sua de novo, e não só ia ser sua como precisava ser, tinha

TEU É O REINO 61

passado anos esperando o momento em que ele voltasse a se deitar sobre mim, sem falar, sem me permitir falar, sem me deixar dizer o que não cabia em meu susto, sempre fiquei com vontade de lhe dizer o que eu ia sentindo, e agora não devia falar, por respeito, meu marido estava morto e devia respeitá-lo, e como eu tinha que ser forte para ficar calada, para não deixar que uma palavra me traísse, e falei, disse do que eu gostava, e minhas mãos se aferraram a suas costas, não abria os olhos, sabia que não encontraria ninguém, nem tinha a menor necessidade de abri-los, nesse instante eu via mais de olhos fechados, e vou parando por aqui, não sei o que vocês vão pensar de mim, se vão me achar uma desavergonhada, e eu ainda nem contei o pior.

Berta se levanta, volta à janela. Não tem ninguém, anuncia, e é óbvio que ela diz isso para disfarçar o constrangimento. Mercedes bebe do copo que faz tempo está vazio, joga a cabeça para trás, empina o copo para que chegue a seus lábios a gota de chá que ainda resta. Embora não chore, Irene enxuga os olhos, e é preciso conhecê-la para saber que é um gesto que ela repete muito, enxugar os olhos enxutos. O pior é que eu fiquei na cama com uma felicidade que já imaginava perdida para sempre, me levantei depois de um bom tempo, com um forte cheiro de saliva no pescoço, no rosto, fui me olhar no espelho, e tinha as marcas de sua boca no pescoço, pensava que minhas palavras (ditas com tanto desespero, como esperando que a qualquer momento ele me calasse com sua mão) ainda estavam ecoando no quarto, e não eram minhas palavras, claro, mas o zumbido infame desse vento que vai nos deixar loucos. E, voltando a sentar na cama, tornou a pegar a caixa de fotografias e de novo teve diante dos olhos a foto do homem sem camisa, daquele homem lindo que sorria e segurava uma vara de derrubar mangas. Virou a foto. Ali estava a dedicatória: PARA MINHA

MÃE, UMA LEMBRANÇA DE SEU FILHO. Irene se levanta, parece que vai sair correndo. Percebem? Não era Emilio, mas Lucio.

Apagaram-se muito cedo as luzes da tarde. E logo Marta fechou os olhos. Dava na mesma tê-los abertos ou fechados: seus olhos viviam com a luz do dia. Quando a noite chegava, chegava definitiva, até a saída do novo sol, se é que haveria um novo sol. Sentiu-se exausta. O esforço do corpo por substituir os olhos a esgotava ao extremo, e, no momento em que a última luz da tarde (e a última luz da tarde foi hoje uma funesta e escassa luz do meio-dia) velava de maneira tão absoluta a casa, o jardim, a Ilha, sobrevinha o cansaço. Um cansaço inútil, pois não trazia o sono. E como hoje as luzes da tarde se apagaram muito cedo, Marta entrou em casa como se não entrasse em lugar algum. Até o turbilhão do vento se apagou quando ela entrou em casa, e se fez um vazio, uma ausência sobrenatural; sentiu medo; talvez por isso tenha começado a apalpar móveis, paredes, enfeites, procurando um vínculo com o mundo, para não se sentir só num universo sem pessoas e sem coisas. Deitou-se. Não se deitou. Pensou que dormia. Seu sonho, de uma cor vermelha, quase negra, foi apenas isso, uma cor.

Acorda com um estrondo. Não sabe se é um estrondo da realidade. (Tomara que não fosse.) Levanta-se. Não se levanta. Não sabe se avança pela perene escuridão com as mãos levantadas para se defender da maldade das paredes. Chega à sala. Supõe que seja a sala: tropeçou com uma cadeira de balanço, e só na sala há uma cadeira de balanço. A porta, onde está a porta? Tateia as paredes, encontra o interruptor, acende a luz, ou seja, a escuridão persiste. Há alguém atrás da porta. Escuta uma voz, um gemido. Por fim encontra o trinco. A porta se abre. Marta vira a cabeça para todos os lados como se fosse possível seus olhos se iluminarem de repente. O vento, fortíssimo, a obriga a se aferrar ao batente da porta. Chove, sem dúvida, um aguaceiro torrencial: o vento traz barulho e cheiro de aguaceiro torrencial. As balsas. Recorda os mendigos e as balsas. Recorda sua mãe. Tem a impressão de que alguma coisa cai a seus pés. Com extrema lentidão, Marta vai se abaixando aferrada ao batente da porta. Toca o chão com as duas mãos. Sente que suas mãos se molham, um líquido morno, espesso. Ergue-se. Não, não se ergue. Suspeita que está na galeria, que avança, e o vento a impede de avançar. Se é um sonho, Senhor, é o sonho mais nítido, o mais real, apesar de ser uma cor vermelha, quase negra. Está chamando, Mercedes, Mercedes.

Ilumina os cantos, os bancos onde às vezes parece que há figuras sentadas, figuras que correm das galerias para a Ilha. É sempre assim, aqui a gente pensa ver o que não vê, o que não é possível, e por isso Helena não se assustou tanto quando, da porta de sua casa, viu um vulto branco avançando por entre as árvores, isso acontece com freqüência, e até as próprias estátuas de Chavito, muitas noites, dão a impressão de estar em movimento. Se fosse só o vulto branco, Helena estaria tranqüila, absorta nas contas. Mas houve outro fato realmente extraordinário e que merece ser relatado o quanto antes. Quando Helena saiu para se certificar de que o vulto branco não passava de uma alucinação, encontrou os seios da Vênus de Milo manchados de sangue. E aí já não se trata de brincadeira nem alucinação. Sangue, sangue verdadeiro, sangue fresco, mancha de sangue em forma de mão sobre os seios da Vênus de Milo. Vai com a lanterna iluminando os cantos, as sombras projetadas pelas tristes luzes das galerias, iluminando bancos, canteiros, árvores. Não descobre nada. A

64 *Abilio Estévez*

tarefa é extremamente difícil nesta noite de outubro, com esse céu baixo e avermelhado, com esse vento dos demônios. E Helena chega ao Apolo do Belvedere e o examina bem, assim como examina o tapume, e percebe que do outro lado, no vestíbulo, há uma pessoa. Quem está aí?, pergunta com a severidade de sempre. Sem esperar resposta, sem medo, segura de si, contorna o tapume e chega ao vestíbulo. Descobre Merengue limpando o carrinho de doces. É você? O que está fazendo acordado a uma hora dessas? O negro sorri, cumprimenta, inclina-se numa reverência cômica e não responde. Você viu que noite?, diz o negro sem deixar de sorrir. Helena olha-o por um instante. Não responde nem ao cumprimento, nem ao sorriso. Ilumina a Vitória de Samotrácia de cima a baixo, e depois o carrinho e Merengue. Tem alguém na Ilha. Sempre tem alguém na Ilha, replica o negro. Quero dizer, um desconhecido, alguém que está ferido. Merengue deixa cair o pano no balde de água suja.

Se Helena diz que há um ferido... Sem sombra de dúvidas, Helena é a melhor zeladora que a Ilha já teve e poderá ter. Helena a conhece melhor do que ninguém. Helena sabe melhor do que ninguém o que convém saber da Ilha. Pelo menos o que concerne a sua *realidade*. Porque, quanto ao resto... Ela se vangloria de conhecer à perfeição o caminho que trilha. Sempre tenho os olhos na terra, mente. Além do mais, reforça para provocar um pouco seu irmão Rolo, quem anda com fantasias tropeça nas árvores.

Irene conta que, quando Helena chegou à Ilha, numa manhã de janeiro, depois de conversar com Padrino e tomar posse de sua casa (a primeira à direita, entre o vestíbulo e a casa de Casta Diva), logo saiu para reconhecer o terreno, tanto o Aquém quanto o Além, que naquele tempo ninguém chamava assim. Naquele tempo as árvores já eram tantas como agora, e os caminhos já estavam calçados com as pedras do rio, e a fonte já estava lá, mas não havia secado. Só não tinha nenhuma estátua (Chavito era muito pequeno e ainda não tinha dado para fazer escultura). Fazia tempo que em toda a região se falava dos mistérios da Ilha. Dizia-se que muitos haviam se perdido nela para não reaparecer. Irene conta que, quando viu Helena pronta para seu primeiro reconhecimento, sentiu-se na obrigação de chamá-la e colocá-la de sobreaviso, contar-lhe quantos perigos a ameaçavam, à boca pequena, claro, porque Padrino estava vivo e esse galego atrabiliário não podia escutar, sem enfurecer, aqueles desatinos que atentavam contra a reputação de sua propriedade. Muito baixinho, mas com muita clareza, contou a história de Angelina, de Cirilo, o jovem flautista da Banda Militar do quartel de Columbia que morava onde hoje estão Mercedes e Marta, e que compunha a música mais desolada do mundo e a tocava com lágrimas nos olhos e nunca se soube por quê. O pobre flautista, sujo e triste, certa manhã se embrenhou na Ilha repetindo uma de suas melodias mais angustiadas, e ninguém voltou a vê-lo. Irene explicou a Helena que às vezes, sobretudo nas tardes de chuva, se escutava, sem que ninguém fosse capaz de precisar o lugar, a lancinante música da flauta de Cirilo. Irene também lhe contou que sorte semelhante tivera a menina Eduviges, de seis anos e estranhas visões. Uma menina muito esquisita, precisava ver, que parecia estar de mais neste mundo, ou seja, nesta Ilha onde Deus e o Diabo têm os mesmos poderes, a menina um dia anunciou que ia embora porque não estava disposta a suportar o que de um jeito ou de outro acabaria acontecendo (do que ela estava falando?), os vizinhos acharam que era uma brincadeira, e a menina Eduviges de seis anos e estranhas visões deu um beijo em sua boneca e se perdeu, por aí, pelos lados da fonte, que naquele tempo não estava seca, e o que você me diz de Laria, aquela mulher escura e feia que acreditava ser santa e ia de casa em casa, tocando a testa de quem tivesse ao alcance, para limpá-los de pecados, dizia? Pois essa Laria ardeu uma noite (que noite, santo Deus, eu me lembro como se fosse hoje!) numa fogueira que ninguém sabe quem acendeu, ela gritava que o diabo é que a tinha amarrado ali, não pudemos fazer nada, a fogueira era imensa, e, por mais baldes de água e mais corre-corre, a coitada virou um montinho de pó que o vento levou, imagine, aqui o vento não respeita nem as cinzas de uma santa como Laria, e cansamos de escrever para o Papa pedindo a canonização, santa Laria, virgem e mártir, que ela foi as duas coisas, sem discussão, o Papa nem responde, também, coitado, ele vive tão ocupado, com todas essas bênçãos, mas o caso é que Laria ainda anda por aí, tocando a testa da gente, e tem dias que se escutam os passos dela, e uma mão invisível (olhe como fico toda arrepiada) pousa em todas as testas, juro, e posso contar a história de Rascol Nico, o açougueiro que matou uma velha a machadadas e aqui pagou seus pecados, e posso falar de Pinitos, que tinha sete anos e dizia coisas terríveis, dizia, por exemplo, que ele tinha visto um estranho que chorava porque não tinha sombra, e era verdade, ele tinha visto o homem numa clareira perto da fonte, parado em pleno sol, e nada, nenhuma sombra testemunhava que ele estava ali, e o homem chorava mostrando uma sacola de onde saía um som metálico, de moedas, também dizia que tinha visto um casal de moços chamados Pablo e Francisca, lindos e apaixonados, que uma ventania fortíssima arrastava de um lado para o outro e nunca deixava em paz, e os jogava contra as árvores da Ilha que, como se sabe, são grandes e muitas, o vento estava cheio de gemidos, contava Pinitos com olhos que pareciam duas pedras, e depois ficava de boca aberta como se ele mesmo não acreditasse em tanta história, e a tal de Francisca contava aos soluços que, enquanto os dois estavam lendo, do livro tinha saído a força irresistível que os obrigou a se beijarem, e a se acariciarem, e a se entregarem um ao outro, a pecar, como dizia ela, arrastada por uma ventania que não a deixava em paz e a jogava contra as árvores, o vento era o castigo por se deixarem levar pela força do livro, tão forte que os obrigara a se beijar, e uma tarde Pinitos saiu da Ilha mais perplexo que de costume, contou que um homem chamado Abraão tinha levado seu filho até o Além, perto do rio, e que o homem chamado Abraão tinha obrigado o filho a se ajoelhar enquanto ele falava olhando para o alto; o rapazinho, quase uma criança, ria e dizia meu pai, Abraão, não tenha medo, que Deus é misericordioso, e que aí o homem, que era enorme e de uma voz terrível, cortou a cabeça do filho, e a cabeça do garoto rolou até os pés de Pinitos, e ele viu os olhos da cabeça sem corpo ainda piscando e os lábios sorrindo e ainda tinha como se fosse uma voz, mas que não era como as outras vozes, uma voz sem som, uma voz que ninguém poderia chamar de voz e repetiu duas ou três vezes Deus é misericordioso, até que a boca ficou com o sorriso parado e os olhos não piscaram mais, aí o homão pai chamado Abraão cortou a própria cabeça dizendo Deus é um soberano filho-da-puta, e a cabeça dele saiu voando que nem uma bola e quem sabe onde caiu, Pinitos vinha sempre com histórias que divertiam todo o mundo, mas deve-se reconhecer que botavam medo, até que um dia veio a mãe de Pinitos falar com o Padrino, a mãe de Pinitos, a melhor rendeira de Marianao, uma mulher tão pequena que você não a via quando falava com ela, era como falar com os sapatos, ela estava tão preocupada que veio pedir ao Padrino que não deixasse Pinitos passear mais pela Ilha, na noite anterior o menino tinha voltado para casa muito tarde contando que tinha conhecido dois homens que não eram dois homens e sim o mesmo homem de dois jeitos diferentes, um tal de doutor Equis e o senhor Jay, que tinha visto uma senhora toda encasacada, de chapéu e regalo, se atirar na frente de um trem (coisa totalmente impossível na Ilha, pois onde estão os trilhos por onde possa correr um trem?), que tinha visto passar uma gôndola cheia de mulheres pintadas e vestidas como para o carnaval beijando e apalpando um senhor de cara branca e peruca, e muitas outras coisas que ela não lembrava mas que a deixavam tremendamente preocupada com o futuro de seu bom filho, que, tirando essa mania de inventar coisas, era um ótimo menino que já sabia ler fluentemente, sem tropeçar, os fáceis poemas de Dulce María Borrero que estavam no quarto livro de leitura, e Padrino prometeu, e os sapatos que eram a melhor rendeira de Marianao, mãe de Pinitos, foram embora sossegados e com a sensação do dever cumprido, só que Pinitos continuou visitando a Ilha escondido, isso a gente soube depois, quando já era tarde demais, eu o encontrei um dia com uma sacola, ou melhor, uma fronha de travesseiro onde levava, como me mostrou, algumas camisas, um cantil com água, um pedaço de chocolate, um cartucho de azeitonas, seis bolachas Maria, um espelhinho de mão e um livro de história de Cuba, e me explicou que estava indo numa cruzada para a Terra Santa, falei que quem fazia as cruzadas eram homens como Pedro, o Ermitão e Ricardo Coração de Leão, mas ele sorriu antes de explicar que estava indo justamente numa cruzada de crianças, que já eram quase trinta mil dispostas a tomar para a cristandade as terras usurpadas pelos infiéis, que chegariam ao mar e que ele se abriria para deixá-los passar por milagre de Deus, porque Deus protege aqueles que o amam, pediu que eu guardasse segredo, pois, se a mãe dele ficasse sabendo de sua decisão, sem dúvida o amarraria ao pé da cama, posso dizer sem medo de errar que eu fui a última a ver o Pinito, eu o vi entrar pelos lados do Laoconte, como quem vai para o Discóbolo, era uma tarde em que corria uma estranha brisa nesta terra de poeira e árvores imóveis, foi tragado pela Ilha, como gritaria depois a mãe dele, tão pequena, que parecia que gritavam os sapatos, e posso dizer que ele foi tragado pela Ilha porque o mato foi se fechando atrás dele com certo prazer, com

TEU É O REINO 69

certa glutonaria, não sei há quantos anos foi isso, nem a mãe dele é viva para dizer a data, claro, Pinitos estava louco, tudo o que ele contava não passava de um mundo de mentiras, mas, se era mentira, por que ninguém nunca mais o viu? Só essas poucas histórias contou Irene (entre tantas que poderia ter contado) antes de Helena fazer seu primeiro reconhecimento da Ilha. Helena nem sorriu. Irene nem lembra se agradeceu. Viu-a embrenhar-se na mata para reaparecer uma ou duas horas depois com uma graviola madurinha e uma idéia exata do que se devia fazer no arvoredo para que fosse o mais higiênico e habitável possível. Você teria dado uma ótima capitã de navio fenício, disse a Helena seu irmão Rolo.

Helena fica estranha com esse roupão de cetim cor-de-rosa que, apesar de velho, ainda a deixa tão elegante. E a elegância deve vir das mangas longas e larguíssimas, de punhos com flores em relevo, e da gola bordada e abundante que parece a gola de uma rainha, das que aparecem nas ilustrações dos livros de contos de fadas. Fica estranha vestida assim, entrando na Ilha por um de seus caminhos de pedras, empunhando a lanterna que recorta seu facho, de um amarelo mortiço que amortiça ipoméias e jasmins, murtas-de-cheiro, folhas-de-papagaio, baunilhas-do-peru e arbustos-milagrosos de Irene. As plantas não são as mesmas iluminadas pela lanterna nervosa. Agora não têm aqueles variados tons de verde de que Irene tanto se orgulha. As plantas aparecem amarelas, quase brancas, como plantas falsas, de papel, quando a luz anêmica da lanterna passa sem cuidado sobre elas. Às vezes a luz se detém, abre caminho por entre algum trecho da folhagem. Outras, aponta direto a uma das pedras de que é feito o caminho. Por momentos se levanta (e é mais pobre a luz quando se levanta) e percorre um tronco, tenta procurar entre as ramagens onde nesta noite parece que habita o demônio. E torna a descer, e já não é luz, mas a imitação de uma luz, uma espécie de neblina que, em vez de tornar as coisas visíveis, agora as borra, oculta ou faz mais espectrais. Há momentos em que Helena permanece imóvel junto com a luz, e fecha os olhos, como se fechando os olhos pudesse escutar melhor. Só que a Ilha desta noite, com tanto vento, tem milhares de sons diferentes. Vez por outra, passos, gente fugindo, gemidos, gritos, cantos.Vez por outra, como um rio turbulento arrastando pedras. Helena sabe, claro, que os mil sons diferentes são da Ilha. E, quando surge uma luz entre o Discóbolo e o Laoconte, Helena não se surpreende porque sabe, sem dúvida, que é a lanterna de Merengue, e pode sabê-lo porque a luz se mexe como o próprio Merengue, aos trancos, caindo para um lado e para o outro, pois Merengue sempre vai empurrando o carrinho, mesmo quando vai sem ele. Helena escruta cada canto com uma minúcia para a qual não bastam os olhos. O demônio anda à solta embaralhando tudo. Tudo é conhecido e desconhecido. Há alguma coisa que não é verdade, e Helena sabe disso.

My hearing is more reliable than my sight. Está sentado na cadeira de balanço. Não se balança. Nem se abana. Apura o ouvido. Depois que os passos se afastaram e ele encontrou a mancha de sangue, veio o silêncio, ou seja, o bater da ventania que é o silêncio desta noite. E ficou tranqüilo e adormeceu pensando que o sangue devia ser de algum animal ferido, um gato, um cachorro, um desses cachorros vira-latas que vagabundeiam pela ilha. E, de fato, pensou ouvir latidos, e depois, mais tarde, como se uivassem por lá, pelos lados da velha marcenaria. Só que agora, ao recordar o uivo, não sabe ao certo se era mesmo um uivo, talvez fosse alguém pedindo socorro. Sorri. Como é que vou confundir um grito de socorro com o uivo de um cachorro? Nega com a cabeça sem deixar de sorrir. E se o grito fosse

Teu é o reino 71

apenas o vento entre as árvores? E como é que eu vou confundir um grito de socorro ou o uivo de um cachorro com o barulho do vento entre as árvores? Apura o ouvido. *my hearing is more reliable than my sight*. Nada de extraordinário: o vento, as árvores, mais nada. Uma noite de ventania não deveria ser uma coisa extraordinária. Um corpo cai perto da casa. Provavelmente, a folha seca de uma palmeira. O choque é seguido de um breve silêncio; depois, outra vez os passos. Ato contínuo, rumor de panos batidos pelo vento, que não devem ser panos, claro, e sim as ramagens cerradas dos choupos, as ramagens cerradas dos loureiros, alguém está chorando, tenho certeza: alguém está chorando, choro tímido, choro que teme ser notado, ou seja, choro verdadeiro, tão silencioso que quase não é choro, aí pela direita, do lado oposto àquele onde caiu o corpo ou a folha, dizem que as flecheiras choram quando o vento bate nelas, também devem chorar os salgueiros, por alguma razão chamados de chorões, mas não há salgueiros-chorões na Ilha, nem no Além nem no Aquém, os passos parecem rodear o quarto, apuro o ouvido, *My hearing is more reliable than my sight*, são passos de alguém com a força da juventude, sem dúvida, cheios de vigor, só que o vigor e a juventude extremos podem provocar passos suaves, breves, rápidos, quase alados, quem caminha se ampara na parede do meu quarto, o som da mão roçando a superfície externa da parede é quase imperceptível, mas meu ouvido é fino, pela altura em que essa mão desliza, sou capaz de saber que se trata de alguém (homem, mulher ou demônio) com cerca de um metro e oitenta, sei que você é alto e jovem, *I know enough*, um barulho de vidros quebrados detém os passos, vou me virar para olhar o aparador, uma fisgada nas costas me impede, por segundos, só o vento parece viver na Ilha, levanto (com quanto esforço, cada dia com mais esforço), seguro a cadeira: não gosto que se balance sozinha, superstição, não sei o que fazer e deixo com cuidado o leque em cima da cama, a cara odiosa do gato do leque me olha e sorri com ironia, viro o leque para que você suma, miserável *cat*, sobre o aparador estão os copos, as jarras, as xícaras, intactos, intactos, nada se quebrou aqui dentro, decido sair, enfrentar-me seja lá com quem for, penso que já é desnecessário o revólver de brinquedo, na minha idade, até o medo desaparece, não é?, procuro as chaves que estão nas minhas mãos, e quando as encontro me aborreço de ver que estavam nas minhas mãos, deixo o molho cair no bolso de minha *jacket*, o som que fazem as chaves ao cair no bolso de minha *jacket* é semelhante ao dos vidros que se quebraram lá fora, não teriam sido as chaves, então?, lá fora está bem escuro, há apenas duas lâmpadas, uma na frente e outra nos fundos, lâmpadas muito fracas, acendo, portanto, um lampião, com ele poderei ver você, seja lá quem for, homem, mulher ou demônio, ou as três coisas, pois qualquer engendro é possível na Ilha, estou decidido, vou abrir a porta, e se estou decidido não sei por que paro, por que fico imóvel no meio do aposento, fingindo que procuro alguma coisa que não perdi, e se for o marinheiro?, *the young sailor, what if it's him, dear God, what if?*, ele virá, quer queira, quer não, ele virá. O professor Kingston está no meio do aposento segurando o lampião quase à altura dos olhos. Nesse momento os passos começam a se ouvir no telhado. E gargalhadas. Não, não são gargalhadas, e sim as pancadas de alguma janela que se abriu. Abriu-se uma janela que bate sem parar e parece que são gargalhadas. E os passos estão quebrando as telhas. De novo, rumor de panos batidos pelo vento. Gargalhadas, pancadas da janela aberta, se aproximam, se afastam, se aproximam, se afastam, e um barulho de água, agora, agora mesmo, como quando o rio enche nos dias de muita chuva, e chego a olhar para a fresta embaixo da porta como se esperasse ver a água entrando por ali, o que aconteceu uma única vez, há muitos anos, no ciclone de 44, um pio passa várias vezes sobre a casa, me persigno, vozes, vozes, um longo silvo, vou até a porta, o pio chega bem perto e volta a se afastar, não sei se o silvo é da Ilha ou dos meus ouvidos, às vezes eu o escuto, o mesmo silvo, não é de lugar nenhum e sim de mim mesmo, de dentro de mim, e as vozes, o que elas dizem é *go, go, go,* ou *no, no, no, I don't know,* e o silvo, por sorte, pára de repente, e um aguaceiro torrencial, semelhante a milhares, milhões de pedras caindo sobre o teto, encobre o barulho dos passos nas telhas, e então são sinos distantes, e um canto, uma linda voz que se levanta acima da algazarra desta noite na Ilha, e chego junto à porta, não foi fácil chegar até a porta, e digo que vou abrir e não abro, e abro, fora, o Além com as árvores agitadas pelo vento, *it's the wind and nothing more,* nem chove, nem o rio encheu, não há ninguém, também não escuto a sineta nem a linda voz, que linda voz poderia escutar? Quem cantaria numa noite como esta? Levanto mais um pouco o lampião, só a poça de sangue continua ali, diante da minha porta.

Fecha os olhos e pensa Estou cansada estou cansada estou cansada, tenta imaginar uma paisagem, praia com coqueiros, águas de transparente azul, dia esplêndido, quente, céu altíssimo, sem nuvens, ou com poucas nuvens, ao longe, um veleiro, não, nenhum veleiro, e sim um belo transatlântico vermelho, ou nem isso, o horizonte, só o horizonte que não parece inatingível, ela está na areia fitando o horizonte, ela está nua, brinca com a areia, faz montinhos de areia sobre suas coxas, tem a sensação de que seu corpo existe, bom, não é exatamente isso, não é uma sensação que se possa expressar com clareza, talvez se explicasse melhor dizendo que todas e cada uma das partes de seu corpo ganham vida, que ela sente com cada parte de seu corpo, ou tampouco é isso, impossível descrever, e entra na água, que tem uma temperatura deliciosa. E de repente não é a paisagem, e sim um lugar nunca visto, ou sim, pode ser que já o tenha visto, sim, um jardim, abundantes árvores e galhos que vêm do alto sem que se saiba ao certo de que árvores saem, e o jardim não é um jardim a céu aberto, não, trata-se de um vasto recinto coberto, de teto altíssimo, tão alto que não se vê, o céu desapareceu, em lugar dele, uma profunda escuridão de onde escapam, em diagonal, luzes azuis e vermelhas que não são, que não devem ser, estrelas, perto de um canto há um túmulo sobre o qual se vê um ramo de lírios, e ela não se aproxima, mas de repente, sem se deslocar, já está junto ao túmulo e percebe que os lírios são de papel, tudo cheira a guardado, a trastes velhos, a tecidos umedecidos pelo tempo, o jardim não cheira a jardim, ela vai até as árvores, quer dizer, não vai a parte alguma, as árvores aparecem ali, ao lado dela, e são telas, enormes quadros pintados, pinturas ressecadas, amareladas, e quando ela toca as árvores, ou seja, as telas, ou seja, as árvores pintadas nas telas, uma luz potentíssima a ilumina e já não vê mais nada, seu corpo, com essa luz, torna-se transparente, o silêncio agora é substituído por uma música muito alta, ensurdecedora, e, no entanto, por cima da música, ouvem-se aplausos, aplausos. Casta Diva abre os olhos.

A densa escuridão do quarto. Escuta-se uma risada, deve ser Tatina. Também se escuta o vento desta noite de outubro. A janela que fica sobre a cama de casal (única janela do quarto) parece que é empurrada de fora, que a qualquer momento vai se abrir. Casta Diva senta-se na cama. Mal consegue enxergar o que a rodeia, mas nem precisa: ela pode andar pelo quarto de olhos fechados. Sabe, por exemplo, que diante dela está o espelho. Grande, retangular, enegrecida a moldura de mogno, o vidro biselado, ocupando a parede de tijolos aparentes defronte à porta. Aí está o espelho reproduzindo-a com a imprecisão que lhe proporciona a escassez de luz. Odeia o espelho. Odeia esse e todos os espelhos. O espelho é uma coisa detestável, e não tanto por inverter a realidade, mas por multiplicá-la, como se a realidade já não fosse bastante desagradável para que ainda por cima seja multiplicada. Não o vê. Pouco importa: o espelho está aí, diante dela. Ela dorme no lado esquerdo da cama, e o que tem à sua frente é o grande espelho. Muitas noites de lua e calor, quando a janela pode ficar aberta, Casta Diva adormece defronte ao espelho, que é o mesmo que adormecer defronte a si mesma. Odeia o espelho e odeia essa imagem. (Dentro de algumas páginas, esse espelho protagonizará um caso estranho.) Também odeia a reprodução de *A Santa Ceia*, de Tiziano, manchada pela umidade da parede. Odeia seu dormitório, tão barato, de madeira ruim, comprado a prazo na Orbay y Cerrato, e odeia a poltrona, de damasquim dourado encardido por anos e anos de suores, e odeia a cama de Tatina, que é uma cama de hospital, com barras metálicas pintadas de branco. A única coisa que ela ama em seu quarto é a cômoda de nogueira marchetada. É que a cômoda está fechada a chave, e ela guarda essa chave zelosamente, e ali estão seus segredos, *sua alma*, como diz ela, aquilo que ela é na verdade. Levanta-se, veste o roupão que ela deixou sobre o banco da penteadeira e calça os chinelos de pano. Vai até a cama de Tatina. A garota é uma sombra entre os lençóis brancos. Ri. Tatina ri. Casta Diva ouve a risada, e também a odeia e em seguida se recrimina, sente-se culpada. Acende o abajur sobre a mesa-de-cabeceira (também metálica, também de hospital). Olha instintiva para o marido quando a luz faz do quarto um quarto real. Ele dorme, aparentemente tranqüilo, nada perturba seu sono abençoado. Depois olha para Tatina, que a olha e sorri. O rosto da filha é grande, disforme e tem pouco a ver com a esqualidez do resto do corpo. O cabelo castanho espalha-se sebento sobre o travesseiro, nascendo quase junto às sobrancelhas, a testa da menina é muito estreita. Os olhos são pequenos e inquietos, cheios de vida. Os olhos de Tatina às vezes aterrorizam Casta Diva; olham intensos e parecem penetrar na verdade das coisas. Casta Diva estremece quando olha a filha nos olhos, razão pela qual poucas vezes o faz. Seu nariz é lindo, nisso puxou a ela, à mãe, com o nariz pequeno e bem formado, que também acaba incomodando, porque esse narizinho perfeito nasce entre duas faces rechonchudas enegrecidas pela acne malcuidada e sobre uma boca gigantesca, de dentes poderosos, separados e sujos, de gengivas inflamadas, boca desfigurada pela falta de palavra e pelo excesso de riso. O pescoço quase não existe. Depois, o peito pobre, e o resto do corpo mais pobre ainda. Sem olhar para a filha, Casta Diva suspende o lençol, apalpa a fralda. Você se molhou de novo, sua mijona, diz, procurando transmitir ternura à frase, o que não consegue por completo. Agora a descobre inteira e lhe tira a fralda. A escuridão seca, mirrada, do sexo da filha lhe produz uma repulsa que, em vez de diminuir, aumenta com o passar dos anos. Enxuga-a com uma toalha que está sempre pendurada numa das barras da mesa-de-cabeceira, passa creme entre suas coxas para evitar as assaduras e lhe coloca uma fralda limpa. Agora durma, menina, olhe que o mar não está para peixe. E apaga a luz. Vai ao banheiro. Na privada (que ela vive limpando, atenta àquilo que sua mãe dizia, que a limpeza de uma casa começa pela privada), há uns pingos amarelos. Chacho nunca toma cuidado, e olhe que eu sempre lhe digo, e repito, chego a gritar cem vezes por dia, não mije fora, caralho, aponte direito. Enxuga os pingos com um pouco de papel higiênico. Levanta o roupão, baixa a calcinha, senta. Fecha os olhos enquanto urina, concentrando-se no prazer de urinar, enquanto se vê outra vez no jardim que não é um jardim, entre as telas pintadas que cheiram a guardado, a trastes velhos, a umidade antiga. De novo a luz sobre ela; de novo aplausos. A música. *O rimembranza*. Aplausos, aplausos. Seguida pela luz, dirige-se ao centro desse lugar que dá a impressão de não ter limites. *Ah, perchè, perchè, la mia constanza.* Mais além, vazio, escuro, abismo de onde chega, claríssima, a ovação. Abre os olhos, acaba de urinar, as últimas gotas deslizam lentas, e inclusive, como se levanta sem se enxugar, uma gota de urina rola coxas abaixo. *Son io.* Enxuga-se, levanta a calcinha. De repente, seu olhar topa com o espelho do armário do banheiro. Aí está você de novo, maldito. Embora não queira, não consegue deixar de se olhar. Eu fui uma mulher linda, minha pele parecia de porcelana, meu cabelo, preto e abundante, derramava-se com naturais ondulações sobre meus ombros, e meus olhos não tinham nada a ver com os de minha filha, em meus olhos estava eu inteira, em meus olhos grandes e limpos, e em meu nariz perfeito (ainda é perfeito), e nos lábios, breves, precisos, ocultando, revelando (conforme a conveniência) os dentes, que eram pérolas, caralho, que eram pérolas, que ninguém duvide: eu fui uma mulher linda, alta, elegante, não era corpulenta (o que muito me alegra), eu me mantinha (ainda me mantenho) no peso ideal, e com que graça sabia (sei) me mover, estava (estou) talhada para a glória, *Deh! Non volerli vittime del mio fatale errore*, e agora..., que noite é essa que parece que o mundo vai acabar num temporal, e não passa de uma ameaça, pois não acaba de se acabar o maldito mundo num temporal? Casta Diva sorri para si mesma no espelho e depois mostra a língua. Velha, velha, você está mais para lá do que para cá, pior do que puta em quaresma. Sai do banheiro, vai até a sala. Não sabe por que vai até a sala. Tosse e tenta limpar a garganta. Toma água da torneira do tanque, faz um gargarejo e cospe de volta no tanque. *Sediziose voci, voci di guerra.* Afasta um pouco a cortina da janela que dá para a Ilha e vê que na Ilha as árvores parecem caminhar de tanto vento, e que a noite é vermelha, de um vermelho-vinho, e vê também umas luzes na Ilha, como se vaga-lumes enormes andassem por ali. Está para acontecer uma coisa terrível, eu sei. E, claro, assim que pensa nisso, lembra de Tingo e, claro, se preocupa, e vai quase que por instinto ao quarto de Tingo (é uma criança). Acende a luz. A cama de seu filho está desarrumada mas vazia. Tingo, Tingo, menino, onde é que você se meteu? Ninguém responde. Casta Diva volta ao banheiro, volta à cozinha. Tingo não está em casa. E a uma hora dessas, com este tempo, onde ele pode estar? Tingo, menino, volte para o seu quarto. Sacode o marido pelos ombros. Chacho, o Tingo não está em casa e o temporal que vem vindo é de dar medo. Chacho nem se dá por achado. Casta Diva fica furiosa, caralho, Chacho, você dorme que parece um morto. Dá meia-volta. Abre a porta do meio do armário e encontra, numa das gavetas, a lanterna do marido. E assim, de roupão e chinelos de pano, sem nem sequer passar uma escova no cabelo, já não tão preto nem tão abundante, sem outra proteção além da lanterna, Casta Diva sai para a Ilha.

Do Discóbolo à Diana, da Diana ao Davi, por aqui não passou ninguém, senão seria fácil descobrir. Muito fácil, pois os hibiscos e os ciúmes não estariam intactos, e as mimosas teriam sido pisoteadas, e as samambaias de chão não se mostrariam assim, tão eretas, parece que as samambaias estão a salvo do turbilhão que estremece árvores e casas, que estremece a todos nós, penso no Chavito e tenho medo, não sei por que agora penso no Chavito, tropeço com uma cabeça de gesso, às vezes aparecem cabeças, ombros, braços, mãos, torsos, pés gigantescos e disformes, se com essas coisas alguém resolvesse montar uma figura, seria um monstro de gesso, pobre Chavito, pobre rapaz, você está perdendo seu tempo, e não sei por que tenho pena de você, se todos perdemos nosso tempo, cada qual do seu jeito, por aqui não tem nada nem passou ninguém, só eu e a luz da minha lanterna e, claro, esse medo que me deu de encontrar o Chavito ferido, morto, sei lá, nem é a primeira vez que me acontece, às vezes estou vendendo doces na porta do hospital da Maternidade Operária, ou no prédio da Liga contra a Cegueira e penso que vai aparecer alguém da Ilha para me dizer que aconteceu uma desgraça com meu filho, que está ferido ou morto, sei lá, agora tenho medo, um estranho presságio, a noite está feia, essa é que é a verdade, e tenho vontade de não continuar procurando, de me fechar no quarto, de me jogar na cama, e me cobrir até a cabeça e não saber nada de nada, ir sumindo, assim, devagarinho, sumindo, e que, quando cheguem, quando forcem a porta do meu quarto, não encontrem nem sinal de mim, só minha roupa e o lençol, não eu, pois eu sumi, e, agora, tenho vontade de gritar meu medo, a luz da lanterna é amarelada, por isso, o que vejo eu vejo mal e não parece de verdade, será que estou sonhando de novo? Impossível, se estivesse sonhando as coisas pareceriam reais, é assim, sempre é assim, e do outro lado, lá, perto da fonte, vejo a luz da lanterna da Helena, e isso prova que estou acordado, não estou louco como para esquecer que ela me chamou e disse Tem um ferido na Ilha e precisamos encontrá-lo, vamos, Merengue, ande logo, pegue sua lanterna, assim me falou Helena, e eu sei que por aqui não passou ninguém, e o medo me arma uma das suas ciladas: penso, não tem nenhum ferido, é pura imaginação da Helena, e na hora em que penso nisso percebo que estou mentindo de medo, pois se de uma coisa eu posso ter certeza é que, se ela diz que tem um ferido na Ilha, tem um ferido na Ilha, a mulher, temos de reconhecer, não erra uma, agora estou bem na frente do Davi e não gosto do seu corpo nu e alto (bato nos seus joelhos), nem daquela mão desproporcional com uma pedra para matar não sei quem, eu o ilumino e me espanta (sempre me espanta) que continue branco, apesar da chuva e do relento, será que é essa sapota enorme que cresce ao lado dele que o protege? É que não tem nem uma cagadinha, enquanto as outras estátuas estão cobertas de merda de pássaros, esta aqui não, é estranho, além do mais, a Ilha está cheia de pássaros, uma vez o Chavito e eu pegamos catorze periquitos, catorze, Chavito, estou com medo, por mais que eu fale, estou com medo e não vou com a cara desse homão arrogante, penso: quem sabe perto da escolinha da senhorita Berta, lá no recanto do Martí, vou e encontro alguma coisa, a luz aponta para a cancela que dá no Além, uma sombra, é aí que vejo uma sombra, bem ali, um vulto que se aproxima, Alto lá, caralho, se não quiser virar peneira, é assim que eu grito, e deve ser de medo: eu só tenho a lanterna, nenhuma faca para fazer alguém virar peneira.

Está estendido no chão. Uma forte dor lhe atravessa o braço. O pássaro voa sobre ele e se afasta dando um grito que mais parece uma gargalhada. Por fim você conseguiu o que queria, sussurra. E quer se levantar, ir até a casa. A dor no braço é tão forte que fica ali, muito quieto, de olhos fechados.

Sétima noite que o pássaro aparecia. Como se não viesse de lugar algum. Era como se sempre tivesse estado ali, oculto entre as ramagens, esperando por ele, permitindo-lhe alguns minutos de êxtase na contemplação do corpo nu de Melissa, para depois bater as asas, gritar, mostrar-se, passarão enorme, de um branco limpo, lustroso, olhos enormes que ameaçavam tanto quanto o bico e as garras. Sétima noite que vinha, como se fosse a ele que procurasse, e dava voltas, pousava, voltava a ameaçar, voava, gritava, pousava, bufava, fechava, abria os olhos enormes. Nesta noite o atacou com mais força. Vido não tentou se defender como nas noites anteriores, agitando os galhos da azinheira, mas arrancou um galho e o brandiu com fúria, xô, desgraçado, disse baixinho, não podia gritar, Melissa poderia ouvi-lo e poria tudo a perder. Agora ele acha que foi num desses momentos em que o pássaro ficou quieto que ele olhou para o terraço e percebeu: Melissa já não estava, e até se lembra de que então pensou que qualquer pessoa diria existir uma cumplicidade entre Melissa e o pássaro, pois nem bem aparecia sua imponente figura de asas abertas, ela sumia no escuro.

Oitava noite que ele trepava na árvore. Da primeira vez, ele não subiu para espiar Melissa, não, foi tudo culpa da pipa, do acaso (do acaso?). A pipa ficou presa nos galhos da azinheira. A pipa de Tingo-no-Entiendo que Chacho tinha trazido de Columbia e que voava tão bem e era tão linda de se ver lá no alto, com um brilho vermelho, verde, amarelo, que na distância virava outra cor. A rabiola colorida que tinham feito com os retalhos que ganharam de Casta Diva se transformava num pequeno ponto preto e trêmulo. Voava alto a pipa, subia tanto que às vezes desaparecia. Naqueles dias, as tardes ainda eram azuis, de brisas transparentes. A pipa subia mais quando ele, Vido, a empinava. Sebastián e Tingo não sabiam. Ele lhes ensinava do alto de seus quinze anos. Dava linha, e a pipa ficava parada, como pousada numa nuvem. Mais tarde, quando a linha passava às mãos de um dos outros, a pipa começava a tremer, perdia altura, tornava-se vulnerável ao vento, até cair. Naquela tarde foi a falta de jeito de Tingo que a enredou nos galhos da azinheira, e ficou presa ali, na copa da árvore. Tingo começou a chorar (típico de Tingo-no-Entiendo). Sebastián ficou olhando de boca aberta para a pipa morta. Vido cuspiu, como sempre que alguma coisa o desagradava, e disse palavrões, dos piores, daqueles que os outros dois escutavam com reverência. Pare de chorar, porra, gritou para Tingo, largue de ser mulherzinha, e começou a trepar na árvore, a azinheira alta, de tronco difícil, com uma agilidade que o fazia feliz, pois sabia que lá embaixo o seguiam com olhos de admiração. Ele mesmo sentia a tensão de cada músculo, a retidão vigorosa das costas, as mãos e os pés como quatro garras para aferrar-se à azinheira e dominá-la. Subiu, subiu, subiu. Os galhos da árvore não se opuseram, mas pareceram abrir-se com docilidade. Já no alto, olhou em volta, excitado com a altura. Vista de cima, a Ilha não tinha nada a ver com a Ilha. Tanta vegetação ocultava os caminhos de pedra, as galerias, as estátuas, e só a fonte, com o Menino do ganso, se entrevia como uma mancha escura que nada significaria para quem não conhecesse a Ilha.

Ali, no terraço amplo, sujo de intempérie, no formidável silêncio da tarde, você a viu nua pela primeira vez. Era a hora em que a tarde começava a se tornar essa coisa maravilhosa que é a Ilha quando vem chegando a noite. Não havia ninguém além de Melissa. Você sabia que os outros começavam a fugir, a se refugiar nas casas, e que depois voltariam a sair, depois conversariam, ririam, contariam as histórias do dia como se a vida fosse eterna. Agora, nesse momento, estariam escondidos, fingindo indiferença, fazendo-se de desentendidos, aparentemente ocupados em dar os últimos toques no jantar, ou relendo uma página de jornal (aquela em que se contavam os pormenores da morte de Pio XII), ou tentando saber quem ia jogar no Almendares, ou simplesmente fechando os olhos para abri-los quando a noite já fosse um fato irremediável. Hora do crepúsculo, e você estava entre os galhos da azinheira olhando a única pessoa que não temia o crepúsculo, Melissa nua, Melissa postada no terraço com o papagaio na mão, e aquela expressão tão sua que ninguém sabe se é de satisfação, ironia, ou ambas as coisas. Protegido pela azinheira, você pôde olhá-la à vontade. Esqueceu a pipa. Esqueceu os dois que estavam lá embaixo esperando por você, que às vezes gritavam com impaciência. Você era todo olhos e sentidos para Melissa nua.

Na tarde seguinte, à mesma hora, voltou a trepar na azinheira. Ela, nua, no lugar exato da noite anterior, estava com o papagaio na mão e a expressão ambígua de sempre. Quase se poderia afirmar que não tinha arredado pé dali, se não fosse pelo detalhe do cabelo, não mais solto como da vez anterior, mas preso e enfeitado com uma flor. Estava imóvel, talvez olhando as fugazes figuras de um grupo de nuvens que ocultava o último sol. Por momentos parecia mexer os lábios imperceptivelmente e levantava o papagaio até a altura deles como se a ele se dirigissem as palavras que Vido não sabia se chegava a pronunciar. Vido a olhava com olhos fixos, tentando não perder nenhum detalhe, para que a lembrança fosse perfeita no bem-estar da banheira. E percebia a importância que Melissa adquirira de repente.

O terraço escureceu. Vido não soube se Melissa tinha entrado na casa ou se havia se perdido na parte do terraço que, formando um ângulo, desaparecia atrás das casuarinas. O desaparecimento de Melissa ocorrera num segundo de distração, um segundo em que ele desviou os olhos porque sentiu um movimento entre os galhos, um golpe de asas, um estranho bufido. No terraço não havia ninguém, apenas uma extensão de sombras que cresciam rápidas, saindo da Ilha e dali propagando-se pelo mundo. Outra vez o bater de asas, e o grande pássaro branco, como se não viesse de lugar algum, os olhos enormes e a ameaça do bico e das garras, voando belicoso sobre ele.

Daí em diante, reapareceu sempre que as sombras cresciam sobre o terraço, quando Melissa sumia da vista de Vido, sem que ele pudesse saber por onde se perdia. Todas as noites, cada vez mais agressivo, voltava o pássaro. Assim que o via chegar, Vido descia rápido da azinheira e corria para casa, dando a volta pelo Além, seguido por ele e seu pio e, quando entrava e ia ao banheiro pensar em Melissa, continuava vendo o bicho entre ele e a imagem de Melissa, e escutava o pio que, lá na sala, fazia a senhorita Berta se persignar e gritar Ave Maria Puríssima e fechar as janelas correndo.

Agora está estendido no chão. Faz muito tempo que ele está estendido no chão. Viu a noite passar por todos os tons escuros até chegar a este vermelho de agora. Uma forte dor lhe atravessa o braço. O pássaro se retirou, ou não se vê. No lugar dele, permanece uma sombra branca, um rastro, o persistente golpe de suas asas, o eco de seu grito como uma gargalhada. O pássaro foi embora; sua ameaça está ali. Vido se levanta; sem saber como, segura e aperta com o braço são o outro que é pura dor, e vai para a Ilha, chorando.

Nesta página convém usar o futuro, um tempo pouco recomendável. Já se escreveu que Chacho chegou do Estado-Maior depois das quatro da tarde e que foi o primeiro a perceber a tempestade que se avizinhava. Escreveu-se, também, que Casta Diva, sua mulher, o viu depois, absolutamente imóvel, fitando a copa das árvores. No dia seguinte, após o incidente que será narrado logo mais, Chacho falará cada vez menos, cada vez menos, até que decidirá deitar-se na cama. Ninguém saberá a causa do problema de Chacho (nem o próprio Chacho), se é doença do corpo ou do espírito (como dirá, um tanto perplexo, o doutor Pinto). Sem alarde, sem ênfase, sem esperança, ele se negará a voltar ao Estado-Maior do quartel de Columbia (onde, diga-se de passagem, nunca teve talento para fazer carreira, para passar de radiotelegrafista no Corpo de Comunicações, onde sua ausência não será notada). Chacho passará setenta e três dias sem falar.

Durante esse tempo, poderemos vê-lo obcecado por coelhos e por Carlos Gardel. E, como não convém abusar desse tempo pouco recomendável, o futuro, é bom deixarmos Chacho com seu silêncio até o momento de reaparecer, como Deus manda, nesta narração.

Um golpe no vidro da janela. Golpe seco, como de uma pedrinha, ao que se segue um curto silêncio para depois repetir-se com mais força. Esse filho-da-puta vai quebrar o vidro, pensa Sebastián. Conhece seu jeito de avisar, por isso deixa no chão o livro e o dicionário, vai até a janela e abre silenciosamente, procurando fazer o mínimo barulho possível. De fato, é Tingo. Sebastián não pergunta, não demonstra curiosidade, olha para o outro com a maior impavidez, pois sabe que essa atitude o desnorteia. Só que Tingo está perturbado demais para se deixar desnortear. Repete um gesto com as duas mãos, instando-o a descer, com urgência, é um assunto realmente importante. Não estou para bobagens, diz Sebastián, sem saber se Tingo chegou a escutá-lo, falou mexendo muito os lábios, quase num sussurro, é tarde e Helena pode perceber que ainda está acordado. Sem falar, o garoto continua gesticulando exageradamente e mostra alguma coisa, um papel, uma carta, e aponta para um lugar vago, atrás do edifício, perto do rio talvez. É uma noite imóvel, de nuvens que passam roçando os telhados. A rua de La Línea está deserta, escassamente iluminada pelas luzes dos postes, cujas lâmpadas estão meio soltas e à mercê do vento. O titubeio da luz faz a rua serpentear, sensação acentuada pelos rodamoinhos de poeira. A noite, vermelha, imóvel, leva a crer que nunca mais passará ninguém pela rua de La Línea. Sebastián observa as casas escuras e abandonadas e pensa que são apenas fachadas, que nada nem ninguém pode haver atrás delas. De quando em quando, ouvem-se tiros, sirenes da polícia ou de ambulâncias. Contudo, quem pode garantir que são tiros ou sirenes? Num dado momento, barulho de passos. Tingo corre para se esconder atrás do edifício, onde a parede de sua casa forma uma esquina. Volta em seguida mais nervoso: escutaram-se passos, mas não passou ninguém. O terminal de trens, escuro como sempre, tem nesta noite um ar de especial abandono: como se nenhum trem fosse chegar de hoje em diante. O curral também se transformou num lugar que não existe, embora se escute o galope de um cavalo. E é impossível que seja verdadeiro o galope do cavalo, pois por nada deste mundo o Zambo deixa os cavalos soltos no pasto ou ao relento, e muito menos numa noite como esta. Que é que você quer? Tingo-no-Entiendo só faz gesticular e mostrar o papel, a carta ou lá o que seja. Sebastián tenta fazê-lo entender que é tarde, que se Helena perceber que ele saiu... bom, você conhece minha mãe. Tingo não ouve ou não quer ouvir. Sebastián então se afasta da janela, vai até o armário e volta trazendo uma cesta com uma corda amarrada numa das alças. É a cesta que eles usam sempre que precisam se comunicar fora de hora, em casos excepcionais e secretos. Joga a cesta para Tingo. O garoto põe dentro o papel, a carta ou lá o que seja. Sebastián recolhe a corda e retoma a cesta. Volta para a cama, para junto do abajur. Tem nas mãos um postal amarrotado, sujo, com algumas manchas, que mostra um jovem seminu com o corpo flechado; ao fundo há uma paisagem nebulosa; acima, anjos acorrem em seu socorro. No verso, lê-se em letras de fôrma: SÃO SEBASTIÃO, PEDRO ORRENTE, CATEDRAL DE VALENCIA. Embaixo, com caprichosa caligrafia em tinta preta: "Senhor, já vou, por leito de setas! Só mais uma e terei adormecido".

Sebastián volta a olhar a imagem do mártir em preto-e-branco e relê várias vezes, com atenção, a frase sem data nem assinatura. O cartão solta um forte aroma de perfume de mulher. Decide guardá-lo na gaveta da escrivaninha. Dali tira papel e lápis, escreve, onde você achou?, e joga o papel e o lápis na cesta. Volta para a janela. Tingo não está. Da esquina da direita, da livraria, do curral, da estação, vem um rumor de passos. Desta vez há alguém, sim. Um homem aparece na esquina, descendo pela rua de La Línea, com passos lentos porém firmes. Sebastián pensa É alguém que não tem pressa e sim absoluta segurança do caminho que segue. Com extremo cuidado, Sebastián vai fechando a janela. Deixa uma fresta por onde olhar para fora. A sombra daquele que chega se move junto à luz dos postes. É um homem vestido de branco, ou é o que parece. Pára diante do portão de entrada. Olha para o vestíbulo. Sebastián não sabe calcular quanto tempo o homem fica olhando o vestíbulo. Parece levar um pacote às costas, uma espécie de mochila, que baixa num dado momento. Procura dentro dela. Tira algo que Sebastián não consegue distinguir e que, depois, segura como que pensando. Devolve a mochila às costas. Volta a caminhar, sem deixar de olhar para o vestíbulo. Por segundos, seu passo se faz mais lento uma vez que, por alguma razão misteriosa, o homem não consegue afastar os olhos do vestíbulo. A certa altura, parece desistir, torna a olhar para a mão e, por fim, levanta a vista para as sombras à sua frente: nesta noite, o caminho para Columbia está escuro como um poço. Com a mão erguida, a mochila às costas, passa sob a janela de Sebastián. É um marinheiro jovem, e alto, e aprumado. Há alguma coisa intimadora em seu perfil, alguma coisa em seu uniforme e em seu jeito de andar ou em toda sua figura, mal iluminada pelas lâmpadas que se balançam, que faz crer que ele vem de longe, embora seja evidente que não tem pressa e sim a certeza de que segue o único caminho possível.

No mesmo papel que Sebastián lhe mandou, Tingo escreveu Por favor desça logo urgente de vida ou morte, com letras grandes e tortas. Sebastián vai até a porta do quarto e a abre, tomando o máximo cuidado. Tudo está escuro, mergulhado em silêncio, minha mãe se deitou. Tira às pressas o pijama e às pressas veste a calça de mecânico, a camisa xadrez vermelha. Descer pela janela é fácil, a menos de um metro uma saliência no muro velho, um pedaço de pedra quebrada, oferece um apoio para pular com facilidade na grama. Espero que seja alguma coisa importante, diz Sebastián com o tom de superioridade que sempre usa com Tingo. O garoto leva o indicador aos lábios, num gesto de desespero que Sebastián acha exagerado, pega em sua mão, com força, e o puxa para a esquina do edifício, ali onde uma vereda, destruída pelas raízes de tantas árvores, parte em direção ao Além. Sebastián safa a mão: o contato com a pele delicada de Tingo lhe provoca um rubor cuja causa desconhece. Tingo-no-Entiendo vai à frente, silencioso o passo, como se a ventania não apagasse o som dos passos, como se a ventania não tivesse uma ressonância capaz de reduzir a nada qualquer outro som, que um batalhão poderia marchar agora por esta calçada e ninguém na Ilha se daria conta.

No Além, passando a casa do professor Kingston, o cemitério dos cachorros, o bananal de Chacho, o chiqueiro de Merengue e o morrinho gramado onde eles às vezes escorregam sobre cascas de palmeira, quase na beira do rio, ergue-se (ou cai) a marcenaria. Todos a chamam assim por costume, pelo hábito de chamar as coisas pelo que um dia foram e não pelo que são. Ah, teimosia da memória em reter os nomes! Há muitos anos que a marcenaria não é marcenaria. Catorze pelo menos. Ou mais. Aproximadamente quarenta e oito horas depois que Berardo, o pai de Vido, foi encontrado sobre sua mesa de marceneiro, de boca aberta, os olhos em branco e o pâncreas estourado, como depois revelou o legista no atestado. Pode-se afirmar que, desde o momento em que o deixaram apodrecer sob um monte de terra em sua natal Alquízar, todos esqueceram não apenas o homem que tantos transtornos provocara nos últimos tempos, mas tudo aquilo que, de um modo ou de outro, tinha algo a ver com ele (exceto o menino, exceto Vido, é claro). Foi fácil esquecê-lo: era necessário. Na verdade, fazia tempo que a marcenaria não era marcenaria, pois Berardo, comedido quando chegara à Ilha, um autêntico cavalheiro, nos últimos tempos tinha trocado madeiras, martelos e serrotes por mulatas, garrafas de Bacardi e orgias que acabavam em indefectíveis e colossais esparramos (o homem estava com o diabo no corpo, sem dúvida). Depois de sua morte, repentina e desejada (e Deus que nos perdoe), a marcenaria ficou abandonada, entregue ao clima da Ilha. E o clima da Ilha (não é segredo para ninguém) é como a Ilha: enganador, de farsante benevolência. Assim despintou paredes, rachou-as, apodreceu-as, em trabalho paciente mais próprio dos insetos que do clima, mas que é o clima da Ilha senão uma praga com aparência de veredas tropicais, meios-dias radiantes, mares violeta, coqueiros e luares idílicos? Aí está a marcenaria (qualquer um pode vê-la), velha, vulnerável, sem que se saiba graças a que milagre ainda continua de pé, com o teto frágil e a cor absurda das madeiras empenadas.

Pelas frestas das velhas madeiras escapam luzes que aumentam, se enfraquecem, tremem. Tingo e Sebastián vêm subindo pela trilha que se manteve milagrosamente aberta entre a guiné. Um pouco para a direita, embora não se veja na escuridão e com o vento não se escute, corre o rio. Se fosse uma noite como as outras, seria possível contemplar a ala das galerias que pertence à senhorita Berta, a Irene, a

Casta Diva, e se veriam o Hermes e a Vênus, e talvez até o busto de Greta Garbo, pois a marcenaria foi erguida num local privilegiado. A noite é um cerco. A Ilha não está, desapareceu. Nesse instante só existe a marcenaria como um velho navio encalhado entre as sombras. Tingo desata o arame que mantém a porta fechada. A porta cede com um rangido de madeiras e dobradiças entrevadas de ferrugem.

Gostamos porque dá medo, essa é que é a verdade, dizem que aqui você ouve a música e a gritaria das festas, e às vezes volta a aparecer Berardo, com a cara deformada e um martelo na mão, que o Merengue me falou que quando a gente morre continua sendo o que foi em vida, e também gostamos porque tem um monte de coisas, olhe, móveis velhos, mas velhos mesmo, roupas cheias de traças e de anos, e santos sem cabeça, madonas sem meninos, tristes, olhando desoladas para os braços vazios, e o pavão empalhado, lembra? (já não tem mais nenhuma pena na cauda: arrancamos todas quando brincávamos de índio e caubói), e o velho gramofone do seu pai, e os restos do calhambeque do Padrino, as medalhas do exército que achamos numa caixinha de madeira com incrustações de nácar, e o quimono de seda azul, e as babuchas, lembra das babuchas?, e os binóculos, e a boneca com alfinetes no peito, e a bandeira cubana que colocamos sobre a bancada da marcenaria, que é a única coisa que sobrou da marcenaria (roubaram até os pregos de Berardo), e os retratos desses senhores que ninguém reconhece, e eu me pergunto Será que esses senhores imaginaram um dia, quando estavam posando para os retratos, será que eles imaginavam que anos mais tarde seriam rostos anônimos, incapazes de arrancar do outro um sorriso, uma lembrança, uma lágrima, nada, nada de nada?

Há duas velas acesas. Fazendo as vezes de castiçais, duas garrafas de cerveja. A luz despeja uma sombra triste nas paredes. As formas se dilatam e vibram confusas. Sobre a bancada da marcenaria, coberto com a bandeira cubana, há um homem deitado. Muito jovem. Parece dormir. Sua expressão é tranqüila; a respiração, regular. Não tem sapatos. Os pés são grandes e estão cheios de barro. Barro rachado, seco. Veste um terno de dril, sujo, e camisa sem gravata. A camisa, de um vermelho bem forte. Qualquer pessoa veria que o vermelho da camisa não é da camisa (sabe-se que é branca e que está tinta de sangue). As mãos, sobre o pano da bandeira, são bonitas, delicadas, apesar de estarem sujas e com manchas verdes. Vêem-se algumas folhas de árvore-santa espalhadas sobre a bandeira. No pescoço do rapaz há uma ferida. Embora pequena, dela flui um incontível fio de sangue. O perfil não está alterado por nenhuma dor, antes parece o contrário, o perfil sereno e contente de alguém que dorme feliz. Até se diria que sorri, e a própria palidez parece uma estranha conseqüência da grande vitalidade que transparece do corpo. Na testa brilham por momentos gotas de suor. O cabelo, molhado, tem leves ondas de um loiro escuro. Tingo apanha uma das velas, aproxima-a do rosto do rapaz e limpa, com um lenço, o sangue que escorre da ferida do pescoço. Tímido, Sebastián toca-lhe as mãos e a testa. Está com febre. Como a bandeira é grande, levantam a borda que desce até o chão e o cobrem. O rapaz se mexe, diz alguma coisa impossível de entender. Em seguida sorri de verdade, abre os olhos e torna a fechá-los. Abraça-se à bandeira. A animação dura apenas um instante. Logo em seguida volta ao sono, à imobilidade.

11. MEU NOME É SHERAZADE

CHOVE. Com fúria. Como este relato é escrito em Cuba, a chuva cai com fúria. Diferente seria se estivesse sendo escrito em qualquer outro lugar do mundo. Aqui não existem garoas (como escreveria um autor galego), nem eternos chuviscos parisienses. Aqui só se pode descrever uma chuva desesperada. Em Cuba o Apocalipse não surpreende: sempre foi um acontecimento cotidiano. Razão pela qual este capítulo começa com um temporal que prenuncia o fim dos tempos.

É bonito que tudo vá sumindo, até a Ilha, transformada em impressão, miragem, adoro a chuva: faz a gente se sentir fora do tempo e do espaço, adoro a chuva, quebra a monotonia de um dia após o outro. Fecho a livraria, a esta hora ninguém vem comprar, muito menos debaixo de chuva, a chuva devolve às coisas seu verdadeiro valor, a casa, por exemplo, não é a mesma quando chove, o aguaceiro a torna aconchegante, a transforma e a faz amável, sinto vontade de ler ou dormir, ou as duas coisas ao mesmo tempo, é, sim, seria maravilhoso dormir enquanto chove, e, enquanto chove, e dormindo, ler, ou não ler, mas que o sonho fosse feito de palavras, um sonho assim: Bate a chuva na vidraça e nos gradis dos balcões, onde a trepadeira grassa com seus floridos festões e, sob as folhas dos álamos que estremecem ventos frescos, piar se escuta entre seus tálamos muitos gorriões picarescos; adoro essa chuva, a de sempre, a de um século atrás, a que viu Casal da janela de sua casa na rua Aguiar número 55, a mesma que agora volta para que eu sinta incertas dores em meus músculos e fundas tristezas em minha alma, o aguaceiro desperta o cheiro da terra, o cheiro que, não fosse o aguaceiro, nunca se sentiria, refresca a casa com a umidade persistente, gosto que o aguaceiro me encarcere, é o único cárcere que, suponho, eu poderia suportar, estou sentado na cadeira de balanço, com os pés sobre a cama, escuto a música da água sobre a água e sobre as telhas, vou adormecendo, eu creio ouvir vozes ausentes — fecho os olhos — que, surgindo do infinito — afasto-me e sei que não me afasto —, iniciam-me em raros deleites, a Ilha se transforma em chuva, fora do mundo em que me agito, chove torrencial, magnificamente, chove, serei feliz enquanto durar o aguaceiro.

Detesto a chuva, eu a detesto porque me enclausura, porque me obriga a permanecer entre estas quatro paredes que odeio de todo o coração, e presume-se que, quando digo "de todo o coração", quero dizer que a odeio como não se pode odiar mais, a chuva me faz sentir prisioneira, me obriga a permanecer imóvel, a esperar como um rato acuado, eu me sinto encurralada, não quero que chova, por mim, o sol poderia estar sempre me torrando, o sol, o fogo, esta Ilha não é uma ilha, é uma labareda, uma filial do Inferno, o sol, claro, de quando em quando umas horinhas de escuridão para não morrer de ofuscação, não quero saber da chuva, nem do seu cheiro de terra, de cemitério, o frescor úmido (que tanto louvam os falsos poetas, os que gostariam de viver entre as brumas da Escócia, os imbecis que me rodeiam), nem do som monótono e terrível, prefiro arder nas fornalhas do Inferno real que é esta Ilha a suportar a chuva de outubro, que vai fazer o telhado desabar sobre mim, o telhado da casa range, e não é para menos!, e começam as goteiras, as goteiras, as goteiras, um balde aqui, outro ali, a casa cheia de baldes, e eu aqui fechada, sem nem poder sair para a Ilha, que é, ninguém me engana, o Cu do Mundo, odeio a chuva como a mim mesma, e, se Deus acha isso uma blasfêmia, que venha, que venha Ele em pessoa com todos os seus anjinhos para perguntar, que não tenha medo e apareça, eu é que não vou me amedrontar com trombetas nem com fogos de artifício, que venha logo de uma vez, que apareça hoje mesmo, Ele vai ver o que é bom, vou lhe dizer poucas e boas.

Chove e fico triste e isso me traz alegria, a chuva vale a pena quando se está sozinho, é o melhor pretexto para ter saudade de alguma coisa e ficar triste com sua ausência e chorar à toa. E Lucio, que está nu sobre a cama, fecha os olhos.

Lucio fechou os olhos. Vê uma casa de madeira, sobre pilotis, com uma entrada enorme. As paredes brancas; não são brancas (não sabe de que cor são). Portas e janelas com telas metálicas. A escada leva à entrada. O chão também é de madeira. Uma cadeira se balança sozinha, talvez por efeito do vento. Lucio entra na casa. Está vazia, quase não há móveis, exceto algumas cadeiras e uma mesa sobre a qual descansa um lampião aceso. Nos quartos tampouco há camas, armários, ou espelhos. A única coisa que se aprecia nas paredes dos quartos são fotografias, homens e mulheres austeros que ele imagina mortos, pela austeridade, e porque é evidente que são fotos antigas. No último quarto, num canto, uma menina, sentada no chão, chora. Esconde o rosto entre as mãos. Lucio acaricia sua cabeça quase rapada. Tem vontade de chorar ele também, não sabe por quê, e, como tem vontade de chorar e não sabe por quê, vai até a janela e a abre. O mar. Começa a amanhecer. O mar está calmo, cinza. O céu, também cinza, desenha nuvens longínquas e imóveis. A menina se levanta. Vai até Lucio. Ao ouvir seus passos, ele se volta e vê a menina de cabeça baixa. Por que você está chorando? A menina não responde. Pára ao lado dele, também fita o mar, pega na mão de Lucio e a acaricia. Por que você está chorando? Ele belisca seu queixo, levanta sua carinha para vê-la melhor. Como você se chama? Sem deixar de chorar, a menina sorri, Lucio, diz, eu me chamo Lucio.

Você não acha que o som do aguaceiro é uma música estranha? Três homens de túnicas brancas tocam instrumentos que soam como a chuva. É uma sala pequena e pintada de vermelho, com cortinas de damasco e caçoulas onde queimam incenso. Uma garota sorri, com cara de ingênua malícia, achega-se e o toma pela mão. Lucio a segue sem deixar de escutar, muito perto, o som de uma música que é a chuva, que é a chuva que é a música. Vê-se um longo corredor repleto de plantas naturais: têm a estranha virtude de parecer artificiais. Em um salão, vários casais se beijam, se acariciam obedecendo às ordens de uma velha em cadeira de rodas. Esta (a velha) olha Lucio fixamente. Afinal!, exclama. Os casais se separam, olham para ele. Afinal!, repetem em coro. Lucio se aproxima da velha em cadeira de rodas. Esta (a velha) toca seu peito, suas coxas, como quem toca um belo animal. Você está pegando fogo, diz. A velha é feia, usa um vestido da mesma cor vermelha das paredes e está de óculos escuros. Não sorri. Lucio não sente vergonha de estar nu, e sim uma insólita alegria. Com grande cerimônia, levam-no a outro aposento, onde há um cadáver coberto com um sudário. Quem é?, pergunta Lucio. Persiste o som da música que é uma chuva estranha. A garota de cara maliciosa levanta o sudário e Lucio vê o cadáver, também nu, idêntico a ele, seu próprio retrato. O Lucio vivo toca as mãos do Lucio morto e as acha enrijecidas, geladas. Quando morreu? Quando morri? Em sua cadeira de rodas, a velha é conduzida por um negro bonito e forte. A velha enxuga lágrimas falsas. Todos estamos vivos, todos estamos mortos, exclama com voz entrecortada. Minha mãe já sabe? Sua mãe morreu antes de você. Lucio sente uma grande tristeza. Inclina-se sobre o Lucio morto e beija seus lábios cerrados, sem alento. Será feliz? Vira-se, percebe que não há ninguém, deixaram-no sozinho, mas ainda assim pergunta Como, se estou morto, não sei o que é a morte? Está chorando sobre o outro no momento em que chamam à porta. Escuta a voz da velha, Lucio, Lucio. Chamam à porta de novo. Irene grita Lucio, Fortunato está aqui. Lucio abre os olhos em seu quarto. Puta que o pariu, como é que o Fortunato conseguiu vir com esse dilúvio?

Que é que você está fazendo aqui? Fortunato está ensopado da cabeça aos pés. Precisava falar com você. Primeiro você tem que se enxugar, diz Irene estendendo-lhe uma toalha. Enxugue-se, ordena Lucio com essa superioridade que sempre sente diante de Fortunato. Enxugue-se e troque de roupa. Irene fecha a porta com prudência para que Fortunato se troque. Não vá apanhar um resfriado, rapaz. Fortunato é moreno, muito moreno, quase mulato, apesar do cabelo bom e dos traços europeus, e é alto, alegre, dócil, com olhar inexplicável, de um verde com reflexos amarelos. Os lábios ligeiramente grossos, ligeiramente arroxeados, sorriem quase sempre com uma doçura que contrasta com o corpo forte. As mãos são tão grandes quanto tímidas. Como é que você foi sair com um temporal desses? Fortunato não deixa de sorrir. A chuva não me acovarda, afirma com voz áspera que delata, mais que nenhum outro detalhe, que seu pai era negro. Eu precisava ver você e pensei "nenhuma chuva pode comigo", e aqui estou. Você ficou louco, acabe de se trocar. Olhe, até a cueca está ensopada. Lucio lhe entrega roupa limpa sem olhá-lo. Fortunato se veste com a roupa de Lucio, que nele fica justa. Lucio tira o roupão que vestiu para abrir a porta e volta a cair nu na cama. Qual é esse problema tão grande que fez você sair da sua casa com essa chuva? O outro senta ao pé da cama e agora não sorri. Nada, queria ver você. Me ver? Só me ver? Fortunato confirma. Lucio ri às gargalhadas. Caralho, acho que você é veado.

Escute, Senhor, acendo esta vela diante da sua imagem torturada porque já quase não me lembro nem do meu próprio nome, antes, quando chovia, eu me deitava a recordar e, claro, ficava triste e chorava, e eu gritava Pare de chover, pare de chover, dizia para mim mesma que não queria as lembranças, só perturbavam, vinham atrapalhar, eram como um prato frio de farinha sem sal, embora na verdade eu adorasse recordar enquanto chovia, deitada na cama, antes, quando chovia, para não chorar, eu tinha que pôr no toca-discos uma canção bem alta e *guarachosa*[9] de Celia Cruz, *Songo le dio a*

---

[9] *Guarachosa*: referente a *guaracha*, gênero de canção popular afro-cubana semelhante à rumba, com letras muito maliciosas e satíricas. Por extensão, designa o que é dito em tom jocoso ou irônico. (N.T.)

Borondongo, Borondongo le dio a Barnabé, para que as lembranças não me perseguissem, e deixava a cama e o choro e ia para a cozinha inventar pratos estranhos, ou costurava na Singer que parece uma carroça, e falava com meu filho, gritava, para que o barulho da água não entrasse na minha cabeça, e fazia molhos, limpava o chão com perfume para diminuir o cheiro de mato e de terra molhada, ah!, hoje, Senhor, olhe para mim acendendo esta vela diante da sua imagem torturada para implorar que deixe entrar um raiozinho de luz nas minhas lembranças.

A chuva de hoje é de verdade, sim, agora sim está chovendo, com vontade, cumprindo a ameaça. E Merengue, que não pôde sair com o carrinho e os doces, senta na cadeira de balanço de palhinha rasgada para fumar seu charuto (não tem coisa melhor que fumar um H-Upmann num dia de chuva como hoje). Preferia nem ter se levantado, dormir o tempo que durasse o aguaceiro, não tem coisa melhor que dormir com a chuva lá fora, mas a modorra não dá para tanto, nem ele está acostumado a ficar na cama à toa. Além disso, a chuva, esta chuva, não é uma bênção de Deus nem coisa que o valha. Também não é ilusão. Chove e parece que não chove, que é o pior. Seria uma bênção se o Chavito estivesse deitado em sua cama de solteiro, roncando como um justo, porque ele sim que saiu dorminhoco, e não sei de quem puxou tanta preguiça, se nem Nola nem eu nunca dormimos além das seis da manhã. Chavito, em compensação, é só encostar a cabeça no travesseiro…, fecha os olhos, e os fecha para valer, com paixão, pode ficar imóvel e apagado durante onze, doze horas seguidas, e depois os abre como se tivesse acabado de deitar, bota a mão na barriga e pergunta Velho, não tem nada para comer aí?, e depois, de tarde, ainda é capaz de tirar uma pestana. Não, a chuva de hoje não é

Teu é o reino 99

uma bênção de Deus. Ontem o Chavito também não apareceu. Foi ontem que começou a chover? Foi ontem que acharam o Ferido na marcenaria do Berardo? Bom, o tempo é uma coisa estranha. Parece que faz meses que o Chavito não vem; meses que acharam o pobre rapaz quase dessangrado coberto com a bandeira cubana. E o Ferido e a chuva assustam Merengue. Por momentos experimenta o desespero de não saber onde seu filho pode estar com esse dilúvio, pensa em quantas marcenarias sem uso deve haver por aí, quantas bandeiras, na possível quantidade de feridos que agora agonizam sem que nenhum garoto curioso os descubra.

É quando chove que dona Juana dorme melhor. É quando chove que a senhorita Berta se sente mais observada, sem chance de escapar, de deixar tudo e sair para a rua para tentar esquecer que um olhar a impede viver. Agora está tentando ver a chuva cair. Não é fácil: esta chuva (já foi dito) é um aguaceiro torrencial, quase um ciclone, um presságio (já foi dito) do Apocalipse. A Ilha desapareceu. Não há Ilha. Sozinhas ficaram ela e o quarto. Ah, e o desamparo em que a deixa o olhar. Embora mal se enxergue, a senhorita Berta está tentando ver pela janela como a chuva apaga a paisagem e impõe sua presença. Não sabe que horas são, e isso não tem muita importância (neste livro, a hora nunca tem muita importância). Ela pensa ver um velho de guarda-chuva caminhando com dificuldade bem perto do Hermes de Praxiteles. Não é possível, diz para si a Senhorita, e, como diz "Não é possível", o velho desaparece.

Dona Juana dorme. O aguaceiro faz com que durma melhor. É mais branca a camisola branca, são mais benéficos o rosário e a cruz que pertenceu a Francisco Vicente Aguilera. A seu lado, um castiçal com uma vela acesa. No sonho perfeito de seus noventa anos, dona Juana tenta levantar uma das mãos e pegar o castiçal, talvez para iluminar melhor as regiões escuras de seu sonho. (Isso não se sabe por ora.) A senhorita Berta, que entrou para olhar como a mãe dorme, segura a mão e a devolve a seu lugar, sobre o regaço, nessa posição que será a dela quando dormir seu sono definitivo (se é que este já não é seu sono definitivo).

A Princesa de Clèves. Quando chove, Mercedes se transforma na Princesa de Clèves. Ela pensa que sua irmã, diante dela, não sabe que ela não está na cadeira rasgada, na Ilha que é o Reino da Banalidade. Não, ela não está ali. Quando chove (é seu segredo), ela consegue transportar-se à corte de Henrique II, e deixa de ser Mercedes (nome vulgar) para se transformar na Princesa de Clèves (*née* mademoiselle de Chartres). Está sentada ao pé de uma janela no Pavilhão de Coulommiers. Fora, chove. Não é uma chuva como esta, arrasadora, mas um chuvisco que mal chega a esmaecer (mas que até ressalta) o amarelo esverdeado da paisagem outonal dos campos franceses. Agora, a Princesa concentra-se em seu lavor. Quando estiar, ela se agasalhará, vestirá sua capa, passeará pelos jardins onde o Príncipe de Nemours a espreita louco de paixão entre as árvores. Deus, o que eu não daria para ser um personagem de romance!

Ela acha que estou dormindo, ela acha que não a conheço, eu sei bem mais do que ela imagina, mas pouco me importa se ela pensa que é a princesa de tal ou Madame Bovary, eu só quero sonhar, eu também quero sonhar, e Deus não me concedeu esse privilégio, quando começou a chover, tive uma leve esperança, sempre que chove tenho uma leve esperança, que eu já deveria ter descartado, pois nunca passa de esperança. Pensei: afinal, já aconteceu outras vezes: momento de vertigem, tontura, como, se em vez de estar chovendo na Ilha, estivesse chovendo no mar, quando eu era menina, quando meus olhos ainda estavam vivos, depois do cemitério, eu morei à beira-mar, nunca vou me esquecer, o que mais impressionava Mercedes era a água, e a cor, e as ondas, e a espuma, e entrar nele até onde a gravidade não podia com ela, dizia, mas não foi isso o que mais me impressionou, para mim o mar sempre foi um som, mais do que qualquer outra coisa: imenso, considerável estrondo, será que já então eu estava me preparando, sem saber, para a cegueira que me esperava? Eu gostei daquele estrondo, não tinha nada a ver com nenhum outro som conhecido, eco, ressonância, que de certo modo me abarcava, do qual eu participava, nunca tinha me acontecido (nem voltou a me acontecer) nada parecido, e quando chove, como hoje, volta a lembrança remota daquela impressão, e deve ser isso o que me faz pensar no mar, porque em alto-mar o barulho da chuva deve ser mais forte, não me lembro direito, já se passaram tantos anos desde a casa do tio Leandro, não, na verdade não são tantos assim, só que, quando você não enxerga…, e hoje, assim que pensei "alto-mar", imediatamente imaginei um navio, acho que ainda me lembro de como são os navios, e falei Marrocos, Sardenha, Chipre, não importa, costas rochosas banhadas pelo mar cor de terra (assim o imagino), eu na proa, sim, quase adormecendo, a tontura passou, sempre passa, voltei à escuridão de sempre, ao permanente vermelho escuro, quase preto, a que estou condenada, se nascer numa ilha é um castigo grande, existe outro castigo pior, o de ser cega numa ilha, e, para completar, esta falta de sono! Se essas circunstâncias coincidem em você, não tem remédio, tanto faz se chove ou faz sol ou cai neve ou canivetes, se é primavera ou inverno, o cheiro, o tato e o sabor são sensações que cansam, você ficou cega numa ilha! Por mim, o céu pode rachar de tanto chover, cega, numa ilha, condenada a uma cadeira de balanço, de onde se deduz que para mim a cadeira é o planeta, não gira em volta de nada, por sorte, mas se move.

Saiu nua no terraço. Chove com fúria. Melissa deve sentir como se uma força a obrigasse a deitar no chão. E se deita. Pela expressão de seu rosto, poderíamos deduzir que experimenta uma voluptuosidade nova. Não será como se milhares de mãos a acariciassem? E quando o céu se abre em relâmpagos, diríamos que ri e grita de alegria.

Não se faça de desentendido, Vido, Melissa está no terraço e você sabe. Ela não se importa com o temporal. Sai como se nada: a chuva lhe obedece. Você sabe, Melissa está sob o temporal, rindo, divertidíssima, contente de que os outros estejam recolhidos, odiando, amando, sonhando, fingindo que não sonham, enquanto ela sente seu corpo ser acariciado por milhares de mãos. Você, ao contrário, está preso. Não pode sair. O mundo está se acabando (sempre que chove, dizem que o mundo está se acabando) e proíbem você de sair, a tia Berta fala Você pode pegar uma pneumonia, não vá procurar problemas. Eu sei que você está pensando (como é que eu não ia saber?) que uma pneumonia a mais ou a menos não vai ter a menor importância se você puder vê-la nua, ela, Melissa, a única mulher que você viu e que deseja ver nua. Melissa, com aquele corpo pedindo aos gritos que o acariciem. Que importância tem a chuva, Vido, que importância?! Escute o que eu digo, é melhor você tirar a roupa e também sair nu nesse temporal. Em pêlo como veio ao mundo. Vai pular, como sempre, pela janela, ninguém vai ver você. Lá embaixo não haverá lama. Crescerá muito capim e crescerão pés de tília e de erva-picão e muitas outras coisas que se interporão entre seus pés e a terra. E a chuva será gostosa sobre o corpo nu! Não percebe como é nova para você a sensação da chuva na pele? Seu corpo vai reagir da melhor maneira, ou seja, como se você já estivesse diante dela, de boca aberta, olhos fechados e pau duro. Assim, nu, você deixará para trás o Hermes de Praxiteles (que não é de Praxiteles e sim de Chavito) e do horrendo busto de Greta Garbo. Também deixará para trás a Vênus de Milo (nem olhe para ela, que é de barro). Contornará o edifício e chegará à azinheira. Então terá uma grande surpresa, pois, quando for trepar nela, sentirá uma mão segurando você. Essa mão que aperta levemente seu ombro, Vido, será a dela, terá de ser a dela, pois mais ninguém (escute bem: mais ninguém) poderia tocar você assim. Você se virará. De fato, ela estará ali, nua, os dois nus sob a chuva, sem dizer nada, sem deixar de sorrir. Ela tocará seu peito e dirá algo que você não entenderá nem lendo seus lábios. Mas pouco importa. Ela se aproximará, acariciará suas costas. O hálito dela será delicioso como o cheiro da chuva. Você se inclinará um pouco para beijar seus lábios. A maldita se afastará, correrá entre as árvores, desaparecerá, você a procurará desesperado, Melissa, caralho, não me deixe assim. E a verá recostada no sândalo-vermelho do Ceilão, rindo, esperando por você de pernas abertas. Você parará diante dela sem se aproximar muito, para castigá-la, para que a putona aprenda, você mostrará essa coisa dura e grande que irrompe triunfal dentre suas pernas, e exclamará, gritará Se você quiser é toda sua. Ela responderá Eu quero, sim, e estenderá os braços para que você vá afinal. O temporal da Ilha, apertando como se soubesse que assim os cobre e os salva. Com mãos admiradas ela colocará seu pau no lugar certo. E você entrará sem saber onde mas sabendo que na felicidade. Tão feliz você estará sobre a azinheira, que estará no terraço, que estará em seu quarto e, quan-

104 Abilio Estévez

do abrir os olhos, você se verá abraçado ao pássaro que se agitará e sairá voando e, quando abrir os olhos, você se encontrará em seu quarto, e não haverá ninguém, me desculpe, Vido, quando você abrir os olhos, perceberá que foi uma brincadeira que o autor fez com seu personagem, e você não deveria me culpar, afinal de contas, a imaginação é mais grandiosa que a realidade. E aí, Vido, no espelho da penteadeira, um líquido branco, espesso, seu leite.

O cenário deve ser grande, cheio de árvores, folhas, galhos de verdade. Digamos que representa um bosque da Grécia antiga. Aparece uma vestal. Túnica branca ondulando ao vento. O vento sai de grandes ventiladores que estão entre as cortinas do palco. A vestal avança lenta. Estava nervosa; agora não. A partir do momento em que seu pé descalço sente a madeira do tablado, o medo se esvai como levado pelo falso vento. Aplausos. A chuva é feita de aplausos. Como a chuva não cessa, não cessam os aplausos. De todo modo, para ela, há um grande silêncio, um solene silêncio. Não vê ninguém. O público não existe. Só existem o palco, a música e ela, vestida de vestal no meio de um bosque da Grécia antiga. Começa a cantar uma ária belíssima de Gasparo Luigi Pacifico Spontini. Somente ela sabe o que experimenta quando canta. Uma sensação que não recorda nenhuma outra. Sua voz é prodigiosa, ela sabe, e a ouve, faz o que quer com ela. Interessa-lhe o público, é verdade, e por isso chega-lhe sua emoção, o modo reverente, religioso, como acolhe seu canto. Estende as mãos. A ária na realidade diz: Público meu, esta voz é para ti, nada sou sem ti, minha voz e eu fomos criadas para que tu fosses feliz. A música cessa. A pureza de sua voz é coroada por uma ovação. Aplausos. A chuva é feita de aplausos. Esta de hoje, intensa, chama-se ovação. Gritos de *brava!*

E se eu lhe lembrasse, Casta Diva, que a chuva é chuva e mais nada, seria uma crueldade de minha parte? E se eu lhe lembrasse que seu marido está há vários dias largado na cama sem lhe dirigir (nem a você, nem a ninguém) a palavra? Se eu lhe lembrasse que Tatina se molhou de novo, que Tingo está brincando com um teatrinho de fantoches, que não há bosque verdadeiro nem falso, nem você usa roupas de vestal? Olhe, olhe a seu redor, um quarto pobre. Escute, não há aplausos, nem ovação, nem gritos de *brava*. Só uma Ilha que se inunda, um marido que não fala, um filho que não entende e brinca sem parar, e uma filha idiota que se urina a cada cinco minutos. Ah, e um espelho! Por que você não dedica um copo de água ao espírito de Spontini? Você está rouca de tanto gritar que a chuva deixa você rouca, que assim não pode cantar como você e seu público merecem. Tudo bem, Casta Diva, não quero ser muito cruel, não quero maltratar você. Feche os olhos, atenção, atenção, o cenário deve ser grande, folhas e galhos de verdade. Um bosque na Grécia antiga e você entra de vestal. O resto, por favor, acabe de imaginá-lo você mesma.

Agora é a hora, Tingo, aproveite que sua mãe se sentou na poltrona, escondeu o rosto entre as mãos para se imaginar num palco, e deixe o teatrinho de fantoches, saia para a galeria, corra até o vestíbulo, que o Sebas está olhando a chuva cair. Que chuva boa! Além do mais, não tem aula. E você viu quanta água? Senta-se ao lado de Sebastián, que não diz nada, que nem sequer deixa de olhar o aguaceiro, que não parece o Sebastián, tão sério! Tingo fica um bom tempo ali, calado, sem saber o que fazer. Depois, quando já está a ponto de chorar, Sebastián o encara com seu melhor sorriso e pergunta Você conhece a história do meu tio Noel?

A seguir transcrevo, sem tirar nem pôr uma única vírgula, a história que Sebastián narrou para Tingo enquanto caía na Ilha aquela chuva torrencial.

Faz muitos anos houve uma chuva como esta de hoje, e até mais forte, que inundou a terra, tinha mais água na Ilha que nos mares que a cercam, minha mãe tinha um tio chamado Noel que morava num sítio chamado El Arca, entre Caimito e Guanajay, o tio Noel era viúvo e só teve uma filha, que morreu aos quinze anos, do que ela morreu?, de nada, quando fez quinze anos, em vez de crescer e ficar bonita como as garotas de quinze, ficou pequenininha e feia, tão pequenininha e tão feia que meu tio lhe dava leite com conta-gotas e sempre com os olhos vendados para não se assustar, a garota se chamava Gardenia, e um belo dia, antes que começasse esse aguaceiro que falei, Gardenia virou um pontinho e sumiu, aí meu tio se sentiu sozinho e se dedicou aos animais com mais amor do que antes em seu sitiozinho, ali tinha todos os bichos que você pode imaginar, o tio Noel adorava os animais, tinha até elefantes (não como esses elefantes que a gente vê no zoológico, que são da África e da Índia, não, nada disso, elefantes cubanos, que não existem mais porque morreram numa epidemia de tristeza), como eram os elefantes cubanos?, pequenos, de corpo vermelho e orelhas brancas, sem presas, ou com uma presa só, não sei direito, mas, como eu ia dizendo, o tio Noel tinha animais de todas as espécies quando começou aquele aguaceiro que durou muito, muito tempo, caiu tanta água que as casas foram levantadas com alicerce e tudo, e as casas de Baracoa foram parar em Guane, e as de Guane acabaram em Guantánamo, e as pessoas iam se cumprimentando ao passar, e continuavam fazendo suas coisas sobre o rio de águas selvagens, sem poder parar, minha mãe diz que ninguém passeava de ônibus, mas em barquinhos, que nem em Veneza, que é uma cidade onde uma vez também choveu muito, mas o tio Noel não quis que a casa dele fosse levada pelo rio e a amarrou forte com várias cordas, e enfiou os bichos lá dentro, até que parasse de chover, alimentou e criou todos eles, e os bichos gostavam muito dele, porque os bichos gostam muito de quem cuida bem deles, e, enquanto os outros bichos da ilha morriam afogados, os do meu tio engordavam e ficavam mais bonitos do que antes, e quando parou de chover a terra estava como se tivesse sido varrida com vassouras gigantes, as casas foram parar nos lugares mais distantes, umas até em Pico Turquino, e não tinha bichos, e o mais terrível: apesar de ter parado de chover, as pessoas não acreditavam, porque com toda aquela chuva os ouvidos se acostumaram ao barulho, e aí, mesmo não caindo nem uma gota, as pessoas continuavam escutando o aguaceiro, mas o tio Noel, que sempre foi um homem inteligente, falou Quem sabe essa chuva que estou escutando não é de verdade, mas o que ficou nos meus ouvidos da chuva anterior, e para ver se era isso mesmo mandou para o campo uma cabritinha chamada Chantal, e a cabritinha voltou dali a pouco comendo capim, bem sequinho, não tinha nem lama nas patas, e assim meu tio ficou sabendo que já não chovia, se bem que minha mãe diz que o tio Noel continuou escutando a chuva até o fim da vida, quando morreu, e ele morreu quando os cem anos que tinha se acumularam no seu coração. Poucos minutos antes de ficar quieto para sempre, ele falou que estava se afogando, que estava num barco navegando num rio enorme e que o barco naufragava e ele afundava com o barco, e não estava em nenhum barco nem em rio nenhum, mas em sua cama, e o dia estava lindo, conta a minha mãe, o que eu sei é que foi graças aos bichos que o tio Noel salvou em sua casa de El Arca que hoje tem bichos em Cuba, se não a gente agora estaria comendo mato e flores, porque, tirando os do meu tio, todos os outros bichos morre-

108 *Abilio Estévez*

ram afogados faz muitos anos naquele aguaceiro, que foi um aguaceiro maior que o de hoje, e olhe quanta água.

This rain is just like that other one, ele a recorda, ou melhor, pensa recordá-la. Chovia com tanta fúria que Havana ia deixando de existir, se apagava, pela janela só se viam miragens de paredes e sacadas. A rua vazia. Onde eles moravam nessa época? Talvez na casa de cômodos da rua Jovellar. A dona se chamava Tangle (não, Tangle era a da casa de cômodos da rua Barcelona, quase esquina com a Galiano; a da Jovellar se chamava Japón, isso mesmo, Japón, negra gorda e jovial, sempre rindo, e foi a única que aceitou Cira sabendo de sua doença. Não se importou, disse Eu só lhes peço que os outros inquilinos não fiquem sabendo, e os deixou e foi muito boa, já deve ter morrido, já na época devia beirar os sessenta). O professor Kingston dava aulas particulares. Seus alunos eram médicos e engenheiros que iam para Yale, Harvard ou Princeton, filhinhos de papai que pagavam uma merda, mas o suficiente para viver: os dois gastavam pouco. Na casa de cômodos de Japón tiveram uma trégua, um tempo de paz, sem serem obrigados a viver de um lado para o outro, graças à bondade da negra que Deus há de ter em sua glória, se é que existem Deus e a glória. Durante vários meses (sete, oito, não sei, *memory fails me*) eles moraram no quarto pequeno, mas limpo e agradável, da rua Jovellar. Quanto à data não tem dúvida, e não só por causa do que aconteceu com Cira, mas também (que caprichos da memória, por que será que a memória costuma tomar como ponto de referência fatos banais ou estranhos à nossa história pessoal?), porque nesse ano, nesse mês, afundaram o cruzador alemão *Königsberg*, um terremoto destruiu completamente a cidade italiana de Avezzano, esses fatos que fizeram o professor Kingston pensar que nós, as civilizações, temos de saber que somos mortais. Mortais, sim, como Cira. E esta chuva é igual àquela, o monótono choque da água contra a água, esse som que é o da solidão (se a solidão se pudesse ouvir), e assim, portanto, eles ficaram isolados no quarto, três, quatro dias trancados, sem que ele pudesse sair para dar as suas aulas e só recebendo a visita da negra Japón, que trazia, junto com o sorriso contagiante, o prato de canja, sabendo que Cira não aceitava outra coisa. E essa chuva de hoje, eterna, impassível, faz com que ele volte a ver sua mulher sentada na cadeira de balanço, com o rosto coberto com o grande véu de tule preto, as mãos enluvadas, e o longo vestido também preto. Volta a vê-la na beleza dos seus trinta e três anos (bom, a beleza é pura imaginação, licenças da memória, pois já fazia tempo que Cira não se deixava ver por ninguém), balançando-se na cadeira, esta mesma, esta cadeira de balanço onde hoje ele está sentado escutando a chuva ou, o que significa a mesma coisa, recordando. Quanto tempo sé passou? E Cira não vai embora de vez, nunca vai embora de vez: a que desapareceu naquele dia foi a Cira dos outros. A dele, por mais que se tenha desvanecido, por mais que tenha perdido nitidez, continua ali, na cadeira de balanço, oculta entre tules e luvas. Chovia, sim, como para toda a eternidade, e por sobre o permanente bater da chuva se ouviram batidas na porta que soaram fora de lugar, intrusas, não há dúvida de que, quando chove, chegamos a pensar que só esse rumor é possível. Pensando tratar-se de Japón, embora ainda faltasse muito para a hora do almoço, o professor Kingston abriu a porta. E não era Japón, não (*I fear thee, ancient Mariner*), e não sabe por que repete Velho marinheiro: tinha diante de si um jovem alto, bonito, esbelto, de olhos grandes e com certa tristeza, e os lábios mais bem delineados que se possa imaginar. Sorria. O professor Kingston não teve tempo de fazer perguntas. Ouviu um gemido às suas costas e, quando se virou, encontrou Cira no chão. Quase nem precisou esperar o médico para saber o que já sabia. O jovem marinheiro desapareceu. Seguiram-se vários dias de chuva ininterrupta.

Este temporal é apenas o começo, sei que não vão acreditar em mim, que vão rir de mim, que dirão mais uma vez coitada da louca, coitada da Condessa Descalça, como me chamam com desprezo, a louca varrida, também, há séculos, falaram a mesma coisa de Cassandra, triste destino de quem vem dizer a verdade, logo lhe põem o estigma da loucura como o chocalho nos leprosos da Idade Média, eu só venho dizer o que sei, cumprir com meu dever, se não querem me ouvir, pior para vocês, isso mesmo, fechem as janelas quando me virem, tapem os ouvidos, sei que o toque da minha bengala os apavora, mas nem por isso a profecia deixará de se cumprir, fiquem sabendo, este temporal é apenas o começo, o fim está próximo, em breve, muito breve, muito antes do que até eu mesma sou capaz de prever, a desgraça se abaterá sobre a Ilha, sobre a cidade, sobre o planeta, não há imaginação capaz de calcular a atrocidade que se avizinha, e o temporal de hoje é apenas um aviso, fiquem atentos, depois, quando estiar, começaremos a adormecer, um sono paralisante será o primeiro sintoma, e o corpo estirado na cama, no sofá ou na rede não notará que dele sairá uma luz, e essa luz será o amor fechado no quarto de cada um, o amor, que é luz, escapará como fumaça e deixará o corpo às escuras, e começaremos a viver nas trevas, e das trevas virão outros males, não haverá mãe que ame o filho, nem rei justo, nem homem que compreenda seu semelhante, falando a mesma língua não nos entenderemos, ninguém se amará, ninguém, as cartas mais apaixonadas serão páginas em branco, os versos mais ardentes parecerão trava-línguas, será o reino do ódio, e o reino do ódio é o da traição e da mentira e da desolação e da hipocrisia, a máscara ocupará o lugar do rosto, o verdadeiro rosto desaparecerá, também como fumaça, por trás da máscara, e viveremos com revólveres e facas e punhais sob o travesseiro, não dormiremos, esperando o golpe do amigo, do inimigo disfarçado de piedoso, as mulheres entregarão o marido ao carrasco para ser decapitado, os maridos esquartejarão a mulher para negar ao carrasco o prazer da execução, muitos fugirão, milhares fugirão, se lançarão ao mar, nadarão e nadarão até tocar terra firme, de nada valerá, nada conseguirão, um país é uma doença que se padece para sempre, eles partirão, sim, mas alguma coisa não permitirá dormir, chorarão pelo que deixaram, embora nada tenham deixado na realidade, pois nunca, ouçam bem, nunca ninguém pode escapar totalmente do lugar em que nasceu, o homem que deixa o lugar onde nasceu deixa metade de si e só leva a outra metade, que é em geral a mais doente, e quando, lá longe, esteja ele onde estiver, sentir falta do braço ou da perna ou do pulmão, pensará Sou um homem que padece de saudade, e já estará morto, e este temporal é o início, e muito mais, muitíssimo mais, porque depois desta chuva haverá várias décadas de seca, nos campos, nos belos campos cantados por trovadores e poetas, as árvores calcinarão sob implacáveis chamas do sol, o sol mesmo crescerá para nos castigar, os rios secarão, morrerão as reses, os animais tombarão rendidos de sede e cansaço, somente os urubus crescerão e se multiplicarão, e os peixes do mar se afastarão da costa calcinada, o fantasma da peste baterá nas portas abertas, o sangue se converterá em pus, a fome entrará como uma sombra em nosso corpo no lugar do amor, e, acreditem, um homem com fome é o primeiro candidato à traição, trair e ser traído, eis aí dois atos simplíssimos, como beber água podre de mananciais podres, e junto com uma traição leve vem o roubo, em vão se gradearão portas e janelas, o roubo ditado pelo desespero vulnera os arames farpados, e começarão as perseguições, e os mesmos que roubam vigiarão, viveremos sob olhares persistentes, olhos por trás das janelas, olhos na terra, olhos no desejo e na tristeza, até em nosso coração olhos, e, enquanto os olhos penetrarem finos como agulhas nos sonhos, os prédios começarão a desmoronar sacudidos por ciclones imaginários, até a atmosfera se cansará de tanta atrocidade, sob a poeira, sob os escombros tampouco encontraremos a paz da morte, até essa paz nos será negada, pois haverá juízes sob a terra para julgar e ditar sentenças, tudo o que alguma vez falamos, a canção mais inocente, se voltará contra nós, para morrer docemente é preciso ter levado uma vida digna, e aqui todos cairemos na abjeção como moscas no mel, adeus famílias, adeus tesouros que desconhecíamos, adeus piedade, adeus ternura, e outras coisas eu calo, não sei como dizê-las, apareceram em sonhos, e os sonhos, por mais ferozes que sejam, nem sempre podem ser explicados, o que digo e enumero é só o começo de um horror muito maior que este que anuncio e de que este temporal é apenas o começo, podem me chamar de louca, sim, louca, como quiserem, pouco importa, louco é quem ainda tem a coragem de dizer a verdade.

Aqui não existe outono. Não existe inverno. Muito menos primavera. Aqui não teria existido Vivaldi. Seu triste arremedo comporia um réquiem para lamentar o verão permanente. Aqui há um sol fixo (eterno como a Ilha), que não deixa você viver. Sol que abre as janelas e se infiltra por elas; sol que empurra as portas; sol que cai como toneladas de chumbo sobre os telhados; sol que persegue você até o recanto mais escuro e se apossa dos corpos como o fogo do churrasco, e entra em seus olhos com o único propósito de ofuscar, para que, quando a noite chegar e com ela a suposta calma, a suposta trégua das horas sem luz, sem calor, você continue a vê-lo, a ele, sua rodela impertinente e crônica mesmo de olhos fechados, mesmo em sonhos; numa ilha como esta, o maior e único pesadelo é sonhar que você está nu sob o sol. Em vão procura a palmeira salvadora para se abanar; em vão, a corrente de água para refrescar as têmporas ardentes ou a garganta seca ou a testa sempre febril. Em vão. Você nasce e morre com o corpo coberto de suor. Os monstros da luz não deixam você viver, perseguindo, esperando a hora de devorá-lo. E você se torna transparente à força de luz. Claro, tem dias em que o sol se esconde antes do crepúsculo. São os dias de temporal, da chuva que arrasa, que carrega árvores e acaba com a paisagem. A chuva que é como a outra face do sol. Porque também empurra as janelas, abre as portas, derruba os telhados, acaba com a casa, aniquila. O aguaceiro também crônico que é como se estivesse chovendo toneladas de chumbo. E você não tem outro remédio senão ir até a beira do mar para tentar sonhar com outras terras que não sabe se existem, outras terras, além do horizonte, outras terras, onde dizem que o sol não castiga com tanta intensidade e a chuva não saqueia, não deixa você neste desamparo. Por isso, escute o que eu digo, o aguaceiro de hoje é santo. Estamos contentes. Temos ilusões?

Escute, por mais que o aguaceiro seja abençoado, por mais que venha interromper por um momento a violência do sol, a verdade é que tanta chuva desespera. Escrevo, portanto, *O aguaceiro parou*, e o aguaceiro, claro, pára. A Ilha está aí, molhada, de um verde intenso, brilhante em sua eternidade.

Todo tempo passado foi melhor, este é meu lema, declara Irene enquanto passa com suavidade, com ternura, um pano úmido pelo corpo do Ferido. O Ferido está nu sobre a cama de lençóis limpos. Ela o olha como se olhasse Cristo. Porque você se parece com Cristo, diz muito baixo, sussurra (teme que Lucio, os outros, a escutem), pelo menos você lembra aquela imagem que minha mãe guardava no devocionário. (Que mãe? Que devocionário?) Desnorteada, permanece absorta por alguns segundos, não tem certeza de se lembrar que a mãe guardava uma imagem no devocionário, mas o que ninguém pode tirar dela é a lembrança da imagem, da figura com moldura dourada. A estampa está aí, sob o vidro do criado-mudo. E já é hora de revelá-lo: Irene não sabe, mas a imagem de quem ela tem por Cristo, a figura do Filho de Deus a que ela dedica flores, e velas, e orações, a que suplica de joelhos a recuperação de sua memória, o bem de Lucio, da casa, da Ilha, do mundo, é na verdade o famoso auto-retrato de Dante Gabriel Rossetti. Não sabe (não pode saber) como a fotogravura foi parar em suas mãos. Mas não cabe a menor dúvida de que se trata é do pintor e poeta: o mesmo rosto; os grandes olhos que observam o observador com certa inocência, com certo receio, com certa surpresa; o nariz grande e bem delineado; os lábios voluptuosos; os longos cabelos caindo sobre os ombros. Portanto, segundo Irene (embora ela o ignore), o Ferido se parece não com Cristo, e sim com Dante Gabriel Rossetti.

Sem saber, sem se dar conta, Irene tem razão. Se Deus está presente em toda a criação, pode-se adorar a Deus na imagem de qualquer pessoa, pois qualquer pessoa poderá ser a imagem de Deus.

Sim, é verdade, todo tempo passado foi melhor. Irene passa um pano úmido pelo corpo do Ferido. Já não tem febre, seu rosto adquiriu uma expressão delicada, serena, e quanto ao corpo imaculado, quanto ao corpo branco e perfeito, não parece nunca ter sido ferido. Todos se perguntam como as feridas puderam desaparecer.

Naquela noite (parece que aconteceu há muito tempo, na realidade foi há poucos dias) em que os meninos acharam o Ferido envolto numa bandeira cubana na antiga marcenaria de Berardo, sem ninguém perguntar, sem ninguém hesitar, levaram-no para a casa de Irene. Imediatamente chamaram o doutor Pinto, que pediu que o deixassem sozinho com o rapaz. Estava bêbado o doutor Pinto, como era de esperar, mas todos se alegraram porque o doutor Pinto só é bom quando está bêbado, como se o rum lhe iluminasse o entendimento, e ele diz É verdade, *ron* é apócope de *razón*. E quando saiu, depois de nos deixar aflitos durante uma hora, o doutor Pinto estava sorridente e exclamou com hálito etílico Não tem nenhum problema, só precisa ser alimentado e bem tratado, mas não tem nenhum problema, e, acima de tudo, muita, muitíssima discrição, nesta Ilha correm tempos nefastos. Fez uma pausa para limpar a garganta, negou com a cabeça e acrescentou Bom, nesta Ilha, quando é que não correram tempos nefastos? E chamou Irene à parte e lhe disse aquilo que disse sobre as feridas, Não são feridas de bala, Irene, é estranho, mas esse corpo foi ferido por setas, flechas, entende? Mas ele vai ficar bom se você cuidar dele com dedicação. Irene quase chorou de emoção, por ter tamanha responsabilidade, e foi correndo até o auto-retrato de Dante Gabriel Rossetti e ali prometeu a Cristo que sim, que o salvaria. E pediu aos outros (incluída Helena) que saíssem, Não se preocupem, eu vou me dedicar a ele como se fosse o corpo do meu filho (Deus que me livre). E nem sequer serviu o jantar para Lucio, Ele que se arranje como puder, neste momento tem coisas mais importantes, e lá foi Irene para o quarto do rapaz, tirou seu terno de dril, sujo, manchado de terra e de sangue, limpou as feridas com timerosal e muita água oxigenada, passando bem a gaze, com força, penetrando, sem piedade, conforme as recomendações do doutor Pinto. As feridas não eram de bala como tinham pensado de início, mas de flechas, fle-

116 Abilio Estévez

chas!, e quem poderia ser o criminoso capaz de tratar um homem do nosso tempo, por mais funesto que seja, como se de um cristão primitivo se tratasse? Viu Irene o corpo nu do Ferido, o rosto belíssimo, o cabelo castanho caindo sobre os ombros, semelhante ao da estampa de Cristo (Dante Gabriel Rosssetti) que estava sob o vidro do criado-mudo, e foi tomada de ternura, de compaixão. Derramou álcool nas feridas e alegrou-se ao vê-lo remexer-se, dar um gemido. O doutor Pinto tinha mesmo previsto, Quando o álcool cair nas feridas, ele vai ressuscitar dentre os mortos. A verdade é que pouco importa o hálito etílico do médico, ou as mãos trêmulas ou a garrafinha com que, volta e meia, ele "se dá coragem", Isso mesmo, Irene, esse golinho de rum me tira o medo, me ajuda a enfrentar o horror de todo dia acordar, de todo dia me vestir, sair para a rua e descobrir que, contrariando todas as previsões, amanheceu mais uma vez. Contou as feridas. Vinte e sete flechadas. Quanta sanha! Era para acabar com o moço. E o Ferido tinha febre, estava magro, opaco, sumido entre os lençóis brancos. O tom lívido das feridas estremeceu Irene e lhe deu vontade de chorar. Eram por volta das quatro da manhã. Vinha chegando outro amanhecer de outubro. A chuva recomeçara, ou pelo menos era o que pareciam indicar o barulho das árvores e o forte cheiro de terra molhada. Deixou a luz acesa, sentou diante dele, disposta a velar no que restava da noite e no dia que se avizinhava. Ele viverá, Senhor, viverá, sim, Você é magnânimo e o pôs em meu caminho para que eu o salvasse, aqui estou, cumprindo meu dever, e, por mais que você o ame, sei que ainda não o levará, tão jovem e tão bonito, sim, Senhor, tão bonito que, se não fosse um sacrilégio, eu diria que ele merece estar à sua direita. O Ferido se mexeu ligeiramente, sorriu. Abriu os olhos, que brilharam, que perderam a cor escura dando lugar a um azul límpido. Desapareceram as olheiras. Disse várias palavras que Irene não entendeu. Os lábios recuperaram a cor viva, humana, que

TEU É O REINO *117*

devem ter os lábios para falar e beijar. Seu rosto adquiriu uma expressão plácida. O corpo começou a perder a magreza, a opacidade, e foi adquirindo harmonia, volumes; desapareceu o tom violáceo das feridas, agora vermelhas, rosadas; em seguida diminuíram rápido os cortes abertos na pele, até que foram velando-se, até desaparecer, até que o corpo terminou como se não fosse o corpo do Ferido, como se nunca tivesse sofrido, e das chagas só restou a precária lembrança na confusão de Irene.

É, rapaz, meu Ferido, eu vi o jarro em pedaços, e você talvez ache que é bobagem eu dar tanto valor a um jarro quebrado, nem precisa falar, eu sei: um jarro é apenas uma coisa entre as coisas, temos que lhes dar apenas seu devido valor, não mais, eu sei, um jarro, um vestido, um leque, uma mesa, uma mancha na parede, coisas!, mas, as coisas, será que não estão no mundo por alguma razão? Não concorda? É, sim, deve ser, as coisas dizem alguma coisa, as coisas somadas às coisas são o mundo, e, de repente, que coisa é o homem sem as coisas? Me diga, que coisa é um mundo sem coisas? Graças às coisas, a gente sabe onde está, e aonde vai, e de onde vem, e eu de repente soube que o jarro quebrado era importante para mim, mas ao mesmo tempo não sabia por quê, e percebi: se as coisas que estão no mundo começam a perder valor, o mundo começa a perder valor, e a gente não tem nada a fazer nele, o jarro se quebrou, chorei, tinha consciência de que era importante para mim, mas tinha esquecido por quê, tentei recordar o Emilio, meu marido, resultado: encontrei uma fotografia do Lucio, do meu filho, e achei que era uma fotografia do pai, e essa confusão, você sabe o que significa? Se a história do jarro fosse só a história do jarro, tudo bem, fazer o quê, o terrível dessa história é que, quando um jarro se quebra, não se quebra sozinho.

Algumas noites atrás, Irene sonhou que voltava à Casinha Velha, aquela que ficava junto à Lagoa e que tinha no quintal um frondoso pé de cherimólia. O portão caíra de velho, e viam-se rachaduras nas madeiras. Perto de cem anos devia ter aquela casa. Dormiam todos no mesmo quarto. O pai disse Não durmo mais e sentou com a cabeça entre as mãos, E amanhã, que é que nós vamos fazer amanhã? A mãe, esforçando-se por parecer contente, levantou-se também e pôs-se a descascar as batatas-doces que seriam o almoço. Respondeu Deus dá o mal e o remédio. O pai disse Eu ganho centavos arando a terra. Irene sentiu-se feliz. Passavam fome no sonho, não tinham o que vestir. Levantaram das camas e sentaram em caixotes de cerveja forrados com papéis brilhantes para montar caixinhas de fósforos onde se viam modelos vestidas de rumbeiras. Irene ergueu os olhos e viu o céu estrelado através das madeiras do telhado. Apesar de tudo, sentiu-se feliz. Era Natal. As madeiras estavam caiadas. Num dado momento, sentaram à mesa para comer torrones e carne de porco. Ela cantava uma canção de Natal (não lembra qual). Limpava os copos e os pratos. A mãe estava pondo a toalha de mesa. Uma toalha de sonho, verde e com girassóis. E, de repente, como acontece nos sonhos, a mesa estava posta. A família sentada em volta dela. Todos menos Irene, que levava uma bandeja, com a vista baixa, feliz olhando a bandeja vazia. Não pôs a bandeja no meio da mesa, mas a bandeja apareceu no meio da mesa, e ela, sentada. Ignorava por que havia esse grande silêncio. Levantou os olhos e viu a irmã, que não tinha rosto. O rosto da irmã era uma mancha sem olhos, sem nariz, sem lábios. E o rosto do pai, a mesma mancha. E o da mãe, outra mancha. Desatou a chorar. Eles riam sua risada sem lábios. Irene saiu correndo. Estava

Teu é o reino *119*

num cemitério. Não havia túmulos, e sim uma lixeira. Entrou na lixeira. Foi afundando no lixo, na lama, naquele fedor insuportável.

No exato instante em que esquece as próprias lembranças, nesse exato instante, uma personagem cujo nome é Irene, depois de curar um jovem ferido, sai para regar as flores. É um entardecer de outubro. Aí a deixamos. (Por ora.)

Tem gente lá fora, diz Sandokan. Rolo concorda. Faz algum tempo que se escutam, por sobre os uivos do vento, restos de palavras, frases truncadas. Rolo explica A Ilha é assim mesmo. Sandokan não fala mais. Está deitado na cama, meio coberto com o lençol malicioso. Corre e torna a correr os olhos pelo quarto, com expressão que tanto poderia ser sarcástica como ingênua. Rolo o espia às vezes, com o canto dos olhos, afastando brevemente a vista do livro sobre o Beato Angélico que finge olhar e que não olha, porque o que ele vê são os olhos de Sandokan quando, há pouco menos de uma hora, o segurou em seus braços, e o apertou, e lhe ordenou com urgência e despotismo e ternura Tire a roupa, vamos. Aparentemente, ele está olhando o dourado das auréolas, das asas e das vestes do anjo de *A anunciação*, na realidade vê Sandokan tirando-lhe a roupa, desabotoando com energia sua camisa, que caiu no chão com suave recato. As mãos da Virgem se dobram sobre o peito com uma delicadeza inusitada, mas ele tem à sua frente as mãos grandes, viris de Sandokan acariciando a si mesmo. Virando a página, vê um detalhe de *A anunciação*: Adão e Eva expulsos do Paraíso. No azul escuro do céu vê outra vez a pele branca do rapaz, limpa até o exagero, o corpo de proporções perfeitas. O corpo nu o sacudiu com prazer antecipado. Demora-se no quadro de *A coroação da Virgem* e recorda como se inclinou para beijar os mamilos rosados, o peito volumoso, e recorda como, ao mesmo tempo, lhe apertava a cintura com as duas mãos. Como está bem desenhado o perfil da Virgem, diz, tentando justificar, quem sabe, o fato de que, nesse instante, volte a se ver na cama com aquele homem furioso em cima. Sandokan o examina com olhos entre pícaros e ingênuos, em silêncio. Rolo afasta-se para olhá-lo nu (o lençol é um eufemismo). O afresco de *A coroação da Virgem*, que está no convento de são Marcos, tem cores que impressionam por sua delicadeza, mas ele está olhando as coxas de Sandokan. São maravilhosas as roupas de Cristo e da Virgem, de um branco surpreendente, e Rolo está olhando a brancura da pele de seu amante. É imponente o afresco de *A transfiguração*: ele se vê lambendo a virilidade triunfante de Sandokan. E vira a página e encontra *A crucificação*, no minuto em que o jovem se lançou sobre ele e o penetrou brutalmente e Rolo gemeu, mas abriu as pernas, se entregou, resignado, gozoso, suando ele também, unindo seu suor ao de Sandokan, que o deleitava até as lágrimas. Experimentou algo que não sentia havia muito, o mundo tinha parado? É maravilhoso este detalhe de *A transfiguração*, comenta com ares de entendido, o Beato Angélico é realmente…

Empurra a porta de Eleusis. Helena o mandou em busca do tio Rolo. Agora há pouco, depois de acender a lamparina de óleo para santa Bárbara, Helena voltou-se para Sebastián e ordenou-lhe Vá até a casa do Rolo (ela, é claro, não o chama de Tio) e diga-lhe que venha já, preciso falar com ele, urgente. E Sebastián sabe que ela está contrariada. Que ele largue o que estiver fazendo, enfatiza Helena, e venha o quanto antes. E Sebastián não precisa que ninguém lhe diga o quanto Helena deve estar aborrecida, porque, embora sua cara seja a de sempre, sua voz a de sempre, sua expressão serena a de sempre, há alguma coisa nela que a trai e faz com que nada disso seja como sempre. Isso, claro, é algo que só Sebastián sabe. E ele não disse a ninguém (muito menos à própria Helena) que a conhece a esse ponto. Algo de muito ruim deve estar acontecendo, e Sebastián sabe-se portador de más notícias quando abre a porta de Eleusis, a livraria.

Os sinos da porta o surpreendem. Se hoje fosse um dia qualquer, os sinos fariam o Tio aparecer por entre as pilhas de livros, com sorriso afável, o bom-dia ou a boa-tarde (conforme), cerimoniosa inclinação de cabeça, e a voz melíflua do Em que posso servi-lo? Hoje os sinos da porta soam, mas o Tio não aparece. Sebastián mexe várias vezes a porta para que os sinos soem bastante. Como o Tio continua sem aparecer, fecha com cuidado, com extremo cuidado para que os sinos não soem mais, e passa o trinco.

O pequeno recinto, um pouco menor, pensa Sebastián, que seu quarto, está atulhado de livros até o teto. Talvez nem seja pequeno e a profusão de livros o transforme num quarto menor do que é na realidade. No pequeno local se espremem milhares e milhares de livros, montes de livros, colunas de livros que se erguem sinuosas e precárias, prateleiras arqueadas sob tanto peso, cestos transbordantes, caixas abarrotadas que não tem cristo que consiga tirá-las do lugar. Os livros deixam uns corredores estreitos por onde só se pode passar quase de lado. E as paredes não se vêem, impossível saber a cor das paredes desta livraria, e às vezes se sabe que nela há alguns quadros pendurados, e só se sabe disso porque entre uma coluna e outra se entrevê o canto de uma moldura, um pedaço de tela pintada, pois os quadros não podem ser vistos, ocultos que estão atrás dos livros. Nesta desordem, costuma dizer o Tio, impera uma ordem superior, por trás da aparente falta de lógica habita o espírito de Aristóteles. E,

122 *Abilio Estévez*

embora muitos não entendam o que ele quer dizer com isso, é notório que se pode pedir qualquer título, o mais rebuscado, o mais extravagante, que, sem pensar duas vezes, o tio Rolo saberá se o tem ou não, e, se o tiver, irá direto a ele, sem o menor titubeio, pois os livros têm vozes, explica Rolo, e eu sou o único capaz de escutá-las.

Em frente à porta de entrada agrupam-se as revistas cubanas, de *Bohemia* até *Vanidades*, passando por *Carteles*, e as coleções de *Orígenes* e *Ciclón*, que ninguém compra. Aparecem depois as revistas francesas, americanas, inglesas, mexicanas, argentinas (*Sur*, senhores, nada mais e nada menos que *Sur*, que é como o arquétipo platônico da revista). Revistas do mundo inteiro e para os mais variados gostos, das que ensinam como construir um barco até as que falam da vida privada da exilada (e, por isso mesmo, enobrecida) nobreza russa. Revistas religiosas, católicas e não-católicas, revistas japonesas para divulgar a sabedoria zen (a moda do orientalismo, escutem bem, vem das lânguidas páginas e do gosto refinado dos irmãos Goncourt), revistas de ocultismo (também Schopenhauer foi, como Mallarmé, um orientalista culto e não oculto), revistas para cantores de ópera (isso mesmo, Casta Diva, para cantores de ópera, que dizem que nunca existiu nem existirá uma Norma como Maria Callas, e que ela está para a ópera como Cristo para a história, *antes e depois*, entende?), revistas para jardineiros (Irene, para jardineiros) e para advogados e delinqüentes (e aqui não citarei nomes, quem quiser vestir a carapuça...). Com extremo desdém, como um sacerdote católico que falasse dos cultos délficos, queixou-se Rolo de precisar vender revistas, Vocês não sabem, exclama enquanto se balança na cadeira, mas eu estou me transformando em cúmplice da superficialidade e da mistificação, vocês não sabem (continua em tom professoral), mas as revistas (com o perdão de Victoria Ocampo) são um oceano de cultura com um dedo de profundidade, e faz uma pausa para ressaltar um gesto de impotência. Meus queridos, há que se render às evidências, nossa época está perdida, é a época da frivolidade, da insubstancialidade, da impostura, o mal do nosso século já não é o tédio (*hélas*, o tédio é um sentimento de gênios) mas a fatuidade, nosso século está encalhado num fundo de revistas, elas são o modo que a época em que vivemos encontrou para afetar cultura quando, na realidade, é uma época bárbara e estúpida, em que o idiota governa e o filósofo lustra sapatos (*transição*), e eu, que é que eu posso fazer?, eu não dirijo o destino espiritual do século XX, eu sou um humilde livreiro, e como tal só posso aspirar a ganhar meu dinheirinho o mais honestamente possível, eu só estou para satisfazer o gosto dos outros em matéria de leitura, e cada um é dono de sua vida e de sua estupidez, eu não sou policial nem reformador religioso, e, além do mais (*pausa breve; outro tom*), é melhor as pessoas lerem revistas do que não lerem coisa alguma: antes pouco do que nada.

Parado diante de tantas revistas, Sebastián observa que numa prateleira, à esquerda, bem onde as revistas encerram sua desordenada e discutida presença, há prateleiras inteiras com todos os gibis que se possa imaginar, de *O príncipe valente* até *Luluzinha*. E lá se vêem os livros de ficção científica (Ray Bradbury, Sebastián, nunca se esqueça desse nome, Ray Bradbury), numa estante que dá na parede do edifício principal, ou seja, na casa do Tio. Virando outra vez à direita, diante das revistas e dos gibis, na parede que dá na rua de La Línea, agrupam-se os romances policiais (nem os olhe, garoto, diga o que disser o grande Alfonso Reyes) em edições baratíssimas, edições piratas de Bogotá e Buenos Aires. Quando Sebastián acaba de examinar essa seção, encontra os livros de coisas úteis, cozinha, corte e costura, maquiagem, móveis, decoração, livros para sitiantes e horticulto-

124 *Abilio Estévez*

res, para veterinários e eletricistas. E, mais adiante, os livros escolares: a *Matemática*, de Baldor, a *Química*, de Ledón, a *Gramática española*, de Amado Alonso e Pedro Henríquez Ureña (*suspiro de êxtase do Tio*), a *Teoría literaria*, de Gayol Fernández (mais provinciano do que nós: vive em Sagua la Grande), os tomos de inglês de Leonardo Zorzano Jorrín (você nem pare aí, para latir não há necessidade de ler esses calhamaços). Depois, os livros de arte, as pinacotecas mais célebres do mundo (em uma hora você vai ao Louvre ou ao Metropolitan de Nova York), belos e solenes exemplares, com reproduções em relevo e letras góticas. E, fechando o caminho, diante do que parece ser uma porta condenada, um cartaz com a inconfundível letra do Tio AQUI VÁRIOS SÉCULOS DE SABER, as enciclopédias, os livros de crítica e ensaio. Cheiro de pó, de papel velho, bafio de outra época que exalam as vetustas lombadas, quase todas cor de vinho, nas quais se destacam os nomes ilegíveis (o injustamente vilipendiado Sant-Beuve, Taine, o positivista, Lord Macauley, que tanto li na juventude e que já não me diz nada). O cheiro se dissipa quando Sebastián se volta um pouco para a direita e descobre uma enorme estante onde a palavra Teatro se repete em milhares de formas e tamanhos, em lombadas alegres, coloridas, e Sebastián recorda um lustre gigantesco, uma grande cortina de veludo marrom e a vertiginosa cena de um brinde naquela representação de *La Traviata* a que Casta Diva o levou, junto com Tingo, uma noite em que a pobre mulher não parou de chorar. E o cheiro que Sebastián sente perto desses livros é o mesmo que sentiu naquela noite no teatro, cheiro inconfundível, perfume feito de muitos perfumes, cheiros de brocados e madeiras pintadas, cheiros que até hoje não reencontrara apesar de tê-los procurado nos mais recônditos recantos da Ilha. E tem de dar um pequeno rodeio para não tropeçar em uma grande base de madeira sobre a qual descansa o busto de um senhor gordo, quase calvo, com enormes bigodes pontudos e olhar sem pupilas. E não é fácil ler o nome escrito na base (Flaubert, menino, Flaubert, se ele não tivesse nascido, o que seria do romance moderno?), e acima, num trecho de parede descoberto, uma máscara, um morto de olhos fechados (de joelhos agora, é Proust!, o divino Marcel, leia-se Proust e atire-se o resto ao fogo). E, quando passa para o outro lado, é como se estivesse no centro da Ilha nessa noite de ventania, pois os cheiros nesse momento trazem aroma de folhas e madeiras úmidas, e também um magnífico cheiro de terra assim que começa a chuviscar. Os livros nessas estantes são grandes, robustos, vistosos e não têm o ar frágil daqueles que diziam Teatro, ao contrário, parecem livros postos ali para sempre, para que ninguém os toque. E Sebastián renteia a longa estante fixa ao chão e ao teto por grossas barras de ferro, acariciando os livros, tentando ler os nomes impossíveis, nomes que não podem, de modo algum, ter pertencido a seres de carne e osso. E vai tirar um grosso exemplar de um tal de Thackeray quando descobre, por um reflexo, a caixa registradora.

Dourada, brilhante, desenhada em volutas que se enrolam e se desenrolam, com uma chapinha branca em forma de coroa, números pretos, teclas gastas pelo uso, sobre uma alta mesa forrada de um pano escuro com folhas-de-sangue. Sebastián se aproxima atraído talvez pelo reflexo da luz do teto no bronze. E a luz do teto, mortiça, vem de uma lâmpada nua que pende de um longo fio cheio de moscas, e se faz múltipla, intensa, na polida superfície da caixa registradora, tanto que parece na verdade sair dela para refletir-se na lâmpada. Sebastián agora acaricia o bronze, sem entender que relação pode haver entre os livros e esse aparelho, pois ele já viu caixas registradoras em vendas e armarinhos, em farmácias e tinturarias, mas nunca pensou que houvesse alguma relação entre elas e os livros. E

Sebastián está a ponto de mexer na alavanca que sobressai a um lado dos botões pretos quando umas vozes o detêm.

Não é possível determinar com exatidão de onde vêm as vozes. O mais provável é que seja do quarto do Tio, pois a porta que comunica o quarto com a livraria está logo ali, a um passo, no final da longa estante dos livros grandes, robustos e vistosos. E, sem pensar duas vezes, Sebastián se esconde embaixo da mesa da caixa registradora, amparado pelo pano escuro com folhas-de-sangue. De repente as vozes cessam e se escuta o rangido da porta ao abrir. Agora são passos. Sebastián vê, primeiro, uns limpíssimos sapatos bicolores; depois, os toscos ortopédicos do Tio. Os sapatos bicolores param um tanto separados, muito firmes, como que resolutos. Um deles, o mais distante de Sebastián, levanta-se por um instante e reaparece batendo o salto. Os ortopédicos do Tio estão juntos, com as pontas ridiculamente viradas para cima. Não vá embora, diz o Tio, e os ortopédicos se dirigem aos outros, que recuam. O mesmo sapato bicolor torna a bater o salto. Eu lhe imploro, não vá agora. Os sapatos bicolores dão meia-volta e avançam. Os ortopédicos do Tio recuam um pouco. Espere, e a voz do Tio é quase irreconhecível de tão suplicante. Ouve-se uma risada, e parecia que eram os sapatos bicolores que estavam rindo, enquanto traçavam um passo de dança. Os quatros sapatos permanecem imóveis, e o silêncio é o vento da noite. Então, os ortopédicos do Tio, com as pontas ridiculamente viradas para cima, giram até ficar de frente. O som do mecanismo da caixa registradora, e outra vez a risada e o passo de dança dos sapatos bicolores que, dançando, se aproximam. Estão muito próximos, nesse instante, os quatro sapatos. Antes de separar-se, o som de um beijo, e a voz jovem, bonita de Sandokan, tchau, velho, eu volto amanhã ou depois, ou depois, qualquer dia, não me espere, *abur*.

A livraria tornou a ficar solitária. Os sapatos ortopédicos despediram-se dos sapatos bicolores e regressaram lentos, como se não quisessem regressar, pararam por um momento diante da caixa registradora, erraram por entre os livros, demoraram-se aqui e ali, indecisos ou cansados ou tristes, e em seguida desapareceram pela porta que comunica a livraria com a casa. Ele permanece em silêncio embaixo da caixa registradora e deixa o tempo passar, uma longa pausa de calma, e, quando há só o rodamoinho do vento lá fora, volta a sair, cola o ouvido à porta do Tio e escuta uma tosse distante. Pensa que tem de voltar, que a mãe deve estar esperando por ele com sua costumeira severidade. Por que você demorou? Que não se repita, e ouve a voz da mãe como se ela estivesse ali, vê seu rosto branco, aproximando-se dele com a arma desse olhar a que ninguém consegue resistir. Não, Sebastián não se retira. É difícil vencer a tentação de acabar de ver a livraria. O caminho, daí em diante, é mais intrincado e promissor. Tem de dar uma volta para acompanhar o curso sinuoso do corredor que agora se abre mais trabalhosamente entre os livros. Deve transpor vários cestos de vime abarrotados de volumes, enfrentar-se com um cartaz que diz DEUS EXISTE: É O DIABO, encontrar outro busto, o de uma tal Gertrudis Gómez de Avellaneda, antes de chegar a um pequeno recinto, uma salinha limpa, onde descobre os livros mais bonitos, os mais bem arrumados, os mais elegantes. Aqui sim que se vêem as paredes caiadas, as estantes lustradas, e há, além disso, um incensório e o retrato de uma mulher sentada numa poltrona, lânguida, num terraço, com o mar ao longe. Cheira a igreja o pequeno salão. O chão é um tapete azul.

Estranho prazer. Prazer inexplicável que lhe agita o peito e o obriga a fechar os olhos. Prazer sem causa. Talvez uma suspeita perturbadora. Talvez como se de uma hora para outra fosse revelar-se um segredo. Talvez o contentamento do descobridor de um novo continente. Talvez a consciência de que um sonho não precisa ser um sonho. Talvez como se muitas coisas se ordenassem sem que ele saiba o que são. Talvez uma luz. Talvez nada. Talvez. Ou, então, então muito mais simples: a melhor das alegrias. Sim, a melhor, porque não parece ter objeto, forma, razão, finalidade.

Fechados os olhos, passa as mãos pela borda dos livros. As lombadas são de couro e se deixam acariciar. As mãos se detêm em um exemplar, qualquer um: não tem, ao tato, nada de especial; extraem-no suas mãos com delicadeza e o escondem na calça, na cintura, sob a camisa de brim. As mãos, como dois seres independentes. Abre os olhos. Avança alguns passos com a proteção que lhe oferece, cúmplice, o tapete.

O tapete azul não chega a ocultar um desnível no chão. Sebastián se agacha, suspende a grossa trama. Embaixo, um alçapão de madeira. No chão: sem fechadura: um alçapão de madeira. Hesita e se atreve: levanta a tábua. Não pesa quase nada. Do retângulo que acaba de abrir no chão, num poço de escuridão, desce uma escada. Sebastián começa a descer. Sente-se descer apressado: teme o fogo que está arrasando a Ilha. Tem a impressão de ouvir vozes, supõe que realmente as ouve, só que a certa altura se dá conta de que seus pensamentos adquiriram sonoridade real e independente de sua vontade. Então... Alto lá! Que fogo está arrasando a Ilha?

Perto, perigosa, a voz do tio Rolo, baritonante e empostada. Incertas dores em meus músculos e fundas tristezas em minha alma, diz.

Como Rolo deu a Sandokan um par de sapatos novos, um par de caros sapatos bicolores, Sandokan deixou na casa de Rolo suas botas de vaqueiro. Rolo cheira as botas. Ninguém com um mínimo de sensibilidade ousaria duvidar de que o suor dos pés de um homem bonito seja superior ao mais caro perfume de Paris. Rolo cheira as botas e passa a língua pelo interior (manchado de amarelo) das botas. A alguém que o descobrisse nesse ato, Rolo explicaria Não se assuste, sou como Émile Zola. Vai depois até o nicho com o Cristo e a imagem da Dolorosa, e junto a eles deposita as botas, e coloca também um vasinho com flores.

Ouviu-se um estrondo. Em seguida, outro mais forte. Difícil saber se se tratava de um trovão. No terceiro estrondo, estouraram os vidros das janelas. No quarto, um pedaço do telhado desabou, e o vaso, no centro da mesa, oscilou rápido e se espatifou no chão.

Helena serve a limonada nos respectivos copos e senta diante de Rolo. Meu irmão, você alguma vez sentiu medo? Rolo experimenta a limonada. Está doce, gelada, deliciosa, abana-se com um leque de palmeira, balança-se na cadeira. Que é que você acha, minha irmã? Helena sorri confusa.

Então ouviram-se tiros, sirenes da polícia, tiros. Os quadros caíram das paredes. Helena primeiro pensou em Sebastián, mas ele, por sorte, não estava em seu quarto. Pareceu-lhe que a terra tremia e que ela mesma estava a ponto de cair. O fogo começou a tomar a porta da sala por baixo e logo virou uma grande labareda.

130 Abilio Estévez

Não sei, diz, às vezes penso..., o medo... Faz silêncio. Helena está assustada. Rolo tenta romper o silêncio com alguma frase espirituosa, algo que faça sua irmã rir, mas não lhe ocorre nada melhor que beber limonada, abanar-se, permanecer em silêncio e também se assustar.

Atravessou a porta em chamas tão rápido quanto pôde e saiu para a Ilha. Não havia Ilha. As árvores, as plantas, as flores tinham desaparecido. As estátuas voavam pelos ares. Pareceu-lhe ver Chavito chorando num canto abraçado a Buva e Pecu, só que, quando se aproximou, havia apenas escombros. A Ilha parecia um deserto. Irene passou a seu lado gritando. Helena tentou detê-la, mas a outra se desvaneceu. Onde está Sebastián, onde está meu filho? Tentou gritar e não conseguiu.

Não está faltando um pouco de açúcar na limonada? Assim está ótima, eu gosto dela azeda, de sentir o gosto do limão, é o único jeito de refrescar a garganta nesta Ilha. Estes limões têm um gosto especial. Observa: o limão, quanto menor, melhor. É que os limões grandes são de enxerto, os miúdos são naturais. Você quer dizer que as coisas naturais são melhores que as artificiais? Não comece a me embrulhar com as palavras, Rolo, eu simplesmente quero dizer que os limões pequenos e amarelos são melhores que os grandes e verdes, só isso.

A fonte com o Menino do ganso afundou, virou um poço, e sobre ele voava Melissa sorridente, gritando Este é o mundo novo. Helena tentou ir até a rua de La Línea. Não encontrou o Apolo do Belvedere, nem o vestíbulo, nem o portão, muito menos a rua. De um lado e do outro, abria-se um imenso ermo. Sentiu que alguém a puxava de um braço. Sem saber como, viu-se numa sala comprida cheia de cadáveres flechados.

Você já pensou o que seria de nós, os calcinados filhos desta Ilha, sem limonadas e sem leques? E sem redes e sucos de tamarindo? E sem varandas e cadeiras de balanço? E sem chinelos e tecidos de algodão? E sem janelas e cervejas? E sem água, muita água, abundante água? E sem desodorantes e aguaceiros? E sem janeiro e fevereiro? Já pensou, Rolo, o que será de nós se um dia perdermos cada um desses tristes bens com que Deus quis nos compensar?

Os cadáveres ainda tinham as flechas no corpo. Procurou pelo filho. Sua única obsessão era encontrar o filho. Sebastián, no entanto, nunca apareceu. De qualquer maneira, não se via o rosto dos cadáveres. Uma velha mascarada entregou-lhe uma máscara e disse Tome, filha, este é o instrumento indispensável para viver nos tempos que virão.

Uma máscara? É, uma máscara. Helena bebe de um só gole a limonada que resta no copo. Quer mais? Não, minha irmã, o que eu quero é que você se acalme, os sonhos, sonhos são. Sabe, Rolo? Às vezes eu me pergunto para que merda servem os pesadelos.

O espelho está aí, grande, retangular, a moldura de mogno enegrecida, o vidro biselado, ocupando a parede de tijolos aparentes, defronte à porta. Até não muito tempo atrás, quando entrava, Casta Diva pensava que o quarto era mais espaçoso, que através do espelho se podia continuar até uma região mais vasta. Agora não pode ter essa impressão. Dias antes, cobriu-o com o pano preto que a devolveu à rudeza de um quarto de três por quatro. Assim é melhor, pensa. De qualquer modo, às vezes tem vontade de levantar o pano. Sabe reprimir-se, permanece na cama, ao lado de Chacho, escutando a respiração de Tatina, esperando não sabe o quê, ou apenas atenta à confusão que vem da Ilha. Uma noite dessas, entrou cansada no quarto depois de um passeio inútil pelo jardim, entre estátuas malfeitas, pensando Nada cansa mais que os passeios inúteis, e foi direto ao espelho. Odiava o espelho, odiava mirar-se nele; talvez por isso mesmo a fascinava. Experimentava uma repulsa que a enfeitiçava. Abominava os prenúncios da velhice que iam aparecendo, as rugas que começavam a ameaçar, ainda com certa sutileza, os olhos e a boca. Para espantar a gravidade que a embargava, em noites como essa recorria à maquiagem. Divertia-se untando a pele com base branca, delineando de preto olhos e sobrancelhas, pintando a boca de vermelho escandaloso, acentuando, eliminando defeitos, criando outros rostos que inevitavelmente remetiam ao que permanecia embaixo. Depois cantava. Cantava olhando-se. Na verdade, não se divertia, e, afinal de contas, o que significa divertir-se? Na noite do passeio inútil, Casta Diva mirou-se no espelho por um momento antes de pegar o creme branco e achou que sua imagem tardava em aparecer. Depois, quando começou a lambuzar o rosto, teve também a impressão de que sua imagem demorava em fazer o mesmo, que relutava, e, mesmo quando o reflexo de si mesma que se projetava do outro lado do espelho reproduzia com exatidão cada um dos movimentos, pareceu-lhe notar certa má vontade, ou talvez constrangimento, e quando, no final, maquiada até o exagero, riu com fingida alegria, o outro rosto, o do espelho, permaneceu sério, até se poderia dizer que com uma seriedade muito próxima da intolerância.

Teu é o reino 133

No dia seguinte, não saiu de casa. Pressentia uma notícia, mas não imaginava qual. Pusera-se a cuidar da casa, a cantar (baixo, com certo rubor). Esperou por uma visita que não houve, alguém que viesse puxar conversa, ou trazer-lhe um pedaço de bolo. Mas os outros têm o costume de aparecer quando não fazem falta, nunca o contrário, e a porta permaneceu muda. Dessa consciência de inanidade voltou a idéia de olhar-se no espelho. O espelho então demorou mais em refleti-la, e, quando a outra que era ela mesma apareceu, tinha uma expressão de escárnio, ou pelo menos foi assim que Casta Diva interpretou o leve sorriso, as sobrancelhas erguidas, a intensidade, o brilho do olhar que não era apenas inteligente mas também sarcástico (se é que é lícito estabelecer uma distinção entre inteligência e sarcasmo). Do que você está rindo?, perguntou à imagem. Esta nem sequer mexeu os lábios. Alguma coisa em mim a desagrada? A que estava do outro lado do espelho continuou impassível, até que decidiu fechar a cara, baixar os olhos, com vergonha talvez. Ela disse Você é minha imagem, cabe a você repetir tudo o que eu fizer, repetir-me até o cansaço, é seu dever. A outra pestanejou nervosa, olhou-a por um segundo, para depois puxar a réplica de uma cadeira que havia no quarto e sentar-se segurando o rosto entre as mãos. (Seria demais dizer que a verdadeira cadeira, a do quarto, permaneceu em seu lugar?) Não me ignore, gritou ela, um tanto exasperada, você não tem o direito de me ignorar. A imagem respondeu com um suspiro, levantou-se, foi até a janela e abriu-a para a Ilha. Casta Diva pôde vê-la olhar o dia brilhante. (Seria demais dizer que a verdadeira janela continuou fechada e que ela, a que se considerava legítima, não arredou pé de seu posto?) Bateu no espelho, exclamou Você é irreal, detestável e irreal. Embora a imagem tenha permanecido quieta, ela soube que a escutara, alguma coisa lhe disse que a escutara e que se enchera de ira. A suposição foi confirmada depois, quando a imagem apanhou a carteira que estava sobre o criado-mudo e abandonou a Ilha. (Seria demais dizer que a verdadeira carteira continuou sobre o verdadeiro criado-mudo? Frisar que o espelho ficou vazio?)

A imagem voltou dias depois. Você estava deitada ao lado de Chacho pouco antes do amanhecer, sem dormir, claro, vigiando Tatina, quando a viu insinuar-se no espelho, exausto o aspecto, envelhecida, com fundas olheiras, suja de terra a roupa, folhas no cabelo e uma assustadora expressão de ferocidade. Você procurou não transparecer seu temor. Sabe que horas são?, perguntou afetando displicência, vontade de rir, Alta madrugada, hora de dormir, de não estar aí, os espelhos também têm direito de descansar. Enquanto você falava, notou que a outra empunhava o corta-papel dourado, e você procurou por instinto o verdadeiro corta-papel, e não o encontrou, e se escondeu num canto, e, embora não pudesse ver o espelho, soube que a outra a procurava com a vista, e seu único alívio foi pensar que ela não podia sair do espelho, que seu lugar era irremediável, que estava condenada a ser imagem, e graças a essa certeza você pôde procurar o pano preto e jogá-lo por cima do espelho.

Foi acordada por um estrondo. Acendeu a luz. Constatou que o quarto, como a noite na Ilha, oferecia um aspecto de imobilidade, de abandono. Custou-lhe entender (será que sempre custa tanto entender?) que o estrondo provinha do espelho. Aproximou-se silenciosa, tirou o pano. Do outro lado, a imagem atirava contra a parede móveis, jarros, livros, luminárias, quadros. Fazia-o com economia de movimentos, por vezes quase parada. Percebia-se, de todo modo, que aquela fixidez ocultava uma fúria contida, a pior raiva, a raiva que sabe premeditar. Com a mesma violenta parcimônia, pôs-se a bater a cabeça na parede. Estava com os punhos erguidos. Também chutava os móveis espalhados pelo chão. Olhava para o teto, impotente por não alcançá-lo. Abria a boca, quem sabe querendo gritar. Não obstante, nenhum som saía do espelho. Depois, a imagem se aquietou. Ao que parece, olhava uma fotografia, sim, Casta Diva pensou reconhecer uma fotografia sua quando menina, olhando uma paisagem de árvores, ao lado de uma gaiola de pássaros. Foi até a gaveta da escrivaninha, procurou a foto. Quando voltou com ela para junto do espelho, a imagem se deixara cair e estava agora de joelhos, sem soltar a fotografia. Viu como a apertava, como a amassava, para em seguida olhar para ela, para Casta Diva, cantando, chorando, a imagem chorando, negando, cantando, chorando, desconsolada, e Casta Diva ouvia o choro e sobretudo a voz maravilhosa que cantava *Addio, del passato bei sogni ridenti...*, e viu como se levantava sem parar de chorar, de cantar, apanhava o corta-papel e o brandia ameaçadora.

Aí está o espelho, o odiado espelho, grande, retangular, a moldura de mogno enegrecida, o vidro biselado, ocupando a parede de tijolos aparentes que fica defronte à porta. Agora não é um espelho: tem um pano preto que lhe impede cumprir sua função. Às vezes Casta Diva se levanta da cama (onde Chacho está deitado, ao que parece para sempre), na intenção de tirar o pano. A curiosidade é mais forte que o medo, só que o medo a supera em tenacidade. Volta para a cama. Tem pensado em chamar Mercedes, Irene (elas elogiaram o espelho), para dizer-lhes Podem levá-lo, vou modernizar o quarto, qualquer desculpa, para elas, na verdade, isso pouco importa, a única coisa que querem é levar o espelho. Só a detém um pormenor, nada pequeno, nada simples: que percebam que a imagem vai por um lado, e ela por outro, que a imagem perdeu a docilidade.

É bem tarde de uma noite parada e quente. O quarto está escuro; não o bastante para que desapareçam os móveis, os quadros, a janela fechada, Tatina e Chacho, o espelho com o pano. Não dorme. Não consegue dormir. Ensaiou várias orações, só que às vezes as orações são inúteis como os passeios pela Ilha. O silêncio amplifica o barulho do relógio. O barulho do relógio transforma cada segundo em um fato importante. Escuta-se uma doce voz de soprano *Ah, con tal morbo ogni speranza è morta...* O pano preto do espelho começa a se levantar. Casta Diva fecha os olhos com firmeza e esconde a cabeça embaixo do travesseiro. Que seja um sonho, suplica, que seja um sonho.

Alta, elegante como uma cantora da moda. Também bonita. Muito mais bonita se comparada com Marta, sua irmã gêmea, terrivelmente afeada pela doença que sofre desde menina. Mercedes, em compensação, é linda e não está doente. Usa colares de bijuteria, saltos altíssimos, saias plissadas, levantadas por saiotes engomados. O cabelo tem uma cor delicada, quase loira, enquanto os olhos brilham escuros, intensos, vivazes (aí também se impõe a comparação: os da irmã parecem de vidro). O nariz de Mercedes é mais bem delineado que o das estátuas de Chavito. Sua boca pode não ser tão bonita, talvez o lábio inferior seja grosso demais, mas o sorriso não oculta a bondade. É bom ver Mercedes passeando pela Ilha ao chegar da prefeitura. Qualquer pessoa diria: é feliz. Passeia por entre as árvores, por entre as flores de Irene como se não existisse outro lugar no mundo como a Ilha, como se fosse o lugar perfeito. Suspira, sorri e até canta uma canção, quase sempre *Aquellos ojos verdes de mirada serena en cuyas quietas aguas un día me miré*, que ninguém sabe por que é sua preferida. Como contei algumas páginas atrás, do quinto andar da

TEU É O REINO 137

prefeitura, onde fica sua repartição, ela pode ver os telhados enegrecidos de Marianao, o obelisco, o Hospital Militar, os prédios de Columbia. Como já disse, é a única coisa boa da repartição, ela poder olhar pelas janelas. Como sofre fechada durante seis horas, contenta-se com ter sempre localizada a casa, a Ilha. Sentada em sua cadeira de datilógrafa, imagina a vida na Ilha, as estátuas de Chavito, a fonte, a cadeira de balanço com a almofada dourada de sua irmã Marta, as árvores, as flores de Irene, o rio, o Além, o Aquém, os gritos de Tatina, a livraria de Rolo. Devo repetir: aquele mundo, contemplado de longe pelos olhos e de perto pela imaginação, fazem Mercedes sofrer com menos intensidade o cativeiro das seis horas de trabalho, a tortura da máquina de escrever. Logo que chega ao trabalho, experimenta o cansaço que consiste na premonição do cansaço que a espera. Além disso, está o chefe, o sobrinho-neto de Martín Morúa, implacável amargurado, cheio de ambições, e que ela odeia, ou pelo menos gosta de chamar de ódio o nojo que lhe inspiram, em primeiro lugar, as mãos longas e mais ossudas que a conta e, em segundo, o cheiro de tabaco das roupas e da pele, o mau hálito, os dentes sujos, o cabelo mal alisado com brilhantina. Por isso, quando chega o fim da tarde e Mercedes volta à Ilha, sente como se chegasse ao paraíso. Passa pela livraria, compra um livro de Rolo (adora os romances góticos e as biografias de celebridades); entra por um momento na casa de Helena, que a espera com uma xícara de café; pára para conversar com Merengue, que já a essa hora prepara a mercadoria do dia seguinte; não segue pelas galerias, adentra no labirinto de aléias que é a Ilha, para ver se Chavito colocou alguma estátua nova; cumprimenta pela janela a senhorita Berta, que terminou as aulas e agora reza o terço recolhida num canto; chega em casa e beija Marta na testa. Marta nunca retribui o beijo. Faz tudo com seu sorriso bondoso, cantando baixinho *Aquellos ojos verdes de mirada serena en cuyas quietas aguas*

138 *Abilio Estévez*

un día me miré. E parece feliz. Irene, que a vê passar muitas tardes, diz Sem dúvida é feliz, e sente um regozijo, Irene, quando diz Pelo menos ela é feliz. E Mercedes entra no quarto que divide com Marta, o quarto escuro, mal-ajambrado, com pouca ventilação; entra na lúgubre umidade do quarto, sabe que, se alguém chegasse nesse exato instante, quem quer que fosse, ela abraçaria esse alguém e desataria a chorar.

É tão linda a Ilha depois da chuva. Verde-escura, brilhante, acariciada por uma brisa quase fria de umidade, com cheiro de terra. Mercedes veste-se de branco. Vestido de linho com flores bordadas combinando com as sandálias de couro. Prende o cabelo num coque caprichoso que segura com pentes de tartaruga. Não sabe se põe o colar de pérolas de bijuteria ou a corrente de prata com a medalha de Nossa Senhora das Mercês. Experimenta as duas peças diante do espelho; é verdade, a correntinha combina melhor com seu rosto limpo, onde a maquiagem é imperceptível; por outro lado, já basta a loucura de pôr este vestido branco numa tarde tão feia, se não fosse porque o Ferido é jovem, muito jovem, e porque tem vontade de se vestir de branco (cor que combina com a atraente palidez de sua pele). Olha-se no espelho durante alguns segundos, sou bonita, e não só: pareço distinta, de família fina, sei me mover, sei olhar. Sorri. Sorri com ingenuidade, tem um dente ligeiramente montado sobre outro, é charmoso, eu acho. Põe um pouco de perfume no pescoço, aquele Ramillete de Novia que ela mesma comprou na Sears e que depois disse ser presente de um admirador a quem ela não ligava a mínima, ele não me deixa em paz, já não sei o que fazer. Deixa a penteadeira, apaga a luz. Marta está sorrindo em sua cadeira. Mercedes a olha por um instante e se sente desolada. Suspira, sai para a galeria, é verdade, é tão linda a Ilha depois da chuva, e a desolação dá lugar a uma melancólica alegria. Esta tarde pelo menos a gente pode respirar, começou o outono; o outono em Cuba é isso: dias nublados e sufocantes, tardes chuvosas, brisa úmida à noite para amanhecer um dia nublado, sufocante, e assim até o primeiro norte, que será um friozinho cinza e pobre, o pretexto para se vestir melhor, mês de licença para usar a esperança de um casaco.

Natasha Filipovna. Em vez de Mercedes, ela gostaria de se chamar Natasha Filipovna. Ter não apenas a beleza, mas também a força, a violência de Natasha para impor-se aos demais. Sabe que teve um final trágico. Ela também foi uma mulher sofrida, sem o consolo de esperar a morte grande, inesquecível, sem a dimensão trágica de Natasha. Seria grandioso, pensa, despertar o amor de homens como Rogochin, e despertar a ternura de homens como o príncipe Mishkin. Ser alta e morena, de pele escura, traços ligeiramente orientais, cabelo retinto, longo, sobrancelhas escuras, bem marcadas acima de um nariz altivo, vermelhos os lábios sorridentes, desdenhosos. (Eu não sei se foi descrita assim, não me lembro.) Assim a imagina. É melhor. Bem-vestida. Vestidos de princesa. Longos e murmurantes, que quando caminhe se escute o frufru. Deus, como ela gostaria de ser um personagem de romance! E zombar de todos, sim, não gostar de nenhum, ou gostar apenas de um. Receber uma quantidade apreciável de dinheiro, atirá-lo ao fogo, diante deles, que estão fascinados, que não podem acreditar, e rir, virar-se airosamente, com um gracioso movimento da grande saia, retirar-se como uma rainha, enquanto os homens que a admiram, que a idolatram, ficam ali, quase mortos, sem ela não sabem o que fazer. Natasha Filipovna chamou à porta de Irene. Quando esta abre, porém, não é Natasha, mas Mercedes, vestida de branco, quem ela vê. Irene sorri tranqüila. A bem da verdade, não esperava (não podia

140 Abilio Estévez

esperar) a visita de Natasha Filipovna. Tampouco esperava a visita de Mercedes, mas esta pelo menos pertence a seu mundo e não a surpreende que esteja ali, perguntando-lhe Como vai, amiga, explicando-lhe Vim ver como está o Ferido. E como Irene se alegra em vê-la, pede-lhe que entre, Entre, fique à vontade, a casa é sua. E, no momento em que Mercedes cruza o umbral, cai de seu pescoço a correntinha de prata com a medalha de Nossa Senhora das Mercês. Sente o cordão deslizar pelo pescoço, sente como desce por seu peito. E o vê cair no chão. Ela se perguntará, imagino, como pode ter caído com tanta facilidade um cordão bem fechado. Ignora que a queda nada tem a ver com o fato de o fecho estar bem ou mal encaixado, e sim com meu desejo de interromper sua visita à casa de Irene e demorar o encontro com o Ferido. As duas mulheres estão a um passo da porta, olhando a corrente de prata que caiu no chão. Aí podemos deixá-las.

Como já se sabe, ou deveria se saber, Mercedes e Marta são irmãs gêmeas. Nasceram em pleno verão (Marta primeiro). Cresceram no cemitério. A prefeitura nomeou o pai delas administrador do cemitério de La Lisa, com direito a morar na casa espaçosa e fresca que ficava (fica) dentro do cemitério, entre os panteões dos Veteranos da Guerra de Independência e da loja maçônica Cavaleiro da Luz. Ali aprenderam a andar, a correr, a brincar. Ali descobriram uma parte do mundo. Nomearam as ruas. Plantaram roseiras. Pintaram imagens de santos nos muros. Nos jazigos brincaram de casinha e de esconde-esconde. Sobre os túmulos deitaram as bonecas. Os nomes das bonecas saíram das placas de mármore (as mesmas onde aprenderam a ler). À sombra dos choupos, recostadas nos mausoléus, sentaram-se para comer mangas nas tardes sufocantes. Também ali dormiram a sesta muitas vezes. Dedicaram-se a limpar os túmulos e a trocar a água dos vasos, onde punham flores frescas, sem distinção. Isso não quer dizer, claro, que não tivessem amigos ou preferências. Os amigos eram os que ostentavam nomes mais bonitos nas tabuletas. E, acima de todos, estava a favorita. Chamava-se Melania. Nascera em Santiago de Cuba e morrera em Havana quinze anos depois. Criaram uma história para ela, inventaram um suicídio por amor no mesmo dia de sua entrada na vida adulta, de sua grande festa de debutante. Não a fizeram filha de uma família opulenta porque o túmulo em que estava sepultada (retângulo de azulejos azuis, com um frasco fazendo as vezes de vaso e uma cruz nua de madeira com nome e datas) não permitia muitas fantasias. A ela dedicavam as flores mais bonitas. Levavam-lhe doces e balas. No dia de Reis, presenteavam-na com bonecas de pano e colares que confeccionavam com miçangas e continhas que compravam por centavos na rua Quincalla. Um belo dia, fizeram uma coroa de canutilhos dourados e decidiram proclamá-la Rainha do Cemitério. Elas se autonomearam princesas. Assim, quando entrava algum cortejo fúnebre, as duas se alegravam, pulavam de alegria, diziam que um rei vinha pedir a mão de Melania. Tratavam então de preparar os esponsais, enfeitar o túmulo com ramos de arecas, folhas de palmeira real, grinaldas onde se misturavam diversas flores, colchas de cores festivas que tiravam da casa às escondidas. Os casamentos, contudo, sempre acabavam mal: Melania voltava a se casar quase todos os dias: todos os dias entrava um cortejo fúnebre. Logo se deram conta de que, se Melania reinava no cemitério, queria dizer que o cemitério tinha categoria de reino. Buscaram um nome para ele. Como La Lisa soava vulgar, chamaram-no Lalisia. Desenharam um brasão com dois anjos portando trombetas, copiado de uma ilustração que tinham visto no missal, e fizeram a bandeira com um retalho de cetim verde que a mãe lhes deu. Por outro lado, um reino que se preze deve ter, além de rainha e princesas, duques, condes, marqueses e um cardeal... Procuraram os melhores túmulos e criaram a nobreza. Por essa época (deviam rondar os dez anos), descobriram a Fossa Comum. Nos fundos, quando La Lisa já era quase um descampado, e se avistavam currais, e estábulos, e campinhos de beisebol, encontraram um buraco enorme na terra onde os coveiros jogavam os ossos dos que não tinham nicho. Como todo reino, Lalisia tinha nobres e plebeus. E, como em todo reino, os últimos revelaram-se mais simpáticos. Mercedes e Marta passaram dias entre a confusão de ossos, tentando reuni-los, tentando devolvê-los ao corpo a que haviam pertencido, como quem se dedica a montar um quebra-cabeça. Foi assim que elas criaram o povo. Certa tarde, Mercedes encontrou o esqueleto de uma mão com as mesmas dimensões da dela. Assim souberam que também as crianças morrem. Perambularam tristes por vários dias, principalmente Marta (ninguém soube por quê, a mais impressionada com a descoberta). Outra vez em que estavam montando corpos com os ossos dispersos, ao tocar um crânio, Mercedes sentiu que uma brisa gelada a percorria, e sua pele reagiu de modo muito esquisito. Não podia tocar o crânio, sempre que o tentava, voltava a sentir estranhas sensações na pele. Foi Marta quem expressou o que ela, Mercedes, estava pensando. É o crânio de um homem que tem alguma ligação com você. Guardaram o crânio em um cofre, que levaram escondido para casa. Logo o batizaram, com o nome de Hylas. Mercedes imaginou o jovem a que aquele crânio devia ter pertencido, imaginou-o loiro, de cabelo dourado e olhos de esmeralda, nariz reto e não muito grande, lábios de firme contorno, e teve a vaga intuição de que entre o crânio e ela começava a se estabelecer uma relação que duraria a vida inteira. Como já estavam crescidinhas, permitiram-lhes passear à noite. O cemitério da noite não tinha nada a ver com o cemitério do dia. A noite mesma pouco tinha a ver com o dia. À noite não se suava por causa do

TEU É O REINO 143

sol, soprava uma brisa fresca, as flores perfumavam com mais intensidade, as sombras eram mais elegantes, o objeto mais ordinário adquiria dignidade, podia-se olhar o céu sem medo de ofuscar-se e com a certeza de que proporcionaria maior diversão, uma vez que o céu noturno mostrava milhares e milhares de pontinhos de luz chamados estrelas. Havia outras luzes, claro. Saíam da terra, sobretudo dos lados da Fossa Comum. Luzes entre o amarelo e o verde, luzes que vinham de baixo e subiam sem pressa, aspirando a transformar-se em estrelas. Fogos-fátuos, disse que se chamavam o tio Leandro. Irmão da mãe, o tio Leandro os visitava todos os domingos. Tinha uma estatura acima do normal e uma compleição atlética que contradizia seu doce rosto de asceta. Vivia de seu trabalho como advogado; praticava natação e também o ascetismo. Embora ainda não tivesse chegado aos trinta, já se falava dele como de um solteirão. Pelo que ouviam dizer (Mercedes e Marta nunca tinham estado lá), morava numa casinha despojada na praia de Jaimanitas, à beira-mar, com a única companhia dos livros. Mas o mais notável no tio Leandro era o fato (importante sobretudo para Marta) de ter visitado a Índia. Tinham vários encantos os domingos de visita do tio. A mãe se mostrava contente, tinha evidente admiração pelo irmão, e esperar sua chegada quebrava o horror de sua vida. Esmerava-se, portanto, em limpar bem a casa e preparar o almoço. Já durante a semana, tratava de encomendar o cabrito de leite para o *chilindrón*[10] que o irmão tanto apreciava. Embora falasse pouco, o tio Leandro possuía um raro encanto que o tornava amável até em silêncio. Sempre levava uma caixa de quitutes da doceria El Bilbao, onde se misturavam *crucecitas* e *tentaciones de vainilla, besitos de limón, panecitos de gloria, caricias*

---

[10] *Chilindrón*: cozido de carne de ave, carneiro, cabrito ou porco refogada com alho, cebola, pimentão e especiarias. (N.T.)

de chocolate e *yemitas decoco*[11]. Depois do almoço, ele acompanhava as sobrinhas numa volta pelo cemitério. Elas falavam sem parar, contavam do reino de Lalisia, da soberana Melania, dos condes, duques e marqueses com que conviviam. Ele as ouvia sorridente, silencioso, pensativo. Vez por outra Marta se atrevia a pedir Tio, fale um pouco da Índia, e se diria que seus olhos se iluminavam com raios dourados e verdes, como aqueles dos fogos-fátuos. Por esses anos ocorreram alguns fatos desastrosos. O primeiro foi que os pais, sempre em conflito, decidiram não mais ocultar suas desavenças. Discutiam a qualquer hora e por qualquer bobagem. Amargurada, com ares de tragédia, a mãe só falava para praguejar. Iracundo, como fera enjaulada, o pai praguejava e não falava. A situação era insustentável; as meninas preferiam passar seus dias brincando entre os túmulos. Outro fato desastroso foi que um médico que casual ou causalmente (nunca se sabe) assistia ao velório de um paciente, ao ver as lindas faces rosadas de Marta, aproximou-se da mãe e disse-lhe ter quase certeza de que a menina era ou viria a ser diabética. A mãe se enfureceu, cobriu o pobre médico de insultos sem respeitar luto nem funeral (vale registrar que, como muitas pessoas, a mãe sempre acreditou na anátema como uma forma de exorcismo). Querendo ou não a mãe, o fato é que, depois desse dia, foi possível entender os desmaios que Marta sofria quando brincava, bem como a sede atroz que ela sentia a cada instante. Numa noite de chuva, o pai e a mãe tiveram uma briga muito feia por causa de dinheiro. O pai se enfureceu e se vestiu para ir embora.

---

[11] *Crucecitas* e *tentaciones de vainilla, besitos de limón, panecitos de gloria, caricias de chocolate* e *yemitas de coco*: doces tradicionais da mesa cubana. *Crucecitas*: espécie de filhó feito de mandioca. *Tentaciones de vainilla*: docinhos à base de ovos e baunilha. *Besitos de limón*: quitute semelhante ao torrone mole, aromatizado com limão. *Panecitos de gloria*: pãozinho doce glaçado. *Caricias de chocolate*: tortinhas folhadas de chocolate. *Yemitas de coco*: bolinhas carameladas de coco e gema de ovos. (N.T.)

Isso, vá embora!, gritou a mãe, mau pai e mau marido, vá, e que um raio parta você ao meio! Ainda que a praga não se tenha cumprido literalmente, meia hora depois de deixar a casa, o pai morreu atropelado por um caminhão que saiu da estrada ao derrapar no asfalto molhado. Embora essa morte tenha trazido como alívio alguns dias de silêncio na casa, benditos dias em que a mãe se limitou a gemer calada pelos cantos (talvez desorientada por não ter quem agredir), embora a morte do pai as tivesse aliviado não sabiam de que peso, logo tiveram de lamentar a perda da casa. De fato, com o desaparecimento do administrador, não havia mais razão para continuarem ali. O novo funcionário contratado pela prefeitura exigia seu lugar. Isso significava dizer adeus à Rainha Melania, ao Reino de Lalisia, adeus a nobres e plebeus e, embora ainda carecessem de maturidade para dar-se conta do fato (transcendental), adeus à infância. Mercedes e Marta completaram onze anos poucos dias antes de abandonar o cemitério, ao qual só haveriam de voltar quando já estivessem numa dimensão diferente e talvez superior. O tio Leandro veio buscá-las com seu Ford caindo aos pedaços numa manhã em que o sol se empenhava em sua tarefa, paciente e habitual, de transformar a cidade num imenso lago de águas reverberantes. Ele as levou, com algumas malas de roupa, para sua casa na praia de Jaimanitas. Era uma casa de madeiras velhas, isolada e não muito sólida, entre casuarinas e bagas-da-praia, pouco antes do Círculo dos Soldados. Para chegar lá devia-se seguir a trilha arenosa, oculta, meio invadida pelo mato, que levava ao mar. Quando a pessoa pensava estar a um passo da praia, topava com a casa, montada sobre pilotis, pintada de verde-azul em alguma época remota (razão pela qual praticamente se perdia no mar, parecia formar parte dele). O terraço dos fundos tinha piso de madeira, um tanto estragado, e uma escada precária que terminava quase dentro da água. Ali o mar possuía o tom da esmeralda, e o branco da areia dava

146 *Abilio Estévez*

à união dos dois um quê misterioso de cartão-postal. Dentro da casa havia poucos móveis e muitos livros, uma infinidade de livros, avassaladoras quantidades de livros por todos os lados. Não se pode negar que os livros dentro da casa, junto com o mar incrível que se via através das janelas permanentemente abertas, criavam um estranho contraste, símbolo de uma misteriosa sabedoria. Para Mercedes e Marta, confinadas durante onze anos em um cemitério, chegar à casa do tio foi como descobrir o mundo, ou melhor, como chegar a outro mundo, a outra ilha; a viagem de uma hora entre o cemitério e a praia de Jaimanitas transformou-se em uma longa viagem de vários dias por oceanos maravilhosos, aldeias de deidades. Por essa razão, a casa do tio Leandro seria para sempre conhecida entre elas pelo nome de Taipi. Quanto ao tio, parecia mesmo um homem digno de viver em Taipi. De manhã, pouco antes do amanhecer, podia-se vê-lo nadar; depois comia algumas frutas, vestia-se de terno e gravata, pegava o Ford caindo aos pedaços do tempo do rei velho e ia trabalhar no escritório do doutor Chili, em frente à praça de Marianao; voltava perto do meio-dia, contente como partira; livrava-se outra vez das roupas incômodas, nadava outra hora, comia outras frutas, sentava-se no chão (- depois lhes explicaria Isto se chama posição do lótus) de pernas cruzadas e com as mãos voltadas para cima, unidos o indicador e o polegar. O tio Leandro praticava o budismo. Falava pouco, nunca se mostrava contrariado, sorria o tempo todo. Mercedes começou a notar que gostava de estar ao lado dele, que em sua presença sentia-se protegida. Nas tardes em que, entre uma meditação e outra, o Tio se preocupava em ensiná-las a nadar, Mercedes sabia-se inundada por um encanto novo. Não tinha a ver com nada físico, concreto; era um estado de felicidade inexplicável (por acaso a felicidade não é sempre inexplicável?), algo assim como se um deus a tivesse acolhido sob seu amparo. De modo que, nos primeiros tempos de Taipi, elas foram ainda mais felizes do que no cemitério. E teriam sido muito mais, se um belo dia não tivessem aparecido os mendigos.

Entre o Discóbolo e a Fonte com o Menino do ganso, Vido foi surpreendido pela tarde que se seguiu ao temporal. Deita-se sob um *ateje blanco*[12], quase oculto entre encharcadas arálias e hibiscos. Por ora, nenhuma perspicácia bastaria para descobrir por que ele se deitou ali. Até os seres mais ingênuos, até os mais rudes, sabem que nem todos os atos humanos podem ser explicados. Pelo menos não com o simplório raciocínio que nos foi concedido. Ou seja, seria acertado escrever: Vido "teve a liberdade" de sentar sob o *ateje blanco*. É, aliás, o que ele mesmo pensa. Acontece, porém, que a terra e as plantas estão molhadas, e um frescor agradável sai delas. O agradável no caso não é só o frescor que Vido descobre, mas a forma como a umidade faz Vido descobrir seu próprio corpo deitado na relva, experimentando a umidade. Além disso, nesse instante a brisa começa a balançar (a brisa fresca, insólita na Ilha, que por sorte começou a soprar depois da chuva) os galhos de tantas árvores. Das árvores se desprendem gotas deixadas pela chuva. De seu posto, Vido as vê cair e vê que em cada uma delas brilha a luz da tarde. É um chuvisco. Afinal um chuvisco, mais discreto. Também mais luminoso. Não parecem gotas de água, e sim gotas de luz, se isso fosse possível. Vido começa a ouvir o movimento dos galhos do *ateje blanco*. Distingue em seguida o som da brisa penetrando entre as casuarinas. O silvo voluptuoso das casuarinas soa diferente do sério *ateje blanco*. A goiabeira se balança com rumor de cortina de seda, ao passo que as palmeiras reais emi-

---

[12] *Ateje blanco*: arvoreta autóctone das Antilhas, semelhante ao café-do-mato, com frutos vermelhos e doces muito apreciados pelos pássaros. (N.T.)

148 *Abilio Estévez*

tem um aviso severo. A paina-de-arbusto é simpática e ri. Também ri, mais descaradamente, a seringueira. As flecheiras, em compensação, estão gemendo. Uma folha cai do coqueiro com estrépito de aplausos. Vido leva as mãos aos ouvidos. Deixa de escutar. Escuta. Deixa de escutar. Escuta. É, eu ouço todas!, grita.

Esta corrente eu ganhei da minha mãe um dia antes de ela desaparecer, conta Mercedes ao mesmo tempo em que se abaixa para recolhê-la. Irene fecha a correntinha em volta do pescoço de Mercedes. É bonita. Como está o Ferido? Melhor, muito melhor, já não está com febre e respira sem dificuldade, às vezes diz coisas que eu não entendo. E você, como se sente? Irene desaba numa cadeira, enxuga os olhos, que estão enxutos, tenta sorrir. Não sei, não sei, continuo sem lembrar, passo horas pensando em Emilio, em minha mãe, na casinha de Bauta, o dia voa comigo tentando encontrar uma lembrança, e aqui estou eu, com a cabeça vazia. Esqueça essa falta de memória, mulher, assim você vai ficar louca, olhe a Ilha, como está linda, com a alegria de ter recebido a chuva. A outra a escuta aparentemente sem escutá-la, e encolhe os ombros. Quer dar uma olhada nele? Mercedes afirma com a cabeça. Irene se levanta, contente de poder fazer alguma coisa.

Aí está o Ferido. Irene lhe deu o melhor quarto, a melhor cama, o quarto de casal, e para ela preparou uma *chaise-longue* aos pés do rapaz. Irene cuida dele como se fosse um filho, como se fosse Lucio (Deus que nos livre). Duas noites atrás, quando os meninos o encontraram e vieram correndo avisar e provocaram a comoção de todos, quando Merengue e Lucio o carregaram, ajudados por Rolo e Vido, e seguidos pelos demais, e depois de decidirem que chamar uma ambulância ou a polícia seria entregá-lo a seus assassinos, ninguém hesitou, ninguém nem perguntou, levaram-no direto para a casa de Irene, com a consciência de que ela, melhor do que ninguém, cuidaria dele. Nem a própria Helena disse uma palavra. E, quando chamaram o doutor Pinto, ele tampouco precisou perguntar. Quando lhe abriram o portão que dá para a rua de La Línea, ele foi até a casa de Irene e lhe perguntou com sua voz rouca de bebedor de aguardente Onde você o colocou?

Aí está o Ferido. Irene põe a mão em sua testa e sorri aliviada, sussurra Não, não está com febre. Mercedes o contempla, fecha os olhos e torna a abri-los. Instintivamente, ajeita o cabelo. Não é possível! Experimenta uma sensação estranhíssima, uma coisa inexplicável que de súbito a paralisa, que a deixa imóvel, sem gestos, sem palavras no meio do quarto. Tenta recordar o momento em que correu a notícia de que Sebastián e Tingo tinham encontrado um ferido no Além, na marcenaria do pai de Vido, e elas andavam de um lado para o outro, como loucas, iluminadas pelas lanternas de Merengue e Helena, tentando descobrir de quem poderia ser todo aquele sangue que aparecia pela Ilha inteira. Mercedes agora lembra, estava se perdendo pelos lados do bebedouro, das flecheiras, perto do Eleguá[13] de Consuelo, quando Tingo apareceu correndo, gritando Um ferido, um ferido! Um ferido? Onde?, perguntou alguém, talvez Helena, que sempre é a primeira a reagir. E Merengue, Merengue?, não, Lucio, isso mesmo, foi Lucio quem gritou, Na marcenaria! E lá foram correndo como podiam entre o matagal, que, de fato, o Além é intransi-

---

[13.] Eleguá: Importante orixá da santeria cubana, personificação da morte, dono do destino e das encruzilhadas. Sua imagem costuma ser posta à entrada das casas para protegê-las de Exu, com quem tem estreita ligação. Seus correspondentes católicos

150 Abilio Estévez

tável. E, embora isso tenha acontecido poucas noites atrás, Mercedes tem a impressão de que se passaram anos desde aquele instante em que chegaram ao cubículo de velhas madeiras empenadas e viram o rapaz ali, ensangüentado, sobre a bancada de marceneiro, coberto com a bandeira cubana. Lembra que lhe chamou a atenção a bela pele bronzeada, os encaracolados cabelos retintos, o estranho perfil de beduíno, a pinta escura junto a um canto da boca. Enxugando os olhos, Irene se aproxima dela. Você está bem? Mercedes sorri, Estou, tudo bem. De fato, aí está o Ferido. É branco, muito branco, de perfil doce, brando, e cabelos loiros e lisos, e jovem, jovem... Nenhuma pinta escurece o canto de sua boca. Quando por momentos abre os olhos, vêem-se duas chamativas contas azuis. Mercedes aproxima-se da cama e o observa detidamente. Jovem..., quem foi capaz de feri-lo assim? Irene (às vezes parece ler o pensamento) acaricia o ombro de Mercedes e deixa escapar outro sussurro Deve ter sido o Demônio quem feriu um anjo como este, só um demônio, e baixando ainda mais a voz, fazendo ainda mais sussurrante o sussurro, acrescentou Escute só, o doutor Pinto disse que não são feridas de bala. Mercedes a encara intrigada. Não, não me olhe assim, não são feridas de bala, o doutor Pinto me explicou hoje de manhã, mas é confidencial, escute bem: confidencial, ninguém pode saber disso, escute só, não são feridas de bala, não, ele foi ferido com setas, com flechas.

Um belo dia apareceram os mendigos, sim, na hora do entardecer foram chegando, eram dois, um homem e uma mulher, maltrapilhos, sujos, não pudemos nos aproximar, só o tio Leandro, que estava perto da santidade, teve coragem de levar-lhes dois pratos de sopa, de ser amável, até de trocar algumas palavras com eles, depois de comer estiveram zanzando um pouco pela praia, até que num momento desapareceram sem percebermos, e quando reapareceram no dia seguinte também não percebemos, e eram quatro, não, minto, cinco, é, cinco, vinham com uma menina mais suja e maltrapilha do que eles, o tio Leandro tornou a lhes dar comida, minha mãe também foi e o ajudou, eu me lembro, minha mãe não falou, ficou olhando para eles como quando entrava na capela do Cristo de Limpias, aquela que fica na rua Corrales, ao lado do quartel dos bombeiros, e via a imagem da Dolorosa, a impressionante imagem da Dolorosa que tem ali, toda vestida de preto, de rendas pretas, lágrimas de verdade, ou que pareciam de verdade, e lencinho na mão, minha mãe sempre se impressionou muito com essa Dolorosa que está lá e lá você pode vê-la agora mesmo, e eles (os mendigos) entraram no mar depois de comer, sem tirar a roupa, entraram no mar, ficaram na água até tarde da noite, seguidos pelo olhar atento de minha mãe, que se sentou para costurar, mas não costurava, era um pretexto, ela só fazia olhar para eles, e meu tio se fechou para meditar, ainda não contei para você que nessa época a Marta começou a perder a vista? Para ler, precisava colar os olhos no livro; ao acordar de manhã, ela olhava pela janela e perguntava O que é aquilo, e aquilo era um navio, também tropeçava nos móveis e confundia os remédios e quase não conseguia escrever, fui eu quem notou que a Marta estava começando a perder a vista, meu tio, tão santo, só fazia nadar, meditar, ler livrões velhos e enormes, você sabe, os santos não têm tempo para os outros, minha mãe, por sua vez, passava horas sentada na cadeira de balanço em frente à janela, fitando o mar com expressão estranha, alegre, como quem está a ponto de ser feliz, expressão que não conseguíamos entender, que nunca entendemos, minha mãe só se levantava quando chegavam os mendigos, cada vez mais seguido, cada vez em maior quantidade, um dia vieram seis, no outro dia, dez, no outro, catorze, até que foram mais de vinte, e cada vez passavam mais tempo rondando a casa, tomando banho de mar, gritando, cantando, rindo, pareciam os seres mais felizes do planeta, mas a Marta e eu morríamos de medo deles, só tínhamos coragem de olhá-los de longe, enquanto minha mãe (meu tio, cada dia mais preocupado com sua própria santidade, já não se ocupava deles) lhes levava comida e conversava e dava risada com eles, uma noite até a ouvimos cantar no meio de uma grande roda que formaram na praia, aplaudindo cada verso da canção, uma canção espanhola que dizia alguma coisa como *Lagarterana soy y encajes traigo de Lagartera*, eu me lembro bem: cheguei bem perto me escondendo atrás dos troncos de bagas-da-praia, vi como ela cantava, mãos inquietas, olhos acesos, voz trêmula, enquanto o terral remexia seus cabelos, e sua voz, embora tivesse uma vibração efêmera, dava a ela uma imagem eterna, a imagem de uma mulher cantando desde sempre e para sempre aquela canção sem começo nem fim.

No caso do professor Kingston, a chuva o deixou com frio. Ainda está com frio. Sentado em sua cadeira de balanço, olha com horror para o leque sobre a cama. Também com horror olha sobre a mesa o caderno com a aula de inglês preparada. O professor Kingston não sabe como irá dar suas aulas hoje. Não conseguiu se levantar da cadeira de balanço. Sempre que tenta, uma dor aguda na região dos quadris, e mais fundo, no sacro, e mais fundo, muito mais fundo, uma dor tão forte que já não parece uma dor do meu corpo, e sim uma dor de minha alma, uma dor do mundo…, o fato é que a dor me impede de levantar, não consigo me levantar, estou sentado nem sei há quanto tempo, um tempo infinito, não consigo me levantar, a cada vez o esforço é maior, digo para mim mesmo tenho que ser valente, e busco forças onde não tenho, mas não consigo ficar de pé, as pernas não obedecem, *I must be brave*. O professor Kingston pensa que, se o

Teu é o reino 153

marinheiro aparecesse agora, teria que ficar quieto diante dele. Não poderia fazer nada além disso. O que mais o preocupa é seu ouvido, que até poucas horas atrás era mais confiável que sua vista, e que neste momento parece perdido. É como se a Ilha tivesse desaparecido e só restasse ele sentado para sempre na cadeira de balanço. Não chega nenhum som do exterior. Não se ouvem as árvores. Será que não está correndo brisa? Impossível, lá fora deve haver um canto diferente para cada árvore, sou eu, eu é que sou surdo, surdo e entrevado, *what to do?*, eu me lembro de quando me sentava no campo para escutar o modo próprio de cada árvore responder à brisa, havia árvores raivosas, e felizes, e aflitas, e tristes, e eufóricas, e exaltadas, e tímidas, havia árvores como seres humanos, agora não, ninguém, ninguém, ainda por cima, não consigo me mexer, e, como se não bastasse, estou com frio.

Aqui é preciso que Irene vá ao mercado para justificar devidamente o fato de Helena estar tomando conta do Ferido sozinha. Decidimos que será uma tarefa grata para Helena, decidimos que ela gostará de olhar o rapaz com sua longa e lisa cabeleira castanha, seu rosto de perfil aquilino, seus lábios finos e pálidos. Decidimos que ninguém sabe a razão disso. Ninguém pode explicar por que essa devoção por alguém que não conhecem, com quem nem sequer falaram, com alguém que permanece mudo, imóvel, prostrado numa cama. Como os seres humanos (deles provêm, afinal de contas), estes personagens ignoram uma infinidade de coisas sobre si mesmos. E o autor, por mais que queira parecer-se com o Criador, também ignora muitas coisas.

Sempre que Irene vai ao mercado, é Helena quem fica tomando conta do ferido. Para ela é uma tarefa grata. Gosta de olhar o rapaz de cabelo preto, encaracolado e curto, de suave perfil. Desde que soube que ele foi flechado, Helena olha-o com devoção. O sofrimento sempre inspira unção e respeito. Quando, como agora, está sozinha com ele, Helena fala-lhe como se ele pudesse ouvi-la e até ajudá-la. Como o resto dos seres humanos, os personagens deste livro sentem-se desamparados e necessitam de um ser mais poderoso.

Às vezes tenho medo, meu rapaz, não, mentira, não é só às vezes que eu tenho medo, é sempre, sempre tenho medo, meu rapaz, lembre que eu sou, como dizem, a melhor zeladora que a Ilha já teve e poderá ter, e sinto sobre meus ombros a responsabilidade de salvá-la, por isso saio quando todos estão dormindo e a percorro com minha lanterna, ilumino cada canto para ver se cada canto continua intacto, vou procurando a escarradeira, o cabide que se gastou sem uso, o tapume, a Vitória de Samotrácia, cada estátua monstruosa, as cadeiras de balanço, a Nossa Senhora da Caridade em seu nicho modesto, vou vendo se nenhuma árvore foi danificada, se nenhuma flor foi arrancada, vasculho, persigo cada cheiro estranho à ilha, procuro rastros, conheço cada som, cada recanto, e amo essas árvores e essas estátuas horríveis, e amo o calor infernal, e amo as casas que conformam a Ilha, essas casas de paredes entre amarelas e pretas, e amo os temporais que prenunciam o fim, e a seca que também prenuncia o fim, e amo o tempo parado da Ilha, seus relógios sem ponteiros, a confusão, os labirintos, as miragens, essas histórias que contam sobre ela e que, se você acreditar nelas, acaba enlouquecendo, amo a falta de sentido da nossa vida, a falta de esperança, o cansaço que sempre sentimos quando amanhece, me diga, para que desejar um novo dia nesta

Ilha? Amo o carrinho branco de doces do Merengue, amo o Merengue e o filho perdido do Merengue, amo o Chavito, que não sei por onde anda, amo a Casta Diva, o Chacho, o Tingo, a Tatina, a Irene, o Lucio, amo o Fortunato, o Rolo, o Sandokan, amo a senhorita Berta, amo a Marta e a Mercedes, amo meu filho, o Sebastián, que... meu filho, meu filho Sebastián, me diga uma coisa, Ferido, você está aqui por causa do Sebastián? Quero saber o que vai ser de tudo o que eu amo, se você pudesse me contar o fim, o epílogo, se ao menos eu soubesse que meus esforços servem de alguma coisa, se soubesse que esta Ilha será capaz de continuar no mapa do mundo, que não em vão pego minha lanterna e percorro a Ilha, se eu soubesse que essas rachaduras que vejo se abrirem a cada dia outro dia se fecharão, se soubesse que o sândalo-vermelho do Ceilão será para sempre o sândalo-vermelho do Ceilão, se eu soubesse, se você pudesse garantir que.

Fechou-se no quarto com o livro roubado na livraria. É um livro de capa vermelha. Na frente pode-se ler: JULIÁN DEL CASAL (belíssimo nome, não é, Sebastián?). As folhas sépia, as letras grandes, redondas, enfeitadas. O quarto, como o de Noemí, está iluminado por uma lâmpada. Sebastián abre o livro ao acaso (o que ele considera o acaso) e lê.

Noemí é pecadora. Noemí é pálida e pecadora. Pálida (aplica-se a quem não tem no rosto a cor rosada habitual nas pessoas saudáveis). Pecadora (contra a lei de Deus). Noemí tem os cabelos ruivos e os olhos verdes, e se deitou em coxins (tipo de almofada) que são de raso (tecido de seda), que são lilases. Como não tem mais o que fazer, está desfolhando uma flor de laranjeira. Aos pés dela tem uma lareira que esquenta o quarto. Perto está o piano, com a tampa levantada. A mão de Noemí, que é branca, vaga, qual borboleta de flor em flor, pelo teclado do piano. No quarto também tem um biombo de seda chinesa. (Biombo, dispositivo formado por vários caixilhos articulados por dobradiças, de modo que podem ser recolhidos ou estendidos; seda, tecido fabricado com fios especiais.) O biombo de seda chinesa tem grous (ave pernalta de coloração cinzenta) voando em cruz. Sobre uma mesinha, destaca-se uma lâmpada. O leque branco, a sombrinha azul, as luvas de pelica jazem sobre o canapé (o divã, o móvel, com ou sem braços, para sentar ou deitar). Ao mesmo tempo, em xícara de porcelana fumega a alma verde do chá. No que Noemí está pensando? Será que o príncipe já não a ama? Será que a anemia a vence? Será que em seus púcaros da Boêmia (púcaro, pequeno vaso; Boêmia, região da Europa famosa por seus cristais) quer capturar raios de luar? Será talvez que ela deseja algo ainda mais impossível: acariciar as penas do cisne de Leda (Zeus disfarçado)? Não, a pobre Noemí foi aconselhada, para remediar o tédio (aborrecimento, desgosto) que em sua alma espalha calma mortal, a beber em taça de ônix (ágata) lavrado o rubro (vermelho) sangue de um tigre real, de um tigre rei, de um rei tigre.

Faz dias que Chavito não aparece, faz dias que não sei nada de Chavito, explica Merengue. Helena o escuta tentando não demonstrar nada, tentando manter a serenidade, seu ar de mulher forte. Seu filho está na idade de desaparecer, é a vida. E se levanta com a consciência de que nada que ela possa dizer tranqüilizará o negro, e a única idéia que lhe ocorre é ir até a cozinha e voltar com uma *natilla*[14]

---

[14] *Natilla*: espécie de pudim leve e cremoso feito de ovos, leite e açúcar. (N.T.)

e um sorrisinho mentiroso. Ora, Merengue, os filhos não nos pertencem, você sabe. Chavito é tudo que eu tenho. Por enquanto; logo ele vai lhe dar netos, e bisnetos, e tataranetos, pois você, como bom negro, vai viver duzentos anos. Merengue ri com tristeza, sem vontade de rir, e come, também sem vontade, a *natilla*, que tem um forte gosto de canela. Sua *natilla* é incomparável. Rolo diz a mesma coisa, aprendi a receita com a minha mãe, mas a dela era melhor. E permanecem em silêncio, à luz úmida da sala de Helena. Merengue termina sua *natilla* e deposita a tigela na mesa de centro. Vivemos tempos difíceis, e a frase basta para que Helena perceba que na verdade quis dizer outra coisa. É, sim, difíceis, dificílimos, você teria a bondade de me dizer quando é que foram fáceis? É esta Ilha! Você tem razão: é esta Ilha! Quem será que teve a idéia de descobri-la? Os espanhóis, eles é que são os culpados. Com seu espírito de aventura, seu anseio de fidalguia, sua ingênua noção de honra! Se eles não tivessem descoberto este pedacinho de terra, você andaria de tanga na Costa do Marfim, e eu estaria limpando o chão de um convento em Santander. Agora sim Merengue ri com vontade. E eu não venderia doces? Helena nega com a cabeça No seu carrinho você venderia presas de elefante.

Hoje ele não foi à El Bilbao nem saiu com o carro de doces. Vestiu sua melhor *guayabera* de linho e tirou o panamá que ganhou da mulher quando se casaram, nos tempos do "Chino" Zayas[15]. Ficou um bom tempo no vestíbulo, à sombra das asas da Vitória de Samotrácia, benzendo-se e dizendo-lhe Santinha, se meu filho aparecer eu vou

---

[15] "Chino" Zayas: Alfredo Zayas y Alfonso, presidente de Cuba entre 1921 e 1925. (N.T.)

lhe comprar o altar mais luxuoso que você já viu. Depois saiu sem saber ao certo aonde ia. Um grupo barulhento de soldados ia entrando na livraria de Rolo. Quem os vê assim acha que está tudo bem, que Cuba é o Éden, pensou Merengue seguindo rumo ao terminal de trens, cheio a essa hora, pois ia chegando o trem para Artemisia. Num canto, Merengue descobriu um negro largado no chão, de bruços. Correu até ele. Com susto e esperança. Correu até ele e o virou. É um bêbado, disse uma senhora que tricotava sentada num banco. É, sim, um bêbado, também um jovem negro que, de boca aberta, dormia sua ressaca de rum. Merengue tentou acordá-lo Vamos, rapaz, na sua casa devem estar preocupados. O negro abriu os olhos, tentou sorrir, disse alguma coisa que Merengue não entendeu e voltou a dormir. Merengue ainda insistiu, mas nesse momento chegou o trem. O apito, o movimento da estação e a cara de sono do bêbado lembraram-lhe que Siroco foi um dos primeiros que ele pensou procurar. A associação não era absurda, uma vez que Siroco nunca voltava para casa de ônibus, quando vinha ver Chavito, mas esperava o trem de Artemisia e, como era amigo dos empregados da estrada de ferro (e de todo o mundo), eles reduziam a marcha quando o trem passava por Zamora para que Siroco saltasse praticamente na porta de sua casa. Claro que, na sua idade, Merengue não podia fazer semelhante coisa, portanto saiu andando pela rua Calvario, com o passo rápido de quem está acostumado a empurrar um pesado carrinho cheio de doces. Passada a praça em que um bongô de bronze sobre um pedestal tentava homenagear o grande Chano Pozo, a rua Calvario ia tornando-se mais e mais sórdida, mais estreita, mais escura, até se transformar num labirinto de casebres de madeira e zinco, de troncos e anúncios de Coca-Cola, onde corriam crianças nuas e barrigudas e os homens se sentavam para jogar dados, nus os torsos suarentos, sem se pentear nem barbear, mas, em compensação, ostentando suas grossas correntes de ouro. Enxugando as mãos no avental, as mulheres saíam à porta para ver passar aquele velho negro de digna *guayabera* e panamá que parecia vir andando de outros tempos. O barraco de Siroco, construído como os outros com materiais encontrados aqui e ali, construído com qualquer coisa, ficava quase pegado à linha do trem. Merengue notou que, ao se aproximar do barraco em cujas madeiras podia-se ler "Eu sou o aventureiro e o mundo pouco me importa", as portas e janelas dos barracos vizinhos iam fechando-se com discrição. Merengue soube que, por mais que chamasse, na casa de Siroco ninguém atenderia, que ninguém lhe daria a mínima pista de onde poderia encontrar Siroco. Só um velho que vinha caminhando pelos trilhos, usando como bengala um galho de árvore, perdidos os olhos atrás de uma nuvem de velhice, exclamou com voz trêmula Não, senhor, nada sei de Siroco, e poupe-se o trabalho de perguntar, todos vão dizer que nada sabem dele, não se espante, senhor, neste país todos querem saber de tudo e ninguém quer saber de nada, o "eu lavo minhas mãos" vai afundar esta Ilha.

Ouviam-se tiros quando Merengue pegou o ônibus do lado do Hospital Militar. Estava disposto a ir até a mesmíssima casa da Russa, que morava no bairro de Regla, do outro lado da baía, numa casa alta, no alto de um morro de onde se avistavam o mar e Havana. Merengue tinha estado ali uma vez com Chavito, num 7 de setembro, festa da Virgem Negra, véspera da Caridade de El Cobre. Daquela ocasião Merengue recordava emocionado a grande bandeira cubana, tão grande que, pendurada do alto da igreja, ainda cobria uma parte do arco da porta principal. (Recordava que, finda a procissão, quando iam levando a Virgem de volta a seu lugar no altar, a bandeira se enganchou na coroa e caiu sobre a imagem. O cortejo continuou

160 Abilio Estévez

entrando na nave com uma Nossa Senhora de Regla coberta por uma bandeira cubana, e um público silencioso que tentava entender o significado exato daquele presságio.) Os tiros continuavam a se ouvir quando Merengue subiu no ônibus. O motorista disse algo que ele não entendeu. Não havia muita gente ali: uma freira com um pacote nas mãos, duas garotas de uniforme, um senhor de terno e pasta, um policial. Perto da Liga contra a Cegueira, subiu um cego com maracas, postou-se diante do motorista e pôs-se a cantar *En el tronco de un árbol una niña, grabó su nombre henchida de emoción...* Sua voz tinha um timbre opaco e parecia sempre a ponto de sumir; ouvi-lo cantar dava pena, e talvez fosse essa a intenção: ao terminar, passou junto a cada passageiro dizendo Coopere com o artista cubano, e recolhendo as parcas moedas numa lata. Depois, sentou ao lado de Merengue. Pode me dizer as horas? Merengue percebeu que seu relógio tinha parado. Dirigiu-se ao policial O senhor tem horas, por favor? O policial olhou seu relógio de pulso e pediu desculpas Lamento, parece que está sem corda. O policial dirigiu-se à freira Irmã, sabe que horas são? A freira olhou seu relógio e disse com surpresa Meu relógio não tem horas. O chofer, por sua vez, puxou do relógio que levava no bolso da calça e constatou que estava parado. Os tiros se ouviam cada vez mais perto. Também as sirenes da polícia. Passada a ponte Almendares, subiu uma mulher com um bebê no colo. O bebê chorava sem parar. A mulher se empenhava em fazê-lo calar explicando que o choro era a pior alternativa; mas a criança se empenhava em não ouvir seus argumentos. O cego pôs-se a cantar de novo *Por tu simbólico nombre de Cecilia, tan supremo que es el genio musical...* Na esquina da 23 com a 12, subiram uma velha de vestido vermelho e um homem barbudo, sujo, trajando um camisão de saco e carregando uma imagem de são Lázaro. O homem estava descalço, e Merengue viu seus pés cobertos de chagas. Sou um leproso, explicou o homem enquanto pedia com a mão estendida. Na esquina das ruas 23 e Paseo, o ônibus deu uma forte brecada e o pacote da freira escapou de suas mãos e se abriu, espalhando um crânio, uma tíbia, um fêmur e vários outros ossos. A freira exclamou Meu Deus!, enquanto o leproso caía de joelhos e o cego cantava *Oye la historia que contóme un día el viejo enterrador de la comarca*. As garotas de uniforme gritaram. O policial se levantou e sacou o revólver, mas a velha de vermelho, rápida como um raio, puxou uma faca da bolsa, avançou contra ele e o apunhalou.

Depois de nadar no Rio, Vido se deita na margem, nu sob o sol, que está forte (como sempre). Vido sente o calor do sol como uma carícia em seu corpo, e chega uma hora em que não sabe se o calor vem do sol ou sai de seu corpo. É como se seu corpo brilhasse e aquecesse como um astro, meu corpo é um astro, meu corpo é o sol, estou brilhando, aquecendo tudo a meu redor, tenho luz própria, meus ossos têm tanto calor que estão incandescentes e resplandecem, o sol está dentro de mim, eu sou o sol.

Estou com frio, tenho vergonha de dizer isso, *I'm ashamed to say it*, neste calor, dizer que estou com frio é uma vergonha. A dor nas pernas diminuiu um pouco, e o professor Kingston pôs *jacket* e cachecol e saiu para tomar sol. Sente frio. Apesar da *jacket* e do cachecol, está tremendo. É um frio que se parece com a dor, que vem de dentro, como se meus ossos tivessem virado blocos de gelo, como se o sol nada pudesse contra esses blocos de gelo que são meus ossos, posso ficar horas parado sob o sol da Ilha, *the relentless sun of the Island*, meu corpo nem se dá por achado, meu corpo ignora o sol e o sol ignora meu corpo, e eu, entre as duas ignorâncias, estou morrendo de frio.

Quando Vido vê o professor Kingston, mergulha na água. Tem a impressão de sentir o gemido da água ao receber seu corpo quente como o sol. O professor o cumprimenta com um esboço de sorriso. Que calor!, grita Vido com uma voz alta demais, com uma voz cujo vigor e cuja alegria ele não consegue conter. É, sim, faz calor, diz o professor tiritando, com os braços cruzados sobre o peito, ajeitando o cachecol em volta do pescoço.

O cachecol não fica bem preso e cai sobre a relva. O professor tenta abaixar-se para apanhá-lo. A dor nas cadeiras, na cintura, no corpo, na alma, no mundo, o impede. Vido sai correndo do rio e num piscar de olhos recolhe o cachecol. O professor Kingston olha a nudez do garoto, sua pele nova que refulge com a água e o sol. Garoto, pergunta, você sabia que era eterno?

O capitão Alonso está há um bom tempo conversando com Casta Diva. O capitão está visivelmente preocupado: faz mais de uma semana que Chacho não aparece no quartel. A mulher lhe conta com os olhos vermelhos Chacho só sai da cama para fazer suas necessidades, não come, não fala, não toma banho, não olha para Tatina nem para Tingo, muito menos para mim, meu marido deixou de viver (soluço). O capitão Alonso parece cansado, intranqüilo. A senhora sabe, Casta Diva, vivemos tempos difíceis. A mulher pestaneja, dá uma tossidela, remexe-se com impaciência. O capitão Alonso tira um lenço e enxuga o suor da testa. Sua jaqueta está encharcada. É verdade, vive-

TEU É O REINO *163*

mos tempos difíceis, Columbia está em polvorosa, estamos por um triz. Ela se afasta alguns passos; é evidente que prefere olhar para as árvores, talvez para a Vênus de Milo que se avista entre as folhagens. Não me fale de tempos difíceis, diz por fim. Estamos à beira da catástrofe, explica o capitão tentando um sorriso. Casta Diva está imóvel, como outra estátua. Catástrofe? O que essa palavra significa para o senhor? Que quer dizer "à beira"? À beira de quê? Significa que nos aguardam tempos de horror, e o capitão aponta para as árvores, como se o horror estivesse ali. Ela ainda permanece imóvel por alguns segundos e em seguida nega com a cabeça, ergue as mãos para o céu, teatral (e por isso mesmo verdadeira), Lá no alto existe um Deus, magnânimo, capitão, seja lá o que venha a acontecer, será uma coisa necessária, não acha? O capitão dá alguns passos, escuta-se o eco das botas na galeria. Desta vez, Deus nos abandonará, sem remédio, estamos à beira da hecatombe, diz. A mulher deixa cair os braços Neste país sempre estivemos à beira da hecatombe. Até que um dia, acrescenta o capitão, até que um dia deixaremos de estar "à beira" para cair definitivamente, cair, cair (o homem repisa o verbo de um modo difícil de reproduzir aqui), preste atenção na palavra, como a passagem da primeira para a segunda sílaba, do "a" ao "i" dá a sensação de precipício. E quem garante, capitão, que já não caímos? Quem garante que esta Ilha não viveu sempre na tragédia, como o senhor diz? A senhora é mais pessimista do que eu. Não, não chame isso de pessimismo, eu sei o que são os sonhos que não se realizam, as portas que se fecham, os caminhos que se perdem, os abismos que se abrem, os ciclones que arrasam, o mar que transborda, o céu que desaba, o fatalismo do destino, a certeza do fatalismo, eu sou a República, capitão, eu quis fazer o que não fiz, estar onde não estou, aspirei ao que não podia aspirar, pari uma filha anormal, um filho que nada entende, sei o que significa um marido que um dia nada belo chega em casa, se

164 Abilio Estévez

joga na cama e não fala mais, olhe para mim, capitão, olhe bem para mim, olhe estes cabelos brancos, estes olhos sem brilho, estas mãos murchas, escute esta voz apagada para minha desgraça, observe com cuidado minha aparência de velha apesar dos meus quarenta anos, o senhor percebe, capitão? A Ilha sou eu. O capitão desce à terra, às plantas de Irene, vai colher uma gardênia, mas não o faz, alguma coisa o detém. O que está havendo com o Chacho? O mesmo que com o senhor, o mesmo que comigo, suponho. O doutor Pinto o examinou e não encontrou nenhum problema físico, falou de…, não sei, não sei, o doutor Pinto não sabe o que tem meu marido. Agacha-se o capitão Alonso para olhar uma fileira de formigas levando folhas, pétalas, insetos. E a senhora diz que ele não se levantou mais? A mulher permanece pensativa por alguns segundos, até que sorri e diz Teve um dia em que ele saiu da cama, sim.

Faz três ou quatro dias, num domingo, de manhã cedo, escutou-se a sineta do portão grande. Helena foi atender, solícita como de costume. Não havia ninguém. Primeiro pensou que podiam ser os meninos desocupados que andam por aí batendo em todas as portas, ou então as Testemunhas de Jeová com *Bíblias* e *Atalaias*. Mas não havia ninguém na rua de La Línea. Até os meninos desocupados — até as Testemunhas de Jeová! — respeitam a melancolia das manhãs de domingo. Helena voltou ao trabalho, estava muito ocupada em tirar as manchas de sangue da bandeira cubana com que Tingo e Sebastián cobriram o Ferido. Pouco depois, tornou a se escutar a sineta, e Helena tornou a atender, e desta vez encontrou Merengue, que, apesar de ser domingo (dia de boas vendas nos hospitais), não tinha saído com o carrinho branco e cheio de penduricalhos, e estava cabisbaixo, e triste, e silencioso (ele, sempre tão brincalhão). Merengue estava no vestíbulo pondo um vasinho com lágrimas-de-moça aos pés da Vitória de Samotrácia. Helena sabia, claro, o motivo de sua estranheza, o motivo do ramo de flores e o cumprimentou brevemente, perguntou-lhe Você viu alguém tocando a sineta? Merengue olhou-a por um momento como se não tivesse entendido e depois se esforçou por recuperar seu tom habitual, mas não conseguiu. Não, eu vinha com estas flores e ouvi a sineta tocar, mas quando cheguei não tinha ninguém, nem no portão, nem na rua. Comigo aconteceu a mesma coisa, explicou Helena, é a segunda vez que me acontece. Deve ser o vento, suspirou Merengue. Que vento? Parece que você acordou romântico. Merengue não sabe responder nem sorrir; tampouco soube olhar para ela. Deixou Helena se afastar antes de se ajoelhar de novo diante da reprodução da Vitória de Samotrácia, a quem fez questão de dedicar um salve-rainha. Voltou a se ouvir a sineta do portão. Merengue virou-se o mais rápido que pôde, e não viu ninguém. Helena voltou, agora acompanhada de Irene. As duas mulheres chegaram até a sair para a rua. Ninguém. Não havia ninguém. A essa hora, quando muito, alguns soldados começavam a descer da estação de trem rumo ao quartel de Columbia, mas era pouco provável que fossem eles (o senhor me desculpe, capitão Alonso, mas até o mais simpático dos homens, quando veste uma farda, perde o senso de humor; na minha opinião, o exército aparece justamente quando o ser humano sente vergonha de rir, o militar é o homem desprovido de tudo que não seja ódio e tragédia). Quando Helena e Irene voltaram para suas casas, para suas obrigações, Merengue tornou a se ajoelhar diante da reprodução em barro da Vitória de Samotrácia, uniu as mãos, fechou os olhos, rezou, pediu com fervor por Chavito. Começou então a sentir que se elevava, pouco a pouco se elevava do chão. Um grande bem-estar foi tomando conta dele. Passou por cima do tapume, junto ao Apolo do Belvedere, sobrevoou as azinheiras, os salgueiros, o apuí sagrado, o sândalo-vermelho do Ceilão, as mangueiras e graviolas (esses que dão os frutos mais graúdos e mais doces, e que naquela manhã de domingo exageravam os aromas), viu do alto a fonte com o Menino do ganso, o bebedouro, o Eleguá de Consuelo, afastou-se em direção ao Além, rumo à casa do professor Kingston, chegou ao Rio, voltou pela borda da Ilha, por sua própria casa, por Eleusis, e viu do céu a rua de La Línea por onde agora vinha chegando um enorme Cadillac azul. Merengue abriu os olhos aos pés da Vitória de Samotrácia. Virou-se com a maior devoção. Lá estava, sim, lá estava o Cadillac azul. Não se levantou, foi de joelhos até o portão e começou a balançá-lo desesperado para que soassem as sinetas penduradas nele, e acudissem todos, que corressem e tivessem a felicidade de ver quem descia do Cadillac azul.

Primeiro desceu Iraida, maravilhosa (alguém já viu mulata mais linda que Iraida?). Filha de espanhol e negra, tinha a cor perfeita, o cabelo perfeito, as feições perfeitas, o corpo perfeito (por mais que se explique, ninguém entende por que cada um dos habitantes da península ibérica não vai correndo procurar seu par no continente africano — ou vice-versa —, para começar a tornar realidade — da única maneira possível — o sonho de um Mundo Melhor). Como era filha de Nossa Senhora das Mercês (Obatalá), estava toda de branco, com um vestido simples de algodão que deixava os ombros à mostra, sobre os quais se derramavam seus cabelos quase de negra, quase de branca. Quando Merengue a viu descer do Cadillac, sentiu antecipar-se o aroma de seu perfume de Cotillon, como se uma legião de Iraidas anunciasse a chegada de Iraida. Atrás dela, claro, desceu o Melhor Cantor do Mundo, Beny Moré!, gritou Merengue por cumprimento, Que banda mais boa tem você! De chapéu cabano, macacão de mescla e camisa xadrez vermelha e amarela, Beny estava visi-

TEU É O REINO *167*

velmente mais magro que de costume, com olheiras, cansado, um tanto triste apesar do sorriso que não o abandonava. Ao som das sinetas, o vestíbulo se encheu de gente, Helena a primeira, afável como poucas vezes na vida, abrindo o cadeado. Todos (exceto Chacho) acudiram para cumprimentar Iraida Mulher, você está linda, beijando-a, apertando-a, e ela ali, no meio de todos, encantadora, sorridente. Ele, logo atrás, orgulhoso do brilho da mulher, dando abraços, apertos de mão, distribuindo sorrisos, com seu cumprimento peculiar E minha Cuba, como vai?, ao que os outros respondiam lisonjeiros Enquanto você estiver aí, cantando, estará tudo bem com Cuba. Até o tio Rolo não conteve a admiração e exclamou No dia em que você morrer, Beny, a Ilha vai afundar. E passaram o tapume, deixaram para trás o vestíbulo, o quarto de despejo, a escarradeira e o cabide, para chegar diante da casa de Merengue, onde apareceram as cadeiras necessárias, e alguém (imagino que Casta Diva) trouxe arroz doce, e alguém (imagino que Helena: não seria lógico que Irene abandonasse o Ferido por tanto tempo) começou a coar café. Buva e Pecu subiram de um salto sobre as pernas do cantor, ele os acariciou, sorriu-lhes como se até com os gatos tivesse de ser amável, como se eles soubessem que eram as pernas do Melhor Cantor do Mundo. Beny comeu arroz doce, bebeu café e falou do México, de sua turnê por lá ao lado de sua Banda, do dueto que fez com Pedro Vargas. Minha nossa, com Pedro Vargas! (*Aplausos prolongados.*) Os mexicanos gostam muito dos cubanos, explicou Beny, além do mais, lá estão Ninón Sevilla, Rosita Fornés, María Antonieta Pons, Pérez Prado, o México é um país tão bonito que chega a dar medo, lá a morte e a vida, juntas, como tem que ser, dão flores gigantescas e vulcões, nesse país eu me sinto bem, não tanto como aqui, claro, nem preciso dizer, não é?, ser cubano é sofrer a ausência, ficar na Ilha é o único jeito… Silêncio geral. Um momento depois, para rompê-lo, Beny bateu nos braços da cadei-

168 Abilio Estévez

ra e cantou *Pero qué bonito y sabroso bailan el mambo las mexicanas...* (*aplausos*). Abanando-se com seu leque branco, Iraida levantou-se exaltada Conte para eles, Beny, conte para eles que conhecemos o Cantinflas, encantador, que homem fino, elegante, nada disso que a gente vê nos filmes, essas confusões tão simpáticas que ninguém entende, não, não, um homem culto, nos convidou para jantar em sua casa, bom, em sua casa não, em sua mansão, bom, em sua mansão não, em seu palácio, cheio de objetos de arte, valiosos, juro que, se não fosse pelo físico e pelo jeito de falar, eu teria achado que Cantinflas era inglês. Iraida voltou a se sentar, sorridente. Também conhecemos María Félix, que não por acaso todos chamam de María Bonita, é a mulher mais linda que já nasceu neste mundo, e visitamos o túmulo de Pedro Infante e Jorge Negrete, e depositamos flores, e o Beny cantou para eles. Então o Cantor interrompeu Iraida, que sem dúvida estava disposta a contar detalhes sobre a viagem aos túmulos, e tornou a perguntar, mas com uma entonação diferente à do cumprimento no portão. E minha Cuba, como vai?

Silêncio. Silêncio geral.

Todos sabiam o que significava o Cadillac azul estacionado na rua de La Línea. Helena, que por experiência já sabia o que iria ocorrer, abriu uma exceção e não trancou o portão com cadeado. Então aconteceu o que pouquíssimas vezes acontecia: a Ilha encheu-se de visitantes. Primeiro apareceu Lila, a adolescente de olhos azuis e cabelos loiros, sem braços e sem pernas, no cesto que as irmãs levavam a toda parte. Beny tirou-a do cesto, carregou-a no colo e pôs-se a falar com ela baixinho, não deixando que os outros ouvissem sua conversa. Lila começou a rir e a chorar ao mesmo tempo. O Cantor abraçou-a com força, devolveu-a ao cesto com cuidado e ofereceu-lhe crisântemos da Ilha. Acacia, filha bastarda de Amadeo Roldán, segundo os comentários, trouxe para o Cantor a partitura de uma canção chamada "La rebambaramba", com anotações de punho e letra do célebre músico. (Pelo jeito, Acacia não sabia que Beny nunca estudara solfejo nem teoria.) Solidón Mambí, secretário de Luis Estévez (vice-presidente da República), apareceu com uma medalha dourada com a efígie de José Martí, e que ele, Solidón, com mão trêmula, prendeu no macacão do Cantor. Roberto El Bello e Jenoveba de Brabante chegaram com enormes garrafões de água-de-coco gelada, que foi logo distribuída entre os presentes. Belarmino El Poeta entrou cantando décimas. Também cantando (rancheiras) entrou Blanca La Negra, com agarrado vestido de lamê e voz que lembrava muito a de Lola Beltrán. Enfileirados, ordeiros, de uniforme, guiados por María Amada, a professora, e Laura, a bedel, chegaram os meninos do quinto ano da escola Flor Martiana; um dos meninos, trêmulo e com óculos de tartaruga, leu uma redação dedicada ao homem "em cuja voz está para sempre a alma da Pátria". Genaro, o vereador, nomeou-o "Filho Ilustre do Bairro de Marianao". Um velhinho de roupa imunda e aspecto infeliz, que todos chamavam Abelardo Cuentaquilos, apoiado num garoto anódino e não menos imundo, cujo nome, como se poderá deduzir, ninguém lembrava, pediu ao Cantor perdão para seus incontáveis pecados. E chegaram Fila La Libertina, Reinaldo El Grafómano, Soleida Triste, Maruchy Mujer-hombre, Paco López (que não parava de falar), Raulito Nuviola (com seu terno de lantejoulas), Xiomara La Titiritera, Tabares La Apóstata, Raquel Revesada (Dona Bárbara), Chantal Dumán (francesa, marquesa e necessitada), Gloriosa Blanco, Plácido El Bodeguero, Elodia, Nancy, a malvada Amor com seus filhos gêmeos e malvados, Omar El Delator, Rirri Arenal, Alicia Mondevil... E continuaram chegando sem parar até que, apesar da algazarra da multidão, ouviu-se um golpe de bengala e a voz da Condessa Descalça gritando como nunca Isto não é uma Ilha, mas um monstro cheio de árvores, e se fez um silêncio intenso. Foi possível ouvir a respiração assustada do Melhor Cantor do Mundo.

Sem sapatos, de vestido azul e porte de imperatriz desterrada, apoiada sem necessidade na bengala de acana, com aquela elegância que nunca se saberá no que reside, pelos lados do Laoconte, viu-se aparecer a Condessa Descalça. Deteve-se um instante ao entrar na galeria, com o sorriso de deboche e o olhar onde cabiam todos os mistérios (olhar carregado de sabedoria e bondade, contradizendo o sorriso, olhar triste de quem *sabe*), até que seus olhos se fixaram nos do Cantor. Ele estava pálido. Ela ergueu a bengala. Tentando romper a solenidade, ele exclamou com fingida alegria Queria tanto ver você, Condessa. Ela não respondeu. Avançou lentamente. Os outros iam abrindo alas como se ela fosse mesmo uma imperatriz. Quando ficou diante dele, ajoelhou-se. Estendeu ele as mãos sem chegar a tocá-la. Por que está se ajoelhando? A Condessa estava séria. Porque você não pertence mais a este mundo, Cantor.

Roberto El Bello resolveu, graças a Deus, distribuir mais água-de-coco gelada. Até as crianças sabem que a água-de-coco, nesta Ilha em que o Diabo instalou as fornalhas do Inferno, consegue fazer o homem esquecer todo desconforto. Até as crianças sabem que a água-de-coco é para a Ilha o que o nepentes é para os gregos.

Ao cair da tarde, Beny começou a cantar. Passeou pela galeria e cantou *La realidad es nacer y morir, a qué llenarnos de tanta ansiedad...* A voz soou melodiosa, grata. Até as árvores da Ilha silenciaram seus galhos. Os outros sentaram no chão e fitaram o chão. Alguns fecharam os olhos. Outros se abraçaram (mesmo sem se conhecerem).

Todo no es más que un eterno sufrir… Cantou ele pelo caminho que leva à Fonte com o Menino do ganso. A Condessa Descalça retirou-se para os lados da casa de Consuelo. A tarde dependeu unicamente de sua voz. *La vida es un sueño y todo se va…* Qualquer pessoa pensaria que o céu escurecia, que as nuvens se amontoavam sobre a Ilha como se de repente fosse anoitecer. Além de sua voz, ouvia-se um soluço. Por mais que procurassem, ninguém conseguia descobrir de quem eram os soluços. *La realidad es nacer y morir…* Já não o viam; mas continuavam a ouvi-lo, como se lhes cantasse ao ouvido. Essa voz é a única coisa que importa agora, pensou Casta Diva. Foi nesse momento que ela viu Chacho junto à Vênus de Milo. Embora estivesse chorando, o homem tinha uma expressão de beatitude.

(No mesmo domingo da visita de Iraida e Beny Moré, quase de noite, Sebastián encontrou a Condessa Descalça no Além, à beira do rio, ao que parece brincando com a bengala e umas folhas de umbaúba. Ao vê-lo, a Condessa o chamou Sebastián, menino, escute bem, grave o que eu vou lhe dizer, é muito importante. Você viu, ouviu que voz, como ele cantou bem? Você não o verá nunca mais. Voltou a Condessa a brincar com as folhas de umbaúba, ficou em silêncio por alguns segundos e insistiu Grave bem isso, Sebastián, pode ser útil no futuro: o grave problema desta Ilha é que seus deuses são mortais.)

Aí está o Ferido. Merengue o vê com cabelo mestiço e olhos mestiços de índio e negro e branco, a pele mestiça, a boca grossa, mestiça, e experimenta a mesma devoção que Irene, e Helena, e Mercedes, e Lucio, e todos os demais. Merengue traz um ramo de sempre-vivas que coloca num vasinho, sobre o criado-mudo, e em seguida senta-se mordendo o charuto apagado.

Chegou a Regla muito tarde, quando já havia escurecido e Havana deixara de ser A Cidade para se transformar n'A Fantasmagoria. Já não se ouviam os tiros nem as sirenes da polícia. Merengue percorreu ruas desconhecidas, recantos nunca vistos, e, quase sem perceber, viu-se diante do casarão da Russa. Chamou à porta e ninguém abriu. Tornou a chamar e tornou a sentir que o tempo exagerava suas pausas, suas dimensões. Chamou desesperado. Por fim abriu-lhe um negrinho de uns doze anos, descalço, de torso nu e saia azul, com brincos nas orelhas, laço também azul na cabeça e lábios pintados de vermelho-sangue. Era Mandorla, o irmãozinho da Russa. Dizia-se em Regla que era uma menina que Oiá, por disputas com Iemanjá, transformara em menino, para que o coitadinho sentisse saudade da menina que fora. Quem tenho o prazer de...?, perguntou Mandorla respeitoso ou respeitosa (como o leitor preferir). Merengue explicou que era o pai de Chavito. Mandorla inclinou-se, fez cara de circunstância e disse Entre, por favor, a casa é sua. Na enorme sala, os móveis estavam todos amontoados num canto. Só se via um piano de cauda a um lado, onde um velho também negro e de cabelo ruivo tocava uma versão de "O cisne", de *O carnaval dos animais*. Outro negrinho parecido com Mandorla, padecendo talvez a mesma maldição de Oiá, com um tutu branquíssimo, mexia os braços com urgência. Quando entrou Merengue, o negro velho ruivo interrompeu a música, e o negrinho bailarino (de doze ou treze anos) baixou os braços sem urgência, com languidez. O pai de Chavito, anunciou Mandorla com impostação de mordomo. Merengue fez menção de inclinar-se, mas Mandorla o impediu, tomando-o pela mão e levando-o para um quarto cheio de altares com imagens, flores, fotografias antigas, velas, taças de água e de vinho, pratos de comida e de doces. Faça as saudações, ordenou Mandorla. Merengue saudou Nossa Senhora de Regla e caiu de joelhos. Estou procurando meu filho. Eu sei. Pensei que sua irmã, quem sabe... Eu estou procurando minha irmã, minha irmã desapareceu no mesmo dia que o Chavito, onde quer que eles estejam, estão juntos. O que podemos fazer? Mandorla suspirou, encolheu os braços e arrumou a capa azul da Virgem. Estou cansado de perguntar. Merengue apontou para os santos. Que é que eles dizem? Nada, não dizem nada, estão todos mudos, bando de veados. Tenha respeito! Respeito? Já esqueceu que eles sumiram com seu filho e minha irmã? Não foram eles! Foram, sim, só eles podem ser, só eles têm poder. Mandorla pegou uma taça de água e a estendeu para Merengue. Este a apanhou trêmulo, olhou dentro dela e por um momento achei que a água se agitava, que fervia, e que do fundo surgia a imagem do meu filho, achei que aí estava se formando uma cópia minúscula do Chavito. Então a água se acalmou e não houve nenhuma imagem, e a taça de água não passou de uma taça de água. Temos que procurar nos hospitais, na polícia. Mandorla arrancou a taça das mãos de Merengue e a atirou contra a Virgem, que, oscilando, perdeu a cabeça. A coroa rolou até os pés de Merengue. Nem pense em procurar a polícia, velho, que eu mato você, gritou Mandorla indignado ou indignada (como o leitor preferir).

Mesmo que você não acredite, Sebastián, existe um lugar chamado Florença, e é a cidade mais bonita da Toscana, e a Toscana é a região mais bonita da Itália, e você não pode imaginar o que é essa cidade, acostumado como está a míseros povoados, aldeias deste país que não é um país, Sebastián, mas uma coisa horrorosa que, por falta de outro nome, chamamos Ilha (e as ilhas não são países, mas navios encalhados para sempre — e o tempo, ai, não passa nos navios encalhados para sempre), Florença é a cidade com a catedral mais bonita que você possa imaginar, o nome dela é Santa Maria das Flores e é feita de mármores de tantas cores que parece um doce, um pintor famoso (famosíssimo) chamado Giotto construiu o *campanile,* que tem mais de oitenta metros de altura, e a cúpula é um monumento à perfeição, construída por um tal de Brunelleschi, mestre de outro homem importante, Michelangelo, e nem ouse pensar que Florença é apenas sua catedral, não, nada disso, pois está a Piazza della Signoria e o Palazzo Pitti, e a Galeria degli Uffizi, onde podem ser vistos os quadros de Botticelli, e aí nessa galeria (ou talvez em outra, não sei) as pessoas vão chorar na frente do homem mais lindo do mundo que é o Davi de Michelangelo, e, depois de chorar até os olhos quase secarem, vão até o Arno, que é um rio (um rio de verdade, Sebastián, não como esse córrego que vocês chamam de rio), para ver a noite chegar, e ver a noite chegar no Arno é ocasião para continuar chorando de felicidade, até que chega o dia e você continua chorando porque é um novo dia numa cidade mágica, Florença, onde na verdade o mais importante não são os monumentos, e sim uma coisa estranha que ninguém nunca soube explicar, e eu juro para você, Sebastián, garoto, estou louca por ir chorar lá, mas sei que é inútil, para que eu iria se meus olhos estão secos e nem sonhar posso.

Passaram a escolinha, vazia a esta hora, e a cancela desconjuntada que separa o Aquém do Além. Sebastián vai à frente, como bom guia; Marta atrás, apoiando a mão no ombro de Sebastián. Embora o Além seja praticamente intransitável, Sebastián o conhece e segue a trilha aberta pelo professor Kingston com seu passo diário. Marta insiste em cumprimentar o jamaicano. Param um momento diante de sua casa. Nem sequer precisam bater à porta, o professor já os escutou e saiu, sorridente, afável, apesar de visivelmente abatido, de casaco e cachecol e parece que tremendo de frio (com este calor!). Como vai, professor? Levando, filha, levando. A tarde deve estar tão bonita…, pedi ao Sebastián que me levasse para dar uma volta. Todas as tardes são bonitas, Marta, cada uma do seu jeito. Certo, desculpe, eu quis dizer bonita para dar uma volta. Seria ótimo se nos acompanhasse. Por que não vem? Estou com dor nas pernas, não posso dar um passo, a gente percebe que está envelhecendo quando as pernas doem e os passeios encurtam. (*Risos.*)

I can't remember how the rain fell in Jamaica, diz o professor Kingston, embora no quarto não haja nem possa haver ninguém. Entrou na casa, sente frio, e está massageando as pernas com álcool, tentando aplacar a dor que a umidade lhe provoca. Quando tento recordar a chuva da Jamaica, tenho um branco na memória. Lá deve chover como aqui, as duas são ilhas do Caribe, expostas aos mesmos horrores. No dia em que conheci a Cira, o céu desabou, choveu como depois de séculos de seca. Não, na realidade não foi nesse dia, Cira e ele se conheceram num 20 de maio, no dia em que hastearam a bandeira, um dia bonito, é verdade, e as pessoas contentes e bonitas como o dia, e ele viu Cira chorando como se, em vez da bandeira, fosse o mesmíssimo Jesus que ela estivesse vendo subir lá no alto. Cira, *it didn't rain that day, right?* O temporal foi depois, é, sim, naquela tarde em que fui esperá-la na saída do trabalho. No dia em que eu vi você pela primeira vez não choveu nem podia chover, era dia de festa nacional. *Who can forget that day?* Agora recorda, como em sonho, as orquestras, as bandeirinhas enfeitando as ruas, o Prado todo arrumado para a festa, as pessoas vestidas com elegância, dançando, de um lado para o outro, ao som de orquestras que enchiam o passeio. E quando deram o toque de silêncio foi que eu vi você, Cira, encostada na coluna do edifício, vestida de vermelho, azul e branco, com o lindo rosto negro se desmanchando em lágrimas vendo a bandeira subir. O professor Kingston não viu o primeiro hasteamento da bandeira: estava olhando para Cira e, no instante em que davam o toque de silêncio, e Havana inteira parava como impelida por uma ordem, ele tirou um lenço limpo, perfumado, e o ofereceu para Cira, que não tirava os olhos da bandeira que subia lenta pelo mastro. Você apanhou o lenço, mulher, sem enxugar as lágrimas e sem olhar para mim, e depois, quando a bandeira começou a tremular e rebentou um grito de alegria unânime, você percebeu que tinha aceitado o lenço de um estranho e o devolveu confusa, assustada, pedindo desculpas. Continua massageando as pernas com álcool. A umidade é terrível para os ossos. E, apesar do calor, estou morrendo de frio.

Faz tempo que Marta pede a Deus que a deixe ir a Florença. Não que Marta queira *ir* a Florença, é claro, o que ela quer é *sonhar* com Florença. Ninguém ousaria duvidar de que há uma diferença substancial entre ir na realidade e ir na imaginação. Marta está mais, muito mais interessada na imaginação que na realidade. Sabe que, tendo perdido a visão, ir a Florença, estar lá, não significaria grande coisa; sabe que mais valeria sonhar com Florença, e todas as tardes sento na cadeira de balanço, o centro do meu mundo, e fecho os olhos, e é um gesto mecânico pois dá na mesma estar com eles abertos ou fechados, invoco a Deus e me disponho a caminhar pelas ruas misteriosas, de Santa Maria Novella, pela Via della Scalla até a Piazza del Duomo, insisto em ver a porta do Batistério, o Portal do Paraíso, insisto em que seja meio-dia em ponto de um Sábado de Aleluia, quero estar presente no Estouro do Carro, Nada, Deus (ou quem quer que seja) nunca tem piedade dela, de seu desejo de sonhar. Nunca consegue atravessar essa cortina vermelho-escura, quase negra, que se interpõe entre ela e Bruges, entre ela e Florença, entre ela e Alexandria, entre ela e seu sonho.

Você faz bem em passear entre as flecheiras, Rolo, em olhar o antigo bebedouro e parar por um momento diante do Eleguá de Consuelo, a quem você tornará a pedir que abra seus caminhos. Continua até a estátua dessa mulher esquálida (Chacho diz que é Diana), passa para o Além. Olhe, lá estão Vido e Tingo-no-Entiendo empinando pipas. (Sebastián segue com Marta a caminho do mar.) Você faria bem em ir falar com eles. Esqueça de uma vez, por favor, que Sandokan existe. Afinal de contas, ele não é o único homem bonito na face da terra.

Acontece que Sandokan não aparece há dias, e Rolo não sabe o que fazer. Não pode procurá-lo, Sandokan tomou o cuidado de nunca revelar onde mora. Rolo acha que a mãe dele deve morar atrás do Hospital Militar: muitas vezes viu Sandokan seguir por ali, perder-se entre as casinhas dos oficiais. Não pode descartar, no entanto, a possibilidade de que fosse apenas um modo de despistar, pois também é verdade que ele muitas vezes desaparece pela rua de La Línea rumo ao terminal de trens, e outras vezes pelos currais; e também algumas tardes o viu atravessar a Ilha em direção ao Além. Sandokan é matreiro. De Sandokan sabe pouco, tão pouco que até ignora seu verdadeiro nome. Helena logo o alertou É um perigo permitir que esse homem entre na sua vida, na sua casa, na Ilha. Rolo replica Não posso,

Helena, não posso evitar. Claro, ele não se atreve a dizer para a irmã as razões pelas quais não poder evitá-lo, mesmo estando subentendido, não pode dizer-lhe que esse homem significa muito para ele, Ele transformou a minha vida, é um capricho, e ninguém como ele para me fazer sentir que este miserável corpo que, por desgraça, devo acompanhar do pronome possessivo, este meu corpo desprezível é desejável. Nunca ninguém o fez sentir, como Sandokan, a realidade e o desejo de seu corpo. Zonas inteiras de seu corpo permaneciam adormecidas até a chegada de Sandokan. Também zonas de seu espírito estavam aletargadas, à espera de alguém como ele. Faz mais de um ano que o conheceu, numa dessas noites em que o desejo se interpunha entre a cama e ele para impedi-lo de descansar. Rolo já sabia que em noites assim não restava outro remédio senão abandonar a cama e ir até o terminal de trens, em cujos mictórios sempre percutia a urina de algum soldado generoso disposto a deixá-lo apalpar a generosidade. Nessa noite, porém, embora não houvesse apenas um mas dois hieráticos soldados no mictório (suspeitou que se apalpavam, que se beijavam mutuamente), Rolo não pôde deixar de reparar naquele exemplar único, com perfil de vaso grego, torso clássico (estava sem camisa), pernas de atleta (vestia um calção bem curto e desfiado), descalço, chorando num canto. Foi tão forte a impressão que lhe causou que, traindo seus hábitos cuidadosos, abordou-o com resolução. Moço, por que está chorando? O moço ergueu rápido os olhos e nada disse, Rolo sentou-se a seu lado. Chore se isso o fizer feliz, mas saiba que o choro nada remedeia, e atreveu-se a pousar uma das mãos no ombro do rapaz, onde tinha tatuada uma folha de acanto. Quer vir comigo, posso oferecer-lhe um café com leite, um pouco de rum, como preferir, também pode tomar banho, descansar e, se quiser, conversamos, eu sou mais vivido que o senhor, o diabo sabe mais por velho que por diabo. O moço limpou o nariz com as mãos e depois esfregou os dedos na parede para secá-los. Olhou para Rolo com curiosidade, quase sorrindo apesar dos olhos vermelhos de tanto chorar, e perguntou com a voz mais bem temperada do mundo Onde você mora, velho? E Rolo quis dizer Aqui do lado, mas a voz não saiu de sua garganta e só foi capaz de fazer um gesto vago com a mão. O rapaz ajeitou o calção, enxugou as lágrimas e deixou o prédio do terminal seguido por Rolo. Quando chegaram a casa, para evitar olhares e comentários indiscretos, este não se dirigiu para o Portão Principal, mas decidiu entrar por Eleusis. Achou graça em ver aquele exemplar olhando os livros com surpresa e certo terror. Ao mesmo tempo, sentiu uma ponta de ira. Não suportava que os profanos olhassem livros, achava que a literatura era um mistério e, como bom mistério, era só para iniciados. Com certa impaciência, portanto, conduziu o moço para a casa, Venha, neste *sancta sanctorum* você não vai poder tomar banho nem comer. Já na sala, o rapaz se sentou numa cadeira de balanço e pegou nas mãos o busto de Malibran. Você é dono da biblioteca? Rolo tirou-lhe o pequeno busto das mãos e não respondeu. Pegou uma toalha limpa. Não é uma biblioteca, o que você quer comer? Os olhos do rapaz já não estavam vermelhos, mas escuros e vivazes. O que *tivé*. Não é o que "tivé", mas o que "houver". Bom, um pedaço de pão. Já ia tirando a calça na sala, hesitou por um instante e entrou vestido no banheiro. Meu Deus, pensou Rolo, ele é mais lindo que o jovem de Flandrin. Preparou um lanche (pão, queijo, salame, presunto, azeitonas e cerveja gelada) enquanto se excitava escutando o barulho do chuveiro. Havia uma notável diferença entre o barulho que provocava a água ao bater no piso e o que produzia ao correr pelo corpo. Podia saber quando o outro estava embaixo do chuveiro e quando se ensaboava. Podia pensar que, quando não estava embaixo do chuveiro, estava fazendo outras coisas. Também a espera o excitava. Aproximou-se da porta do banheiro. O sabonete não acabou? O rapaz não o ouviu ou não quis responder. Cantava *Nuestros besos fueron fuego, un romance por deseo...* Ao terminar, saiu do banheiro com a toalha presa à cintura. Assim se sentou à mesa. Não tinha se enxugado direito e estava com o cabelo pingando e o corpo salpicado de gotas de água. Era branco e bonito, com aquelas longas costeletas que terminavam em perfeita diagonal. Seu humor parecia ter melhorado como num passe de mágica. Ô, velho, isso aqui é um banquete, exclamou com a boca cheia de presunto. Rolo abriu duas cervejas. Serviu-as em dois copos com uma legenda em vermelho: HATUEY, A GRANDE CERVEJA DE CUBA. Apressou-se a pegar a que lhe correspondia antes que Rolo tivesse tempo de fazer tintim, deixando-o com o gesto parado no ar e a palavra "Saúde" na garganta. Qual o seu nome? O rapaz sorriu, disfarçou, comeu salame, azeitonas, bebeu cerveja antes de explicar Meu nome não importa, velho, me chamam Sandokan. Você é da Malásia!, brincou Rolo. Não, respondeu o outro, a sério, nasci em Caraballo e me criei no Marianao. Rolo foi pegar um pano e começou a enxugar as costas do moço. Ocupado em comer, Sandokan não apenas não se incomodou como facilitou a tarefa mexendo o tronco e levantando os braços. Depois Rolo passou-lhe água de lavanda no pescoço, nos braços, sobretudo ali onde tinha a tatuagem de folha de acanto, e com sua voz mais doce pediu-lhe Fique esta noite, não gostaria que você fosse embora, é muito tarde, pode acontecer alguma coisa, vivemos tempos difíceis..., e se levantou e foi até o banheiro e se fechou ali como se também fosse tomar banho, e o que fez, na verdade, foi pegar o calção sujo e recortado de Sandokan, a cueca de algodão que um dia devia ter sido branca, para acariciá-la, para cheirá-la: ninguém com um mínimo de sensibilidade ousaria duvidar de que o suor de um homem bonito é superior ao mais caro perfume de Paris.

Você faz bem em ficar aí, em sentar numa pedra, em olhar como Tingo empina sua pipa. Qualquer coisa que faça você esquecer Sandokan é bem-vinda. Tingo, ao ver você, vem correndo e diz Sabe o que estou fazendo com a pipa? Estou mandando uma carta para Deus, na rabiola da pipa Sebastián e eu amarramos, o senhor sabe, o papel, a carta, e como as pipas sobem, sobem, sobem, temos certeza que Ele vai ler e a gente gostaria que ele respondesse na mesma pipa, mas a senhorita Berta falou que Deus está muito ocupado e que não vai respondendo assim. De quem foi a idéia? De quem podia ser, tio Rolo? Do Sebastián. E pode-se saber o que você pediu a Deus? Tingo olha para todos os lados, desamarra a carta e a entrega a Rolo. O tio abre o papel e lê: Excelentíssimo Senhor Deus, tomara que você esteja bem ao recebimento da presente. Nós, seus filhos, bem, mas só queríamos pedir: não destrua a Ilha, não nos castigue! Boa ou ruim, esta Ilha é a única coisa que você nos deixou ter. Pense bem, o que faríamos sem ela? À espera de Sua bondade sinceramente Seus.

Tingo continua empinando a pipa e não sabe por quê. Sebastián disse que era para mandar um recado para Deus. Só que Tingo não sabe o que é um recado e muito menos quem é Deus. Também não entendo o recado do Sebastián, sabe?, o Sebastián inventa cada uma. Tingo às vezes se cansa e deixa a pipa cair morta. E se pergunta que sentido pode ter empinar a pipa. Como o outro dia que a senhorita Berta disse que a Terra era redonda e que girava em torno do Sol. Tingo não entende como a Terra pode ser redonda. Como pode girar em torno do Sol. Também não entende como a Senhorita sabe disso, e muito menos o que fazer de agora em diante com essa informação. É como empinar pipas e mandar recados para Deus. Antes de saber que a Terra era redonda, eu vivia andando sem problemas, agora que sei que ela é redonda, continuo andando sem problemas, não me canso, não fico tonto, não me acontece nada diferente, meu pai continua deitado na cama sem falar, minha mãe sempre chorando e reclamando, minha irmã Tatina rindo e fazendo xixi na cama, e tudo acontece sendo a Terra redonda ou chata, e para dizer a verdade tem muitas coisas que eu não entendo, por exemplo, por que minha mãe é minha mãe? Por que não é a Helena ou a Irene ou sei lá quem? Por que eu não sou uma flor ou uma formiga? Por que tenho de dormir de noite e não de dia? Por que dormir de olhos fechados? Por que o sol não aparece de noite e a lua de dia? Por que tenho de comer para depois cagar? Por que tomo banho se me sujo, e me sujo para tomar banho? Por que eu me visto se dizem que nasci pelado? Por que para falar eu tenho que falar? Por que para fazer silêncio tenho de me calar? Por que minha mãe e meu pai brigam quando não se entendem? Por que não brigam quando se entendem? Por que as árvores dão sombra? Por que, se as árvores dão sombra, tenho que viver numa casa? Não entendo, e tudo parece indicar que o único que não entende sou eu, claro, e tanto faz entender ou não entender, senão eu seria diferente, teria só um olho, só uma orelha, um braço, uma perna, e não é assim, eu sou como os outros, durmo, falo, como, mijo e cago como os outros, e, portanto, quem entende é igual a quem não entende, e se eu falo para você uma coisa falo outra, você sabe, para mim tudo isso que vemos não é o que existe e sim o que não existe, vou tentar explicar, o que existe é outra coisa diferente da que a gente vê, ou seja, vou dar um exemplo para que você possa entender (se é que você é dos que entendem, porque é capaz de ser que nem eu), eu vejo uma árvore, uma palmeira real, digamos, pois então, na verdade essa palmeira real é o que eu vejo, não o que existe, o que existe é outra coisa que eu tomo por uma palmeira real, olhe, o que estou tentando dizer é que existe um véu entre meus olhos e as coisas de verdade, que são outras coisas de mentira que tomamos por verdade, entende? Claro

TEU É O REINO *183*

que isso não muda nada, é como saber que a Terra gira, afinal, o que eu vejo é a palmeira real, e o que existe de verdade por trás da palmeira eu não vejo, por isso esqueça, não tem importância.

Diante do busto de Martí, junto à porta da escolinha da senhorita Berta, Rolo encontra um ramo de rosas e, logo abaixo, uma penca de bananas amarrada com fita vermelha. País meu, tão jovem, não sabes definir, declama Rolo em tom lamuriento, e não segue pela galeria, mas continua por entre árvores e folhas-de-papagaio, samambaias de chão e grama, roseiras e arbustos-milagrosos, e passa o Hermes de Praxiteles, o busto de Greta Garbo, e chega à casa de Irene. Embora a casa esteja aberta, não vê Irene. Ninguém me oferece um café?, pergunta Rolo em voz alta. Irene aparece na porta da cozinha, enxugando as mãos no avental, sem sorrir, como quem dormiu mal, Se eu oferecer um café, o que você me dá em troca? O que você mais deseja: uma lembrança! Irene está a ponto de abraçar Rolo. Personagem inteligente, afinal, ele percebe que Irene se sente mal, que quer abraçá-lo, e como, além de inteligente, é um personagem que possui arroubos de adivinhação, corre os olhos pela sala e topa com o falcão empalhado; sabe que não deve perguntar e por isso pergunta A quem pertenceu?, ciente de que provocará em Irene a mesma angústia de quando encontrou o falcão, um falcão importante em sua história pessoal, mas cuja importância Irene esqueceu. Não sei, Rolo, você sabe muito bem, eu não sei a quem pertenceu. O que você tem, mulher? Se eu soubesse…, alguém se empenha em que eu esqueça, logo vou esquecer até meu nome. Rolo a abraça. Reprimindo a vontade de chorar, Irene lhe pede Vamos para a cozinha, acabei de coar um café. Podemos poupar-nos o momento em que entram na cozinha para tomar café. O importante é que Irene e Rolo tomem café em desconfortáveis, sofisticadas xícaras de porcelana que imitam pássaros e têm patinhas que não servem para acomodá-las no pires, o importante é que Irene revela a Rolo que nessa manhã ela se esqueceu de que estava com o Ferido em casa, e não lhe fez o curativo das seis da manhã. Só depois das nove, entrou por acaso no quarto em que ele dorme, e o mais grave não foi descobri-lo, mas ignorar por alguns minutos de quem se tratava.

Aí está o Ferido. Dormindo, tranqüila a respiração, perfeita encarnação de um Cigano Tropical, com esse rosto perto do qual Victor Manuel cairia de joelhos. Rolo se aproxima como se estivesse na igreja, diante da imagem do Descendimento. Passa a mão pela testa do rapaz, fria e levemente suada. Como você se chama?, pergunta, sabendo que não terá resposta. O Ferido, contudo, mexe a mão direita de modo quase imperceptível. Como você se chama? O Ferido pestaneja, mexe os lábios. A janela está aberta, e é como se não existisse a tarde nas cercanias da Ilha. Será verdade que alguém repete em algum piano, até o cansaço, algo (Schumann?) que Rolo não consegue identificar? Pega Rolo entre as suas as mãos do Ferido. Como você se chama? Abre os olhos, agora sim abre os olhos e Rolo tem a impressão de que o fita. Como você se chama? Sorri com esses lábios diante dos quais Victor Manuel deveria se ajoelhar. Sherazade, exclama com voz fraca, meu nome é Sherazade.

Aonde você está me levando?, pergunta Marta. Para o mar, responde Sebastián, vamos sentar na beira do mar.

III. OS FIÉIS DEFUNTOS

O MAR, Sebastián, você está ouvindo?, feche os olhos, assim você o escutará como eu, a visão é tão poderosa que, sem fechar os olhos, você não poderá ouvi-lo, se você soubesse, eu morei bem na frente dele, depois da morte do meu pai, quando tivemos que abandonar Melania e o reino de Lalisia, meu tio Leandro nos levou para a casa dele na praia de Jaimanitas (que nós chamávamos Taipi), embora meus olhos já tivessem começado a secar, ainda estavam vivos, pude ver o mar, foram os melhores anos da minha vida, apesar dos desmaios e da sede que eu sentia permanentemente, é horrível viver com sede, Sebastián, é como viver no deserto, a boca seca, a garganta seca, sede, mas, mesmo assim, acredite, eu fui feliz, o tio Leandro foi o único homem que eu conheci que tinha estado além do horizonte, fora da Ilha, e, o mais importante, essa ausência se chamava Índia, para mim a Índia eram rios gigantescos, multidões que realizavam banhos rituais e rezas em rios gigantescos, palácios de mármore, templos de ouro, elefantes enfeitados, e um homem, meu tio, meditando sob o temporal, abrigado por uma serpente, o mistério dessa viagem permanecia nos olhos do tio Leandro, todos os palácios e templos e rios e bosques estavam nos olhos do tio Leandro, e isso me fascinava.

Talvez não seja apropriado chamar a atenção aqui (embora fatalmente tenha de ser feito em alguma página do livro) para o fato de que nada exerce tanto fascínio sobre o habitante de uma ilha quanto saber que alguém ousou romper o cerco do mar, que venceu a fatalidade do horizonte, que alguém esteve "fora" e conheceu o que é o mundo. Para o habitante de uma ilha, viajante é sinônimo de sábio; viagem, sinônimo de felicidade.

Diante do mar de Taipi, Marta sentiu pela primeira vez o desejo de viajar. Às vezes se avistavam navios no horizonte. Para qualquer ilhéu, um navio (singrando os mares, evidentemente, não se trata aqui do navio encalhado que é a Ilha) constitui a imagem suprema da liberdade. Um navio cortando as águas é o símbolo da esperança. Quando chega, deve ser acariciado para receber nas mãos o cheiro e o ar de outras terras. Quando zarpa, deve ser acariciado para que o cheiro e o ar de outras terras saibam que nossas mãos existem. Marta acenava para os navios com um lenço e a certeza de que um dia caberia a ela ver, com lágrimas de júbilo, os lenços agitando-se no cais. Ela se afastaria rumo a cidades com nomes promissores, e em Paris, Liverpool, Salzburgo ou Santiago de Compostela acabaria de virar mulher. Acontece, porém, que aos poucos os navios foram se apagando no horizonte, e O que é aquilo, lá longe?, perguntava para Mercedes. Um navio, respondia a irmã, estranhada. Também o mar se apagou, foi aos poucos mudando as cores (com tanta calma que só muito depois ela se deu conta) para se transformar numa extensão avermelhada. A Índia desapareceu dos olhos do tio Leandro. Desapareceram os olhos do Tio. Também os de Mercedes e os de sua mãe. Diluíram-se os rostos em tons tão vermelhos como o do mar. As bagas-da-praia deixaram de ser árvores; antes de se ocultarem definitivamente, foram estruturas negras. O espelho também começou a ocultar sua própria imagem. Um dia, não havia mais imagem no espelho. Outro dia, já nem espelho havia. Um brilho cada vez mais pálido diferenciava o dia da noite. Sem se dar conta, suas pernas adquiriram passos cautelosos e suas mãos começaram a se estender, especializando-se em tocar. Foi como se as mãos pensassem por conta própria. Escrever, por exemplo, passou a ser uma tarefa que as mãos realizavam sozinhas, armando letras cada vez maiores e mais desorientadas. E assim, em certo amanhecer, Marta sentiu que não acordava em lugar algum. Seus olhos se abriram para uma cor vermelha escura, quase negra, e se sentiu só, mais só do que nunca. Ainda que, adolescente afinal, a maioria das coisas não estivesse muito clara para ela, de um modo instintivo soube que já significava bastante desgraça e bastante prisão viver numa ilha, para ainda por cima perder o único sentido que lhe permitia a consciência de existirem outros homens e outros países.

Para completar, foi nessa época que apareceram os mendigos. Aos poucos eles foram tomando conta de Taipi. No primeiro dia, apareceram dois; uma semana mais tarde, eram uma multidão. Barulhentos, irrequietos, passavam o dia cantando e brincando. Talvez a mãe tivesse razão, talvez fosse agradável viver uma vida sem tempo nem preocupações. Só que a ausência de responsabilidades os levava a feder, a comer com as mãos, a não se pentear nem trocar os andrajos, a urinar e cagar à vista de todo o mundo e, o que era pior, a aplacar o fogo de sua luxúria a qualquer hora e em qualquer lugar.

Chegou um momento em que até o tio Leandro, que do mundo só conhecia sua própria santidade, começou a se preocupar. A preocupação chegou ao máximo quando a mãe se sentou entre eles e terminou ao pé de uma fogueira, cantando *Lagarterana soy y encajes traigo de Lagartera* ao ritmo das palmas entre gozadoras e piedosas dos mendigos. Com o passar dos dias, também para ela o tempo deixou de ser uma preocupação, com as funestas conseqüências que a frase encerra. Esqueceu-se da cozinha. Não voltou a pôr os pés no banheiro. Nunca mais bordou nem costurou. Suja, desalinhada, agora ficava pouco tempo em casa. Sua vida limitou-se a permanecer na praia, tomando banho de mar e cantando com os mendigos. Rindo, brincando com eles, como jamais rira nem brincara com as próprias filhas. Assim foi até uma manhã em que o silêncio e a paz voltaram a Taipi. Poderia se pensar que tudo não passara de uma alucinação, que nunca uma multidão de mendigos tinha vivido na praia, junto a casa. Para provar que não se tratava de ilusão, porém, podiam ver-se restos de comida e fogueiras, um violão sem cordas que o Tio achou boiando no mar, dois livros em idioma desconhecido, um coelho amarrado a uma árvore e centenas de páginas da revista *Bohemia* espalhadas na areia. Mas a maior prova foi a ausência da mãe. Mercedes afirmou que, naquela noite, a mãe ficara até bem tarde queimando fotografias e que, muito depois, ouviu barulho de vidro quebrando. De fato, encontraram os álbuns vazios e o espelho aos pedaços.

Mesmo que você não acredite, Sebastián, eu os vi partir, ninguém nunca acreditou em mim, eu estava cega e disseram que era impossível eu ter visto sua partida, só que eu também tinha começado a perder o sono, a sofrer de insônia, essa insônia que até hoje me atormenta e que (juro) é pior que a fome e que a sede e que a própria cegueira, ficar sempre acordada é como viver em dobro, ter uma vida é bom, mas duas pode ser uma tortura, já naquele tempo eu me deitava na mesma hora que todo o mundo, quando se deitam as pessoas sensatas, e ouvia o relógio dar as horas e a respiração dos outros indicando que já iam se transportando a outros mundos, a tempos diferentes, enquanto eu continuava presa à realidade sob o peso de não sei que castigo, e, embora não pudesse vê-la, eu sabia que ela estava ali, intransigente, severa, pesada, Sebastián, e assim tem sido desde então, faz muitos anos que eu não sei o que é dormir, e o mais grave não é meus olhos terem se apagado, ou eles ficarem obstinadamente abertos, não, o pior é que Deus (esse nosso jeito carinhoso de invocarmos o Demônio) não me deixou nem sequer a possibilidade de imaginar, de recompor uma realidade nova a partir do que vi no passado, como todo ilhéu que se preze eu sempre quis conhecer o mundo, ir a outras cidades, saber como eram, como vivem os homens de outras cidades, Glasgow, Manila, Paris, Buenos Aires, Bagdá, San Francisco, Orã, Tegucigalpa, você já reparou que encanto têm os nomes das cidades?, cada um sugere uma coisa diferente, Glasgow tem cheiro de árvores, Manila é dourada, Paris um cristal, Buenos Aires um grande pássaro de asas abertas, Bagdá cheira a incenso e também é a voz de um tenor, San Francisco soa a chuva e a música de piano, Orã é um lenço, Tegucigalpa um jarro de leite recém-ordenhado, e na noite em que os mendigos foram embora (e com eles minha mãe), eu tive minha última visão, estava acordada, os outros dormiam sossegados, esfregando na minha cara o fato de eu continuar acordada, ouvi o barulho do mar, um barulho forte, de ondas quebrando, e me levantei, já me comportava como uma cega perfeita, sabia onde ficava cada móvel, cada porta, cada janela, e, mesmo quando não sabia eu também sabia, pois um dos mistérios dos cegos é o corpo não precisar dos olhos para encontrar o caminho, e fui até a janela, não sei por que resolvi ir até a janela, não suspeitava o que veria em seguida, talvez tenha ido porque o vento me acariciava o rosto com cheiro de mar, talvez porque o barulho do mar fosse mais imponente perto da janela, o fato é que eu fui, a escuridão, como por obra de magia, se dissipou, a primeira coisa que eu vi foi a lua aparecendo entre as nuvens, depois uma multidão de mendigos lançando balsas ao mar, balsas construídas com qualquer tábua, com o tronco de qualquer árvore, com velas feitas de lonas e camisas velhas amarradas a mastros (se é que podiam ser chamados assim) que eram galhos mal presos, iluminando-se com tochas, e cantando, eu me lembro muito bem que estavam cantando. *Seremos libres lejos de este encierro, en busca vamos del ancho horizonte...*, e havia trinta, quarenta balsas que começavam a se afastar, mais trinta ou quarenta na areia, esperando a vez de zarpar, vi minha mãe com uma tocha, quase nua, quase velha, dando ordens para lançar sua balsa ao mar, a praia era um vaivém incessante, não sei, Sebastián, se você já viu balsas zarpando, não sei se você um dia vai ter a oportunidade de ver isso, você olha para esses troncos de madeira mal amarrados, olha para o homem que os empurra com esforço para dentro da água, vê como ele corre na areia, entra na água, sobe a seu indefeso quadradinho de madeira, você olha para o mar imenso e sente um nó na garganta, esse homem pode não chegar a lugar nenhum, e você pensa Aqui na areia eu também não vou chegar a lugar nenhum, ele poderá se afogar, poderá acabar seus dias no fundo do mar, e eu vou me afogar na superfície, acabar meus dias na beira do mar, e é a mesma coisa, só que ele executa um ato, eu não executo nenhum, entende? Existe uma coisa solene e trágica na visão de alguém se lançando ao mar numa balsa, e precisa estar muito desiludido, muito contrariado para encarar o mar de modo tão humilde, sem a soberba daquele rei oriental que castigou o oceano a chicotadas, não, é outra coisa, isso é tentar burlá-lo, passar despercebido, quase como um papel boiando, navegar com o desejo de que nem o mar nem ninguém se dê conta, se é glorioso ver um navio deixando a baía, uma prova da grandeza e da paciência humanas, é lamentável ver um homem, uma mulher, uma velha e uma criança sobre uma balsa, é uma prova da pobreza, do desconsolo, do desespero humanos, é algo que nos lembra que, no fim das contas, somos bem pouca coisa, uma balsa é uma prova de insegurança e também de cansaço, eu desatei a chorar vendo as balsas dos mendigos se retirando, virando pontinhos de luz à medida que se afastavam da margem e sumiam naquela imensidão escura (o mar), desatei a chorar, chorei muito, por dias a fio, e quando não tive mais lágrimas nos olhos, Sebastián, aí sim nunca mais voltei a enxergar.

Há momentos em que a fuga parece a única solução, exclama uma voz às suas costas, e ri, e como ri.

Os pés descalços de Vido sentem a areia da praia. O mar, a esta hora, é de um cinza de aço, e Vido o vê imóvel, apenas com uma breve arrebentação de espumas perto da margem. Começa a se ouvir o latido de um cachorro, tão longe que não se sabe se é um cachorro de verdade ou um cachorro de outro tempo e lugar. Acena para os outros, que se vêem a certa distância, e pára na orla de algas e de conchas, de mínimos siris. O mar entra na areia e forma um círculo arrematado por duas pontas de recifes. Há uma depressão na areia onde a água, ao entrar, forma uma lagoa efêmera.

Há momentos em que a fuga parece a única solução. Marta não se mexe. Sebastián vira-se e vê chegar pela areia a Condessa Descalça, com seu leque, sua bengala de acana e seu ar de rainha no exílio. Vivemos numa Ilha, *chérie*, você não deve se espantar, afinal, o que é uma Ilha? Você nunca leu no dicionário? A Condessa finca a bengala na areia, senta-se ao lado deles. Como de hábito, tem cara de deboche. Segundo o Dicionário da Academia Espanhola, ilha é uma "porção de terra cercada de água por todos os lados", definição concisa, que tom asséptico, que precisão lingüística! Não pode ser tão simples, não é mesmo? Para o habitante de uma ilha, trata-se de uma coisa profunda e patética. A Condessa abre o leque sobre a areia e percorre seu contorno com um dedo. A frase do dicionário utiliza palavras que nos enchem de pavor: "porção de terra" quer dizer algo acanhado, exíguo, uma quantidade arrebatada de outra maior; "cercada", particípio de um verbo com conotações guerreiras, com ressonâncias carcerárias; "de água por todos os lados", observem como a locução adverbial sugere a impossibilidade de escapatória: a água, símbolo da origem e da vida, é também a morte. Faz uma pausa para suspirar e acariciar a cabeça de Sebastián. O dilúvio não foi um castigo de Deus? Dá uma breve risada. É preciso viver numa ilha, sim, é preciso acordar a cada manhã, ver o mar, o muro do mar, o horizonte como ameaça e lugar prometido para saber o que é isso.

Vido respira fundo e abre os braços e sente os pulmões se encherem de brisa. Abre bem os olhos, fecha-os, volta a abri-los. Quando estão abertos, é o mar e o céu e o horizonte cada vez mais nítido; ao fechá-los, outro céu, outro horizonte, um brilho vermelho. Grita um nome, seu nome, Vido!, para que sua voz, seu nome, detenham o clamor do mar.

Com extremo cuidado, a Condessa Descalça tira o chapéu de palha que traz amarrado à cabeça com uma fita vermelha. Arruma o penteado com gesto vaidoso. É algo que quem vive num continente nunca saberá, nunca saberá como o homem das ilhas está isolado. Faz-se um longo silêncio. O mar da tarde está tranqüilo a despeito da brisa; tem uma cor intensa que vai ficando mais e mais opaca à medida que se afasta das margens e se aproxima do horizonte. Sebastián tem a impressão de que no mar há centenas, milhares, milhões de pequenos espelhos.

Vido se despe, e é como se cada parte de seu corpo fosse adquirindo vida, ou melhor, como se descobrisse seu corpo, a pele, a tensão dos músculos, a vibração que o percorre dos pés à cabeça. Vido está nu e tem muito viva a sensação da brisa. A paisagem, o mundo inteiro cabe em suas mãos, em seus braços. Seus pulmões são capazes de tragar a brisa que balança os galhos das bagas-da-praia. Levanta areia com os pés e recolhe e morde as frutas vermelhas. Um sabor adocicado encharca seus lábios.

A Condessa joga o corpo para trás e, por um momento, parece que não vai rir. Esta Ilha em que vivemos, diz, foi e é particularmente desafortunada. Segura numa das mãos de Sebastián. Não sei, *poveretto*, se a senhorita Berta já lhe contou que, quando os espanhóis descobriram esta terrinha, onde sobrevivia um punhado de indígenas indefesos, estavam em busca do Eldorado, e esta terrinha, por sorte ou por azar, nunca teve nem uma pepita de ouro, e por isso os espanhóis fugiram correndo para o continente, limitando-se a abrir aqui dois ou três portos, a fundar meia dúzia de vilas (com as piores famílias da península), e a Ilha... (*suspiro*) se transformou em terra de trânsito... (*outro suspiro*), o que no fundo nunca deixou de ser. Perde o olhar na distância. Num dado momento, ergue uma das mãos como se quisesse apontar alguma coisa. Marta está de cabeça baixa; de quando em quando toca as costas de Sebastián, talvez para se certificar de que continua ali.

Quando uma primeira onda molha seus pés, é como se existisse outro Vido ao lado dele, dentro dele. Entra na água e a sente subir pelas coxas, envolver a cintura, chegar ao peito. Sente-se transparente como a água e mergulha.

A voz da Condessa se escuta agora mais grave Tem lógica, *chérie*, que os mendigos das balsas tenham feito você chorar, o homem da Ilha acredita estar sempre numa balsa, acredita estar sempre a ponto de zarpar e também a ponto de naufragar, só que essa balsa não corta o mar, e é quando descobre que a Ilha não sairá do lugar, no momento em que o homem da Ilha se dá conta de que sua balsa está presa ao fundo do mar por alguma força eterna e diabólica, nesse instante, corta troncos e constrói uma balsa e se afasta para sempre. Solta uma gargalhada. E o que acontece? O inesperado, a Ilha não o abandona, ele é que a abandona, mas ela não o abandona, isso é que é o pior *(mais gargalhadas)*, você sai da Ilha, mas a Ilha não sai de você, pois o que o ilhéu não sabe é que uma Ilha é muito mais que uma porção de terra cercada de água por todos os lados, uma Ilha, minha querida Marta, meu querido Sebastián, temos que dizê-lo de uma vez por todas: uma Ilha (bom, vou ser mais exata) *esta* Ilha em que vivemos é uma doença. Recolhe o leque aberto sobre a areia, fecha-o e olha para todos os lados com tal cara de deboche, que Sebastián sente medo. *Ah, mon Dieu*, não pode ser feliz um país fundado com a *morriña* dos galegos, com a *añoranza* de andaluzes e canários, com a *rauxa* e a *angoixa* dos catalães, não, não pode ser feliz nenhum lugar para onde um negreiro como Pedro Blanco traz milhares de negros arrancados de suas terras, maltratados, torturados, para depois serem vendidos nus, e escravizados, e forçados a trabalhar de sol a sol, essa mixórdia só podia dar num povo triste, num povo amaldiçoado, e se você acrescentar o calor sufocante, o tempo que não passa, e as formas de esquecer tudo isso, o rum, a música, a dança, as religiões pagãs, o corpo, o corpo em detrimento do espírito, o corpo suando sobre outro corpo, o ócio, o ócio!, não o ócio produtivo de que falava Unamuno, não, um outro que se chama indolência, um ócio que se chama impotência, ceticismo, falta de fé, então me digam... Cala-se bruscamente. Com o avanço da tarde, a água foi adquirindo um intenso tom violáceo. (Estará saudosa do nascimento dos deuses?)

Nadar rente ao fundo é mais que um prazer. Quer observar esse fundo impreciso e ao abrir os olhos pensa ver folhas esverdeadas agitando-se como pequenos braços, pedras que às vezes são rostos, fileiras de peixes prateados passando mais rápido que o olhar. Ao voltar à superfície, estende-se com os braços em cruz. Acima está o céu da tarde. Alguma coisa o leva à deriva, mas não é a água, e sim uma força dentro dele. Afasta-se da margem nadando, e torna a se aproximar, e mergulha. Volta ao fundo. Sobe com uma alga. Salta com ela no pescoço e levanta os braços. Respira com força. É forte, muito forte, o cheiro do mar. Torna a gritar seu nome e não sabe por que chamar a si mesmo o faz rir. Volta nadando até a praia, onde se deita e fecha os olhos para mergulhar numa calma nova que pode ser um sonho. Leva uma das mãos ao peito, ao lugar do coração, e sente a força de suas batidas. Também acaricia os ombros, o pescoço, os mamilos. Embora pense que está dormindo, seu corpo tem consciência do último sol da tarde.

Por entre as painas-de-arbusto aparece o tio Rolo. A Condessa Descalça volta-se e sorri. O Tio vem a passo rápido, como a ponto de dar uma grande notícia. Contudo, ao ver a Condessa, não fala, senta-se ao lado de Marta e a abraça. Ela levanta a cabeça, Rolo?, pergunta, e ele afaga seu cabelo liso à pajem. A Condessa se abana durante algum tempo. Sebastián atira pedrinhas na água. A louca fecha os olhos e diz *Mon petit*, você sabe o que aconteceu com os poetas desta Ilha? Não, não me venha com essa história, exclama Rolo num rompante. Não tenho outro remédio, Rolo, você sabe. Não agora, pelo menos não agora, suplica Rolo. A condessa faz um autoritário gesto com a mão e exclama O primeiro poeta balbuciante, Zequeira, pagou com a razão o fato de ser o primeiro poeta balbuciante, enlouqueceu, Sebastián, colocava um chapéu e se tornava invisível, o que não era verdade, mas também era, como você haverá de compreender; o primeiro grande, José María Heredia, sofreu o exílio (como eu já disse, os homens fogem e a Ilha não os abandona, o pobre Heredia via um palmeiral junto às cataratas do Niágara), nunca foi embora de verdade, morreu de exílio, a saudade e a tuberculose o mataram (você não há de negar que as duas, juntas, formam um destino trágico); Plácido, o mulato penteeiro a quem as rimas não eram nada ariscas, foi fuzilado; Zenea (o primeiro nesta Ilha a ler Alfredo de Musset) também foi fuzilado; o matanceiro Milanés, grandioso quando não dava para moralizar, também se viu na obrigação de enlouquecer; e Cucalambé, de décimas simples mas encantadoras, desapareceu sem deixar rastros, nunca se soube nada dele; outra elegíaca, Luisa Pérez de Zambrana, assistiu à morte de uma família numerosa enquanto ela sobrevivia, quase eterna, e conhecia a solidão num casebre humilíssimo no bairro de Regla, do outro lado da baía; e Julián del Casal, o primeiro a ler Baudelaire, o amigo de Darío, incompreendido, solitário e triste, com uma tristeza e uma culpa que não sei se um dia chegaremos a entender, morreu aos vinte e nove anos, também tuberculoso, de uma gargalhada que o fez vomitar todo seu sangue, morreu como Keats sem a glória de Keats, *I weep for Adonais...* (a tuberculose foi a grande aliada dos efêmeros burgueses do dezenove contra os poetas imortais). Quanto a Martí..., você sabe: deixou-se matar no campo de batalha aos quarenta e dois anos...

Muito ao longe avista-se a silhueta branca de um navio entre as barras do entardecer. Sebastián dá adeus com a mão. Vido, Rolo e a Condessa fazem o mesmo. Marta levanta a cabeça. É um navio, informa o Tio. O horizonte se transformou numa linha em brasa.

Demorei a revelar o que vou revelar porque não ousava fazê-lo antes de ter certeza. Assim fala Rolo para Marta, a Condessa e Sebastián durante o caminho de volta à Ilha. É algo de tamanha importância que não admitia ligeireza, frisa. Faz uma pausa e anuncia Tive em sonhos importantes revelações. Primeiro, em sonho, vi uma rua que eu não conhecia, que não me lembrava de ter visto na realidade, e eu sabia que não era uma rua de Havana, porque eram diferentes seu tom, sua cor, seu silêncio..., muitas vezes essa rua voltou a aparecer em meus sonhos, destacando-se uma casa com o número 13, até que um dia, folheando um livro sobre Paris, qual não foi minha surpresa ao ver numa foto a rua dos meus sonhos, que se chamava, ouçam bem, senhores, rue Hautefeuille. Depois disso comecei a sonhar que estava no velório do meu pai, quer dizer, meu pai está morto, mas meu pai do sonho não era meu pai, o pai que eu conheci, entendem? Nesse velório do meu sonho eu tinha perto de seis anos, o que confirma a hipótese de que esse pai morto não era o que eu sempre tive como tal, isso se não bastasse ver que aquele velório acontecia em outra época, era um velório de outra época, entendem? Num terceiro sonho, eu odiava minha mãe, e a seu lado via um homem de uniforme, coberto de dragonas, um general, e eu, como Hamlet, odiava o general e odiava minha mãe (ao mesmo tempo em que a amava, como sempre acontece com as mães). Num quarto sonho, eu me via vestido de dândi num navio, no meio da bruma, e sentia um tédio que, por mais que eu tentasse, não conseguiria descrever, entendem? Os dias passam e eu tenho sonhos e mais sonhos, com os quais não vou agora importuná-los, repito a cada dia frases em francês, frases que eu não conhecia, nem sequer sei francês, frases como *"Là, tout n'est qu'ordre et beauté…"*. Deixaram para trás os *marabús* e vão adentrando no Além. O tio Rolo ficou pensativo, como se temesse dar-lhes a notícia que tinha preparada. Por fim, joga a cabeça para trás, fecha os olhos e exclama com uma ponta de vergonha Meus amigos, o que descobri é o seguinte, por favor, prestem muita atenção ao que eu vou lhes dizer: em outra encarnação, eu fui Charles Baudelaire.

> *Addio, del passato bei sogni ridenti,*
> *le rose del volto già sono palenti…,*

Escuta-se a voz que vaga pela Ilha há dias. Casta Diva corre ao espelho. Nada vê do outro lado.

Aqui há agora um jardim com choupos, salgueiros, ciprestes, oliveiras, e até um esplêndido sândalo-vermelho do Ceilão. Eu sei que é difícil acreditar. Nesta Ilha de árvores anônimas, uniformes, com o mesmo verde-tédio, não se concebem salgueiros nem ciprestes, por mais que o escrevam cem incansáveis elegíacos como o infeliz autor de *Fidelia* ou a necrófaga poeta de *La vuelta al bosque*. Mas vocês têm de acreditar em mim. Alguém duvida de que esta seja a Ilha do inopinado?

Faz muitos, muitos anos, aqui não havia um bosque, mas um capinzal onde malpastavam as vacas. Diziam que a terra era ruim, pobre, amaldiçoada por Deus. E, de fato, ninguém conseguia que vingasse nem um mísero pé de abóbora. Quem tentou algum cultivo, por mais simples que fosse, passado um primeiro momento de esperança em que as plantas começavam a germinar, viu-as depois amarelar, esturricar, como arrasadas por um fogo invisível. E voltavam as vacas com sua obstinada paciência a reinar naquele feio capinzal da decepção que era a Ilha naquele tempo. Assim foi até a chegada de Padrino e de Angelina. Com eles, esse terreno árido se transformou no mesmíssimo jardim do Éden. Todos o chamavam "Padrino" porque era padrinho da única filha de Consuelo, aquela pobre menina que, antes de completar os quinze anos e sem conhecer as delícias da vida, foi morta por uma bala perdida na Guerrita de Agosto[16]. Padrino na verdade se chamava Enrique Palacio. Nascera pobre numa aldeiazinha de pescadores, em frente ao mar, claro, numa região de brumas e saudades, perto de Santiago de Compostela, dizem que meando o século passado. Angelina, a irmã, que para alguns tanta importância teria para a Ilha, nasceu cinco anos mais tarde. Em luta contra o mar caprichoso e contra a terra não menos caprichosa, em luta contra a pobreza que em nosso mundo é sempre uma desgraça, Padrino, que todos então chamavam Enriquillo, tornou-se um rapagão rijo, veemente, disposto, quase analfabeto, mas com uma inteligência extraordinária. Quando em Cuba começou a Guerra da Independência, Enriquillo se alistou no exército que defenderia a Espanha. A bem da verdade, não foi movido por sentimentos patrióticos, mas porque achou que

[16] Guerrita de Agosto: levante armado ocorrido em 1906 contra a reeleição do presidente anexionista Tomás Estrada Palma, que culminou no envio de tropas dos Estados Unidos e na imposição de um interventor norte-americano. (N.T.)

era a melhor maneira de escapar daquela terra nevoenta e amaldiçoada, a chance de fazer fortuna na Ilha famosa por sua geografia generosa, a Ilha que, segundo contavam, era outro potosi. Um belo dia, despediu-se dos pais e de Angelina, a irmã, que principiava uma linda adolescência, e atravessou o Atlântico num navio precário e abarrotado de marmanjos saudáveis, rudes, tão saudáveis e rudes que nunca tomavam banho, e ostentavam axilas, pés e virilhas com cheiros excitantes e nauseabundos. Era um navio negreiro carregado de galegos, que demorou perto de um mês para chegar a Santiago de Cuba. Desnecessário esclarecer que a Ilha não foi o que Enriquillo esperava. Tinha a mesma pobreza de sua aldeiazinha em frente ao mar, agravada por um sol bárbaro que ofuscava as cores e fazia com que o corpo experimentasse sempre um peso de chumbo sobre as costas, que cada passo custasse o esforço de vinte, que se vivesse as vinte e quatro horas banhado em suor, e sedento, e desesperado, sol que provocava na tropa delírios e alucinações. A Ilha, além disso, estava cheia de insetos. Havia mais insetos que cristãos. Insetos minúsculos, estranhos, implacáveis como o sol, insetos diabólicos, ainda mais perigosos que as tropas inimigas. Assim, a malária, a peste, a febre amarela e outras doenças gravíssimas, mortais e desconhecidas, causavam mais estragos que os facões cegos dos cubanos. Para esses flagelos, os espanhóis não tinham defesa, ao contrário daqueles condenados insurgentes cubanos que podiam dormir em pântanos e acordar imaculados como anjos. As tropas espanholas atravessavam a mata (a desconhecida e misteriosa mata, a labiríntica mata, a sagrada mata), com uniformes de flanela, próprios para os invernos da Galiza. Andavam quase descalços, com alpercatas que chegavam a ser irônicas nos pântanos, entre as raízes de árvores hostis, nas savanas perigosas. E passaram fome; Enriquillo perdeu tanto peso que quase sumiu. Mas teve sorte. Participou de poucos combates.

Recebeu apenas um ferimento na perna pouco antes da assinatura do Pacto de Zanjón. Quando se viu fora de perigo, deixou o exército, instalou-se em Havana e começou a trabalhar como *barman* no hotel Isla de Cuba, construído no mesmo local onde se encontra hoje, em frente ao Campo de Marte. Alugou um quartinho fétido na rua Cuarteles, cheia de poças e lixo. Não se deixou seduzir por nenhuma negra ou mulata, à diferença de todos os galegos que aportavam na Ilha. Mas, à semelhança de todos os galegos que aportavam na Ilha, dedicou-se a acumular dinheiro. Seu sonho não tinha nada de excepcional, queria enriquecer, montar seu próprio negócio, trazer para Havana os pais e a irmã. Acumulou dinheiro, evidentemente; enriqueceu, evidentemente. Não pôde trazer os pais porque eles resolveram morrer um em seguida do outro, em meio às brumas de sua aldeiazinha em frente ao mar, perto de Santiago de Compostela. Mas Angelina recebeu, sim, uma passagem para uma opulenta escuna que zarpou de La Coruña numa radiante manhã de primavera. Enrique, que sabia por carta do gosto da irmã pela botânica, comprara-lhe uma chácara no bairro de El Cerro. Tinha ela na época vinte e cinco anos e o esplendor de uma virgem de Murillo. Ao desembarcar da escuna no malcheiroso e festivo porto de Havana, Angelina pôs os olhos no irmão sem saber que era ele, impressionada pela força que emanava daquele corpo de homem. Enrique também pôs os olhos na irmã sem saber que era ela, impressionado pela doçura que emanava daquele corpo de mulher. Ele a viu vestida de discreto linho branco, bordado por ela mesma, a pele limpa e rosada, o cabelo retinto como seus grandes olhos, a boca bonita, bem delineada, e não pôde conter um estremecimento. Não pôde ela conter um estremecimento ao ver aquele homem, com uma fortaleza que não residia apenas no vigor dos braços, que vinha de algum lugar recôndito da alma, que se refletia em movimentos precisos e contidos, nos olhos resolutos, calculadores,

Teu é o reino *203*

impiedosos. Foi uma confusão de segundos, claro. Logo descobriu ele no rosto dela o rosto da mãe, e chamou suave, quase tímido, Angelina!, e escutou ela a voz grave do pai e esteve a ponto de chorar de alegria, de tristeza, e exclamou Enrique! E se abraçaram e se ruborizaram ao se abraçar, e se beijaram e se ruborizaram ao se beijar, e foram para El Cerro como dois estranhos nada dispostos a deixar de sê-lo. Para ela, Havana pareceu um curral. Tinha caído um temporal havia pouco, e, embora não restassem vestígios dele no céu de um azul limpo, sem nuvens, as ruas eram pura lama, os muros das casas eram pura lama, como as ruas, e as galinhas, os porcos, os cachorros, os perus, as vacas, os carneiros que corriam à frente e atrás dos carros, eram pura lama, como as paredes e as ruas. As mulheres, cantando aos brados canções inexplicáveis, jogavam pelas janelas o conteúdo dos penicos. Suando lama, os transeuntes mal conseguiam esquivar as agressões urinárias e gritavam maldições que as mulheres devolviam entre uma e outra canção inexplicável. Havia muitos negros. Isso chamou a atenção de Angelina. Lindos, esplêndidos animais, com os torsos mais encantadoramente nus que ela já vira, reuniam-se para exibir seus dentes branquíssimos e tocar em caixotes de madeira aquela música perturbadora, que nem de longe parecia tocada em caixotes de madeira. Onde eu vim parar?, pensou ela ao recordar, em contraste, a calma brumosa de sua aldeiazinha galega, e instintivamente alargou a mão para a do irmão, que, como se lesse seus pensamentos, ou melhor, como se pensasse a mesma coisa, alargou no mesmo instante a mão para a dela, e enlaçaram-se as mãos, e depositou ele um beijo na dela, e recebeu ela aquele beijo na mão e em outro secreto lugar do corpo, e recostou a cabeça no ombro dele e fechou os olhos para armar-se de coragem e dizer Estando com você não me incomodo de viver nesta Babilônia de negros, e a frase coincidiu com o momento em que o carro virava em Cuatro Caminos e se encaminhava lerdo, espalhando lama, levantando maldições, seguido por uma malta de cães sarnentos, para a chácara de El Cerro. Angelina não conseguiu dormir na primeira noite. Lençóis e mosquiteiros a sufocavam. Fazia um calor impossível. As flores perfumavam tanto que não havia maneira de fechar os olhos. Ouviam-se cantos em língua estranha. Quando conseguia abandonar-se por um segundo ao cansaço, o calor, o perfume e os cantos se misturavam num sobressalto. Teve então de se levantar, despir-se mais e mais, até acabar nua diante da sacada onde flores brancas pareciam mover-se, inclinar-se a seus pés. Enrique também não conseguiu conciliar o sono. Nunca até aquela noite sentira tal umidade fervente que brotava da terra e confabulava com os lençóis para repeli-lo. Também ele teve de se despir, sair para a sacada. O corpo de sua virilidade reagira violentamente, crescendo mais e mais, latejando, como se entre a terra e a vara houvesse uma relação independente, insuspeitada. De nada valeram exercícios de concentração; de nada valeu pensar no livro-caixa ou nos leprosos que às vezes batiam à sua porta pedindo comida. O pau continuava em riste como uma lança só disposta a se deixar vencer num combate corpo-a-corpo. De manhã, quando os irmãos se sentaram para tomar o café da manhã, viram-se pálidos e com fundas olheiras. Ela experimentou pela primeira vez um suco de graviola, e gostou, e o sentiu descer pela garganta, e não pôde reprimir uma exclamação Estamos no quinto dos infernos! Com os dentes descascou ele uma manga, chupou-a com impotência, deixou o suco dulcíssimo escorrer pelo pescoço, apertou o pau que, cheio de sangue e de ímpeto, levantava a calça com veemência, e respondeu Foi aqui onde o diabo deu os três gritos que ninguém ouviu. Ela rompeu na boca a gema crua de um ovo e suspirou Estou caindo de sono. Estou caindo de sono, repetiu ele passando uma rodela de abacaxi pelas têmporas ardentes. Ela molhou um guardanapo no leite fresco, recém-ordenhado, e passou-o pela testa. Ele chupou os dedos com que mexera a geléia de mamão e disse Quando menina, eu pegava você no colo e levava para a cama, lembra? Não me lembro, de nada me lembro, desde ontem, desde que desembarquei nesta cidade, que não é uma cidade mas o tumulto de um pesadelo deleitoso, uma perturbação, não me lembro de nada, estou parada num presente presente presente que carece não apenas de passado mas também de futuro. Olhou para o irmão com os olhos vermelhos de sono, E você, quem é você, que se parece com meu irmão, com meu pai? Ele jogou a cadeira para trás com certa agressividade, levantou-se sem se preocupar com o modo como o corpo de sua virilidade crescida levantava a calça. Esse outro corpo cheio de vida, rebentando de sangue, era, nessa manhã inesquecível, o mais importante não apenas de seu corpo mas de todo o universo. Quem sou? Eu vou lhe mostrar quem sou. Foi até ela, pegou-a no colo, levou-a até a cama, despiu-a. Despiu-se ele e se deitou sobre ela, que sentiu, agora emanando do corpo dele, o aroma das flores, o feroz calor da manhã, a maldição havana. Chegou os lábios aos dela, beijou-a várias vezes, percorreu com a língua os dentes e a língua dela. Quem sou? Seu irmão, seu pai, o homem que tem seu sangue, o que esteve no mesmo ventre que gerou você; você é minha irmã, minha mãe, a mulher que me pariu e a que esteve no mesmo ventre que eu. Ela sentiu um prazer muito mais perturbador que aquele que lhe provocara o suco de graviola, e exclamou suspirando Vamos deixando para trás o quinto dos infernos e entrando no décimo. Enquanto acariciava o pescoço da irmã, ele disse O diabo continua dando seus gritos que ninguém escuta, e desceu até as profundezas escuras e desejosas dela, e começou uma carícia torturante ao mesmo tempo em que contava Quando você era menina, eu a levava ao mar e a banhava nua e você tinha medo daquela imensidão azul que queria devorar você, devorar nós dois, e se abraçava a meu corpo,

206 *Abilio Estévez*

e eu aplacava seu medo com a promessa de que sempre a protegeria, de que nada lhe faria mal enquanto eu estivesse a seu lado. Apertando entre as mãos a cabeça dele e empurrando-a contra seu púbis sombrio, ela chorava de prazer e dizia Você sempre foi o melhor irmão do mundo, carinhoso, compreensivo, bonito, eu tinha orgulho de andar de mãos dadas com você, de ter seu sangue, de me parecer com você, todos diziam que tínhamos os mesmos olhos, os mesmos lábios, que eu era seu lado mulher, por isso reconheço em sua boca o sabor da minha, e em seus olhos a violenta calma dos meus, e foi como se eu mesma me desejasse e eu mesma me desse prazer. E ele se ergueu, acariciou com sua endurecida virilidade o rosto dela, parecido ao de sua mãe. Ela a acariciou com a boca, mexendo rápida a língua. Ele mal conseguiu se conter e explicou Desde adolescente eu queria dar a mim mesmo essa carícia com que agora você, minha irmã, me faz feliz, mas é impossível, por mais que tentemos é impossível, não sabemos nos dar prazer sozinhos, sempre faz falta outro, ah, que glória se o outro é você mesmo, se esse outro é a mulher que em criança pegou no colo, minha irmã, meu outro eu, meu lado mulher. Afastou ela o pau dele. Tinha os lábios vermelhíssimos e úmidos. Por que você não entra em mim, meu irmão, o único que tem esse direito? E ele entrou no corpo dela enquanto lhe contava ao ouvido que, quando menina, ela tinha medo dos fantasmas da noite.

Nunca deram muita importância aos rumores que começavam a despertar na cidade provinciana, na cidade babilônica com alma de aldeia. Um dia enxotaram o pároco que fora visitá-los; outro, o mesmíssimo bispo escandalizado (como era de esperar de um bispo digno de sua hierarquia). Permaneceram alheios e egoístas. Pensavam apenas no mundo de contentamento que haviam construído. Pelo menos quatro anos conseguiram viver nessa gozosa irresponsabilidade, defendendo-se dos olhos atentos da cidade hipócrita, da cidade descarada, vivendo um para o outro, desfrutando do amor perfeito, já que se amavam em dobro, como amantes e como irmãos. Assim foi até que ela engravidou. Quando o médico que foram obrigados a consultar (ela não tolerava alimentos, vomitava só de pensar num prato de comida), pálido e trêmulo, com cara de horror, diagnosticou a gravidez, Enrique e Angelina decidiram deixar a chácara e mudar para um lugar remoto onde não os conhecessem, onde estivessem a salvo de fofocas. Venderam a chácara de El Cerro; compraram o que agora é a Ilha. Naqueles anos anteriores à ocupação norte-americana, Columbia ainda nem era um quartel; Carlos J. Finlay não ficara famoso por descobrir nessa área o mosquito transmissor da febre amarela. Marianao era um casario famoso pelo clima benigno, pela proximidade da praia e pelo Hipódromo; bastante próximo de Havana para não se sentir no campo e bastante longe para não padecer o horror da cidade. Naquela porção de terra árida, naquele capinzal onde malpastavam as vacas, de terra ruim, pobre, amaldiçoada por Deus, havia uma grande casa, onde foram morar os irmãos, e uma casinha pequena, com apenas dois cômodos, onde uma mulata linda e jovem chamada Consuelo moraria depois com seu marido, Lico Grande, um negro muito mais velho que ela, que tinha sido escravo da família Loynaz. Consuelo cuidou de Angelina. Além de bonita, a mulata era doce e dona de uma estranha sabedoria ou de um estranho poder. Conta-se que uma noite, por exemplo, pouco depois de ter ocupado a nova casa, Consuelo se aproximou de Angelina com expressão de profunda tristeza, pôs a mão em seu ventre e exclamou Um filho não pode ser sobrinho e ao mesmo tempo um homem como os outros. Angelina rompeu a chorar. Como a senhora sabe...? Minha filha, respondeu Consuelo num tom de velha que em nada condizia com a expressão quase adolescente do rosto, os olhos de uma irmã que é esposa não são como os das outras mulheres, você já se olhou no espelho? E abraçou e acariciou Angelina, que se deixou abraçar e acariciar como uma menina com frio. Já então Enrique começara o obsessivo plantio de árvores exóticas, de ciprestes, choupos, salgueiros, oliveiras, até do sândalo-vermelho do Ceilão, ignorando os conselhos de Lico Grande, que explicava Nesta terra nada vinga. À noite, quando os outros dormiam, saía Consuelo a replantar o que Enrique plantara durante o dia. Fazia isso benzendo a futura árvore, sussurrando orações que ela mesma inventava. E as árvores, claro, cresciam com o mesmo vigor que o ventre de Angelina. É um milagre que neste capinzal estejam crescendo árvores raras, bonitas, exclamava Lico Grande. Não, replicava Consuelo, não é milagre, é compensação.

Um dia, afinal, com a ajuda de Consuelo, Angelina pariu. Há quem diga que nasceu um minotauro. Há quem diga que um basilisco. Outros, que uma medusa. Já se sabe como pode ser desmedida a imaginação popular. Em todo caso, é verdade, um ser monstruoso que Consuelo envolveu bem em panos pretos e não mostrou a ninguém, muito menos à mãe. Foi até o jardim, onde Enrique estava plantando um salgueiro, e disse Seu filho veio do fundo da terra com cheiro de enxofre, eu quero que o senhor me permita fazer-lhe o favor de perfumá-lo e mandá-lo para o céu. Enrique fitou Consuelo sem entender e sem entender consentiu. Consuelo afogou o monstro, banhou-o com um frasco de essências e o enterrou, com meia hora de nascido, ao pé do sândalo-vermelho, que ainda não era a árvore frondosa que hoje admiramos. Como se soubesse, Angelina não perguntou pelo filho. Só foi capaz de pedir Poderiam abrir as janelas? Esse cheiro de enxofre está me matando! Foram as últimas palavras que se ouviram de sua boca. Angelina caiu num mutismo que durou meses. Dedicou-se a plantar junto com Enrique as árvores da Ilha que de noite Consuelo replantava. Graças a ela e a Enrique (se bem que, na verdade verdadeira, deveríamos agradecer a Consuelo) é que a Ilha possui essa profusão de árvores que hoje admiramos.

Um belo dia, Angelina desapareceu. Nunca mais se soube dela. Enrique, que virou Padrino, viveu cem anos. Há quem diga que abandonou a Ilha. Segundo ele, estava amaldiçoada. Contam que, com cento e nove anos, ainda anda pela Galiza. Lá, em vez de plantar salgueiros e ciprestes, planta mangueiras e graviolas.

Gostou? Não. É uma história falsa, melodramática, tremendista[17], parece contada por algum escritor do sul dos Estados Unidos. Não me resta outro remédio senão contar a história de Consuelo, dessa sim você vai gostar. Mas outro dia eu conto, agora estou cansado (*som de bocejo*).

De todos os personagens deste livro, Lucio é sem dúvida o mais tipicamente cubano. Por muitas razões. Agora, porém, interessa-me destacar sua exagerada necessidade de se vestir bem. Entenda-se: não à maneira de Lord Brummel, não. Segundo o famoso livro de Barbey D'Aurevilly, o dândi pode passar três horas cuidando do vestuário para, ao sair, esquecer-se dele. O dândi detesta o exagero e as roupas que pareçam recém-compradas; para ele, o homem deve sobressair mais que a roupa. Lucio não é um dândi. Nunca esquece

---

[17.] Tremendista: próprio do *tremendismo*, corrente estética espanhola de vertente naturalista, desenvolvida no século xx, que se caracteriza pelo exagero dos aspectos mais cruéis e chocantes da realidade. (N.T.)

o traje. (O hábito faz o monge, diz a Fortunato sempre que pode, pois Fortunato não está lá muito preocupado com a roupa.) Lucio não é um dândi. Não consegue fazer com que a roupa adquira essa qualidade indispensável da elegância, a invisibilidade. Tem evidente interesse em que os outros vejam que ele usa roupas da Casa Prado, *guayaberas* Gregory, meias Once Once, sapatos Amadeo. Exagera no perfume Old Spice (que não é caro, mas sim chamativo). Porta com ostentação as correntes de ouro de dezoito quilates, o anel de esmeralda, a pulseira com seu nome, também de ouro, e o relógio Omega. As unhas das mãos estão bem cuidadas e reluzentes. Para ele, a imagem de um Baudelaire armado com escova de cerdas de vidro, tentando eliminar o brilho vulgar do terno recém-comprado, é pouco menos que sacrílega. Também sua beleza é a de um cubano típico. Alto, magro, musculoso sem exagero, muito branco (de uma brancura suprema e suspeita), o cabelo preto, as feições delicadas, belas, ou melhor, bonitas, quase femininas. Quando Lucio sai, impecável, e por vaidade enxuga a testa com um lenço de linho perfumado, é o mais cubano de todos os cubanos. Ninguém nem de longe pensaria que esse extraordinário, delicado e elegante exemplar trabalha numa fábrica de vinagre.

Vomita. Ao lado da cama, pálido, está vomitando um líquido amarelo que cheira a bile e a rum. Fortunato, que lhe tirou a camisa, passa uma toalha embebida em álcool pela cabeça de Lucio e diz Caralho, rapaz, não quero que você volte a beber. Gostaria que o leitor pudesse captar a interessante mescla de exigência e proteção que se nota na voz de Fortunato.

Como um cubano típico, na hora de se vestir, Lucio primeiro se penteia. Diante do espelho, completamente nu e entalcado, as pernas separadas, como um cubano típico. Ajeita o cabelo liso, preto, com abundante brilhantina. Alisa com a palma leve o cabelo meticulosamente endurecido. Retoca as costeletas. Escruta a pele do rosto, caso alguma espinha, alguma mancha…, observa o nariz, os olhos, a testa. Faz o possível para que o espelho lhe devolva seu próprio perfil. Passa uma tisca de pó na testa e no nariz para evitar que o suor os faça brilhar e, como um cubano típico, passa por sobrancelhas e cílios um dedo molhado em saliva. Depois, como um cubano típico, estuda cuidadoso a dentadura (onde brilha um dente de ouro) e limpa as orelhas com algodão. Continua a se olhar no espelho, como um cubano típico. Desta vez o estudo abrange todo seu corpo. Com um golpe rápido, alegre, satisfeito, levanta sua virilidade potente e entalcada e observa as bolas, também entalcadas, também grandes, como as de um cubano típico. Sentado na cama, suavemente, acariciando-os, cobre os pés com as meias. Depois, a camiseta, a cueca de algodão limpa e, claro, engomada. Como um cubano típico, trata de que a camiseta fique bem agarrada ao corpo, por dentro da cueca. Olha-se de frente e de lado com a roupa de baixo; admira, constata que o abdome é perfeito, que é perfeito o peito, como qualquer cubano típico. Dá leves palmadas no peito e no abdome. Então, como um cubano típico, perfuma-se sem afastar os olhos do espelho: pescoço, orelhas, peito e braços, não sem antes passar desodorante nas axilas, cujos pêlos, como um cubano típico, tratou antes de aparar. Cheira os braços, as axilas. Sorri satisfeito. Aproveita o sorriso para estudar mais uma vez os dentes escovados com exagero e admirar o de ouro. (Não, o dente não reluz o bastante. Lucio aproxima-se do espelho e, como um cubano típico, pega um pano e o esfrega várias vezes, para que brilhe, sim, para que brilhe, porque o nariz e a testa não devem brilhar; o dente de ouro sim, que se veja de noite, que todos o vejam.) Chega a vez da calça. De casimira. Ele gosta da casimira. É um tecido que lhe acaricia as coxas, e Lucio, como um cubano típico, gosta que lhe acariciem as coxas. Calça os sapatos de verniz. Amarra e desamarra os cordões até o laço ficar perfeito. Ataca com um pano a ponta dos sapatos, pois também eles devem brilhar, deslumbrar. Examina rápido, mas preciso, o modo como as calças caem sobre os sapatos (para um cubano típico, é algo da maior importância). Cuidadoso, com movimentos lentos e calculados, voluptuosos, veste a camisa. Branca, é claro, de mangas curtas para suportar o calor; branca, de dril engomado, passada até o exagero por Irene (até isso: Lucio, como um cubano típico, tem a típica mãe cubana, sempre preocupada com que o filho pareça um príncipe). De propósito, esquece de fechar os dois últimos botões da camisa; assim ficará à vista a borda da camiseta, e a pele nítida, e o modo rijo, vitorioso, como o pescoço de Lucio se ergue. Chega a vez do paletó. O paletó se acomoda veloz ao corpo como se tivesse recebido uma ordem. Volta a retocar as costeletas. Volta a examinar os dentes e, em especial, o dente de ouro. Penteia-se outra vez. Outra vez passa o dedo molhado em saliva por sobrancelhas e cílios. Com a língua, umedece os lábios. Perfuma o lenço que não vai para o bolso do paletó, e sim para o da calça. Olha por um instante, de modo quase maquinal, o relógio que traz no pulso, e admira a obra acabada. Ficou bem, muito bem, parece dizer a expressão entre preocupada e satisfeita de seu rosto, uma risonha ruga entre as sobrancelhas. Por fim, como um cubano típico, joga um beijo entre irônico e sincero para a imagem do outro lado do espelho. A imagem, que também corresponde à do cubano típico que é Lucio, devolve um beijo que traz a mesma carga de irônica sinceridade.

Depois de se vestir, Lucio tentou sair sem que Irene percebesse. Suas saídas sempre tinham um pouco de escapada (o que não quer dizer, de modo algum, que Irene não as notasse: como se sabe, para cada filho que tenta fugir existe uma mãe à espreita). Por isso, assim que ouviu passos na sala, os passos que só ela era capaz de ouvir, chamou, gritou talvez angustiada (porque outra vez estava perdida, apesar de continuar ali, na poltrona de seu quarto), gritou com angústia o nome do filho, Lucio, Lucio, e por um ínfimo instante ele experimentou a desagradável sensação de ter sido apanhado em falta, por mais que a razão mais elementar lhe dissesse que não era nenhuma falta vestir-se e sair para a Ilha ou para a rua. Dócil, ainda que disfarçando a docilidade num ar contrariado, entrou no quarto da mãe. Irene estava na penumbra, sentada em sua poltrona, acariciando um falcão empalhado; levantou a cabeça e exclamou Que filho mais lindo!, com autêntica admiração e autêntica tristeza, e deixou o silêncio retornar ao quarto, e levantou o falcão, e perguntou De quem é este pássaro, Lucio, você sabe de quem é este pássaro?, e desatou a chorar. Lucio teve o impulso de acariciá-la, de beijá-la, de lhe dizer Não chore, por favor, não chore, mamãe, tanto faz de quem é esse pássaro, porque você está aí e é isso que importa! Nada fez, nada disse. Limitou-se a molhar os lábios com a ponta da língua e a reforçar com a boca outro gesto de escárnio que sabia falso mas que não podia evitar. Com voz entrecortada, sem parar de chorar, Irene tentou explicar-lhe Ai, filho, achei este falcão e juro que era importante, o problema é que não sei por que nem para quem. Simulando contrariedade, Lucio deixou o quarto da mãe e entrou no outro, onde estava o Ferido. Ali, entre lençóis brancos, quieto e vivo, o Ferido era como uma alucinação. Lucio já admirara seu cabelo cor de açafrão, cheio de cachos, os olhos que por momentos se abriam e mostravam o brilho de um negror misterioso, como aquela pele de bronze, como aquele peito bem delineado e sem pêlos, como os braços longos, como as mãos magníficas (sobretudo as mãos, não é, Lucio?, sobretudo as mãos). O quarto permanecia às escuras, isto é, Irene não acendera as luzes;

mesmo assim, uma luz azul, muito azul, escapava do corpo do Ferido. Lucio aproximou-se com devoção. Quem é você, rapaz?, perguntou, que é que você está fazendo aqui? O Ferido mexeu imperceptivelmente uma das mãos e abriu os olhos, que não eram negros, mas verdes. Lucio pensou que o Ferido o estivesse olhando da distância da febre. Quem é você? O que faz aqui?, repetiu, acariciando a testa (ardente) do rapaz. E teve a impressão de que, ao tocar seu corpo, a luz azul brotava de sua própria mão, e sentiu como se uma corrente estivesse passando para seu corpo. Estranho bem-estar, felicidade rápida, insondável, incontível vontade de rir, de chorar (dois verbos que, no caso, designam a mesma alegria, a mesma vontade de viver). Saiu, sentiu o aroma úmido da Ilha, a brisa carregada de cheiros da noite, internou-se no caminho de pedras que se abre entre o busto de Greta Garbo e o Hermes de Praxiteles, viu as árvores que a noite tornava ainda maiores, ia tocando as árvores, e era como se as árvores crescessem, crescessem ao toque de suas mãos, como se, a sua passagem, brotassem da terra amores-perfeitos e mimosas, jasmins, hibiscos. Quando chegou à fonte com o Menino do ganso, considerou que tudo o que estava olhando, e mais ainda, tudo o que não podia ver e apenas imaginava, tudo, o mundo inteiro, era resultado de sua criação.

"Faz calor" é a frase que mais se ouviu na Ilha desde a Criação, Faz calor, a qualquer hora e em qualquer lugar, não importam as circunstâncias, quando se abrem os olhos ao sol preguiçoso do amanhecer, ou quando você sai para ver o que o céu tem preparado para o dia, ou espera sem resignação o temporal cuja ameaça maior não são as nuvens negras e sim o vapor horrendo que sobe da terra e que obriga você a gritar Faz calor, sim, Calor na festa, no banquete domingueiro, na cerimônia de celebração de algum santo, na hora de tirar os *tamales*, de fritar os torresmos, de abrir as garrafas de rum, de jogar dominó embaixo do flamboaiã, Faz calor, muitíssimo calor quando alguma criança dá seu primeiro vagido, e também na cama do encontro, na cama dos corpos submersos (no calor), nesse instante em que se tenta fugir não pela via do mar, da estrada, das distâncias, mas pela via das salivas que se misturam, pela via do gozo, entre carícia e carícia, beijo e beijo, mordida e mordida, quando se abrem as pernas e se recebe a vitalidade alheia, Faz calor ao escrever a carta, ao regar as rosas e escrever a silva com que se exaltam as belezas sem-par da Ilha sem-par, Faz calor no velório, diante dos círios acesos, e também na hora do Sagrado Sacramento, e no momento de pular pela janela, de hastear a bandeira, de cantar o hino, ou quando você agoniza na cama do hospital, ou mergulha no mar fervente, ou pára na esquina fervente sem saber que caminho seguir (é mentira, todos os caminhos não levam a Roma!), cada caminho abre uma trilha para as fornalhas do inferno, Faz calor para o pedreiro, o advogado, o dançarino, o turista, a mulher-de-casa, a mulher-da-rua, o vendedor-de-balas, o varredor, a menina-de-tranças e a menina-sem-tranças, o motorista-de-ônibus, a enfermeira, o militar-de-alta-patente, a atriz, o delator, o cantor, a professora, a modelo, o colecionador, o escritor, o chefinho e o chefão, o vencedor e o vencido, pois, se há uma coisa democrática nesta Ilha, é o Calor.

Sebastián tentará escrever na areia, na beira do mar. Sebastián tentará escrever, com o indicador, aquela frase que ouviu da boca do mulato alto, bem-vestido, que foi um dia comprar livros na Eleusis. Sebastián escreverá "Eu não entendo nada, eu sou um inocente", enquanto uma onda e outra e mais outra chegarão e apagarão sempre a frase, por mais que Sebastián teime em repeti-la, sempre o mar a apagará.

Então, falando sério, Lucio, não entendo que é que você foi fazer na casa da Miriam, ou melhor, nos arredores da casa da Miriam. Se você estava se sentindo bem, se teve a felicidade de desfrutar por um instante dessa plenitude que não é qualquer um que experimenta (quero que você saiba: há quem morra sem conhecer a felicidade de se imaginar por um segundo o criador de tudo que existe), que idéia torta guiou você ao encontro da mulher que odeia? (Isso mesmo, que você odeia, devemos chamar as coisas pelo nome, não acha?) Eu sei, você não chegou lá, só ficou rondando a casa como um fantasma ladrão, debatendo-se entre o dever de entrar, dizer Boa noite (com voz melíflua, com seu melhor sorriso, do modo mais educado possível), dar um formal aperto de mão no pai, um beijo na mãe (ou no ar de perfume barato que envolve a mãe), que sem dúvida estaria folheando uma revista *Vanidades*, e por fim um beijo nela, Miriam, a mulher que você odeia, e sentar na cadeira de balanço, para repetir Você tem os olhos mais bonitos que eu já vi, sabendo que mente, e se acha um canalha por mentir, enquanto pensa no clima festivo dos Aires Libres de Prado. Se você detesta a casa, a mulher, a família, por que ir lá, por que perder outra noite de sua vida? (ignoro se você sabe que não são tantas as noites da vida) e, o mais grave, por que fazer com que ela a perca, por quê? Você não entrou, não a viu, é verdade; talvez tenha sido pior ficar naquela esquina, fumando no escuro, aproveitando que estava queimada a lâmpada do poste, espreitando as luzes da casa, sabendo que as luzes esperavam por você, espiando, permitindo que os olhos de um delinqüente olhassem através dos seus e que o medo de qualquer medíocre meliante se apropriasse do seu medo.

Por que você não lhe diz de uma vez que não a ama? Miriam tem apenas dezessete anos. Nessa idade, uma desilusão amorosa dura três dias.

Não, eu não odeio a Miriam, é verdade que não a amo, é verdade que não gosto de me balançar a seu lado na cadeira, que sua cadeira de balanço me parece a mais desconfortável das cadeiras, e sua mão a mais áspera, e sua voz a mais desagradável, e seus olhos inexpressivos (parece que lhe foi negada a possibilidade de olhar), que seus lábios estão secos e tampouco riem quando riem, não, não gosto de beijá-la, detesto as flores que ela põe no cabelo, e o vestido que a cada quarta-feira ela veste para me esperar, e o cheiro de magnólias de seu perfume, seu perfume me dá vontade de fugir, e suas mãos sempre com o leque e o lencinho de renda, eu detesto os leques e os lencinhos de renda, e as mulheres que usam leques e lencinhos de renda, é verdade, eu não gostaria de estar ao lado dela nem no minuto mais desesperado, e quando estou junto ao portão de sua casa, sentado ao lado dela na cadeira torturante, tenho a impressão de que, se não me levantar e sair correndo, o mundo vai acabar, sim, é verdade, mas não a odeio.

A noite em Havana começa cedo, e por isso é tão longa a noite em Havana. Mesmo antes de escurecer, Havana já está em festa. Bom, ela sempre está em festa, pois Havana festeja o dia inteiro, de sol a sol, como se sabe, o amanhecer é recebido com o mesmo percutir alegre de tambores, com a mesma oferenda de frutas e aguardente com que se despede a noite, e sei que seria melhor escrever Um dos mistérios que as noites trazem para a maioria das cidades (há cidades sem mistério) começa em Havana antes que em qualquer outro lugar.

Os anúncios luminosos se acendem com impaciência. Muito antes de que o céu escureça, e os bares tornem ainda mais ostensiva sua presença e se iluminem os Aires Libres de Prado, onde tocarão as orquestras, há uma hora de Havana em que não é dia nem noite. Ainda estão as crianças brincando de esconde-esconde no parque de La Fraternidad, ainda correm em volta dos bustos de bronze (felizmente manchados com os alegres cocôs dos pássaros), ainda brincam na água parada, verde e venerável da fonte de La India, ainda cantam *Alánimo, alánimo, la fuente se rompió*, e pulam *A la una mi mula, a las dos mi reloj*, quando começam a chegar os Fords e os Buicks escandalosos, conversíveis, vermelhos, de onde descem homens de terno de dril, com brilhantina no cabelo, pulseiras douradas e sapatos bicolores; e se aproximam mulheres de vestido agarrado, penteadas sempre até o desespero, sempre com esteatopigia (real ou afetada), andando leves sobre saltos tão leves e tão altos que não existem. Ainda não fecharam as igrejas e já se abriram as salas de jogo, e os fiéis saem correndo das igrejas para transformar rosários e missais em copos de rum, partidas de baralho ou de dados. Os comerciantes ainda não fecharam as lojas e já estão abrindo garrafas. Antes dos sinos do ângelus, é possível ouvir as orquestras com suas melodias pegajosas. Na esquina do Prado com a Neptuno há uma pequena que todos os homens deveriam ver. Ainda não caiu a noite, e começa a cidade sua melhor homenagem já feita a uma raça cruelmente aniquilada pela Conquista: servir em altos copos transparentes a cerveja Hatuey bem gelada (tão gelada quanto possível, para que refresque bem a garganta, que exorcize esse demônio que chamam calor). A noite cai sobre uma cidade onde faz tempo que é noite.

Começou cedo a noite em Havana, e temos de imaginar Lucio, vestido como um típico cubano, como um príncipe, caminhando pelo parque de La Fraternidad rumo aos Aires Libres de Prado. Ali estavam, claro, as crianças da fonte de La India, só que já não cantavam *Alánimo, alánimo*, mas permaneciam silenciosas e quietas, sem sorrisos, com olhares sombrios. A primeira coisa que surpreendeu Lucio quando ia atravessar o passeio do Prado foi o venturoso cheiro que o recebeu, uma mistura de cheiros, de fritura, suor, cebolas, flores, bacalhau, urina, azeite, alho, pão, cerveja, perfumes. Estava muito iluminado e havia muita gente nos Aires Libres, e Lucio sentiu que podia esquecer Miriam. No primeiro estrado, reconheceu a orquestra Anacaona, com suas mulatas majestosas, tocando um *danzonete*[18]. Embora alguns casais já começassem a dançar, a maioria preferia continuar bebendo, rindo, conversando aos brados, talvez guardando-se para horas mais animadas. Parou ao chegar à esquina da rua Dragones, encostou-se numa coluna. Muito perto de mim, uma loira se agitava sob os braços de um homem que parecia uma das estátuas de bronze que ladeiam o portão do Capitólio; ele a beijava na boca como se quisesse esvaziá-la por dentro; para oferecer a boca, ela se erguia na ponta dos pés, o vestido subia, juro que dava para ver a calcinha de renda preta, além disso, como tinha muita gente em volta do casal que se beijava, um rapazinho ruivo, quase uma criança, tentava tirar a carteira do bolso de trás do homem que parecia uma estátua de bronze (preocupado em extrair as vísceras da mulher, nem se dava conta), olhei o ruivinho, ele percebeu que eu o estava olhando de propósito, que o tinha visto, e saiu correndo em busca de outro bolso,

---

[18] *Danzonete*: gênero cubano de música e dança que se popularizou na década de 1930. Deriva do *danzón*, mas, à diferença deste, costuma apresentar um trecho cantado. (N.T.)

imagino, agora a orquestra tocava *En mi Cuba se da una mata, que sin permiso no se pué tumbá*..., uma puta de mil anos e com mil camadas de maquiagem me ofereceu um cigarro, eu disse Não, meu bem, não fumo, tenho outros vícios, não esse, e fingi que olhava para frente, para outro lado, mas, na verdade, estava me divertindo em ver como ela me olhava de cima a baixo, mordendo os lábios, como se estivesse diante de um doce de leite, Ora, mulher, você é que teria que me pagar. Como a puta ficou rondando, Lucio abandonou a coluna em que estava encostado (uma entre o milhão e tanto de colunas da cidade) e continuou rumo à rua Teniente Rey, onde uma orquestra de mulheres tocava *Hasta la reina Isabel baila el danzón, porque es un ritmo caliente y sabrosón*. Uma cafuza maltrapilha passava apalpando os bebedores e anunciando Este aqui tem o instrumento grande; este, pequenininho; este não tem, apoiada por um coro de gargalhadas. Um quarentão famélico, de chapéu e terno pretos, ia gritando Um anjo desceu do céu, tinha muita autoridade, e a terra se iluminou com seu brilho, esse anjo me disse: "Cairá, não se preocupe, cairá a grande Babilônia, tornou-se morada de demônios, guarida de todo tipo de espíritos impuros, e cairá, podem ter certeza, ruirão estes muros, se reduzirão a pó os telhados, sim, tenham certeza, a grande Babilônia cairá e dela não restará nem a lembrança". Agora a orquestra tocava *Los marcianos llegaron ya, y llegaron bailando el cha-cha-chá*. Quase sob os portões do *Diario de la Marina* havia um grupo de pessoas. Por curiosidade, ele parou e viu um adolescente que crescera desmedidamente, branco, branco, jeito tímido, vestindo apenas um tapa-sexo. Diante dele, um homem de terno (pai evidente do rapaz: parecia uma réplica envelhecida dele) abria uma valise cheia de facas de todos os tamanhos e formas. Agora vocês verão um fato insólito, gritava o sujeito com uma voz que tentava disfarçar o cansaço, agora verão o nunca visto, aqui está o jovem Sebastián de los Cuchillos, o padecente sem-par, o que Não-sabe-o-que-é-a-dor. A uma distância de quatro ou cinco metros do homem, sobre uma grande tábua, em estranho equilíbrio, postou-se o adolescente, os olhos fechados, abertos braços e pernas, expressão de resignada espera. Uma menina em que Lucio não tinha reparado (confundia-se com o público) começou a tocar um tambor. O homem pegou a maior das facas. Por favor, senhores, façam silêncio, muito silêncio, necessito da máxima concentração do distinto e respeitável público. Apontou para o adolescente e passou alguns segundos olhando-o com uma fixidez quase insuportável. Depois atirou a faca, que foi cravar-se num dos braços do rapaz. Este apenas separou ligeiramente os lábios numa queixa que não se ouviu. O sangue brotou rápido como o Ah! gritado pelo público. O rapaz voltou a sua imobilidade, à mansidão de sua espera. Outra faca foi cravar-se do outro lado com o conseqüente derramamento de sangue, só que desta vez o rapaz limitou-se a apertar os lábios. Lucio achou que o adolescente empalidecia. Uma terceira e uma quarta facas acertaram em ambas as coxas. O sangue, claro, brotou delas com mais violência. A quinta acabou no peito, do lado do coração, e desta vez o rapaz não pôde reprimir uma careta, arregalar os olhos (mansos, sim, mas também assustados). A sexta foi no ventre. À sétima coube perfurar a testa, e o impacto foi tão forte que quase fez o garoto perder o equilíbrio. Seu rosto cobriu-se de sangue e de uma matéria sanguinolenta e estranha. Todo o corpo do adolescente estava coberto de sangue. A violência com que o pai atirava as facas, sua cara de ódio, quase espantava mais Lucio que o espetáculo do rapaz ferido. O público gritava, aplaudia frenético. Uma mulher desmaiou e outra pôs-se a dar pulos de alegria. Ao lado de Lucio, um homem exclamou com entusiasmo Fazia tempo que eu não via um espetáculo tão educativo, e jogou uma nota na maleta aberta do atirador. Lucio sentiu vertigem. Continuou descendo rumo ao cine-teatro Payret, onde uma companhia espanhola de zarzuelas apresentava *La gran vía*. Depois, na sessão da meia-noite, dariam um filme de Dolores del Río. Outra orquestra, também de mulheres, atacou *Una rosa de Francia, cuya suave fragancia, una tarde de mayo...* (em ritmo de *son*[19]). A grandiosa entrada do Payret estava concorridíssima. Todas as formas possíveis de seres humanos se encontravam ali. Vaivém, vozerio babélico, indistinto, insuportável. Só o pregão dos vendedores de flores e charutos conseguia sobressair daquela confusão. Uma linda garota veio em minha direção, vestia um casaquinho de veludo verde (veludo na Ilha, que é que você me diz?), sob o qual devia estar suando como uma condenada, olhou-me com olhos azuis femininos demais, sorriu com boca feminina demais, estendeu uma mãozinha de alabastro (onde se esconderia de dia essa beldade?), carregada de jóias, feminina demais (que beijei para bancar o libertino), e exclamou com tom feminino demais e voz forte Deus te abençoe, macho!, feminilidade demais, fêmea demais, não acha? Era um homem, claro, não existe mulher tão feminina como o homem que decide ser feminino, e as mulheres sabem disso, por isso odeiam os homens femininos. Lucio procurou uma florista, comprou uma rosa Príncipe Negro e a entregou a ela. Por favor, pediu suave porém firme, me deixe em paz porque você não me engana. A garota pegou a flor, sorriu e jogou-lhe um beijo, enquanto se afastava com o casaquinho de veludo verde. Na calçada em frente, no saguão do Centro Galego, Lucio viu que tinham aberto uma feira. Feira de fenômenos, dizia o cartaz da entrada. Galos de seis pés, macacos hermafroditas, vacas com um único chifre no meio da testa, fetos humanos de duas cabeças, camaleões gigantes, cachorros sem

---

[19] *Son*: gênero musical dançante e vocal, rural em sua origem, urbano em seu desenvolvimento, em que se fundem elementos espanhóis e africanos. Marginalizado e até proscrito no início do século xx, acabou reconhecido como uma das formas básicas da música caribenha. (N.T.)

olhos, e os únicos seres vivos da feira: duas irmãs siamesas, resolutamente unidas, tocando dois violões e cantando "Punto Guajiro". Lucio deixou para trás o teatro Nacional, onde estavam apresentando *Lucia de Lamermoor*, pensou em Casta Diva (como há de se compreender) e, sem saber o que fazer, acabou virando na rua San Rafael. Sentiu cansaço e entrou no Nautilus Bar. Felizmente, o bar estava quase vazio. Na juke-box escutava-se a voz de Vicencio Valdés, *Envidia, tengo envidia del pañuelo, que una vez secó tu llanto...* Sentado a uma mesa, pediu uma dose dupla de aguardente e acendeu um cigarro.

Um quarentão famélico, de chapéu e terno pretos, sentou na minha frente, de testa estreita, olhos fundos, rosto chupado, boca sem lábios, e me disse baixo, quase num sussurro, que ouvi a custo, Cairá, não se preocupe, cairá a grande Babilônia, o anjo me contou, ninguém quer acreditar em mim, eu vi o anjo uma noite, ontem à noite, hoje mesmo, esta noite, eu o vi falando palavras de fogo, palavras que saíam como chamas de seus lábios, a grande Babilônia cairá, explodirão os prédios, subirá o mar, serão sepultados pelo mar, o céu descerá de repente sobre o mar, mar e céu se unirão, a união dos dois é o fogo, o fogo, se reduzirão a pó as esperanças, a pó as ilusões, terra arrasada quer dizer mais que terra arrasada, entenda, e o pior: ninguém quer acreditar, eu vi o anjo que anuncia a destruição da grande Babilônia, eu vi como estou vendo você, melhor, melhor do que você, porque você está condenado ao horror, assim falou um quarentão famélico de terno e chapéu pretos que se sentou na minha frente na noite do Nautilus Bar.

Tarde, quando a aguardente já lhe ardia no estômago, Lucio foi até o café América, pediu um sanduíche de presunto e um suco de manga. Numa mesa próxima, descobriu o adolescente das facas, aquele Sebastián del Prado, com a menina e o pai. Tirando a palidez, não havia no jovem nenhuma lembrança do espetáculo de poucas horas atrás. O pai ia tirando de um saco uns bolinhos e os repartia nos pratos de cada um. O garçom serviu-lhes três copos de água. A menina disse alguma coisa ao ouvido do rapaz (a propósito, evidentemente, do garçom) e o rapaz riu, riu, por pouco não engasga. Bebeu água, continuou rindo. Lucio o viu mais branco e mais criança. O pai pegou a maleta que estava no chão, abriu-a, tirou uma faca e com ela partiu um pão ao meio.

Quando chegou à casa de Miri, devia passar das três da manhã. Lucio olhou pela janela e viu Manilla, negro e gordo, que, como um urso, dormia numa das poltronas da sala. Sem camisa, com a barriga imensa, o peito encharcado de suor e, mais visíveis do que nunca, os colares da santeria. Estava de boca aberta, e um fio de saliva escorria queixo abaixo para se misturar com o suor do peito. Como vinha envolto na veemência da aguardente, Lucio não teve escrúpulo em bater à porta com insistência. O homenzarrão acordou sem acordar e ergueu as mãos surpreso (ele que nunca se surpreendia). Levantou-se com esforço. Avançou aos trambolhões, estremecendo móveis e paredes, até a porta e, quando a abriu, brilharam de modo especial seus sanguinolentos olhos de sapo. Que merda você quer? Ver a Miri, sorriu Lucio. Você sabe que horas são, caralho? Como única resposta, Lucio estendeu uma nota de vinte pesos. Com agilidade espantosa, Manilla apanhou a nota no ar. Tinha as manzorras carregadas de anéis. Vai ter mais vinte quando eu for embora, disse Lucio. Manilla abriu a porta, deixou Lucio passar e fechou com dois trincos. Teve também o cuidado de entrecerrar a janela. Voltou para a poltrona, evidentemente sua poltrona, porque parecia a ponto de desmontar.

TEU É O REINO 225

Lucio tirou o paletó e o deixou no encosto de sua cadeira. Já mais acordado, Manilla fitou o rapaz com os olhos cada vez mais vermelhos, cheios de veiazinhas irônicas. Escute, esta é uma casa de respeito, e de vez em quando preferimos que nos deixem dormir. Tenho necessidade de ver a Miri. Você não precisa jurar, cara-bonita. A voz cavernosa de Manilla brotava de uma garganta ansiosa de rum. Manilla pegou um charuto, cheirou-o, afastou-o para olhá-lo com gosto, passou a língua por alguns pontos, cortou a ponta com uma tesoura e o acendeu cerimonioso. Riu com o charuto na boca. Faz calor, não? E, para respaldar a frase com uma ação física, começou a passar pelo pescoço, pelo peito e pelo ventre um lenço amarelo com forte aroma de Água de Portugal. Havana está pegando fogo, repisou, eu não sei como você anda sozinho a uma hora dessas, cara-bonita. Lucio não respondeu. A única luz (e o único luxo) da sala vinha de uma lâmpada de néon que percorria a gigantesca concha do mar onde se encontrava o altar de Oxum. Essa imagem tinha pouco a ver com Nossa Senhora da Caridade de El Cobre da Ilha, talvez só a capa amarela; o rosto, mais mulato que o daquela, era risonho, com uma expressão maliciosa bastante imprópria numa santa. O altar estava cheio de oferendas: frutas, girassóis, cumbucas com farinha, canecos de cerveja, enfeites dourados e, claro, velas. Manilla deu várias puxadas do charuto, olhando para o teto, olhando para a fumaça, esquecido de Lucio. Ergueu trabalhosamente sua enorme humanidade, acendeu uma vela, molhou o dedo no copo de água diante da Virgem, fez na testa o sinal-da-cruz, tocou um sininho, se persignou. Voltou para perto de Lucio acariciando o ventre de negrura concisa. Vivemos tempos difíceis, cara-bonita, as pessoas andam por aí descrentes, e nos descrentes vive Belzebu. Desabou de volta na poltrona (as madeiras soltaram um alarido), apanhou uma bengala e com ela bateu no chão. Miri, chamou, Miri. Silêncio. Manilla chupou o charuto e negou com a cabeça. Esses jovens…, queixou-se. Miri, chamou mais alto. Houve algum movimento no quarto contíguo; ouviu-se um suspiro ou uma queixa, o rangido de um estrado. Voltou o negro a bater a bengala contra o chão, Miri! Lucio sentiu que ela se sentava na cama, pensou saber quando calçava os chinelinhos de pano. Os passos foram se aproximando da porta, uma cortina feita de conchas presas por fios. A menina apareceu esfregando os olhos. Tinha o corpo mirrado e, vestida com uma puída camisola de algodão, dava a impressão de ser ainda mais magra, menor, mais menina; como se a tivessem fantasiado de mulher. Mulatinha bastante clara, bastante bonita, tinha cabelo bom e olhos puxados e, se não fosse pelos lábios, nunca se diria que era filha de Manilla. Olhou para o pai com incredulidade e bocejou. Manilla girou várias vezes o charuto na boca e em seguida apontou na direção de Lucio. O cara-bonita quer ver você, quer borrifar Água Benta em você. Miri deu meia-volta e desapareceu novamente no quarto. Daí vinha agora, confuso, um bolero de Pedro Junco (não se podia saber quem o cantava, em todo caso, uma mulher), *Nosotros, que nos queremos tanto.* Quando reapareceu, mais desperta, tinha o cabelo preso num coque e vestia o quimono de seda com flores de lótus que Lucio já conhecia. Parou no meio da saleta, como à espera de uma ordem. Manilla serviu-se um magnânimo copo de rum (o rum e o copo estavam à mão, sobre a mesinha onde também havia um cinzeiro e um crucifixo de gesso). Sente na frente dele, ordenou Manilla. *Nosotros, que del amor hicimos un sol maravilloso, romance tan divino.* Sem pensar duas vezes, quase maquinal, Miri sentou numa poltrona diante de Lucio. Incapazes de fixar-se em outra coisa, encontraram-se os olhos de Lucio e de Miri. Ainda não é uma mulher, poderia estar brincando de boneca, e sonhar com uma vida de conto de fadas, e ter a ilusão do Príncipe Encantado. *Nosotros, que nos queremos tanto, debemos separarnos, no me preguntes más.* Manilla bebeu um gole de rum, bateu a cinza do charuto e disse para Miri em tom paternal Abra o roupão. Miri obedeceu no ato. É uma menina, assim como não tem seios nem pêlos quase, não deve ter idéia de para que serve abrir o quimono na minha frente, para que serve o corpo de um homem. Dando uma batida com a bengala, Manilla agora ordenou a Lucio Olhe para ela, cara-bonita, é quase uma menina, onde, me diga, onde você pode encontrar uma menina que abra o roupão para que você a olhe? As palavras de Manilla provocaram em Lucio dois sentimentos opostos: por um lado, uma onda de indignação; por outro, uma lambada de sangue (provocada pela própria indignação) que endureceu seu membro. Quis se levantar e bater em Manilla; em vez disso, apertou o volume entre as pernas. O disco estava riscado: *Debemos separarnos, debemos separarnos, debemos separarnos*. Depois de outro gole de rum e outra bengalada, Manilla pediu Fique de pé, Miri, tire o quimono, que ele veja bem você, que o cara-bonita veja a carne fresca que tem na frente. A menina obedeceu. Deixou cair o quimono e deu várias voltas para que Lucio visse seu corpo de todos os ângulos. Lucio ia desabotoando a braguilha; levantando a bengala, Manilla o impediu Não se afobe, cara-bonita, a Miri está aí para isso. Quando ela caiu de joelhos diante de Lucio, a luz alongada da vela projetava na parede a imagem de Oxum. Interessado, Manilla abandonou o charuto no cinzeiro, bebeu um longo gole de rum e entrecerrou os olhos; sua voz se escutava quente Desabotoe a calça com suavidade, Miri, com toda a suavidade que você puder, o início deve ser suave, muito suave, que ele nem sinta suas mãos, que não perceba o que está acontecendo, que seja maior a promessa que o fato, não se esqueça, o prazer mais gostoso é o que não se completa, a esperança do prazer é mais sedutora. A menina desabotoou a camisa, a braguilha, a cueca de Lucio. Suas mãozinhas ficaram no ar como que à espera de uma nova ordem, os olhos fixos em algum lugar que não pertencia à sala de

Manilla. O negro acariciou o ventre. Muito bem, Miri, vamos botar esse pau para fora, que está doido para sair, olhe como ele cresce embaixo da calça, olhe para ele e não se esqueça: com delicadeza, guarde a força para o final, bem aos poucos, tire esse mangalho como se fosse de cristal, isso, minha menina, muito bem, você está fazendo muito bem, agora olhe para ele, olhe bastante, tem o pau grande o desgraçado do cara-bonita, e, sempre que você estiver diante de um pau grande, pare para olhar, isso os enche de gozo, pois os paus grandes e grossos são como as estrelas de cinema, adoram ser olhados o tempo todo, e, se você estiver diante de um pau pequeno, também olhe bastante para ele, assim ele se acha grande e se anima, além do mais, o cara-bonita está louco para que você faça alguma coisa com o dele, e você vai ser sábia demorando o quanto quiser para que ele fique cada vez mais louco, tire o saco dele para fora, minha filha, ele também tem a ver com o que você está fazendo, lembre que nessas bolas está o leite do homem, e que esse leite é sua aspiração, a Água Benta. Manilla enxugou o suor com o lençalho amarelo e voltou a encher a sala com cheiro de Água de Portugal. Depois começou a acariciar o cabo da bengala. Se não fosse pelo cantor que repetia até o cansaço *Debemos separarnos, debemos separarnos*, nada parecia querer romper a quietude da sala, como se durante alguns segundos nada fosse acontecer. Vamos lá, Miri, pediu Manilla persuasivo, passe a língua pelas bolas do cara-bonita, dê prazer a elas, esqueça a vara, indiferença com a vara, nem olhe para ela, concentre-se nas bolas, esse é seu objetivo agora, quanto mais desesperado por sua boca estiver o pau, melhor, faça desenhos com a língua no saco, abocanhe uma bola e outra, sem machucar, com gosto, sem pressa, você não tem nenhuma pressa, tem toda a noite para se dar prazer e dar prazer ao cara-bonita, olhe, repare na pintinha que ele tem aí, isso, aí mesmo, chupe um pouquinho, só um pouquinho, de leve, sem insistir demais, agora vá subindo, Miri, minha menina, vá subindo, pare aí, no tronco, fique aí, afaste a boca, ponha as mãos nele, ponha, como se estivesse tocando o manto de Nossa Senhora, levemente, meu amor, que ele não sinta muito a pressão das suas mãozinhas, apalpe e encha a boca de saliva, porque você vai envolver com sua boca a cabeçorra do pau do cara-bonita, que é o que o filho-da-puta está esperando, vamos, aos poucos, que a vara, o cacete, o pau do cara-bonita entre afinal na sua boca. Manilla bateu com a bengala no chão. Assim não, Miri, esse pau não entrou bem, assim não, segure por baixo, e que penetre na sua boca como Deus manda. Outra bengalada. Porra, Miri, já disse que assim não, tente de novo, lembre-se, olhe que a entrada do pau na boca é um momento mágico, vamos lá, não desanime, minha filha, o segredo de um bom boquete é ter gosto pela coisa, para fazer um bom boquete a única regra é gostar, vamos, agora a língua, que sua língua ganhe vida, que se mexa, que se mexa muito, Miri, por toda a cabeça, mais concentrada aí, na base, veja, é aí que está toda a impaciência do cara-bonita, mais rápida essa língua, Miri, mais rápida. Manilla repetiu a pancada com a bengala e enxugou o suor com o lenço amarelo. Se você não se envolver, Miri, está perdida. De novo, assim, assim, minha menina, mexa a língua rapidinho, vamos, que o cara-bonita se lembre para sempre desse boquete, que essa vara não pense que só porque é grande pode com você, que esteja sempre pensando na sua boca, que nunca se esqueça da sua boca, Miri. A menina levantou a cabeça, tinha os olhos vermelhos, com duas lágrimas a ponto de correr. Que foi, Miri?, perguntou Manilla com voz forte, imperativa. A menina estava fazendo o possível para não soluçar. O negro deixou sua poltrona, foi até o altar onde a vela começava a se apagar, acendeu outra, molhou o dedo no copo de água e voltou a fazer o sinal-da-cruz na testa. Você é uma inútil. Ajudando Miri a se levantar, exclamou Fique aí, chegou a hora de você aprender como se faz. Trabalhosa-

230 *Abilio Estévez*

mente, prosternou-se Manilla diante de Lucio. Isso se faz com muito amor, Miri, com muito amor, pegou o membro do rapaz e o levou à boca sem impaciência.

Silenciosa, com extrema precaução, a senhorita Berta entra no quarto e, sem nem sequer acender a luz, pára em frente à cama da mãe. Dona Juana dorme, como sempre, seu sono insuperável. A vela que pôs no criado-mudo, diante de uma imagem da Caridade de El Cobre, já se consumiu, e a senhorita Berta acende outra, branca e salomônica, e se persigna.

Deve-se ter em conta que uma vela como essa terá importância decisiva na história da Ilha. Mas não é hora de adiantar os acontecimentos. Se as coisas da vida carecem de ordem e momentos certos, para alguma coisa servem os livros.

O grande peito, o grande ventre da velha senhora de noventa anos sobe e desce com regularidade jubilosa. Faz anos que dona Juana não se digna a acordar. Faz anos que dorme às maravilhas, com a camisola branca, o terço entre as mãos juntas, como se quisesse antecipar-se à morte.

Embora pareça, não são duas horas da manhã (como já se sabe, a Ilha engana), na realidade o relógio está marcando seis e cinco da tarde, mas, como o outubro da Ilha é assim, escureceu muito de repente. A senhorita Berta está tentando ler *Figuras da paixão do Senhor* enquanto escarafuncha o nariz, marcando ligeiramente as palavras com os lábios. De imediato, como era de esperar, sente-se observada. Fazia vários dias que o olhar não vinha perturbá-la. Agora que de repente experimenta a força dos olhos sobre ela, deixa de entender o que lê e vira as páginas com sofreguidão, porque só tem consciência de ser observada por alguém que não conhece, que não sabe onde está, que ignora por que decidiu torturá-la com esse olhar insistente. A indignação sobe à sua cabeça numa onda de sangue e a obriga a atirar com fúria o livro contra a parede, a enfrentar-se decidida com a janela aberta, com o quadro do Sagrado Coração, com o retrato da formatura onde se vê uma Berta jovem, cheia de graça e de esperança, sim, de esperança, por que não?, um dia a gente é jovem, ingênua, e acredita em coisas impossíveis, pois por algo se é mortal, e só quero que você me diga: o que você quer saber, por que se preocupa comigo? Se você sabe tudo o que acontece nesta Ilha maldita, nociva, criada para a amargura, se você conhece tudo o que acontece neste planeta condenado, por que cisma comigo? Por que não me deixa em paz e me esquece? Isso mesmo, siga meu conselho, me esqueça, eu não passo da cinza miserável com que você me fez, me deixe, me deixe cinza, não me olhe, não me transforme em outra coisa, nem melhor nem pior, permita que eu me disperse na ventania com que você tanto gosta de castigar esta terra miserável encalhada no meio de um mar tão bonito quanto infecto, sou pó e quero continuar sendo pó, não aspiro a nada, nem sequer a seu olhar, não repare em mim, me deixe morrer em paz um pouco a cada dia, me deixe morrer sem que seus olhos se cravem em mim como punhais. A senhorita Berta deixa a Ilha disposta a se encontrar com alguém (com Alguém!), disposta a tudo; mas é recebida pela muralha de árvores exóticas, de brisa úmida e perfumada com aroma de pinheiros, mangueiras, acácias, graviolas, o aroma do sândalo-vermelho do Ceilão, é recebida pela sombra precoce da noite de outubro, pela solidão imensa da hora em que todos se retiram como que respondendo a ordens superiores. Não há ninguém, claro, não pode haver ninguém, quero dizer n-i-n-g-u-é-m, meu Deus, Ninguém! Mas nem por isso ela deixa de se sentir olhada, já sabemos: o olhar é e sempre será um fato misterioso, não precisa vir dos olhos de alguém, em absoluto; para que a senhorita Berta (ou qualquer um de nós) se sinta olhada, não é necessário que alguém a olhe.

Quase sem cumprimentar, entra a Senhorita na casa de Irene. Esta começa a explicar Tenho pensado muito naquela pergunta que você me fez, tenho pensado muito em Deus e cheguei à conclusão... Mas a senhorita Berta a interrompe Estão me olhando. E, sem que Irene a convide, entra no quarto do Ferido.

Aí está o Ferido. Como uma das imagens de Cristo que ela compra naquela loja da rua Reina. Seu rosto de nazareno, seu perfil agudo de moribundo. Suas mãos longas e ossudas onde ela acredita ver as marcas dos cravos. A Senhorita se aproxima, pega numa das mãos e a beija, ali onde supõe a ferida, onde o sangue coagulado tem um leve gosto de ferrugem. Os olhos do Ferido, não obstante, continuam fechados. Ela se afasta, desesperada, grita Quem está me olhando, caralho? Quem está me olhando? Irene corre. O que você tem, mulher?

O caminho que se abre entre o Hermes de Praxíteles (é verdade, o Hermes de Chavito) e o busto de Greta Garbo está ladeado de limoeiros e laranjeiras, sempre repletos de flores e frutas, arranco uma flor de laranjeira, coloco no meu cabelo, continuo rumo à fonte do Menino do ganso, ali paro enraivecida como se a tosca estátua do Menino tivesse alguma implicação na minha desgraça, como se fosse ele quem se dedicasse a me olhar e a me olhar com uma insistência que vai me deixar maluca, depois sigo para o vestíbulo onde está o carro de doces de Merengue, branquíssimo e cheio de enfeites, de estampas e fitas coloridas, que, mais do que um carrinho de ambulante, parece um pequeno carro alegórico, Senhor, não me olhe, por sua Sagrada Piedade eu lhe peço, não me olhe, me esqueça, me deixe esquecida num canto desta terra que você malcriou, eu, Senhor, Senhor, e Você sabe muito bem disso, pois tudo sabe, não tenho culpa do seu desacerto.

Nas ruas não escureceu como na Ilha. Nas ruas ainda há um resto de sol que se vai arrastando frouxamente para o alto das paredes, para os telhados. Algumas crianças, quase nuas, montadas em cavalos de madeira, brincam de caubói, atiram com revólveres de madeira, pá, pá, matei você. A senhorita Berta passa por Eleusis, onde Rolo a recebe afável e lhe diz que está para fechar. Ela nada responde. Procura entre os livros com olhos nervosos. Nem sequer se despede quando deixa a livraria e volta a se enfrentar com a rua que começa a se iluminar de azul. Um marinheiro se aproxima. Jovem, rondando os vinte anos... (é o mesmo que encontrou Rolo páginas atrás, o mesmo que Sebastián pensou ter visto na noite em que encontraram o Ferido, o mesmo que terá uma importância decisiva neste livro; é desnecessário descrevê-lo; o leitor já o conhece; e, mesmo que o narrador resolvesse não descrevê-lo, o leitor sempre o verá jovem e bonito; um marinheiro sempre será, antes de mais nada, jovem e bonito; o leitor também pensará inevitavelmente em Cernuda e em Genet; e fará bem: esses escritores, cada um a seu modo, alçaram o marinheiro a uma categoria divina e merecem que em cada ocasião em que a sorte nos ponha diante de um marinheiro, diante d'O Marinheiro, façamos uma pausa, um minuto de silêncio, de recordação, de fervor). Como não é muito sensível à beleza humana, masculina ou feminina, Berta nem repara nele. Sabe que é um marinheiro por causa da roupa branca, do largo pescoço rodeado de listras azuis.

A igreja está fechada. Chama à porta, desesperada. Ninguém abre. Será surdo o sacristão? Deve ser surdo. O padre andará por aí distribuindo a extrema-unção, pois esta época é diabólica, as pessoas morrem como moscas, e os santos óleos não dão conta. Dá várias voltas em torno da igreja. Em nenhum vitral, em nenhuma janela se vê luz. A casa do padre também está às escuras, como abandonada. Senta num banco de granito, bem embaixo de um lampião (única luz da igreja), perto da imagem de santo Agostinho, sentindo-se observada, terrível, minuciosamente observada, julgada (afinal, é próprio de qualquer olhar, até do mais ingênuo, avaliar, julgar). Não sabe o que fazer. Sentada sobre o muro da igreja, uma menina a observa. Berta abandona o banco, vai até ela. Aproxima-se lenta, como se tivesse medo de espantá-la. Como você se chama? A menina sorri e não responde. Você é bonita, onde você mora? Nos olhos da menina, meio fechados pelo sorriso, há um brilho ingênuo. Levanta um bracinho e aponta vagamente para um lugar, qualquer lugar. Faz tempo que você está me olhando? A menina nem afirma nem nega, limita-se a brincar com o laço de sua trança. Eu sei, exclama Berta, faz tempo que você está me olhando, e abre os braços para pegar a menina, abraçá-la com força, Vamos, aí você vai cair, volta para o banco com a menina, que já não sorri. Quero saber por que você estava me olhando. A menina está de cabeça baixa. Me diga, por favor, eu lhe imploro, é importante, por que você estava me olhando? Abraça-a com mais força, aferra-se a ela, tenta fitá-la fixo nos olhos. É impossível: a menina não pára de brincar com o laço de sua trança. Se eu lhe der uma bala, você vai

Teu é o reino 235

me dizer por que me olhava com tanta insistência? A menina rompe a chorar, desconsolada rompe a chorar. Dá um empurrão em Berta, escapa de seus braços e sai correndo sem parar de chorar.

Apesar de estar fechado a essa hora, o pátio do Mercado continua cheio de luz. Os vendedores não confiam muito na ronda noturna. Por isso deixam acesas as luzes das bancas para espantar os ladrões (que nos tempos que correm são muitos, cada vez mais, chegará o dia em que roubaremos uns aos outros?). Berta entra no Mercado iluminado, deserto, onde só se vêem alguns mendigos largados pelo chão. Avança por entre os corredores, que durante o dia são intransitáveis, de tão cheios, de tanto vaivém, tantas mercadorias, tecidos, flores, verduras, santos de gesso, vimes, jóias falsas, peças de couro, animais vivos e animais esquartejados. Como ninguém apregoa, como ninguém anuncia com grosseira insistência suas mercadorias, como os mendigos parecem dormir, reina um grande silêncio dentro do Mercado, que os passos de Berta tornam ainda mais grandioso. Os olhos continuam olhando para ela, com ironia, com sarcasmo, fazendo-a experimentar a sensação de não ser ninguém, de não passar de um punhado de cinza entre cinzas. Então escuta uma risada, Senhor, se é Você quem está rindo, eu lhe imploro que não zombe desta Sua serva, não me assinale com Seu olhar, se em verdade não sou nada, permita que eu desapareça entre a multidão de tantos nadas que me rodeia. Muito mais nítida, muito mais sarcástica, a risada volta a rasgar o silêncio do pátio do Mercado. Berta olha disfarçadamente para um lado e para o outro. Descobre um velho dormindo, de terno, sujo a não mais poder, sentado no chão e rodeado de sacos repletos de sabe lá Deus o quê, acompanhado de um cachorro e uma lata em cujo fundo se vêem algumas moedas. Cheia de inquietação, Berta se aproxima; pouco a pouco se aproxima, procurando que seus passos não o acordem. Quando está ao lado dele, ajoelha-se a duras penas. De um branco sujo, abanando o rabo sem entusiasmo, caídas as orelhas, o cachorro levanta a cabeça, que tem recostada numa das pernas do velho, e a observa com olhos aquosos e tristes. Berta leva o indicador aos lábios para pedir-lhe silêncio. O velho calvo, sem dentes, está de boca aberta. Um fio de saliva escorre queixo abaixo. Em seu rosto não cabe mais nenhuma ruga. Dorme intranqüilo, engasga, tosse, leva a mão suja à testa suada, talvez tentando espantar os pesadelos que decerto o acossam. Berta se aproxima mais. É notável o fedor do corpo cheio de suor e de terra. Também o outro fedor que sai da boca desdentada, do estômago vazio. Mas Berta não se importa. Toma entre as suas uma das mãos do velho e assim permanece por algum tempo, até que ele acorda. As mãos do velho se liberam das dela e se estendem como se quisessem tocar o ar. As pupilas dele estão apagadas, os olhos são duas contas de vidro branco. Quem é você? O movimento exangue dos lábios faz correr com mais rapidez, barba abaixo, o fio de saliva. Ela deixa cair moedas na lata, tira o ramo de flor de laranjeira que traz preso no cabelo e o coloca com cuidado na lapela do paletó puído.

Ruas escuras, desertas, silenciosas. Você não seria ninguém, ninguém, se não fosse porque continua a se sentir observada, e acredita descobrir a cada passo, por trás das cortinas das janelas, por trás das árvores, nos transeuntes que passam, os olhos que perseguem seus passos, seus movimentos, seus pensamentos, sim, seus pensamentos (você bem sabe que os olhos vão além da realidade tangível, sabe o poder dos olhos que trespassam, que tudo encontram e conhecem). Levantou-se um vento forte que traz, misturado ao cheiro das árvores, um forte cheiro de mar (nas ilhas, o vento sempre traz o cheiro do mar). Você vai descendo para a Ilha e não quer chegar à Ilha. Se você se fechar em casa, não conseguirá dormir com a consciência desesperadora de que os olhos estão postos em você, que a perseguem até nos recantos mais inimagináveis. Lembra, Berta, aquele quadro que havia na sua casa quando você era pequena? Lembra aquele velho de longas barbas brancas e semblante severo (sempre barbas brancas e longas, sempre semblantes severos!) escrevendo com pena de ganso sobre um pergaminho? Lembra? Letras douradas, góticas, diziam "Deus tudo ouve, Deus tudo escreve, Deus tudo vê, Deus tudo sabe" Uma raiva profunda obriga você a se virar. Aí, bem perto de você, olhe, a sombra de um homem, grite para Ele, não tenha medo, grite O Senhor não acha terrível desperdiçar a eternidade ouvindo, escrevendo, olhando e sabendo tudo? Com tantas coisas lindas que poderia fazer, por que gastá-la com estes pobres mortais que somos nós? Além do mais, o que somos para que se preocupe tanto conosco, se afinal de contas o Senhor nos fez com um pouco de barro, outro pouco de cinza e um sopro? Não, Berta, calma, siga seu caminho. Não é a sombra de um homem. Venha, veja, não é um homem, e sim o espantalho de uma horta.

Na Feira do Século há muita gente, alegria, um vaivém incessante; vendedores de balões; crianças comendo algodão-doce; bebedores; anunciadores de espetáculos; pregões; outras crianças andando de patinete; casais; os casais caminham devagar e abraçados com sossego; solitários procurando alguém para abraçar; namorados beijando-se com fúria em cantos escuros que não são escuros; música, muita música que vem de toda parte e cria uma grande algaravia: o carrossel toca alguma coisa que lembra de longe uma ária da *Cavalleria rusticana*, e a velha de xale, em que ninguém repara, toca o realejo e canta com voz ruim de soprano *Mira niño que la Virgen lo ve todo y que sabe lo malito que tú eres...* Na Feira do Século há cartomantes, cantoras, engolidores de espadas, repentistas, videntes, mágicos, palhaços, rumbeiras, equilibristas. Ali está o famoso, o grande Pailock, o famoso, o grande prestidigitador que ganhou fama fazendo desaparecer a própria mulher, a divina Asmania.

Com os sapatos ortopédicos, a bolsinha de couro de crocodilo e o leque que acaba de tirar porque, embora não faça calor, para ela o calor da noite está ficando insuportável, a senhorita Berta pára junto à roda em torno de um homem. Trata-se de um homem já idoso, com calças de damasco dourado que contrastam com o turbante vermelho, e que tem descoberto o envelhecido torso, com uma pele que lembra o couro de crocodilo da bolsa de Berta. De uma juke-box com um som horroroso sai a duras penas uma música estranha, indiscernível, que tanto pode ser o *Réquiem* de Mozart como um *danzón*[20] de Antonio María Romeu (música que se mistura com todas as outras músicas indistinguíveis da feira, embora sempre prevaleça a voz velha e esganiçada *Mira niño que la Virgen lo ve todo...*). De uma mesa cheia de espadas, cerimonioso, o homem escolhe uma. Levanta a cabeça, leva a mão direita ao peito e ali a deixa dramaticamente; a esquerda, a que ainda empunha a espada, ergue-se de modo ainda mais dramático. Abre a boca, fecha os olhos. Começa a introduzir a espada em sua boca. A espada vai entrando lenta pela garganta do homem. O público, em suspenso, não pode acreditar no que está vendo. Quando a empunhadura não muito dourada, não muito bonita, é a única parte visível da arma, o público solta um Ah! unânime. Aplaude. O homem tira rapidíssimo a espada da boca e olha para o público sem sorrir, com a testa franzida, como se uma grande dor o

---

[20] *Danzón*: gênero musical popular em Cuba desde a segunda metade do século XIX, derivado da contradança. (N.T.)

impedisse de continuar o espetáculo, como se todos os órgãos de seu corpo tivessem sido trespassados, feridos, estropiados. Corre por aqueles que o rodeiam seus olhos entre aborrecidos e desafiantes, fixa-os por um instante nos de Berta, e ela sabe que são verdadeiros o aborrecimento, o desafio. No fundo dos olhos há uma grande desolação, semelhante à que ela observa em seus próprios olhos quando se olha no espelho.

O Engolidor de Fogo foi levado ao hospital. Seu número deu errado, e se queimou. Várias pessoas comentam o incidente. Um senhor de terno, idoso e com um cãozinho nos braços relata o caso sem poder conter as gargalhadas, é, sim, o fogo não entrou na boca dele, não sei por quê, o baixinho fechou a boca, as bochechas se incendiaram feito papel, mas o mais engraçado foi o cabelo pegando fogo, parecia um cabelo de estopa, pareciam fibras de sisal, eu não sabia que podia ser tão engraçado ver a cabeleira de um homem em chamas. E as sobrancelhas, então? Vocês viram as sobrancelhas? E aquelas minúsculas chaminhas nos cílios... Continua rindo, rindo, dobrando-se de rir. O cãozinho late.

Assim como o Engolidor de Espadas, o Mágico está rodeado por uma multidão. Mas este não se parece com o primeiro. O Mágico é um quarentão bem-apessoado, com interessantes mechas grisalhas sob o chapéu coco, de impecável fraque, apoiado numa bengala. Não é um Mágico de truques, não, de jeito nenhum, não é desses que fazem aparecer e desaparecer coelhos, lenços, desses que escondem mulheres dentro de caixas para depois atravessá-las com espadas e fazem passes com as mãos. É muito mais sério. Dedica-se a observar as pessoas que tem diante de si com olhos de brilhos terríveis. Adivinha nome, idade, o que fazem, querem e têm nos bolsos. Berta fitou fascinada os olhos do Mágico. E se fossem esses...? Agora o Mágico está observando um adolescente, rapazinho muito novo, loiro e de olhos azuis, rostinho de menina e o corpo lindamente desengonçado de todos os adolescentes. O rapaz fita os olhos do Mágico. O sorriso tímido que havia em sua boca desaparece. O rapazinho fica com a vista fixa nos olhos brilhantes do Mágico. Dando passos para trás, o Mágico levanta os braços. O adolescente avança então. Vamos, Adrián, não tenha medo, pede o Mágico também sério, também concentrado nos magníficos olhos de Adrián. Continua a se ouvir a algaravia da feira e, sobre todo o barulho, a velha do realejo *Mira niño que la Virgen lo ve todo...* O adolescente fecha então os olhos e chora. Cai de joelhos. Junta as mãos à altura da boca. O Mágico se aproxima e põe uma das mãos sobre a cabeça do rapaz. Tem o rosto grave, o Mágico, ele também pareceria a ponto de chorar. Quem sou eu para você? Como única resposta, Adrián, o adolescente, exclama em voz alta Pai Nosso que estás no céu... O público aplaude com sanha. A senhorita Berta abre caminho por entre a multidão que rodeia o Mágico. Chega diante dele no exato momento em que o adolescente se levanta atônito, os olhos arrasados em lágrimas, a testa encharcada. O Mágico, por sua vez, acaba de tirar o chapéu e passa um lenço vermelho pelos cabelos. O suor borrou sua maquiagem. O Mágico repara, confuso, sem entender, na mulher que se aproxima intempestiva. Berta pede Olhe para cá, olhe para mim! Ele atende com olhos inquietos, consternados, vacilantes, irritados, de cor indefinida, vulneráveis, olhos de homem com cansaço e sono, que não vê a hora de chegar em casa, desabar na cama, esperar a noite seguinte em que deve voltar ao parque para ganhar alguns pesos e continuar vivendo, isto é, continuar vestindo fraque, chapéu coco, bengala, lenço vermelho. Ruborizada, Berta volta para junto dos que rodeiam o Mágico, dizendo Mil perdões, mil perdões, eu não sabia o que estava fazendo.

Pago vinte e cinco centavos a um velho corcunda, sentado numa cadeira de rodas, entro numa tenda preta com estrelas e meias-luas bordadas em amarelo, entro num recinto escuro onde por sorte me sinto invisível, a salvo dos olhares (mesmo que seja por um instante!), disseram que a Cartomante é o melhor da feira, cabeça calva e cara de bruxa, essa senhora deve ter mais de noventa anos, está vestida de cigana, sentada atrás de uma mesa que forrou com feltro azul escuro, aqui tudo é escuro, a única luz vem de duas velas sobre a mesa, a velha levanta uma das encarquilhadas mãos, cujas unhas impressionam pelo comprimento, pela negrura, não num convite, antes numa ordem para que me sente, e eu obedeço, claro, sento na ponta da cadeira, sobre a mesa, entre as velas e um copo de água com um jasmim, há um maço de cartas, uma das garras antiqüíssimas da Cartomante cai sobre o maço de cartas, mexe os lábios, acho que está rezando, invocando o favor de alguém: não poderia afirmar com certeza: só vejo o movimento dos lábios e nada escuto, a Cartomante me olha com olhos miúdos, lacrimosos, quase fechados, corte!, ordena com uma voz que surpreende pelo vigor. A Senhorita divide o maço de cartas em dois. A Cartomante junta as duas partes e coloca três cartas sobre o pano azul da mesa. Estas três cartas são sua vida, diz, esta aqui para o passado, esta para o presente e esta para o futuro, vire a carta da direita, está vendo essa figura alada, esse anjo?, é o número catorze dos Arcanos Maiores e é conhecida como A Temperança, como você pode constatar, tem duas ânforas que contêm a essência da vida e simbolizam a frugalidade. Faz uma pausa, leva uma das mãos à testa. Seu nome é Berta, não é? O meu é Mayra, sei que em outra vida você foi freira, serva do Senhor; de certo modo, continuou a sê-lo nesta vida transitória que você leva agora, freira e serva do Senhor, e você levou uma existência moderada, paciente, harmoniosa,

242 *Abilio Estévez*

mansa, não tem do que se arrepender, Berta, o Senhor a vê com bons olhos, não sei por que a incomoda tanto Seu santo olhar. Molhe um dedo na água do copo, na água de jasmim, e molhe a testa. Vire a segunda carta, a do meio. O presente é representado pela carta número dezesseis dos Arcanos Maiores, A Torre!, uma torre alta coroada por quatro ameias, olhe para ela, está vendo?, é atingida por um raio, Casa de Deus, Hospital, Fogo Celeste, Torre de Babel..., os homens caem por terra, o passado é passado, acabou, Berta, acabou e não sabemos, de agora em diante será a destruição e a mudança, eu a vejo e me vejo, você e eu, e o resto, os que andam aí fora e mais além, todos caindo da Torre, de cabeça contra o chão, vêm abaixo as velhas crenças, acabam famílias e amizades, depois é a destruição, a ruína, o fim, a perda. A Cartomante se persigna. Berta também. A primeira estende uma das mãos antiqüíssimas, de longas e negras unhas, e Berta entende que deve tomá-la, apertá-la. A Cartomante vira a última das cartas. Número quinze, O Diabo, o Demônio com asas de morcego. A Cartomante solta a mão da Senhorita, aponta para o chão, baixa a cabeça. Fogo!, grita com a voz ainda mais poderosa, mais potente, uma voz jovem e até bonita, Minha filha, você, sem querer, contribuirá com o fogo, vejo árvores em chamas, casas em chamas, vejo em chamas o passado e o presente, um jardim devastado. De um pulo, Berta se levanta. E o que é que eu faço? Me diga, que é que eu posso fazer para evitar essa destruição? A Cartomante molha a testa e a nuca com a água do copo, recolhe as cartas, boceja, baixa a cabeça, fecha os olhos.

O Marinheiro. Outra vez. Surge dentre a multidão do parque. Aproxima-se e diz com sua magnífica voz profunda, num tom seguro que assusta A senhora anda me procurando. Ela o olha nos olhos por um instante, nos olhos grandes e belíssimos em que é impossível encontrar um rastro de piedade, e replica furiosa Saia do meu caminho. Tenta seguir em frente. Ele lhe barra a passagem. Eu sei que a senhora quer se encontrar comigo, e a voz do Marinheiro soa mais sensual, mais bonita, mais segura de si, Aqui estou, não perca a chance. A senhorita Berta está quase muda de indignação, o que não a impede de revidar Posso ser sua mãe, e acho que até sua avó. O Marinheiro solta uma gargalhada, encolhe os ombros, vai-se afastando, afastando (quase seria justo escrever: "desaparecendo") sem virar as costas. De repente, já não está. Não, não está. Como é possível? Não está. Como se ela nunca tivesse visto Marinheiro algum! A Senhorita respira aliviada. Os marinheiros são assim, desaparecem do mesmo jeito que aparecem.

No final do parque montaram um cinema. ANTEO CINEMA, diz o letreiro pretensioso. Onde o parque já é quase ermo, mato, com alguns papelões de sorridentes mulheres anunciando cerveja Cristal, cadeiras dobráveis, tela manchada, amarela, e porta vermelha, ANTEO CINEMA. O cartaz malfeito à entrada anuncia, para a segunda sessão, Bette Davis em *Jezebel*. Berta paga os cinco centavos do ingresso (apenas cinco centavos, hoje é Dia de Damas), e deixa-se guiar por uma garota entediada que empunha uma lanterna. A lanterna e a garota são desnecessárias: com a luz da tela e o céu branco de estrelas, Berta pode ver a improvisada sala cheia de pessoas que riem. Do que elas estão rindo, e com tanta vontade? Berta senta-se disposta a não seguir a corrente; ela nunca achou graça nos filmes engraçados. Prefere um bom drama de Joan Crawford, Olívia de Havilland ou Lana Turner. Isso para não falar de Vivien Leigh em... *E o vento levou*. Mas ainda falta um pouco para desfrutar de Bette Davis em *Jezebel*. Antes, o espectador é obrigado a suportar um desses filmes bobos... Depois de se acomodar, de estudar o entorno e de sentir alívio (ao que parece, o olhar lhe deu uma trégua), começa a se abanar com o leque. Seus olhos pousam por fim na tela. Ali está acontecendo alguma coisa que ela não entende, que não sabe o que é. Um grupo de pessoas discute em frente à porta de uma loja. Sempre que alguém tenta bater no outro, o outro esquiva rápido o golpe, que vai parar na cara de um terceiro. Cada vez são mais os que se incorporam à refrega. Berta reconhece no grupo as figuras inconfundíveis do Gordo e do Magro. O Gordo tenta bater no Magro; o Magro escapa ágil; o golpe atinge uma distinta senhora de chapeuzinho que casualmente ia passando por ali; o marido da senhora, também distinto e bem trajado, entra na briga, tenta bater em alguém que nega o corpo e acaba atingindo outra senhora distinta e de chapeuzinho que casualmente ia passando por ali e que também tem um distinto marido bem trajado. Situação infinita. Parece que nunca vai acabar. O publico ri, ri, ri até não mais poder. Berta não, Berta não ri, mas pelo menos sorri, pois é mesmo engraçado ver como batem nessas damas empertigadas (na verdade, a graça não está em ver como recebem os golpes, e sim em como perdem a pose). Quando a briga já é multitudinária, quando já se espalhou por toda a rua, o Gordo e o Magro conseguem escapulir. Eles, que criaram o problema, conseguem escapar, deixam a grande confusão armada na rua, centenas de pessoas batendo em quem não têm de bater, enquanto eles se retiram, sossegados. Então o rosto do Magro ocupa completamente a tela manchada e amarela. Um instante, um fugaz instante em que ele encara o público na sala, coça a cabeça e sorri. A brevidade do sorriso não impede à senhorita Berta experimentar um estremecimento (ou, como dirá depois, ao contar o caso para Mercedes e Irene, sentir "o coração pular"). Alguma coisa nesse sorriso a perturba, a comove até as lágrimas. Por isso acontece o que acontece, por isso ela se levanta e grita, grita sem se incomodar com que todos a olhem indignados, assoviem, mandem que se cale. Não se incomoda. Pouco lhe importa que a lanterninha entediada tente tirá-la do cinema à força. Berta quer apenas deter a imagem sorridente de Stan Laurel, aquele relâmpago (efêmero como toda revelação) que por um segundo lhe transmite a certeza de que está salva.

Não sei se você sabe, Casta Diva, que esta noite se abriram as portas monumentais da Ópera de Paris, e a Cidade Luz (que não se deixa deslumbrar por outra luz que não emane dela mesma) se deslumbrou. O teatro foi testemunha de um evento histórico, sem par. Maria Callas, a Divina, ofereceu um recital. Logo cedo, foi vista chegar vestida de branco no carro preto, seguida por uma multidão de adoradores e centenas de fotógrafos de jornais do mundo inteiro, vindos dos mais remotos pontos do planeta para registrar o acontecimento. A polícia teve de escoltar a Diva para que pudesse entrar no teatro sem contratempos. Embora seus lindos olhos de grega (os olhos com que também aprendeu a cantar) estivessem cansados, saudou sorridente a multidão que a aplaudia. Passou horas fechada em seu camarim, acompanhada apenas de seus ajudantes. Ela costuma concentrar-se, *comme il faut*. Enquanto isso, ao se abrirem as portas monumentais, entraram os homens e as mulheres mais ilustres, Marian Anderson, Edith Piaf, Alicia Alonso, Serge Lifar, Anna Magnani, Leontine Price, Marc Chagall, Pablo Picasso, Coco Chanel, Katherine Hepburn, Joan Miró, Margretta Elkins e muitos, muitíssimos outros que não posso citar pois fariam a lista enorme. Também chegaram pessoas nada ilustres: muitos membros da nobreza européia, centenas de velhas senhoras cuja importância reside no fato de andarem cobertas de jóias e ostentarem títulos como o de princesse, comtesse e lady não sei das quantas (você conhece a imbecilidade humana). Também chegaram tipinhos francamente desprezíveis como Monseigneur le Cardinal e Monsieur le Président (chefe de Igreja e chefe de Estado, ou seja, dois infelizes administradores que se acham no direito de mandar na vida alheia). Às nove em ponto começaram a entrar os músicos no palco. Às nove e três minutos, entrou o regente, Tullio Serafin, que, como você bem sabe, é o regente do Alla Scala de Milão, e foi reger a orquestra da Ópera a pedido da Diva. Às nove e quatro minutos e meio, entrou em cena Maria Callas. Radiante, sorridente, nada cansados seus belos olhos de grega. Usava um vestido preto que a tornava mais esbelta. Nem uma única jóia (artista, enfim, não precisava de ouropéis; sua melhor jóia: sua voz; você deve saber que, quando ela começou a cantar, deixaram de brilhar, humildes, as esmeraldas, os diamantes, os rubis que tão profusamente andavam por camarotes e platéias). Ovação. Basta vê-la para saber que é digna de ovação. Ela, sorridente, sem a menor timidez, segura de si, com a certeza de que merece a ovação como ninguém. Com o que você acha que ela começou? Exatamente, Bellini, Norma, "Casta Diva", que ela (me desculpe) canta como ninguém. Depois vieram "Regnava nel silenzio", "Surta è la notte... Ernani!", "Vissi d'arte", "Je suis Titania"... Num dado momento, entrou nada menos que Giuseppe di Stefano, e juntos cantaram o dueto inigualável de Amelia e Ricardo de *Un bal masqué*. Outro dueto que por pouco não comoveu até o mesmíssimo chefe do Exército (!) foi o "Miserere" de *Il trovatore*. A verdadeira apoteose, porém, aconteceu depois; o público na realidade levitou (sem exagero: as pessoas se elevaram das poltronas) ao escutar aquela voz única, aquela voz que Deus enviou para nossa redenção, cantando "Mon coeur s'ouvre à ta voix", a ária de *Samson et Dalila* que Saint-Saëns compôs pouco antes do acidente de bicicleta. Dizem que até a rainha Isabel da Inglaterra, que não chorava desde pequena e que estava escutando o concerto num aparelho de rádio RCA-Majesty, chorou de emoção. Dizem que Monsieur le

Président pegou na mão de sua esposa, acariciou-a e nessa mesma noite assinou uma lei que favorecia os *clochards*. Dizem que o Cardeal fez o que nunca fizera: rebelou-se contra o Papa santificando o amor. Dizem que as marquesas e condessas presentearam diademas à saída do teatro. Dizem que o generalíssimo Francisco Franco declamou de cor um poema de Lorca. Dizem que Picasso pintou um quadro maravilhoso que não assinou, para que fosse anônimo, como o Romanceiro. Dizem que Joan Miró ajudou Picasso a pintar o quadro anônimo. Dizem que durante vários dias não houve discursos inúteis na ONU. Dizem que os camaradas do Kremlin estiveram a ponto de pensar na felicidade do povo. Dizem que não se registrou nenhum assassinato na cidade de Nova York, e que os negros mais pobres da cidade foram convidados a um coquetel na Casa Branca. Dizem que a Ilha se desprendeu do fundo do mar e errou pelos mares durante a noite do recital prodigioso. O certo, Casta Diva, é que, depois do recital na Ópera de Paris, soube-se por fim que, como Cristo, Maria, a Divina Callas, tinha dividido a história do mundo em dois.

Casta Diva tinha aberto a cômoda e tirado e desempoeirado fotografias, postais, maquiagens, bijuterias, partituras e vestidos, e colocado tudo sobre a cama, e agora olhava para aquelas coisas horrorizada, como se fossem os restos de um naufrágio. E o que são senão restos de um naufrágio?, pergunta para Tatina, que, como era de esperar, ri. As fotografias perderam nitidez e é muito difícil distingui-la vestida de Traviata ou de Louise. Não se entendem as letras das partituras, os vestidos desbotaram, o tempo os esgarçou, as bijuterias parecem mais do que nunca pedaços de vidro, e pensar que esta era minha alma, Tatina, que nesta cômoda estava eu, principalmente neste vestidinho branco, de voile e fitas cor-de-rosa (mesmo que você não acredite, estas fitas eram cor-de-rosa), com que, tendo apenas doze anos, me apresentei perante o maestro, perante Lecuona, cantando "El jardinero y la rosa", e o maestro se aproximou emocionadíssimo e disse Você vai ser uma grande cantora, e até Rita Montaner me deu um beijo na testa e predisse que eu teria sucesso certo. Quando Tingo entra, a mãe está abraçada ao vestidinho de voile e antigas fitas rosadas. Casta Diva o olha e se aproxima dele fascinada. Eu tinha a sua idade quando Lecuona me ouviu cantar. E tira a roupa de Tingo, e lhe coloca o vestidinho de voile. Você se parece comigo quando tinha a sua idade, diz ao filho. Coloca uma fita no cabelo de Tingo para que a semelhança seja maior. Agora mexa as mãos assim, na frente, ordena, mexa as mãos que eu vou cantar.

Sebastián escreveu numa folha de seu caderno: Deus Todo-poderoso, espero que ao recebimento da presente Você Se encontre bem, nós não estamos muito bem, escrevemos porque temos vontade de que a Ilha deixe de ser uma ilha, se Você resolvesse, poderia pegá-la e levá-la até Iucatã, até a Flórida ou até a Venezuela, Já pensou, Deus, que alegria Você daria, se quisesse, a estes seus não tão pecadores filhos (pelo menos não tão pecadores quanto Você pensa), permitindo-nos caminhar de um país para o outro sem risco de perecer afogados? Confiantes em Sua bondade, à espera de Sua resposta, sinceramente Seu. Sebastián colocou a carta dentro de uma garrafa e a jogou no mar.

Voltando do Aquém, quase entrando em sua casa, o professor Kingston encontrou uma laranja, douradinha e grande. Abaixa-se a duras penas para recolhê-la. É tanto o esforço, que me arrependo de tê-la visto, de ter parado, mas mesmo assim a recolho, agora até os atos mais simples tornam-se questão de honra. Entra na casa, procura uma faca e parte a laranja ao meio. Senta na cadeira de balanço para chupar a laranja. Tremenda decepção, a laranja não tem gosto de nada, seu suco abundante e amarelo é insípido como a água. Será um problema meu ou da laranja? *I don't know*. Então vai e se serve um copo de leite que também não tem gosto de nada. Parte uma lasca de presuntada e a mastiga só para sentir o gosto, e nem a presuntada tem sabor.

Aí está o Ferido. Sebastián entrou às escondidas na casa de Irene e se esgueirou até o quarto onde o rapaz está dormindo. É um rapaz ou uma moça? Sebastián hesita. Estende uma das mãos e toca as mãos dele (ou dela), cruzadas sobre o ventre, como viu Sebastián que costumam colocar as mãos dos mortos. É noite, por isso Irene acendeu o abajur sobre o pequeno criado-mudo ao lado da cama. Contudo, Sebastián acredita que a lâmpada é desnecessária. O corpo do Ferido é iluminado por uma luz que desce oblíqua do teto, embora Sebastián comprove que nenhuma luz desce de modo algum, que não há nenhuma luz no teto. Para se certificar, apaga o abajur, e vê que, de fato, o corpo do Ferido continua iluminado, como se nada, como se a luz fosse coisa dele. O quarto às escuras. O corpo brilhando no meio de um quarto às escuras. Que é que você está fazendo aqui?, pergunta para o corpo iluminado. O Ferido abre os olhos e o fita. Vim procurar você, diz com voz que não se sabe se é de homem ou de mulher. Para que você precisa de mim? É você quem precisa de mim. Para que eu preciso de você? Tenha paciência, Sebastián, tudo em seu devido tempo. Sabe de uma coisa? Os homens esqueceram o valor da paciência. Você vai me levar para algum lugar? Talvez. Por que você fala desse jeito esquisito? Qual o seu nome? As mãos se des-

250 *Abilio Estévez*

cruzam, e uma delas desenha um movimento cansado e luminoso no ar. Logo serão o momento e o lugar certo para os detalhes, me diga, você está vendo um papel sobre o criado-mudo? Sebastián afirma. Tem algo escrito? Sebastián torna a afirmar. Leia o que diz. Sebastián pega o papel e se dispõe a obedecer. Tem coisas que eu não entendo. Não faz mal, leia mesmo sem entender, leia como você entender. Sebastián lê: Lucrécio, *De rerum natura*; Apuleio, *O asno de ouro*; Carlyle, *Sartor Resartus*; Renan, *Vida de Jesus*; Michelet, *A bruxa*; Lessing, *Laoconte*; Vives, *Diálogos*; Jacopo de Voragine, *Legenda aurea*; Boécio, *A consolação da filosofia*; Fulcanelli, *O mistério das catedrais*. Muito bem, Sebastián, é uma lista perfeita, agora dobre o papel e guarde-o no seu bolso, não o perca. Para que eu preciso dele? Os homens esqueceram o valor da paciência!, suspira o Ferido, basta saber que você vai precisar dele, agora vá, você deve dormir e sonhar, quanto a mim... estou tão fraco! Sebastián fez tudo o que o Ferido mandou. Este fechou os olhos, e a luz de seu corpo começou a sumir, até que Sebastián precisou acender de novo o abajur de Irene.

Uma das virtudes da literatura é, talvez, que com ela é possível abolir o tempo, ou melhor, dar-lhe outro sentido, confundir os três tempos conhecidos em um quarto tempo que abranja todos e provoque o que poderíamos chamar de simultaneidade. Não será uma das grandes ambições de todo romancista conseguir que Passado, Presente e Futuro se fundam na página como num quadro de Luca Signorelli mostrando a um só tempo o Calvário, a Crucificação, o Descendimento e até a Transfiguração? É possível, portanto, mesmo que ainda não tenha ocorrido, narrar brevemente o sonho que Sebastián terá essa noite. O ideal seria ter narrado esse sonho futuro no presente em que o Ferido fala. Enquanto o Ferido fala, Sebastián sonha. Mas creio que são resultados elevados demais para a pobreza de recursos com que este livro foi escrito. Sem dúvida, o romancista que conseguir a Simultaneidade terá feito uma conquista para todos e será chamado "gênio". Mais modesto, o autor deste livro se dispõe agora a contar como será o sonho de Sebastián, enquanto Sebastián escapa às escondidas da casa de Irene para a estranha noite da Ilha.

Sebastián estará num jardim junto a um homem. O homem terá perto de sessenta anos e um par de belos olhos ladeando um feio nariz. Com boca irônica, dirá que se chama Virgílio. Sem saber ao certo por quê, Sebastián o venerará como a um mestre, e o chamará Mestre. Sempre que o Mestre caminhar, aonde quer que ele vá, Sebastián seguirá seu passo cauteloso. No sonho, irão caminhando por um jardim. Pararão ao lado de uma grade que separará o jardim da escuridão. O Mestre lhe perguntará Você quer passar para o outro lado? Com ingenuidade, Sebastián responderá Tenho medo. Com lógica, o Mestre observará Não perguntei se você tem medo, perguntei apenas se você quer passar para o outro lado. Não há perigo? E está carregada de inocência a pergunta de Sebastián. Claro que há perigo, mas lembre-se de que existem perigos deliciosos. Então o Mestre chamado Virgílio, para dar o exemplo, passará para o outro lado. Soarão disparos, e a figura do Mestre, ardendo, desaparecerá na escuridão. Será preciso relatar a solidão em que ficará Sebastián depois do desaparecimento de Virgílio, do Mestre? É tão grande a desolação que provocam os sonhos...

Depois que Beny Moré foi embora, Chacho voltou à cama e a seu silêncio. Casta Diva, que se animara ao vê-lo aparecer entre as

252 *Abilio Estévez*

árvores e quase chorar escutando o Melhor Cantor do Mundo, sentiu-se lograda quando o viu voltar para a cama, largar-se de novo nela, e cobriu-o de insultos, gritou-lhe Mau pai, mau marido, tendo uma filha idiota e um filho inútil, por acaso não pensa em trabalhar? O capitão Alonso esteve aqui querendo saber por que você não tem ido ao quartel, disse que vão expulsá-lo desonrosamente do exército, e, se você não trabalhar, de que merda vamos viver seus filhos e eu? Ele fechou os olhos e foi como se não tivesse escutado, não mexeu um só músculo do rosto, não levantou a mão para pedir que baixasse a voz, como costumava fazer quando discutiam. Chacho nada fez. Apesar de sua ira, Casta Diva se deu conta de que seu marido não podia fazer nada além de permanecer deitado na cama, naquele silêncio tão desesperador para ela, e da ira passou à compaixão, e sentiu um cansaço desmedido tomar conta de seu corpo, e se deitou ao lado dele, e também fechou os olhos e até quem sabe adormeceu.

Durante dias, a única prova que Chacho deu de estar vivo foi sua respiração e seus olhos, que às vezes se abriam para fixar-se nas madeiras do teto. Tatina podia passar horas rindo às gargalhadas; Tingo, perguntar até o cansaço; Casta Diva, ralhar e chorar: ele parecia não os ouvir. Era como se, vivendo ali, Chacho vivesse em outro lugar. Nunca voltou à mesa, ninguém o viu beber um copo de água ou satisfazer qualquer necessidade. Era como se as funções de seu corpo se tivessem paralisado. As únicas coisas que davam a impressão de seguir o curso normal da vida eram a barba e as unhas.

O caso é que agora, nesta manhã que amanhece garoenta (ou que o parece; como se sabe, na Ilha as coisas nem sempre são como são), Chacho se levanta da cama, vai até a velha vitrola e procura entre os discos. Coloca um no prato. Muito alta, começa a ouvir-se no quarto, na casa, na Ilha, a voz de Carlos Gardel, *Sus ojos se cerraron y el mundo siguió andando...* Na casa de Helena entrou a voz de Gardel, e ela num primeiro momento não soube de onde vinha a voz milagrosa com aquele gemido *Su boca que era mía ya no me besa más...*, e Helena saiu para a Ilha e teve a impressão de que a voz vinha de cada árvore, de cada recanto, de cada estátua. E Rolo, que estava na Eleusis arrumando os livros, soube que era Gardel (sentiu um nó na garganta) e, claro, deixou os livros e saiu para a Ilha, e encontrou Merengue pelos lados do tapume e do Apolo do Belvedere, e os dois viram Helena, e ninguém soube de onde vinha a voz, sem dúvida de toda a Ilha, *Se apagaron los ecos de su reír sonoro...* Irene nesse momento estava curando as feridas já curadas do Ferido, e também se surpreendeu, e saiu procurando e viu a senhorita Berta soluçando junto ao busto de Greta Garbo. Foi Marta, que vinha apalpando as paredes para guiar-se e não tropeçar, quem informou Gardel está cantando na casa de Casta Diva, *Y es este silencio que me hace tanto mal...* E foram até lá e viram que Casta Diva e Chacho, sentados no chão, junto aos alto-falantes da velha vitrola, tinham o rosto oculto entre as mãos.

Ele me conquistou assim, explica Casta Diva, num 6 de janeiro eu estava passeando pela Calzada Real com minha irmã Luisa, que ainda era uma menina, quando o vi chegar vestido de soldado, com vinte anos, que lindo, minha nossa, que homem, e parou cravando em mim aqueles seus olhos alegres e tristes, e quando passamos ele veio atrás cantando *Noche de Reyes*, um dos tangos mais bonitos que já ouvi, e que ele cantava tão bem, e sempre que ele me via cantava o tango, e eu me demorava mais e mais, tinha necessidade de ouvi-lo cantar, até que numa tarde ele me deu o braço e me levou a um banco da pracinha em frente à igreja, e afirmou Sou muito feliz de que você esteja feliz por ser minha namorada, e eu só consegui responder à ousadia dizendo Feliz não é a palavra, não existem palavras para minha felicidade, e assim foi, acreditem, até o dia de hoje.

Vido está chupando manga no pé. De repente voltou a fazer calor como se fosse agosto. Vido sua chupando mangas no pé. É doce o sabor da manga, e tão abundante o suco, que escapa de sua boca e escorre num fio pescoço abaixo, até o peito, e se mistura com o suor. Com um dedo, Vido recolhe o suco misturado com o suor e o leva aos lábios. À doçura da manga junta-se agora um delicioso sabor salgado. O cheiro da manga é intenso, como o sabor. Também é intenso o cheiro do suor. Vido cheira as axilas com gosto, e passa a manga pelas axilas escurecidas pela penugem incipiente e depois a chupa com esse agradável toque de sal.

Outro domingo (que não aquele da visita de Beny Moré), ao meio-dia, pouco depois do almoço, Mercedes sai de sua casa e passa a escolinha, a cancela para o Além, deixa para trás a casa do professor Kingston, embrenha-se entre os *marabús* e, sem saber como, chega à praia. Mercedes surpreende-se ao ver-se ali, e acontece que vinha pensando Deus, o que eu não daria para ser um personagem de romance! Acabara de ler o oitavo capítulo de *Las honradas*, o capítulo em que Victoria não pode fazer outra coisa senão entregar-se a Fernando, e ficou perturbada. Seu corpo se acendeu. Meu corpo despertou lendo numa das cadeiras da sala, diante de minha irmã, que dormia, ou parecia dormir, fui sentindo como cada parte de mim reagia à leitura e, de repente, sem mais nem menos, estava desesperada, fui ao quarto, tirei a roupa o mais silenciosa que pude para não acor-

Teu é o reino 255

dar a Marta, entrei no banheiro, enchi a banheira com água morna e deixei que meu corpo fosse abençoado pela água, peguei a esponja, me ensaboei, era boa a esponja percorrendo meu corpo como rude mão de homem (as mãos dos homens devem ser sempre rudes e delicadas ao mesmo tempo), observei a pele de meus braços, de minhas pernas, e a vi branca, fina, atraente, minha pele, fechei os olhos com força, e que a esponja, ou seja, as rudes e delicadas mãos, fizessem o resto, com os olhos fechados é possível imaginar com mais força, costumo me deitar nua na banheira cheia de água morna para fazer com que alguém entre e me ensaboe, o banheiro é um dos meus prazeres secretos, ninguém sabe, ninguém saberá, é sempre um homem diferente, de Lucio até o motorista do ônibus vermelho, aquele mulato alto e magro que usa calças cáqui, muito justas na virilha, mostrando bem um volume de que ele parece se orgulhar, também o soldado que faz a sentinela do quartel, não tão alto, mas rijo, soldadinho de chumbo, branco e vistoso, com a farda amarela, que nunca me canso de olhar quando ele passa pela rua, o passo majestoso, ou quando o vejo à paisana bebendo muito sério na venda de Plácido, jogando bilhar, não repara em mim, nunca me olhou, eu não existo para ele, às vezes entra Chavito, Chavito também é lindo, só que nesse caso não devo dizê-lo, o que vão pensar de mim?, Chavito é negro, tão negro quanto Merengue, eu não ligo, na verdade acho os negros lindos, hoje, no entanto, quem estava comigo no banheiro?, Fernando, isso mesmo, um personagem de Carrión, foi ele que apareceu hoje no banheiro e encontrou meu corpo aceso, sentou na borda da banheira, primeiro me olhou longamente, e eu fiquei quieta, como era devido, fingindo que só me interessava estar assim, na água, ele sorriu com superioridade, passou os dedos por meu rosto molhado e foi descendo aos poucos, devagar, Fernando, devagar!, pelo pescoço, pelos seios, demore-se nos mamilos, me torture, enquanto isso eu continuarei fingindo

256 *Abilio Estévez*

indiferença, mas é quase impossível, vou gritar, vou gritar!, que sua mão não se preocupe comigo, que sua mão continue impávida para acariciar meu umbigo, e mais, mais embaixo, um pouco mais embaixo, assim, sábio Fernando, pouco importa que você seja personagem de um romance de Carrión, tenha consciência do prazer que provoca sua demora, agora entendo a Victoria, de onde você tirou tanta sabedoria? Vou abrir as pernas para receber seus dedos, que dedos grandes! Seus dedos, assim, entrando em mim, e agora que me sinto tão feliz vou lhe confessar uma coisa: neste momento, eu sou apenas a umidade onde entram seus dedos, Fernando.

Mercedes está sentada na beira do mar. O sol está justo no centro do céu, tanto que as sombras não existem. A luz é como a água que chega aos pés de Mercedes. Não, a luz não é como a água, mas pior, muito pior, a água vem, a pequena onda chega, molha os pés e recua, reúne-se ao todo do qual provém; a luz, ao contrário, mais sábia, fica no corpo de Mercedes, penetra na pele, chega aos ossos, destrói tudo o que oferece resistência. Cada feixe de luz é ele mesmo um todo. Mercedes sente que vai desaparecendo à medida que é inundada pela luz. Mercedes sente que ela mesma é luz. Olha para suas mãos, o olhar passa através delas até o mar, até o horizonte. O mar é um espelho, algo que está ali apenas para reluzir. A areia é outra cintilação. Mercedes está tão iluminada que se incorpora à luz, é ela um lampejo a mais, desaparece.

Todo tempo passado foi melhor, este é meu lema, mas um lema que se tornou ridículo: de que tempo passado estou falando? Como posso dizer que o passado foi melhor se não me lembro, se não sei de que passado estou falando? E você nem poderia me entender, Ferido, flechado, deitado aí na cama sem saber nada da realidade, sua missão agora é dormir e deixar que eu cure suas feridas e acabe de salvá-lo como é meu dever, enquanto isso, aqui está Irene, a Desmemoriada, a pobre Irene esquecida de tudo o que lhe aconteceu, sei no máximo que meu nome é Irene, é bastante, talvez baste a gente lembrar o próprio nome, o nome e o rosto no espelho, meu filho Lucio veio hoje me dizer que em 17 de fevereiro, dia do meu aniversário..., o que ele disse não vem ao caso, a data é que ficou martelando, então meu aniversário é no dia 17 de fevereiro..., não será a data da morte da minha mãe? Ou será que minha mãe morreu no dia do meu aniversário? Essas coisas não acontecem, ou só acontecem nas radionovelas de Félix B. Caignet, e fiquei com vergonha de perguntar, Lucio, que dia morreu a vovó? Me deu vergonha e, além do mais, que é que eu ia fazer com a informação? De que me serviria? Eu sou uma mulher com a cabeça vazia, e tem gente que acha isso bom, eu não, eu considero que cada homem vale por seu passado, é o passado que nos redime ou condena, já sei, não precisa me dizer, sei que o passado vai sendo urdido com os fios do presente, mas veja, Ferido, rapaz flechado, que quando uma mulher tece seu passado são dois fios, só isso, dois fios, e só o que deixa de ser presente, o que se torna passado, é que forma o tecido, o presente só serve para fazer, ou seja, para o sobressalto e a incerteza, o passado, ao contrário, é o já feito, bem ou mal, não importa, é o feito e, portanto, o certo, o terreno seguro, o futuro, então, nem se fala, o futuro é uma ilusão, o homem o inventou para preencher as horas de tédio que o separam da morte, o futuro é a morte, e eu não sei o que é a morte, só sei que é o futuro, agora me diga, Ferido, que é que eu faço nesta Ilha sem uma história para contar, você deve saber que o que importa do passado não é o que ele ensina (quando uma mulher erra o tecido, pára, desmancha o erro e volta a tecer, não é?),

258 *Abilio Estévez*

mas o que serve para contar, para fazer o reconto de sua vida, e, se você não tem o que contar sobre você, quem é? Ninguém, por mais que tente, não é ninguém, mesmo que vejam você, se não puder contar Nasci em 17 de fevereiro em Pijirigua, Artemisia, meu pai trabalhava nas terras de uns latifundiários, minha mãe lavava roupa para fora, éramos tão pobres que minha mãe fazia meus sapatos com casca de palmeira e sacos de juta, eu comecei a trabalhar aos cinco anos, lembro que colocavam um caixote para que eu alcançasse o tanque, tomei conta dos meus irmãos como uma mãe e, apesar dessas calamidades, fui feliz, se você não puder contar isso que, assim, de repente, acabou de vir à minha mente (e que pode muito bem ter acontecido, tomara!), os outros nunca vão saber quais foram e continuam sendo meus sonhos, meus medos, minhas alegrias, minhas angústias, minhas obsessões, o problema principal, rapazinho Ferido, é que precisamos entender de uma vez por todas que a vida não pode servir apenas para ser vivida, eu penso que Deus dá a vida também para que a gente possa narrá-la como um conto, uma história, que entretenha os outros e lhes seja útil, você não acha?

Felizmente, hoje Chacho não voltou a pôr um disco de Carlos Gardel. A voz do chamado *Zorzal criollo* chegou a ser tão constante na Ilha que durante vários dias não se puderam ouvir os gemidos das flecheiras, nem os assovios alegres das casuarinas, nem os lamentos que ultimamente se escutam cada vez mais fortes. A Ilha se reduzira à voz que cantava repetidas vezes, até o cansaço, os mesmos tangos. Hoje Chacho levantou cedo e foi direto para o guarda-roupa e tirou os uniformes de soldado, as medalhas e os diplomas ganhos durante anos de serviço como radiotelegrafista do Corpo de Comunicações. Fez uma trouxa com eles e saiu para a Ilha. Não parou para olhar o céu nublado de fins de outubro. Nem aspirou, como outras vezes, o ar embalsamado da Ilha. Seguiu pelo caminho de pedras que leva à fonte do Menino do ganso e chegou ao antigo bebedouro. Ali jogou as coisas que carregava. Borrifou tudo com álcool e riscou um fósforo. Uniformes, medalhas e diplomas arderam com rapidez. É lícito supor que já então Chacho estivesse pensando nos coelhos.

Que dia é hoje? Você sabe, 2 de novembro, Dia de Finados. Por isso colocaram na Ilha uma mesa comprida, uma mesa velha, castigada por chuvas e sóis, mas que foi coberta com a melhor toalha de renda de Casta Diva, uma toalha que a mãe fez para o casamento da filha e que, como dizem Irene e Helena, é um primor, um verdadeiro primor. A mesa, com a toalha, já não parece o que é. Então é mentira que o hábito não faz o monge, observa Rolo. A mesa está linda. A toalha chega quase até o chão, oculta as madeiras toscas, roídas de cupim. No centro colocaram o grande crucifixo de bronze, um dos maiores orgulhos da senhorita Berta. É um crucifixo simples, sem ornamentos, tão limpo que reluz como ouro (sem sê-lo) e cujo maior valor, segundo a Senhorita, reside em ter custodiado a morte de Francisco Vicente Aguilera em sua fazenda em San Miguel de Rompe. E a senhorita Berta enche-se de orgulho olhando o crucifixo e começa a narrar (pela enésima vez) a amizade de seu pai com Aguilera e com os primeiros presidentes da República em armas, Céspedes e o marquês de Santa Lucía, Salvador Cisneros Betancourt. Alguém, provavelmente Helena, a interrompe com delicadeza, com finura, para que a senhorita Berta não se magoe, só que é necessário interrompê-la, se não vai contar de novo a história da guerra e do exílio, e mais uma vez exaltará o heroísmo de seu pai, a integridade de dona Juana (que continua dormindo vestida com a camisola de linho, o rosário nas mãos e a vela branca acesa sobre o criado-mudo, diante de uma estampa da Caridade de El Cobre). Quando a senhorita Berta faz silêncio, talvez percebendo que os outros não estão para essas conversas, as mulheres, Helena, Irene, Casta Diva, continuam arrumando a mesa. Em dois vasos colocam dois ramos de flores artificiais (que na verdade surpreendem: não parecem flores artificiais imitando flores naturais, e sim flores naturais imitando flores artificiais). Admiram os ramos e enchem a borda da mesa com os castiçais e as velas que cada um trouxe. Velas de todo tipo. Das baratas, das de duas por cinco centavos, que logo se apagam, e outras lindas, vermelhas, azuis, amarelas, cor-de-rosa, em forma de santos; há algumas muito altas, círios, que permanecerão acesas durante toda a noite se o vento o permitir; também as velas grossas trazidas pelo professor Kingston e que, na opinião da senhorita Berta, não deveriam usar, pois são velas heréticas, com estrelas de seis pontas. Pois é, explica humilde o professor, foi um amigo polonês que me deu de presente. Rolo explica que essas estrelas de Davi não têm importância, que o que interessa é a luz que nossos antepassados receberão, e, além do mais, é bom ter em conta que as estrelas irão se apagando ao longo da noite. Colocam nos castiçais maiores as velas grossas trazidas pelo professor Kingston (e não se fala mais nisso). No chão, as flores naturais encomendadas à Le Printemps, uma floricultura elegante, onde montaram cinco ramos de príncipes negros com laços e fitas e um cartão com a propaganda da casa. Irene também preparou seus ramos (deve-se reconhecer que são mais bonitos os ramos de Irene) e espalhou folhas de areca e galhos de pinheiros. Dois anjos de mármore. (Na realidade, não são de mármore, não nos deixemos enganar, são de barro; entre o barro e o mármore existe a mesma diferença que entre nós e Deus.) E os anjos tristes, com unção, se abraçam, erguem ao céu os olhos sem pupilas. Os anjos dão o toque final à mesa. Casta Diva quase rompe

Teu é o reino *261*

a chorar. Irene a obriga com um gesto a se controlar e diz Não esqueça que hoje é dia de finados, festa dos fiéis defuntos. Casta Diva chora Sim, hoje é meu dia. Mercedes a abraça Não fique assim, Casta, você está vivíssima. Não, Mercedes, não se engane. Estou mais morta do que viva. Rolo dá duas palmadas com um sorriso inexplicável (de ironia, de benevolência?), dá duas palmadas e a ordem de que tragam as fotografias. Cada qual volta com as fotos de seus mortos. A mesa se repleta de fotos emolduradas. Molduras douradas e prateadas, molduras de baquelita, molduras de madeira e de vidro, molduras de ébano e papelão. E as fotografias... As mais variadas que se possa imaginar. Fotos de estúdio e caseiras, fotos colorizadas e em sépia, fotos em pose e de surpresa. Os rostos os mais diversos, de repente (e eu não deveria escrever isto, soa a blasfêmia, mas, que é que se há de fazer!, entre outras coisas, os romances são escritos para blasfemar) de repente, repito, a mesa parece um tabuleiro de feira. Destacam-se na mesa as seguintes fotografias: menina com bola nas mãos; velha desdentada sorrindo; jovem de terno; casal vestido à moda dos anos 20; jovem militar sobre fundo marinho; bebê de meses deitado em cesta; senhor extremamente sério, com chapéu de palhinha, apoiado em cadeira medalhão, onde senhora sentada acaricia cãozinho branco; daminha de longo recostada lânguida em coluna dórica; senhora de calças, segurando cajado, sorridente, entre matagal; mulher jovem, que lembra bastante Irene, com bebê no colo; senhora de chapéu, cachecol e abrigo no meio da neve; negro sorridente tocando tumbadora; palhaço triste; velha atrás de microfone; policial; homem a cavalo, de polainas, facão, farda *mambí*. Há muitos rostos, rostos de todas as formas possíveis, com as mais variadas expressões, e há até uma foto de Stan Laurel sorridente. Sebastián fica impressionado com a foto de um menino sobre um cavalinho de madeira. É como se tivessem colocado a fotografia dele mesmo, Sebastián, pois, embora a foto seja velha (até se pode ver a data num canto), é como se fosse Sebastián montado num cavalinho de madeira. E fica mais impressionado ainda quando sabe que é a fotografia de seu tio, do tio Arístides, que morreu terrivelmente. Morreu, conta Irene num sussurro, para que Helena não a escute, quando ia a uma partida de beisebol, porque seu tio era gentil e, ao ver um velho, sentou no páralama do caminhão, ele, com seus generosos dezoito anos, lhe ofereceu o lugar no banco e foi ele sentar no pára-lama, e quando, quinze minutos depois, o caminhão tombou, seu tio Arístides foi esmagado pelo caminhão, só com dezoito aninhos, seu tio, Sebastián, igualzinho a você, decerto o espírito dele anda perto de você e o protege, é seu anjo da guarda. Seu tio Arístides. Irene se retira como se não tivesse dito nada, e se inclina a outro ouvido e aponta para outra fotografia. São tantas (cinqüenta, sessenta, cem) que mal cabem na mesa. E a senhorita Berta trouxe um busto de Antonio Maceo e outro de José Martí, Mortos insignes, diz. Trazem páginas da partitura original do Hino Invasor. Trazem um retalho ensangüentado da camisa de Plácido. Trazem os óculos de Zenea. Trazem um óleo original de Ponce. Trazem um livro de Emilio Ballagas. Trazem pedaços das madeiras de certo navio que afundou. Mercedes aparece com uma fotografia da esquartejada, da pobre Celia Margarita Mena. Casta Diva coloca uma foto de uma mulher muito bonita, com pente alto no cabelo, flor vermelha, xale preto, olhar apaixonado, lábios entreabertos. Também apareceu Merengue com uma foto de Nola, sua mulher. Merengue também trouxe a foto de um negro austero, foto tão velha que parece um daguerreótipo. Ninguém se opõe. Sabe-se que é Antolín, o negro, o santo, o espírito protetor de Merengue. E se acendem as velas. Mercedes vai acendendo-as, e, quando estão todas acesas, a galeria é tomada pelo cheiro de parafina. Caindo de joelhos, a senhorita Berta canta *O Senhor é o meu pastor, nada me falta*rá... com voz de contralto indefesa. Pouco a pouco, todos vão caindo de joelhos. *Deitar-me faz em verdes pastos...* Helena cobre o rosto com as mãos. Com as mãos postas e os olhos fechados, Casta Diva une-se ao canto. *Guia-me mansamente a águas tranqüilas...* Irene tem o terço entre as mãos. *Refrigera a minha alma, guia-me pelas veredas da justiça...* Rolo baixa a cabeça, cola o queixo ao peito Nossas vidas são os rios... murmura. Lucio apoiou um joelho na terra e a testa numa das mãos. Mercedes cobre o rosto com um véu preto. No chão, Merengue tirou o chapéu. O professor Kingston concentra-se na palma de suas mãos. Hierática, como uma esfinge, Marta se balança numa cadeira. Passa um pássaro pesado e branco. Todos se persignam.

(Sempre que passar uma coruja, os personagens deste romance farão o sinal-da-cruz.)

Mamãe, não entendo, geme Tingo-no-Entiendo buscando refúgio junto a Casta Diva. Olhando-o mal-humorada, a mãe o manda calar. Tingo interrompe o salmo cantado da senhorita Berta. Por quê, mamãe, por quê? Silêncio, menino, silêncio. Não, me explique, por quê? Não entendo, quero saber. Quem dera soubéssemos, diz Rolo com duplo sentido, não há o que saber. Hoje é 2 de novembro, dia dos fiéis defuntos. E daí? Calam-se, esquecem as rezas, olham perplexos para todos os lados, E daí? Por que essa mesa, essas fotografias, essas velas, essas flores? A senhorita Berta interrompe o canto. Todos se põem de pé e sem falar entre si vão cada um para um lado. Por quê, por quê?, pergunta Tingo repetidas vezes, incansável. Ninguém responde.

É a noite dos mortos. Alta, limpa, fresca, cheia de estrelas, sem calor, sem ameaça de chuva. Iluminada com as velas e as fotografias

264 Abilio Estévez

dos mortos, a mesa permanece numa esquina da galeria. Diante dela, agruparam-se homens e mulheres, sentados em cadeiras de balanço, abanando-se. Velam mais uma vez os seus mortos. Todos os anos, num dia como este, voltam a velar os mortos. Cuidam para que as velas não se apaguem, que lhes chegue a Luz, sim, que a luz suba e se misture com a luz dos espíritos luminosos, que ilumine os espíritos sombrios. De quando em quando, trocam a água das flores naturais, dos grandes vasos dedicados a santa Clara. Às vezes se escuta um pai-nosso. Às vezes, uma ave-maria. Rezam o terço. Também, de vez em quando, deixam o silêncio crescer (o silêncio da Ilha, entenda-se, povoado pelo idioma desconhecido das árvores). O silêncio da Ilha e da noite alta, limpa, fresca de 2 de novembro, Dia de Finados. Pelos lados do vestíbulo, do tapume, junto ao Apolo do Belvedere, pode-se escutar de quando em quando a bengala da Condessa Descalça.

O que é a morte?

Quando eu era criança, sempre me levavam ao cemitério no Dia de Finados, ali, explicava minha mãe, estava a única coisa valiosa, perdurável, que nós tínhamos, as cinzas dos tataravós, dos bisavós, dos avós, de alguns tios, eu adorava quando chegava o dia de finados, minha mãe preparava uma cesta com velas, outra com bolinhos de milho (sempre bolinhos de milho), e saíamos, ela e eu, cidade abaixo a caminho do cemitério, na única data em que era permitido entrar no cemitério à noite, quando passávamos a igreja e pegávamos pela rua Céspedes, já se viam ao longe os muros altos e o brilho que paira-va acima dos muros altos, um halo que sempre me intrigava, eu sabia que aquele nimbo dourado eram as luzes da infinidade de velas, mas ao mesmo tempo (e não sei como explicá-lo) não sabia, e sempre me intrigava que o lugar que minha mãe apontava e nomeava, o cemitério, fosse uma luminosidade, um clarão que se destacava na noite, um clarão que fazia com que a única zona sempre escura da cidade fosse nessa noite mais brilhante, e lembro que, quando chegávamos, encontrávamos vendedores de imagens, e velas, e gravuras, e relicários, e orações, encontrávamos os que faziam promessas, de joelhos, pedindo pelo amor de Deus, pela Virgem Santíssima, por santa Rita de Cássia (Advogada dos Impossíveis), uma moeda, por caridade, que minha mãe sempre me dava para que fosse a mim que eles desejassem Deus lhe dê muita saúde, e agora não posso evitar ver a mim mesmo entrando naquela feira em que se transformava o cemitério, cada túmulo, cada jazigo cheio, a família inteira reunida ali como nos outros dias se reunia na porta de casa, conversando, rindo, bebendo café, chocolate e até aguardente, contando anedotas, calculando em que ano morreu Fulano de Tal, em que ano Beltrano pegou tuberculose, e os vasos abarrotados de dálias, rosas, gladíolos, lírios, com folhas de palma e ramos de murtas-de-cheiro, e eu acendia as velas no humilde túmulo familiar, e minha mãe me falava da cirrose de vovó Emilia, e da tísica dos dois avós, Ramón e Berardo, e da cirrose de meu pai, que no mesmo dia de sua morte, de manhã, tinha planejado uma viagem a Guanabo, queria entrar no mar, e nada era dito com tristeza, pelo menos com essa tristeza que adquiriam as histórias dos mortos nos outros dias do ano, as histórias tinham nessa noite algo de gozoso, como se a morte fosse uma festa, morrer fosse algo gozoso, uma vantagem que eles, os mortos, levavam sobre nós, e brindávamos com refresco, e as famílias intercambiavam as comidas que tinham levado em suas cestas, e as meninas deitavam suas bonecas sobre os túmulos, e os meninos se deitavam eles próprios, brincávamos de morrer, que é uma brincadeira assombrosa (sobretudo por ser uma brincadeira), e caminhávamos pela terra, pela terra cheia de terra, a terra com mais terra, e começávamos a cantar, cada um dos presen-

266 Abilio Estévez

tes entoava uma canção diferente, babel, confusão de vozes que, de qualquer maneira, Deus, lá no alto, haveria de entender.

O que é a morte?

Você conhece a história do jovem que ia se casar com uma linda donzela e no caminho encontrou um defunto? Se não conhece, nunca entenderá por que em dias como hoje representam, em todos os teatros da Espanha, o *Don Juan Tenorio* do vilipendiado, do não tão fácil Zorrilla.

Aconteceu uma vez que um mancebo, às vésperas de seu casamento e passando por uma estrada, encontrou um cadáver. Brincando, pediu ao cadáver Por que você não vem ao meu banquete de casamento? E seguiu seu caminho. Só que o cadáver compareceu ao banquete, para surpresa e horror (suponho) dos presentes, e comeu e bebeu como poucos, e, quando terminou, aproximou-se do jovem e disse Tenho um presente para você, por favor, venha comigo. Tremendo, o jovem seguiu o cadáver por um longo trecho, por um longo tempo. E atravessaram montanhas e passaram rios e vilas até que chegaram (de noite, é claro) a um grande vale coberto de pequenas luzes. O jovem descobriu que as luzinhas vinham de bilhões de velas acesas num vale. Algumas acabadas de acender, outras pela metade, ou a ponto de se consumirem, ou apagadas. O que significam tantas velas?, indagou o jovem. Cada uma representa a vida de cada um dos homens que vivem na terra. O homem olhou a seu redor e, quase sem voz, perguntou Qual é a minha? Esta!, exclamou o cadáver levantando uma, assoprou sua chama e a apagou.

O que é a morte?

Olhe para mim, olhe bem e não se esqueça, olhe bem para mim até se fartar de me olhar, e então não voltará a fazer a pergunta, o que é a morte? A morte é uma noite em que você não tem quem ver nem a quem contar que não tem quem ver para lhe contar que não tem quem ver, olhe para mim, olhe bem, a vida é uma viagem, a morte é outra viagem, a meta é o horizonte, o horizonte é uma linha que não se alcança, por mais que você se esforce nunca a alcança, porque, se alguém a alcançasse, deixaria de ser horizonte, será que uma viagem (a viagem da vida) e outra viagem (a viagem da morte) não são a mesma viagem e a gente é que não sabe? Será que as palavras vida e morte não designam a mesma coisa? Vamos ver, me diga, você já esperou alguém por muito tempo? Esperar, esperar, esperar, esperar, esperar, até o fim, e o mais engraçado é que não existe fim, você está na sala como se tivesse acontecido uma catástrofe, *como se tivesse*, friso, porque não há catástrofe alguma, a Terra, em silêncio e tranqüila, gira, gira, como diz o tango, e ninguém além de você espera e espera, e nada, ninguém bate à porta, ai, meu Deus, é horrível, você se queixa, sim, Deus existe mas é surdo, e quem se atreve a apontar a diferença entre um vivo e um morto? E não me venham com a bobagem de que o vivo respira e o morto não. A podridão? Um acidente sem importância.

O que é a morte?

Menino, meu filho, se eu pudesse um dia me sentar para lhe contar minha vida desde o primeiro vagido até hoje, você não ousaria fazer semelhante pergunta, não se permitiria essa ingenuidade, no início a gente pensa que sabe o que é a morte, até é capaz de defini-la em poucas palavras, palavras sensatas, aptas para os ineptos, eu a vi tantas vezes e tão de perto, e a sonhei, repeli e desejei tanto, ela me rondou e eu a rondei com tanta persistência, que hoje sei que é tola qualquer tentativa de defini-la, quanto mais perto, mais longe, o horizonte, disse e repito. Então vocês acham que é uma noite especial, a noite dos fiéis defuntos? Coitadinhos. Será a noite em que nossos mortos experimentam, com mais força, a alegria de estarem mortos? Eu digo que hoje é o nosso dia, que eles é que velam por nós. Sim, eu sei, são palavras, temos a mania das palavras, cortemos nossa língua, nossas mãos, arranquemos fora nosso coração apodrecido, será um mundo melhor, eu, por exemplo, adoro dormir, o sono é a antecipação da morte, preparação, aula, conclusão, todos sonham o que são embora ninguém o entenda. É sonho? Pesadelo? Eu direi para sempre que odeio as perguntas idiotas e ainda mais as respostas idiotas, qualquer pessoa sabe que viver e morrer é a mesma coisa e que ambas as coisas significam sonhar.

O que é a morte?

Um dia fui ao cemitério, estavam transferindo os restos de uma pessoa muito querida, uma pessoa que Deus deve ter em sua glória (se isso for possível), e os coveiros se enganaram sem querer (ou querendo, os coveiros adoram os erros), e abriram um caixão que não era o caixão daquela pessoa tão querida, tiraram o cadáver esplêndido e recente de uma menina de onze anos, eu a vi, sim, senhor, vi com estes olhos que um dia a terra também há de comer, a menina se transformara numa massa trêmula de pus e vermes que não paravam quietos um só segundo, em alguns lugares, restos de pele, do que devia ter sido uma bela pele de onze anos, e os coveiros me disseram que tinha sido uma linda morta, lindíssima, mas quando a vi era algo impossível de saber, e nem vou falar do fedor, não, não existe fedor mais insuportável que o de um corpo humano quando morre, juro, eu me lembro particularmente dos olhos, que já haviam perdido as pálpebras e eram duas covas de líquido verde que escorria sem parar como lágrimas, e por aquele corpo (digo corpo para que me entendam) corriam baratas brancas, gigantes, como eu nunca tinha visto nem voltei a ver, suponho que até meu próprio apodrecimento, e a boca tinha um riso estranho, não existe riso tão pertinaz, milhares de moscas vieram de todos os pontos do cemitério para se espojar na massa gelatinosa que fora uma menina de onze anos, e a seus pés, intacta, intocada, limpa, perfeita, uma linda boneca loira e de olhos azuis que, quando mexemos nela, disse Mamãe.

O que é a morte?

Cale-se, víbora, feche sua boca imunda.

Tudo bem, não está mais aqui quem falou, *mais vous serez semblante à cette ordure, à cette horrible infection, étoile de mes yeux, soleil de ma nature.*

Cale-se, ou virará carniça muito antes do que pensa.

Por favor, senhores, respeitem a memória dos mortos.

O homem é o único animal que armazena seus mortos, o único animal, o único.

Acolha-nos em seu seio, Deus misericordioso.

Sim, acolha-nos em seu seio de horror e podridão.

Olhe, eu gostaria de dar um passo, abrir uma porta, dar outro passo, e pronto.

Ou seja, nada, um passo e pó.

Pó, nada.

Não diga, e você acha que nós gostamos de ser guardados em caixões, de ser fechados em jazigos e entregues à podridão?

Ai, caralho, sinto desespero só de pensar que vão me fechar e colocar, em cima desta carne cheia de desejos, em cima disto que sou, uma lápide de mármore.

Não quero flores, ouviram? Nada de flores para mim.

O que é a morte?

Você se lembra, amigo, daquele afogado que vimos um dia em que pensávamos nos divertir, tomar cerveja na barra do rio, junto ao mar? Você se lembra? Um jovem magnífico, ou seja, um jovem, outros magníficos jovens o tiraram, ainda não estava rígido, seu corpo relutava a aceitar que o sangue já não corria nele, seu corpo se negava a esquecer o céu e as gaivotas e as cervejas geladas que estávamos tomando, você me disse Num instante o homem deixa de ser homem e se transforma em coisa, e você realmente acredita que aquele morto tão bonito fosse uma coisa, mais uma coisa entre as coisas? Não queríamos olhá-lo, queríamos olhá-lo, não olhávamos, olhávamos, e você há de reconhecer: o afogado tinha acrescentado, à sua beleza física, a beleza da indiferença.

O que é a morte?

A Ilha.

Vocês já repararam na Ilha? Imenso cemitério sem túmulos, cemitério gigante, a Ilha,

almas errantes vagam pela Ilha,

e quando morreram esses pobres ilhéus?

Entre os Balonda, dizem, o homem abandona a choça e a terra onde morreu sua mulher favorita e, quando volta ao lugar, é só para rezar por ela.

Morrer é entrar na segunda vida, a melhor.

Eu não quero outra vida além desta, que me deixem nesta para sempre, aguardente, *majarete*[21] e, se for possível, um disco de Nico Membiela ou de Blanca Rosa Gil, outro de Esther Borja cantando *Damisela encantadora, damisela por ti yo muero.*

Não se preocupe, nesta você continuará para sempre, pois os mortos não percebem que estão mortos, daí o drama, o terrível drama dos mortos.

Isso mesmo, que me deixem tomando cerveja Hatuey, comendo lingüiças El Miño, leitão assado, abóbora e mangarito cozidos com *mojo*[22], entendam, tem coisas que não são para esta noite.

O homem é uma roupa, um trapo velho que alguém esquece pendurado num prego, e o tempo passa, e quando você vai ver, nada,

poeirinha no chão que se deve varrer.

Você já se perdeu na Ilha?

ah, perder-se na Ilha, justo nessa hora da Ilha em que ninguém sabe exatamente que horas são,

acordar sem saber quem é você, nem onde está, nem o que vai fazer,

tirar as camadas de terra que jogaram em cima de você, levantar para nada, olhar a seu redor sem ter nada para olhar,

não, morrer é uma festa, um baile com Maravillas de Florida,

com a orquestra de Belisario López,

um *son*, um mambo, um cha-cha-chá, um bolerinho,

en nombre de este amor y por tu bien te digo adiós

adiós, adiós, adiós, qué triste fue el adiós, qué inmensa soledad me quedó sin tu amor.

[21.] *Majarete*: doce semelhante à canjica. (N.T.)
[22.] *Mojo*: molho à base de suco de limão ou laranja e alho, usado no tempero de diversos pratos cubanos. (N.T.)

Senhores, por favor, um pouco de respeito.

O que é a morte?

Maeterlinck, Maurice Maeterlinck, sabem quem é?, disse que a aniquilação total é impossível, que somos prisioneiros de um infinito sem saída onde nada perece, tudo se dispersa, mas também nada se perde, disse que nem um corpo nem um pensamento podem escapar do tempo e do espaço, de onde se pode deduzir, meus amigos, que eu não morrerei, nunca!, nunca morrerei, quando chegar a hora dos estertores, e das boqueadas, e do último alento, e umas mãos que se julgarão piedosas fecharem estes olhos obstinados, então terei me transformado na fruta que um adolescente morderá, na água que refrescará os corpos, no pão que saciará a fome, no vinho que afogará as mágoas, na árvore que mitigará o sol bestial da Ilha,em cada risada com que se costuma espantar o horror da Ilha, no sol bestial da Ilha, em cada palavra, estarei em cada palavra, sou uma combinação de palavras, sou todas as palavras, palavras minhas, subam às estrelas para conduzirmos lá do alto o destino dos mortais.

Acabou? Retórico demais para o meu gosto.

O que é a morte?

Vido chama Tingo-no-Entiendo e lhe pergunta Ei, você quer ver uma morta? Apesar de assustado, Tingo diz que sim. Venha, eu conheço uma morta e vou mostrar para você, e também vou mostrar como ela ressuscita. Vido sai correndo pela galeria e some pelos lados da Vênus de Milo. Tingo o segue. A noite dos fiéis defuntos é limpa e as árvores se vêem nítidas. Longe ficam as vozes, os cantos, os salmos.

Pelos lados do Laoconte, junto às figueiras e aos ébanos, Vido pára. É aqui, diz, ajoelhe. Por quê? Porque sim, idiota, porque você precisa estar de joelhos, se não ela não aparece. Sem entender, Tingo se ajoelha. Agora feche os olhos, concentre-se, pense "que apareça a morta". Vido desaperta o cinto e baixa as calças. Abra os olhos! E há em sua voz um tom imperioso, impaciente. Tingo abre os olhos. Vido está acariciando o membro. Está morta, viu? Tingo tenta se levantar, mas Vido o retém Mexa nela, mexa para que ressuscite, se você mexer, ela vive, diz Vido, e, se você conseguir que ela viva, depois vai ter que matar aos poucos.

A noite é cada vez mais noite, mais alta, mais noite e mais limpa. É necessário, a cada momento, reacender as velas que se apagam. Quando estão acesas, à luz das chaminhas titubeantes, as fotos parecem estampas de santos.

E, afinal, alguém pode me dizer o que é a morte?

Muito tarde, quando a noite é mais noite, quando ninguém pode ou ninguém se sente capaz de dizer quando, o narrador decide que aconteça o milagre. Na verdade não é um milagre. O narrador (que tem o defeito da grandiloqüência) quer revestir o fato com uma atmosfera de grandeza, de prodígio. O narrador tem uma veia teatral e, por mais que ele queira, não consegue se desvencilhar dela. Impaciente como todo leitor que se preze, o leitor impaciente quer saber em que consiste o "milagre".

E o milagre consiste em que o Ferido aparece junto à mesa de Finados, vestindo um pijama de Lucio, o cabelo revolto por tantos dias de cama. Nenhum dos personagens que vivem nesta Ilha já viu

Deus (pelo menos do modo como eles o imaginam, pois já se sabe: Deus é visível na Criação, nós o vemos de tantas maneiras que às vezes nos escapa). Esses personagens caem todos de joelhos porque acreditam ver Deus. Não acreditarão assim, de modo tão explícito, mas de uma forma quase inexplicável e que chega a se confundir com a alegria que lhes provoca vê-lo são e salvo, quando em algum momento pensaram que não viveria. Obscuramente, porém, algo lhes diz que esse Ferido tem a ver com seu destino. E ele, como bom pai, aproxima-se de cada um, acaricia sua cabeça, diz seus nomes como se os conhecesse de toda a vida. E é bom que eles estejam de cabeça baixa e não possam ver o olhar de pena que agora se insinua nos olhos do Ferido.

IV. *FINIS GLORIAE MUNDI*

E luz de candeia
não mais luzirá em ti.
Apocalipse 18, 23

Por aqui o caminho sempre esteve ladeado de palmeiras, e por isso o chamavam El Palmar. Diziam que as palmeiras-reais estavam ali fazia anos, muito antes que Padrino chegasse e comprasse o terreno e começasse a construir. Diziam que Padrino não as derrubou por causa de Angelina, que foi ela quem defendeu as palmeiras-reais, pois Padrino só queria azinheiras. As azinheiras lhe lembravam os carvalhos da Europa, vale lembrar que Padrino veio moço, quase adolescente, e que por aqui enriqueceu, mas nunca conseguiu esquecer a Espanha. Nesta noite as palmeiras-reais não estão. E a noite está parada sobre as árvores. A noite vermelha sobre as árvores negras. Mas as palmeiras não estão. Não há vento, e como não há vento nem palmeiras, ninguém pode escutar aquele cochicho (que em vez de palmeiras fazia que parecessem velhas devotas em novena). O mundo está quieto esta noite. A própria noite periga, como se o céu fosse unir-se com a terra a qualquer momento.

E parece mesmo que o céu se une com a terra. É um momento, um segundo, nem se pode contar. Irene saiu, atormentada pelos lamentos. Ao longo de toda a noite se escutaram os lamentos. Impossível dizer se vinham do Além ou do Aquém, dos lados do Discóbolo ou do Laoconte. Pegou uma lanterna e saiu. Como era de esperar, encontrou Helena e Merengue; eles também andavam atormentados pelos lamentos, por aquele choramingo que dava a impressão de que a Ilha estava cheia de feridos. Como se pode deduzir, os três sabiam que não havia nenhum ferido, que se tratava de mais uma das ilusões da Ilha. Bastava irem para os lados do Moisés, por exemplo, para escutarem os gemidos virem da zona do busto de Martí; quando chegavam perto do busto de Martí, os gemidos se ouviam na fonte com o Menino do ganso. Era de enlouquecer. É o vento, afirmava Merengue. O vento, é, o vento, repetia Irene. Tem que ser o vento, sentenciava Helena, categórica. Mas que vento? Se nessa noite era como se a Terra tivesse ficado imóvel num dos seus giros, como se a Terra fosse um ponto morto no meio de tanto Universo. As árvores se viam quietas como na paisagem de um quadro ruim. Qualquer pessoa diria que o céu, vermelho, podia ser tocado só de levantar as mãos. E, na verdade, não eram só os gemidos, mas também o mau cheiro que, depois da meia-noite, tornou-se mais e mais intenso, até que pareceu quase impossível respirar. Um cheiro que não se podia saber bem do quê, e que também não se podia determinar de onde vinha. E encontraram Rolo perto do bebedouro, atravessando as flecheiras, preocupado com o desaparecimento das palmeiras. O mais estranho: não parecia que tivessem sido cortadas. Não havia restos das palmeiras na terra. Nunca houve palmeiras, e pronto, exclamava Rolo com uma ironia que, por sua seriedade, deixara de ser ironia. E é agora quando digo que o céu parece unir-se com a terra. O céu vermelho desce tanto sobre a Ilha que a Ilha se cobre de uma névoa também vermelha, tão vermelha e tão névoa que a Ilha desaparece e eles mesmos não sabem onde estão, por onde nem aonde vão, eles também desaparecem e, se ainda podem julgar-se seres vivos, é porque continuam pensando (logo existem) que têm de encontrar o caminho para casa, embora, na verdade, nem as próprias mãos eles consigam enxergar. Tanto faz estar de olhos abertos ou fechados. As luzes das lanternas não penetram a densa bruma. Não parecem pisar na terra. Deixam de sentir a gravidade do corpo. Não sabem ao certo se cada membro responde às ordens de seu cérebro. As vozes se apagam antes de sair da boca. O silêncio é perfeito como a bruma. Também ignoram se o tempo continua a transcorrer ou se parou como tudo na Ilha; carecem da mais ínfima noção temporal. Essa neblina vermelha confunde seus sentidos a tal ponto que, muito depois de ela se dissipar e o céu voltar a seu lugar, esses pobres personagens continuarão acreditando que andam perdidos.

E é neste ponto que Nossa Senhora da Caridade de El Cobre torna-se protagonista de um fato notável. A humilde imagem entalhada em madeira por um artista anônimo não está em seu lugar. O nicho, entre o Discóbolo e a Diana, está vazio, com o vidro e o vaso quebrados. Estão pisoteados os girassóis de Helena. Irene descobre a ausência. A seus gritos acodem os demais. Não há nada a fazer. Da Virgem não há nem sinal. Ou melhor, há, sim, um sinal: uma das ondas de madeira que pretendiam afogar os jovens aparece como a dois metros, quase aos pés do Discóbolo. Diante do desaparecimento da Virgem, os personagens deste livro devem experimentar uma profunda sensação de desamparo. É lógico, se tivermos em conta que os personagens deste livro são cubanos. Como todo cubano, os personagens deste livro não aprenderam a viver por conta própria. Os cubanos não querem saber que os homens estão sozinhos no mundo e que os homens são os únicos responsáveis por seus atos, por seu destino. O cubano é um povo de crianças, e as crianças (todos sabem) gostam de fazer travessuras quando há um adulto por perto, um pai ou uma mãe observando-as para festejar suas graças, e castigar seus excessos, e (sobretudo) salvá-las do perigo. Por isso, quando descobrem o desaparecimento da Virgem, os personagens deste livro (desamparados) caem de joelhos e imploram a um céu oculto pelas árvores.

Por mais habitual que seja, não deixa de ser perturbador escutar um choro na Ilha. E mais quando se sabe que esse choro não pertence a ninguém, que é um choro velho, preso ali, entre árvores e paredes, resignado a não desaparecer, um choro sem préstimo, consciente de sua inutilidade e por isso mesmo mais doído, mais choro. E mais grave é quando o choro se escuta depois de uma noite de lamentos. Aí sim a pessoa se desespera e não sabe se sai correndo ou também se põe a chorar: ambas as coisas seriam igualmente vãs.

Esse choro de agora, porém, não é dos errantes, dos sem causa, ou com causa tão distante que não se sabe por que ainda vaga por aí. Este choro tem olhos e lágrimas, e são os olhos e as lágrimas de Marta.

280 Abilio Estévez

Ela teve a ousadia de ir até o Hermes de Praxiteles (daquele jeito que ela tem de caminhar, agarrando-se às árvores, calculando cada passo como se a cada passo houvesse um abismo). Sebastián a descobriu e correu. Por que você está chorando? Ele a encontra assustada, pega numa de suas mãos e vê que está tremendo. Abraçada às pernas do Hermes, Marta soluça. Sebastián espera que se acalme. Depois a leva até a galeria e a senta em sua cadeira de balanço. Ela baixa a cabeça, permanece muito tempo em silêncio. Quem não soubesse que ela é cega pensaria que está fitando a palma das mãos.

Agora há pouco, o Ferido foi vê-la. Ao ouvir seus passos, Marta soube que era ele por causa desse aroma que o acompanha, esse estranho aroma de flores secas, de cartas velhas, de armários que guardam fotografias, livros e lembranças. Soube-o também porque seus passos não correspondiam a nenhum dos habitantes da Ilha, e ela sabe quem é quem pelo som dos passos. Ele anunciou Quero lhe dar um presente, Marta, e sua voz tinha o timbre dos homens altos e fortes, ainda com algo de garotos, mas já homens-feitos, Conheço seu sofrimento e quero lhe dar um presente, e aquela voz, sem dúvida, pertencia a um homem moreno de pele branca e limpa, a um homem de olhos e mãos grandes, que sabe muito bem aonde e por onde vai nesta vida. Como se pode deduzir, ela não falou. Ele parecia conhecer o desejo de Marta, sua necessidade de viajar (mesmo que apenas em sonhos) para aquelas cidades que deviam existir além do horizonte (mesmo que ela às vezes chegasse a duvidar). Ele passou um bom tempo falando de cidades remotas, de tempos idos e por vir, e quando por fim decidiu se retirar, deixou-a ainda mais desesperada do que nunca por abrir os olhos em frente ao Campanile de Giotto, à Ópera de Paris, ao Passeig de Gràcia, à catedral de Santa Sofia... Mas, nem bem ficou sozinha, Marta percebeu que seus olhos viam. Não se deve pensar numa súbita recuperação da visão, e sim num lento processo por meio do qual foram aparecendo diante de seus olhos as paredes nuas e descoloridas de um quarto que ela não sabia se era o dela, uns móveis gastos, uma manhã sem resplendor que entrava tímida pelo possível quadro de uma possível janela, para terminar em um relógio sem números nem ponteiros; tudo como sem dimensões, como na borrada ilustração de uma enciclopédia, saí para a Ilha, vi que não havia árvores, que o grande retângulo que correspondia à Ilha era um areal, e as casas estavam lá, sim, mas vazias, sem portas nem janelas, sem móveis, sem gente, sem o cheiro das cozinhas, sem as conversas que às vezes fazem da Ilha a capital do burburinho, procurei por alguém, um meio de me comunicar com alguém, foi tudo inútil, e então fui para a rua e encontrei uma ruína, e um monte de papéis voando ao vento, e não soube aonde ir, não tinha referências, a torre da igreja tinha desaparecido, por exemplo, e o que fiz foi caminhar sem saber aonde ia, as árvores estavam sem folhas, como no inverno (dos países com inverno), e a terra era agora pura areia, sem flores, que encontrei secas no chão, e o céu era de aço, cinza, como raras vezes é o céu da Ilha, e o cheiro que o vento trazia era um cheiro de podridão, e só podia mesmo ser de podridão, pois por toda parte se levantavam ruínas, montanhas de escombros, de lixo, de quando em quando se escutavam tiros, e eu pensava ver o clarão do fogo, e me perguntei Este é o sonho que eu posso sonhar? Esta é a cidade a que meus olhos têm acesso? Uma hora, um rodamoinho desceu arrastando pássaros mortos, e outro rodamoinho arrastou móveis, fotografias, vi passar um coche sem cocheiro nem cavalos, descendo sozinho, como que levado por aquele vento forte, uma senhora com roupas de outros tempos ia sentada atrás, mas quando se aproximou vi que já não era uma senhora, e sim um vestido esfarrapado, e senti frio, muito frio. Marta chamou várias vezes. Ninguém respondeu. Tentou voltar para a cadeira, para a cegueira, para os desejos insatisfeitos, voltar para aquelas tardes longas e vazias em que ao menos alimentava a esperança. Acreditou sentar-se a chorar sob o que tomou por árvore (que na realidade era uma guilhotina). Acreditou chorar por muito tempo. Sentiu que anoitecia quando já era noite. Sentiu que lhe tocavam o ombro quando já fazia muito tempo que aquele menino a chamava. Quem é você? O menino não respondeu. Só fez um sinal para que o seguisse, e eu o segui sem hesitar, claro, pois aquele menino era o primeiro ser vivo que eu via desde que tinha saído de casa, e caminhamos, caminhamos, sem falar, sem falar descemos para uma espécie de gruta, em certo momento me ordenou Espere aqui, e eu não tive outro remédio senão obedecer, pouco importava se era criança ou demônio, o que importava era que se tratava de alguém que ia a meu lado, antes mal acompanhado do que só, você vai ver que isso é verdade quando se achar perdido, rodeado de areias e de escombros. Quando ele veio me buscar, pegamos por corredores escuros, por corredores estreitos, até que chegamos a uma biblioteca, não me pergunte como eu sabia que estava numa biblioteca, imagino que por causa das estantes onde um dia devia ter havido livros, e por certo ar religioso, quero dizer, de verdadeira religiosidade, se bem que o lugar estava cheio de camas, de crianças, de mulheres, de velhos, e aí já não parecia uma biblioteca, e sim um hospital, e na verdade eu estava numa biblioteca transformada em hospital, ouvia lamentos como os daqui, como os da Ilha nos dias em que o vento vem do sul, e me deitei na cama que o menino me indicou, e acho que dormi. Dormiu para se defender, para escapar, para que o tempo passasse, sem atentar para a passagem do tempo, para que, quando acordasse e estivessem retirando os refugiados, fosse mais fácil somar-se àquele grupo sem entender, sem se fazer perguntas inúteis. Levaram-nos por longos caminhos (a palavra "caminho" soa aqui a eufemismo). Levaram-nos por lugares desolados durante uma única e longuíssima noite. Devem ter chegado ao mar (se é que podemos chamar assim aquela extensão vermelha que vagamente lembrava o mar). Atracado no cais, um navio. Disciplinados, fomos subindo nele, chamou-me a atenção que, antes de embarcar, todos se viravam por um instante para olhar para trás, eu fiz o mesmo, e vi uma cidade, como de cristal, não era bem uma cidade, mas uma acumulação de reflexos, uma série de minúsculas peças que se decompunham em luzes, em cintilações, e senti vontade de chorar, e vi que todos estavam, como eu, chorando, devíamos zarpar, não queríamos zarpar, uma sensação de saudade antecipada (não me pergunte saudade de quê) ia tomando conta de nós, escutou-se o som da sirene do navio, e ele foi-se afastando da costa, deixando uma esteira de espuma vermelha, calculo que foi então que se ouviu aquele som que não posso comparar com nada, aquele som único que não sou capaz de descrever, me virei, vi um espetáculo lindo e terrível, a cidade voava em pedaços, se desfazia em infinitas partículas velozes, luminosas, como sempre imaginei que se destroem as galáxias.

Não resta dúvida, explica o Ferido, de que o santo que talvez mais telas inspirou foi aquele oficial da guarda pretoriana do imperador Diocleciano, convertido ao cristianismo, o jovem galhardo, quase nu, cujo corpo vemos sempre coberto de mais ou menos flechas e feridas, benévolo padroeiro dos arqueiros e tapeceiros, são Sebastião, cuja festa é celebrada em 20 de janeiro, desde o século XI até os dias de hoje, centenas de pintores se ocuparam dele, e a razão pela qual, entre tantos suplícios de tantos mártires que o mundo já teve, o de são Sebastião conseguiu inquietar mais os artistas é algo difícil de saber.

O Ferido fala baixo, como para si mesmo. Poderiam, sem dúvida, arriscar-se várias hipóteses; a que parece mais próxima da verdade é em parte estética, pois, claro, não é tão bonito apedrejar, emascular, espancar quanto flechar (não terei em conta aqui a interpretação freudiana, a da metáfora fálica — bastante clara, diga-se de passagem), é evidente que a imagem de um efebo quase nu, amarrado a uma árvore ou a uma coluna, recebendo flechadas com a ambígua e chorosa expressão de quem pede clemência, é extremamente tentadora e clama por uma representação pictórica, nem é preciso dizer que, se Sebastião fosse um velho de oitenta anos, não cativaria tanto, a juventude, a beleza martirizada, comove mais que tudo, não é a mesma coisa, infelizmente, um feio corpo torturado e um belo corpo torturado, como também não é a mesma coisa, infelizmente, um lindo corpo triunfante e um lindo corpo torturado, o corpo belo e ferido satisfaz em dobro, prazer misturado com dor: gozo supremo!, um corpo que nos faz sentir que devemos salvá-lo antes de possuí-lo, é o corpo a que (reconhecendo-o ou não) aspiramos, e havemos de convir: o mais fascinante é o componente de tortura que adquire aqui a beleza; já desde o Renascimento, ou talvez antes, o homem ocidental se rendeu ao encanto da dor alheia; se homens como Van Gogh ou como Kafka ou como muitos outros tivessem sido felizes, não os admiraríamos tanto, a dor sacraliza; é provável (estou falando só em probabilidades, sem dar nada como certo) que por causa disso tenham proliferado tantas ideologias que exaltam a fome, o sacrifício, a dor como modelo de redenção; o problema principal reside em que, pela dor, não se salva tanto quem sofre como quem vê sofrer; o sofrimento, como espetáculo, age como catarse; os grandes ideólogos do sofrimento, os grandes políticos, os grandes reformadores religiosos não sofrem na própria carne, mas vêem o sofrimento de seu povo com olhos arrasados em lágrimas, e arengam Este é o caminho da salvação,

Teu é o reino 285

momentos antes de sentar diante de uma mesa farta; é reconfortante saber-se capaz de se comover com a dor alheia na hora de deitar em colchões de doces penas; pensar que os outros morrem de fome e reconhecer a própria bondade ao pensar neles faz o ideólogo da dor sentir-se satisfeito consigo mesmo, e o prepara para continuar desfrutando a existência.

Das centenas de sãos Sebastiões que podem ser vistos nas pinacotecas do mundo, continuou o Ferido, há alguns insuperáveis, olhe, repare bem neste do Perugino, entre colunas, sob arcos renascentistas, com apenas duas flechas ferindo seu corpo e essa amena paisagem de fundo; aqui temos o de Antonello da Messina, torturado numa praça em cujo entorno conversam cidadãos com trajes da época do pintor; aqui, o de Antonio Pollaiuolo; e o de Andrea Mantegna, literalmente crivado; o de Luca Cambiaso, com esse traço nervoso, que comunica com intensidade a sensação de sofrimento, enquanto vê anjos descerem, muitos anjos acudindo com a coroa do martírio; o de Luca Signorelli, que, aproveitando a invejável simultaneidade, permite ver o santo levado por seus inimigos e depois flechado por eles (observe: os inimigos — que dado interessante — não são contemporâneos do santo, e sim do pintor); aqui estão as duas gravuras de Dürer (com essa força), esta em que ele está amarrado à árvore é minha preferida; e você também deve ter em conta estes três, particularmente encantadores: o de Giovanni Antonio Bazzi, dito O Sodoma, admirado até por Vasari (que não admirava O Sodoma); o de El Greco, robusto e atual, muito vivo, pois só uma seta foi cravar-se justo abaixo do coração, e o de Honthorst, talvez o mais belo, em que são Sebastião parece morto (só parece, você deve saber que são Sebastião não morreu em conseqüência das flechadas), olhe para ele, rendido pela dor, barbado, humano, contemporâneo seu e meu, com esse corpo de uma perfeição que dá vontade de chorar.

Assim falou a Sebastián o Ferido, sentado na galeria, na cadeira de Irene, aberto sobre as pernas um caderno em que escreve de quando em quando. Do caderno saem as gravuras dos diversos quadros de são Sebastião, onde foi anotando as galerias em que podem ser vistos.

(Sebastián vê o Ferido escrevendo no caderno. Que é que você está escrevendo? Anotações. Para quê? Para continuar a história.)

Não, velho, não faça literatura, você não tem nem terá um pouco de láudano para aliviar sua vigília, *you won't have it*. A melhor coisa que você tem a fazer é acabar de friccionar os pés e sair para ver se encontra Helena, Irene, Merengue, alguém, qualquer pessoa que diminua sua solidão. Porque, agora, não sei o que está acontecendo comigo, sinto a solidão mais do que nunca, talvez porque espero, mas não deve ser por isso, eu sempre esperei, sempre estive esperando, e nunca soube o quê, esperar algo que não se sabe o que pode ser é o pior modo de esperar, a espera perfeita, sim, e por isso mesmo a mais desesperadora. O professor Kingston acaba de friccionar os pés e se agasalha, está com frio, muito frio. Deixa sobre o criado-mudo o volume de Coleridge, sem ler, e faz uma descoberta transcendental: sobre os lençóis, as pegadas de um gato. Nem é preciso dizer que se sobressalta. As pegadas significam muitas coisas, sendo a mais importante que o que ele tomou por sonho não o era, não, então não foi um sonho, *it wasn't a dream*. E se não foi um sonho... O professor Kingston observa as pegadas como se o verdadeiro sonho estivesse acontecendo.

TEU É O REINO 287

Estava deitado, ainda era noite. Como tinha deixado a luz do banheiro acesa, a escuridão não era completa. Abriu os olhos. Sentada na cadeira de balanço, estava Cira (tinha que ser Cira aquela mulher vestida de preto e de luvas e com o rosto oculto por um véu). Cira, chamou. Teve a impressão de que a mulher sorria, embora fosse difícil sabê-lo. Ela acariciava o gato em seu regaço. Não era um gato qualquer, mas Kublai Khan, o gato que a acompanhou até a morte. Cira levantou o bicho, e o bicho saltou para a cama, caminhou sobre os lençóis, deitou-se a ronronar junto ao professor Kingston. Este fechou os olhos antes de perguntar Por que você voltou? Ela não respondeu. Quando ele pensou abrir os olhos, não estavam nem ela nem o gato.

Aí estão as pegadas, *the cat was here*. Ainda incrédulo, o professor Kingston passa os dedos pela poeira que os pés do gato deixaram nos lençóis. Depois percebe que, mais do que nunca, precisa encontrar alguém, qualquer pessoa, agasalha-se com o cachecol e sai para o Além, onde faz um frio intenso e é de noite, como de noite?, eu pensei que tivesse amanhecido, vi a luz do amanhecer entrando pelas frestas da janela, é de noite e não só isso, o céu está vermelho e ameaçador, parece querer unir-se com a terra, e se de fato se unir? Catástrofe. O professor Kingston avança entre o mato com dificuldade, um pouco por causa das dores no corpo, muito porque esqueceu o caminho. Segue para baixo, para a esquerda, procurando a cancelinha desconjuntada que o leve ao Aquém, mas caminha mais e mais sem encontrar a cancelinha. Pensa É melhor eu me orientar a partir da marcenaria do pai do Vido. Então segue reto, como quem vai para o rio, que não se escuta, que está desaparecido, a marcenaria tampouco aparece, o professor Kingston dá voltas, vaga sem rumo, perde-se entre matagais desconhecidos. Por momentos pensa ver uma queda-d'água; por momentos, um grupo de homens no mar; por momentos, uma casa branca, ao longe. Sabe, contudo, que se trata daquelas persistentes lembranças da infância, da Jamaica eu guardo três lembranças recorrentes: a das Dun's River Falls, aquelas águas misteriosas que nunca paravam de cair, com seu barulho ensurdecedor, insistente; a do grupo de homens elegantes, de terno, com o mar pela cintura (um dia, minha mãe me explicou que se tratava de um batismo em Gunboat Beach); e o de um campo, com uma casa branquíssima, ao longe, sobre uma colina. É toda a Jamaica que me pertence, toda a Jamaica que trago comigo, *this is all the Jamaica I need*, além do inglês, e de saber que nasci em Savanna-La-Mar (não em Kingston, como todo o mundo pensa) faz cem, mil anos. Você sente frio, professor, e cansaço por não encontrar a cancelinha que dá no Aquém, e assusta-se com o céu vermelho, esse céu que se diria que a qualquer momento desabará sobre a terra (a catástrofe se avizinha). Você sente frio, professor, e dor nos ossos, e nada ouve além do eco dos seus próprios pensamentos. Se pudesse voltar para casa... O professor Kingston tenta desandar o caminho, encontrar a casa. Só consegue chegar a um terreno pedregoso onde, num tronco morto, está sentado um homem. É ele. Não precisa vê-lo para saber. É ele. O Marinheiro. Armando-se de coragem, o professor Kingston se aproxima. Aí está você de novo, jovem, sempre jovem, impecável a roupa de marinheiro, os negros cabelos cacheados, os olhos grandes, a boca perfeita, aí está você de novo, esperando por mim, desta vez esperando por mim. Ando procurando o caminho de volta, diz o professor exagerando sem perceber o sotaque jamaicano. Pondo-se de pé, o Marinheiro mostra a superioridade de sua estatura; estende a mão e o toma pelo braço, leva-o até a praia. Aí está Cira, e aponta para a mulher de véu e vestido pretos, cujos pés descalços são banhados pelo mar. Com graça, Cira acena.

Teu é o reino 289

O professor Kingston se aproxima. A mulher levanta o véu, sorri. Aí está Cira jovem e bonita, sem os estigmas da lepra. Já não me lembrava do seu rosto, exclama ele envergonhado. Ela não deixa de sorrir. No momento em que ele tira as luvas de Cira para observar suas mãos, as mesmas mãos que antes ela não lhe deixara ver, começa a chuviscar. Você esteve ausente em minha vida durante tantos anos, confessa ele, que chegou um momento em que eu não sabia se você tinha mesmo estado comigo alguma vez, eu me lembrava melhor de Kublai Khan que de você, certas ausências são imperdoáveis, nunca entendi o que você tinha vindo fazer na minha vida se logo ia partir, depois, pouco a pouco, *as you learn all things in life*, fui percebendo que você tinha vindo para que eu soubesse o que é viver sozinho, ao que parece, a aprendizagem que esta existência me reservava era conhecer a solidão, e conhecê-la depois de viver com você era o modo pleno de conhecê-la. Quando você partiu, eu fui para Nova York, Havana estava me sufocando, Havana era você, e você não estava, Nova York é o lugar onde a pessoa pode se sentir mais sozinha quando está sozinha, porque em Nova York a pessoa não é ninguém, só um punhado de cinza, e é isso o que eu sou, o que somos todos, e o que tanto nos custa a aprender, um punhado de cinza que a qualquer momento alguém vai soprar.

Querido professor Kingston: o Marinheiro se aproximará num barco e os ajudará a subir. Experiente, afinal (sabe lá Deus quantos botes levou na vida), ele remará com destreza, e o barco adentrará no mar com rapidez rumo a esse horizonte que o senhor não conhece. Continuará chuviscando, fato que tanto o senhor como Cira interpretarão como de bom agouro. O senhor continuará expondo para a mulher essa (digamos) filosofia um tanto pessimista, um tanto sentimental. Pessimista e sentimental, ela o escutará encantada e não deixará de sorrir. Na realidade, a conversa não terá muita importância, e os dois saberão disso. O importante será o que já foi importante: estarem um diante do outro, como naquele tempo feliz em que se conheceram. Ninguém sabe ao certo se ao morrer encontrará os seres queridos que o precederam na morte, de modo que o senhor e Cira poderão dar-se por satisfeitos porque, neste caso, a ficção resolverá com facilidade um problema muito delicado. Portanto, o casal que o senhor e Cira farão será um lindo casal de jovens à medida que o barco se afastar da costa. Querido professor, se o senhor fosse curioso, deveria virar-se para olhar, deveria comprovar que não se vê a costa. Deveria notar, também, que o jovem Marinheiro já não está no barco. Mas o senhor não será curioso, nem reparará em tais pormenores. Chegará um momento em que não sentirá mais o golpe dos remos, nem o barco, nem o mar, nem a noite. Só reconhecerá a presença de Cira e a alegria de acreditar que seguem juntos para um lugar onde ninguém poderá importuná-los. Desejamos com fervor que tudo seja tal como imaginam, que tenham uma boa viagem. *God speed!*

Em Havana é tanta a luz que dá a impressão de ser uma cidade submersa na água. Não há cores em Havana por causa da luz. Além de ofuscar, a luz transforma Havana num clarão que surge entre águas falsas. Faz sentir que tudo aqui é inexistente, inventado e destruído pela luz. A realidade de Veneza, o que nos faz vivê-la com tanta força, reside em sua água e em sua luz, que, longe de amortecer as cores, as enfatiza, e por isso a Veneza real é sempre superior à Veneza dos pintores. Havana é o contrário de Veneza. O problema fundamental é que, antes de ser uma cidade, Havana é uma ilusão. Havana é um engano. Um sonho. Se bem que essa última palavra (sonho), com seu sentido poético de quimera, de esperança, não cabe aqui. Vale retificar a frase, reescrevê-la: Havana é um sono, um torpor. A luz ganha tanto vigor, que Havana carece de matéria. Um dos efeitos da luz nessa alucinação é anular o sentido do tempo. Vaga-se entre passado e presente. De um lado para o outro, como por uma alameda branca, carente de árvores, sem que se chegue a vislumbrar o futuro. Não existe o futuro. A luz possui tanta violência que o tempo em Havana é imóvel. Não existe o tempo, sem que isso queira dizer que Havana é eterna, muito pelo contrário. Não existe o tempo, portanto Havana é a cidade em que se entende com intensidade quase desesperadora o sentido do efêmero. E o homem que caminha por Havana é tão carente de matéria quanto ela. Por isso em Havana os corpos se buscam como em nenhum outro lugar. O encontro físico, os corpos que se tocam, vem a ser o único ato de vontade própria que pode restituir a consciência da realidade. Numa cidade sempre desaparecida, a necessidade do encontro adquire valor de vida ou morte, ou melhor, de aparição ou desaparição.

Procurar alguém que se perdeu em Havana deve ser um ato de loucura. Todos andam perdidos em Havana, todos sucumbiram aos rigores da luz. Mas como convencer, com esses argumentos, um pai que perdeu o filho e o procura em cada canto da cidade? Neste livro, esse pai tem nome, Merengue, e os lugares aonde ele vai são os mais concorridos. Digamos, por exemplo, que ele passou uma manhã inteira no parque de La Fraternidad, entre a multidão, andando de um lado para o outro, sentando-se entre os mendigos, entre os bêbados, mostrando uma foto de Chavito, que é um negro de vinte anos, semelhante, portanto, ao milhão de negros de vinte anos que circulam pela cidade. Ninguém viu ninguém, claro. Digamos que Merengue foi à praia de Marianao, que passou uma tarde inteira no Coney Island da praia de Marianao, que percorreu o Malecón de forte

292 *Abilio Estévez*

a forte, do de La Punta até o de La Chorrera, que rondou a Lonja del Comercio, o Porto, que fingiu beber um trago de rum no bar Dos Hermanos, que fingiu outro trago no Sloppy Joe's, que passou uma madrugada inteira, até o amanhecer, sentado no passeio de El Prado, perto da estátua de Juan Clemente Zenea, que adormeceu de cansaço no Crucero de la Playa, que outro amanhecer o surpreendeu em Guanabo, na areia, defronte ao mar (sem dúvida, o que há de mais real em Havana), e que percorreu os povoados próximos: Bauta, Santa Cruz del Norte, Bejucal, Güira, San Antonio de los Baños, El Rincón, este último um lugar sagrado, de leprosário e de santuário, onde se prosternou diante da imagem do milagroso são Lázaro e chorou e rezou, e pediu ao santo que lhe devolva o filho, e que, se o atender, todo 17 de dezembro ele peregrinará da Ilha arrastando uma âncora, para visitá-lo. Merengue fez tudo isso e muito mais que é melhor não narrar aqui, embora seja impossível passar por alto sua visita a hospitais, prontos-socorros, sua visita ao necrotério, onde acabou de constatar que a morte é algo que o homem, nesta vida, jamais poderá entender.

Uma pancada. Outra pancada. Merengue abre os olhos. Está sentado na cadeira de balanço e abre os olhos e não vê nada porque não acendeu as luzes. As velas diante do são Lázaro diminuíram tanto que são dois pontinhos nervosos que nada podem contra a escuridão da Ilha que tomou conta do quarto. Essa escuridão de merda consumiu as velas. Merengue percebe que acaba de sonhar que alguém abria a janela que dá para a galeria. Levanta e se espreguiça. Sorri. Ninguém pode abrir a janela, eu passei o trinco, por janela fechada não entram intrusos. O charuto está no chão, apagado. Merengue vai recolhê-lo quando escuta uma pancada e outra pancada. É a janela.

O vento abre e fecha suas duas folhas a seu bel-prazer. Então deve ser verdade que alguém abriu a janela, que não foi um sonho (não por impossível deixa de ser possível). Com premência, sem medo, tira um facão de sob o colchão. A mão que empunha o facão se levanta disposta a atacar, e ele vai em silêncio até a janela. Fora, a Ilha, a noite. Merengue abre bem a janela, evita uma nova pancada do vento. Não há ninguém na Ilha. O mundo se recolheu cedo. Ouve-se o pio de uma coruja. Merengue se persigna. Que horas são? Olha o relógio que pôs sobre a penteadeira. Uma e cinco, isso quer dizer que está quebrado ou acabou a corda; é impossível que seja tão tarde, que seja de madrugada, não pode ser. Mais seguro, vai até a porta e a abre, sai para a galeria. Uma pancada e outra pancada, e abre os olhos. Percebe: era sonho, e se levanta, sorri em seu sonho, vê que, de fato, a janela está aberta e pensa Alguém deve tê-la aberto, senão... Apanha o facão que não está sob o colchão, mas na gaveta do aparador, e observa a Ilha vazia e cheia de inquietude nesta noite. Sai para a galeria. Não há ninguém, e o mais provável é que tenha pensado que trancou a janela e não o fez, não é nada do outro mundo, a gente passa a vida pensando que as coisas são como não são. E avança até a beirada em que acaba a galeria e começa a terra da Ilha. Alguma coisa brilha entre as saudades que Irene plantou. No instante em que vai se abaixar para olhar melhor, Merengue tem a impressão de que uma sombra branca passa atrás do Discóbolo, em direção à Diana ou ao Davi. Merengue corre pela Ilha. Não grita para não alarmar. Levanta o braço com o facão, disposto a tudo. Afastando galhos, machucando os pés, avança descalço, persegue o que não vê, o que nem sequer sabe se existe. Passa o Discóbolo, chega à Diana e entra numa zona de pinheiros onde fica desorientado, sem saber aonde ir. Escuta uma pancada e outra pancada, e abre os olhos e percebe: estava sonhando. Levanta-se e vê que a janela está aberta e pensa Quem sabe eu mesmo a deixei assim, e só fechei na imaginação, não na realidade, e pega o facão, que não está nem embaixo do colchão nem na gaveta do aparador, e sim na maleta onde ele guarda as ferramentas e as peças de reposição para o carro de doces. Sai para a Ilha. Por curiosidade, sai para a Ilha. Sabe que entre sonho e realidade não existe nenhum vínculo além de um corpo adormecido. Um corpo adormecido é um corpo morto. Os homens, quando não estão acordados, é como se estivessem mortos. E na galeria vê algo que brilha entre as saudades plantadas por Irene, e quando se abaixa vê que se trata da chave que deve abrir uma arca. Não é uma chave qualquer; é uma chave grande e antiga. E, embora não veja nenhum vulto branco correndo atrás do Discóbolo rumo à Diana ou ao Davi, para lá se dirige, e chega aos pinheiros e não fica desorientado, mas continua afastando galhos, machucando os pés, está descalço, e pára junto à acanhada cancelinha de madeira que separa o Além do Aquém, e permanece um instante em silêncio tentando escutar, descobrir algum som estranho na Ilha. Claro, o vento da noite é tão forte que os sons da Ilha são estranhos, e você acha que há milhares de desconhecidos, de vultos brancos correndo de um lado para o outro. Merengue sorri ao pensar Quem sabe as estátuas se cansaram de suas incômodas poses e resolveram fugir, saíram correndo, bom, quem sabe. E abre a acanhada cancelinha que separa o Além do Aquém e passa para o Além, que se mostra intransitável, e vai rumando para a casa do professor Kingston quando vê, pendurado num galho de *marabú*, um lenço ensangüentado. Escuta uma pancada e outra pancada, e percebe, com alívio, que estava sonhando e se levanta com um sorriso; não existe nada melhor do que acordar de um sonho ruim. O quarto está às escuras, não acendeu as luzes, as velas do são Lázaro se consumiram tanto que são dois pontinhos nervosos que nada podem contra a escuridão da Ilha que se apossou do recinto. A janela está aberta, de par em par, à mercê do vento que traz cheiro de terra molhada e de mar, nos dias de chuva o mar parece estar virando a esquina. Merengue vai fechar a janela e percebe que tem alguma coisa nas mãos. O que ele tem é uma chave, uma chave incomum. Não tem medo. Homem precavido, porém, procura o facão, que não está nem embaixo do colchão, nem na gaveta do aparador, nem na maleta das peças do carro de doces, e sim no mesmíssimo altar de são Lázaro. Sai para a Ilha. Dirige-se sem titubear para o Além e vê que a acanhada cancelinha que separa as duas partes da Ilha está aberta, como se alguém tivesse acabado de passar por ali. De fato, pendurado num galho de *marabú*, há um lenço ensangüentado. Apanha-o como prova, segue pela estreita vereda que o professor Kingston abriu com seu passo diário. Segue rumo à trilha dos *marabús*. As estrelas e a lua foram para a puta que o pariu. Sente-se cheiro de terra molhada, de mar, o mar está logo ali, virando a esquina. Ameaça chuva. Desde quando ameaça chuva? Merengue avança descalço por entre os *marabús*. A Ilha agora virou mato. A mata. E se escutam vozes? Não, é sua imaginação, Merengue. Aqui e agora não se escutam vozes. Esse grito, esse lamento é apenas o vento coando-se entre as folhagens. Merengue se pergunta se será verdade o que a Condessa Descalça vive dizendo, essa louca tem cada uma. E, embora a Ilha esteja deserta e você saiba disso, caminha por ela como se a qualquer momento pudesse encontrar alguém. A Ilha é assim. E agora é mais escura que toda a escuridão desta terra. E sem se dar conta Merengue chega à beira do mar, que não é azul nem negro, mas vermelho, de um vermelho ameaçador. E o mar está inquieto, com essa mesma inquietude do vento e do céu. Merengue cai de joelhos na areia da praia, quando sente uma pancada e outra pancada e abre os olhos, e desta vez continua ali, ajoelhado na beira do mar, à espera de algo que não sabe o que pode ser. Abrem-se as nuvens. Uma luz vivíssima sai dentre elas e cai sobre uma pequena porção de areia.

Merengue vê primeiro uma sombra, ou nem isso. Em contato com a luz, a sombra adquire a forma de um homem. Merengue vê como da luz surgem duas pernas, um tronco, dois braços, uma cabeça. Por um momento é apenas isso. Aos poucos, os contornos se definem. As pernas e os braços são pernas e braços de um homem. Na cabeça se precisam os olhos, o nariz, a boca. Merengue gostaria de ouvir uma pancada e outra pancada que o acordassem, que o afastassem da praia, que o salvassem do calafrio que agora sobe com a mesma intensidade com que as ondas batem na areia. É Chavito, pensa com o sobressalto de seu coração. E tenta ver com todo o poder de seus olhos assustados. E Chavito levanta as mãos à altura dos olhos, olha para elas com aparente surpresa, e em seguida ri. Põe-se a caminhar. Seguido pela luz, aproxima-se da margem. Não se pode afirmar que entra na água; deve-se antes dizer que vai subindo nela. Chavito começou a avançar por sobre as águas, e o mar, como por milagre, se amansa ao recebê-lo. E são seguros e firmes seus passos à medida que se afastam da praia e se encaminham para um horizonte que Merengue nunca soube se existe na realidade.

E se o céu se unisse com a terra? Tudo bem. A gente andaria entre as nuvens, contente. Olhe lá, está vendo aquela azinheira grande? Viu? Está vendo aquele galhão que parece um pé de galinha gigante? Foi lá que se enforcou Carola, a linda filha de Homero Guardavía. Quem contou isso para você? Foi meu tio Rolo, que a viu ali pendurada e roxinha, diz. Você é um mentiroso, e seu tio é três vezes mais mentiroso. E pare de falar, se não vão descobrir que estamos aqui. Agora as azinheiras estão cantando, sim, cantando canções religiosas, acalentadoras. Esta noite parece que nunca vai acabar, nunca mais vai amanhecer, vamos ter que viver para sempre nesta noite, nesta noite eterna, um simples pretexto para que o céu por fim se una com a terra e então caminhemos na escuridão permanente e macia das nuvens, com os anjos e os santos, e Deus com seu cetro, muito sossegado em sua poltrona enorme e forrada de cetim azul, que é sua preferida, dizendo o que temos e o que não temos de fazer. Pare de falar besteiras... Me diga uma coisa, é verdade que aí se enforcou Carola? Caralho, juro pela minha mãe. E por que ela se enforcou, se dizem que era linda? Por isso mesmo, por ser linda.

Carola, a mulher mais linda que já nasceu nesta Ilha, vivia feliz com a mãe e com Homero Guardavía, seu pai, e os três moravam naquela casinha que agora está caindo aos pedaços, como o velho, sozinho e triste, que anda entre os trilhos arrastando uma vida que já não é a dele, a casinha era uma beleza, pintada de azul, com portas e janelas amarelas, e muitas flores, porque Carola e a mãe e até o guarda-linha gostavam de flores. E Carola, a garota mais linda que já nasceu e provavelmente nascerá nesta Ilha, de tarde se sentava, de banho recém-tomado, de roupa limpa, perfumada com a essência que ela mesma preparava com as flores do jardim, então, ela sentava, lindíssima, para bordar junto à janela, vendo passar os trens que iam e vinham, e ela dava adeus aos passageiros, dizem que os passageiros sabiam quando estavam perto da Carola, e já bem antes se preparavam para dar adeus, e dizem que os homens ajeitavam o nó da gravata que a canseira de tantas horas de viagem tinha afrouxado, e colocavam o chapéu, e que as mulheres se maquiavam e penteavam o cabelo antes de passar pela casa da Carola e dar adeus, adeus, agitando o lenço, isso é tão verdade como que eu e você estamos aqui, ou até mais, porque eu não sei se estou aqui. Por que você parou? Aonde está me levando? Agora entramos no Além. Isso eu sei, mas aonde você está me levando? Logo você vai saber, olhe a casa do professor

Kingston. Certo. O arvoredo ficou para trás. O velho edifício amarelado onde mora o jamaicano lembra a torre de um castelo que se levantasse precariamente entre *siguarayas*[23] e almecegueiras e casuarinas e o *marabuzal* intransitável. Um pouco à esquerda, numa clareira do matagal, o cemitério dos cachorros, com nove lápides de lata. Aonde estamos indo? Pare de perguntar, me diga, o que aconteceu com a Carola? Você está enxergando direito? Não acha que tem neblina? Não tem neblina nenhuma. Caminhe devagar, você vai cair. Já estamos chegando. Que foi que aconteceu com a Carola? Coitadinha! Começou a chegar gente de toda a Ilha. De toda a Ilha? Para quê? É, sim, do cabo de San Antonio até a ponta de Maisí. Gente que vinha de longe, famílias inteiras que vinham ver a Carola. Para quê? Para ver sua beleza, só isso. Ela foi ficando famosa por causa da quantidade de trens que passava por aqui naquela época. Chegaram famílias das montanhas de Oriente, e das planícies de Camagüey, e do Escambray, e da Ciénaga, e da ilha de Pinos, e de todas as cidades grandes e pequenas da ilha, pois Cuba tem centenas de cidades, você não sabia? Exatamente trezentas e vinte e sete, ou por aí. Chegavam e não paravam de chegar, a cada dia chegavam mais. Ficavam nos arredores da casa de Homero Guardavía. Acampavam por aí, nos campos, que dizem que naquele tempo não tinha tantas casas. E ficavam só para ver a Carola aparecer na janela, bordando, tão linda. Claro, a filha de Homero não era linda, mas lindíssima, e as pessoas não se contentaram só de olhar, e por isso, um dia, quiseram tocar nela, e ela, que, além de bonita, era a bondade em pessoa, deixou que todos a tocassem, sorrindo, beijando as crianças, acariciando os velhos, a cada dia chegavam mais famílias dos lugares mais longín-

---

[23] *Siguarayas*: arbusto autóctone de Cuba semelhante ao catiguá. Seu óleo, misturado a álcool, é usado como medicamento externo contra o reumatismo. (N.T.)

Teu é o reino 299

quos, e não só de Cuba, porque a fama de sua beleza também correu nos navios, atravessou os sete mares, e muito, muito longe souberam da beleza de Carola, até em Pequim e na China, dizem, e já não cabia tanta gente nos arredores, a multidão ia crescendo por toda Havana e chegava até Batabanó, e só não continuava porque a ilha de Cuba acaba aí, queriam ver a Carola, mas aquele povo todo não podia ver a Carola, e começou a morrer gente, muitos se mataram para ver a garota, homens duelaram para se aproximar alguns passos da casa da Carola, mulheres caíram rendidas de cansaço e fome, crianças que não puderam com o sol dos dias nem com as luzes das noites, nem com as chuvas, nem com os ciclones que passaram (e foram vários), velhos fracos e de corpo ansioso, que caíam de exaustão e raiva, já que nem nesses momentos finais podiam ver o rosto magnífico, divino, de Carola, a filha de Homero Guardavía, e ela, que era a bondade em pessoa, pegou e saiu entre a multidão para que a vissem bem, dizem que colocou seu melhor vestido, um de voile e organdi finíssimo, que enfeitou com flores sua cabeça loira como o ouro e calçou sapatinhos de cetim que hoje estão lá onde mora o Papa (o infeliz rei da Igreja), numa caixa de cristal, e Carola caminhou e caminhou entre a multidão fascinada, durante meses, anos, caminhando, sorrindo, fazendo festas, beijando, acariciando, dizem que quando ela voltou estava irreconhecível, magérrima, encolhida, encarquilhada como uma velhinha, as flores de sua cabeça tinham apodrecido junto com seu cabelo, tinha perdido os dentes, e os olhos também, estava cega, isso mesmo, dizem que ela voltou como se tivessem se passado séculos, centenas de anos que entraram como bichos no seu corpo e estragaram a pele e os ossos, voltou para casa por instinto, pois as multidões tinham sumido ao ouvir dizer que em Atenas, uma cidade que fica longe à beça e que tem ruínas e mais ruínas, vivia outra garota mais bonita que a Carola, e foram em navios e trens para Atenas para ver a outra, mas só, claro, aqueles que conseguiram sobreviver; a terra em volta da casa, num raio de muitos quilômetros, estava transformada, como a própria Carola, a terra parecia um imenso deserto onde não crescia nem capim, na mesma noite em que voltou, Carola deu um beijo na mãe, outro no pai, se despediu como quem vai se deitar, e se enforcou lá, naquela azinheira que mostrei para você.

E podemos aproveitar a entrada de Homero Guardavía para comentar que, depois do suicídio de Carola e da morte de sua mulher, o bom homem procurou alívio na criação de coelhos. E não os cria para vender, nem para comer, nada disso, ele os cria porque sim, como poderia criar um cachorro, um gato, um periquito. E os tem aos milhares, dentro de enormes gaiolas onde caberiam vários humanos. Pode-se dizer que a vida de Homero se equilibra bem entre trens e coelhos, indiferente a tudo o que acontece no resto do mundo. Chacho e Homero sempre foram bons amigos. Claro, tão amigos quanto se pode ser de um homem que, desde o suicídio da filha, quase não fala. Mas, a seu modo, os dois de fato se entendiam. E acontece que, quando Homero soube por intermédio de Casta Diva que Chacho passava seus dias jogado na cama, sem falar, que depois deu para tocar incansáveis discos de Gardel e que, por último, inesperadamente, queimara uniformes, medalhas e tudo o que lembrasse o exército, então, acontece que um dia Homero apareceu na Ilha com um coelhinho. Presente para o Chacho, explicou a Casta Diva quase ao mesmo tempo em que voltava a desaparecer atrás do tapume do vestíbulo. Para surpresa de Casta Diva, para minha surpresa, Chacho reparou no bicho que coloquei em sua cama, e sentou, e o pegou nas mãos, e juro que o olhava com ternura, que o levou ao rosto, e que, ao deitar, deitou ao lado dele, ao lado do coelhinho cinza e arisco, e que durante dias não se separou do bicho nem por um segundo,

TEU É O REINO *301*

e passou a viver só para ele, para lhe fazer carinho e lhe dar comida, para olhar para ele durante horas, para mimá-lo e dizer-lhe coisas que eu não conseguia ouvir nem pondo a alma nos ouvidos. Procurando uma ponte, por mínima que fosse, de comunicação com o marido, Casta Diva tentou também mimar o coelho, mas Chacho retirou sua mão bruscamente. Nessa mesma tarde, ele foi até as gaiolas de Homero e pôs-se a olhar os coelhos, um por um, como se fossem animais que nunca tivesse visto, acariciando-os, dando-lhes de comer na boca, dizendo-lhes aquelas coisas que ninguém conseguia escutar. Nunca mais voltou para casa. Parecia ter-se esquecido de Casta Diva, de Tingo, de Tatina. Homero ajeitou para ele umas cobertas numa das gaiolas, onde uma coelha parida e branca chamada Primavera cuidava de sua numerosa prole. Chacho nunca mais saiu da coelheira. Comia as mesmas palhas que Homero servia para Primavera. Todas as tardes, Casta Diva ia vê-lo e se demorava falando dos filhos, do tempo em que tinham sido felizes, dos tangos que ele cantava para mim, de nossos passeios à praia de El Salao, com a geladeirinha cheia de cervejas e a marmita de torresmos, do nosso sofrimento quando nasceu Tatina, tão desejada, e o médico nos disse que era idiota, da nossa luta para tentar curá-la, da nossa derrota. E, quando ela percebeu que as palavras já não tinham sentido, chegou a levar Tatina e Tingo para que ele os visse, e um dia até deu um jeito de instalar a velha vitrola dentro das gaiolas e colocar um dos discos de Gardel. Mas foi tudo em vão. O fato é que nada fez Chacho arredar pé, nem da gaiola, nem de sua atitude, até o momento em que sumiu praticamente nas mãos de Casta Diva.

Será verdade, Oscar Wilde, que a luxúria é a mãe da melancolia? Sentado em sua poltrona de *moiré* marfim, acesa a luminária de pé recém-comprada numa liquidação da casa Quesada, Rolo vira e revira as páginas de *Cuba a pluma y lápiz*, de Samuel Hazard. Não lê. Nem sequer se detém a olhar as ilustrações. Está virando maquinalmente as páginas e pensando Você dizia isso, Oscar Wilde, porque no fundo não estava de acordo consigo mesmo, havia em você uma secreta consciência de pecado, um fundo de repulsa que ocultava atrás de sua atitude escandalosa. Rolo está triste. Já passa das quatro da manhã. Faz aproximadamente uma hora que ele chegou da casa da Sanguessuga, e sente como se sua pele estivesse coberta por uma crosta de terra, embora, antes de qualquer outra coisa, ele tenha tomado um demorado banho de imersão, com água quente carregada de colônia 1800. Recosta a cabeça no espaldar da poltrona, fita a bela reprodução do Cristo de Velázquez pendurada na parede, acima do aparador, e continua virando, sem ler, as páginas do livro.

Chegou à casa da Sanguessuga por volta das sete, muito cedo, de fato. Na verdade, pensava passar só para cumprimentar, deixar um par de beijos no rosto envelhecido, odiosamente perfumado da Sanguessuga, dizer algumas agudezas, fazer um par de piadas (talvez as mesmas do ano passado), dar-lhe os parabéns, Muitos anos de vida, não sei que aldeia triste seria Havana sem você, e sair correndo, adoraria ficar. No entanto, desde que virou na rua Consulado para entrar na Ánimas (na verdade deveria chamar-se "Ánimas en Pena") soube que, como todos os anos, não iria embora, uma estranha força (mentira, não tão estranha, não sei por que sou retórico) o reteria ali até o final, para só voltar bem tarde, com nojo, com a tristeza de sempre, com esse desprezo por si mesmo que se resumiria na pergunta que, invariavelmente, fazia a Oscar Wilde. Achava que, se Sandokan tivesse aparecido, talvez tivesse resistido à tentação de ir à festa. Só que fazia mais de uma semana que Sandokan não dava as caras, se bem que com Sandokan acabaria sendo a mesma coisa e, depois de tudo, *la chair est triste, Hélas!* Subiu lentamente as escadas da casa de número 98 e com a placa de bronze onde se lia ELIO PECCI, MARCHAND E DECORADOR (flagrante mentira, essa história de Elio Pecci: o nome da Sanguessuga não era esse, e sim Jorge Tamayo, e não tinha nascido em Trieste, como vivia proclamando, mas em Bayamo). Subiu as escadas como de costume, isto é, com um misto de repulsa e fascínio, como se acreditasse que a qualquer momento poderia voltar atrás, embora soubesse que não voltaria, que pararia no andar onde se apreciava uma excelente reprodução de uma marina de Romañach, e bateria por fim a enorme aldrava que imitava uma das horríveis gárgulas da catedral de Notre Dame. Duas tímidas batidas. Seguiram-se alguns segundos de absoluto silêncio. Rolo pensou que nenhum outro instante era mais propício para voltar às ruas agitadas, onde anoitecia rapidamente e onde o barulho, a gritaria, os boleros, os cha-cha-chás a todo volume pareciam estabelecer uma misteriosa relação com as sombras. Havana vivia com a noite, quanto mais escuridão, mais vida, com seu ar de permanente festa, alheio à profundidade, à especulação metafísica, à poesia (meu Deus, Rolo, quanto pedantismo, e que mania de pedir peras ao olmo). Não, nem fez menção de arredar pé de seu posto em frente à porta. Primeiro, porque não o desejava na realidade; segundo, porque a porta se abriu para mostrar um esplêndido exemplar da raça humana, um *garçon* de mais de um metro e oitenta, loiro como só um país com tamanha mistura racial poderia produzir, porque, sendo seu cabelo liso e de um amarelo deslumbrante, tendo os olhos cor de água-marinha e a pele mais branca que se possa imaginar, algo suspeito, remoto e vago o afastava (por sorte!) da exótica realidade de um escandinavo. Rolo pensou que devia-se buscar a chave do enigma não no físico, mas em outra coisa inefável que transparecia nos olhos acariciantes, na malícia do sorri-

304 *Abilio Estévez*

so, na atitude de entrega e de recusa a um só e perturbador tempo, no modo tão feminino quanto viril (se você o tivesse visto, Platão!) com que deu boa-noite e estendeu o braço forte e delicado em movimento quase bailarim para convidá-lo a entrar. Vestia calça de toureiro, maravilhosa seda bordada em ouro e prata, que se ajustava perfeita à abundância de pernas e coxas, à abundância de tudo naquele corpo abundante. Como, pelo jeito, era muito cedo, não acabara de se vestir e tinha o torso nu; um desses torsos largos, poderosos, que é melhor não olhar quando se está buscando a paz de espírito. Quem devo anunciar?, perguntou o *garçon*, sem deixar de sorrir, impondo à voz um tom entre autoritário e submisso (na verdade, o rapaz era um paradoxo vivo). Diga que é Rolo Pasos, respondeu com uma altivez que traía sua indefensabilidade. Sente-se, por favor, o senhor Pecci o atenderá assim que puder. Mais do que nunca, Rolo sentiu-se como uma larva diante de uma borboleta. Foi para a sala pensando: Você está bem amestrado, rapaz. Por acaso ignora que, quando sua pele perder o viço, as rugas entristecerem seus descarados olhos e tudo em seu corpo sucumbir às forças terríveis que escapam da terra, você levará um belo pé na bunda, irá para o olho da rua, para que outro exemplar esplêndido ocupe seu lugar? Sentiu-se vingado por um instante; quase em seguida, emendou Mas não importa, vá desfrutando de seu privilégio, por alguma razão o Senhor foi tão generoso com você, aproveite enquanto puder a gloriosa injustiça de Deus. E assim, com uma sensação feita de admiração e inveja, sentou-se numa cadeira *art nouveau*, repleta de motivos florais, tão bonita quanto desconfortável. Não havia dúvida de que o senhor Jorge Tamayo, aliás Elio Pecci, aliás a Sanguessuga, não se comportava como o novo-rico que era. Apesar de seu nascimento espúrio em Bayamo, tinha um gosto refinado. Sua sala era muito *smart*, *très chic*. Rolo mais uma vez foi obrigado a reconhecer que, à margem de todos os seus defeitos (o

TEU É O REINO 305

primeiro dos quais se chamava frivolidade), seu velho amigo conseguira montar em pleno coração do mar do Caribe uma casa proustiana como poucas, tão ou mais proustiana que a do próprio autor de *À la recherche*..., uma vez que Monsieur Proust jamais se propusera a ser "proustiano". E, por falar nele, ali estava, presidindo a sala, acima de um jarro de Émille Gallé, azul lápis-lazúli, com um ramo de lírios de nácar, em seu leito de morte, a imensa reprodução da famosa fotografia de Man Ray. A foto causava repulsa a Rolo, não gostava da imagem do gênio barbado, os olhos semicerrados, olheirento, perfilado, ainda mais pela morte, o nariz judeu. Não gostava dela, não queria pensar que se tratava do autor do romance mais apaixonante da história da literatura, esse fenômeno que, como disse Conrad, jamais se repetirá. Depois pensou Será que a Sanguessuga já leu Monsieur Proust?

Fecha o livro de Samuel Hazard. Seus olhos percorrem a sala mobiliada com baratas peças compradas a prazo na Orbay y Cerrato, as velhas estantes roídas de cupim, o antiqüíssimo RCA-Victor já quase mudo, as paredes com a pintura velha, onde se empoeiram, manchadas de umidade, reproduções de quadros célebres. Minha vida é um fracasso, minha vida é um fracasso, minha vida é um fracasso, minha vida é...

Uma porta se abriu com espalhafato, e apareceu a Sanguessuga. Rolo se levantou, sorriu, disse Sua entrada foi precedida por claros clarins. Ah, *mon cher*, que delícia ter você aqui!, exclamou com voz de tenorino que nada tinha a ver com o corpanzil, a cabeça redonda e calva. Abraçaram-se. Tomara que você chegue aos cem, querido, por você e por esta cidade que tanto precisa de sua presença, disse Rolo, adotando, sem perceber, o mesmo tom teatral da Sanguessuga. *Ma non tanto*, cem anos é mais do que eu preciso, mas noventa e nove até que podia ser *(risos)*. A Sanguessuga tinha um forte cheiro de perfume, de alguma colônia cara, e estava limpo, branquíssimo, quase azul, recém-barbeado e saído do banho. Rolo pensou que tinha envelhecido desde seu último encontro, que tinha mais papada, as bochechas mais flácidas e um aro cinza em volta das pupilas. Vestia um roupão de seda marrom, calças escuras, chinelos de couro finíssimo. Na mão, piteira e cigarro que não fumava. Sentado na beira da poltrona, como se estivesse com pressa, a Sanguessuga dedicava a Rolo um olhar que transparecia uma benevolência sem dúvida falsa. Sempre que chega meu aniversário, explicou com angústia também falsa, eu fico triste, são vocês, meus amigos, que me ajudam a viver. Rolo observou que, com o passar dos anos, a Sanguessuga ia se parecendo com Benito Mussolini. Vim cedo demais e peço que você me desculpe, só passei para lhe dar os parabéns, preciso ir, minha irmã está doente. A Sanguessuga fechou os olhos e pousou a mão no peito, como se sentisse ali uma dor. Nada disso! Você não vai, não, tem que acompanhar seu amigo neste difícil transe em que a morte faz sumir uma peça no terrível xadrez que joga com a vida. Deixou espaço para uma pausa, vivamente impressionado com o que acabara de dizer. Rolo percebeu que se sentira agudo, inteligente. Que agudo, que inteligente!, exclamou, você é mesmo gênio e figura… Baixando os olhos com rubor, a Sanguessuga acrescentou num tom que entremostrava certo pateticismo Você não pode me abandonar hoje, é meu último aniversário na Ilha. Rolo mostrou sua surpresa inclinando-se e arregalando os olhos. É, sim, Rolo, com dor no coração, tenho de ir embora, você sabe, para mim, Havana é a única cidade do mundo, o resto é aldeia, só aqui eu me sinto como peixe na água, sei melhor do que ninguém que em nenhum lugar vou encontrar um Prado como o nosso Prado, digam o que disserem os madrilenos, em nenhum outro

Teu é o reino 307

lugar vou ver tantos prédios bonitos, essas casas magníficas, o Malecón, onde não se pode passear sozinho, esse sol, esse céu, as palmeiras, ah, as palmeiras deliciosas, o mar! Onde você viu outro mar como este, com essas cores, este mar cheio de esmeraldas? Sei muito bem, Rolo, que em nenhum outro lugar vou encontrar homens como os cubanos, os cubanos são um compêndio — feliz! — da mistura racial, não que sejam mais bonitos ou mais elegantes ou não sei o quê, é que têm graça, menino, essa é a palavra: graça! Graça que ninguém tem, graça de todas as cores, graças negras, mulatas, morenas, louras, albinas, anãs e gigantes, falam com graça, andam com graça, brigam com graça, amam com graça, os cubanos podem não se vestir como Lord Brummel, nem calcular como Einstein, nem escrever como Montaigne, nem pensar como Hegel (graças a Deus!), mas, em compensação, e porque não escrevem, nem pensam, nem calculam, têm graça…, Meu Deus! Para quê, me diga, para que podemos querer o coitado do Bertrand Russell do nosso lado, e como comparar o Ortega y Gasset com um mulato suado, vestido de branco, lenço vermelho na mão, dançando *guaguancó*[24] num bar da praia de Marianao? Que diferença faz para nós se existem dois ou três problemas filosóficos realmente sérios no divino momento em que nos ajoelhamos na frente de um havanês que vai abrindo a portinhola (disse "portinhola" em vez de braguilha, só para ser diferente. Pedante!), você já viu alguma foto do Jean-Paul Sartre? É vesgo. Deixou crescer um conveniente silêncio. Palmadinhas da mão direita sobre a coxa direita. Tossidela falsa. Meus negócios me chamam, *dear*, meus negócios em Paris esperam por mim, e já aluguei um apartamentinho, nada de muito pretensioso, como você pode imaginar, em Saint-Germain des Prés, nada do

---

[24] *Guaguancó*: modalidade de rumba cuja dança apresenta passos extremamente sensuais. (N.T.)

outro mundo, ainda bem (eu não quero nada com o outro mundo), muito modestinho, *bon marché*, minhas economias não dão para mais. Sempre chorando, bicha de merda, pensou Rolo, você fala assim para que eu entenda o contrário. Você já conheceu o José K.? Rolo se remexeu com desconforto na desconfortável cadeira *art nouveau*. A Sanguessuga baixou sua voz de tenorino e pôs uma de suas rechonchudas mãos em concha em volta da boca Ele não se chama José K., claro (*risinho*), mas não quer que saibam seu verdadeiro nome (*baixando ainda mais o tom de voz*), é de boa família, *pedigree*, meu amor. E chamando, José K.!, fez aparecer o loiro ainda mais bonito do que antes (como se isso fosse possível, como se lá dentro, em algum dos aposentos, Deus estivesse retocando algum eventual defeito da Criação). A Sanguessuga voltou-se para o rapaz com um trejeito cheio de ternura Olhe, Pepito, este é um dos meus melhores amigos, minto!, meu melhor amigo, escritor de primeira, um gênio. Rolo sorriu, negou com a cabeça Não acredite nele, senhor, é um exagerado. Exagerado, eu?, protestou a Sanguessuga, então me diga quem escreveu aquele poema maravilhoso que começa "Vai-se com as águas quietas/ o amor que meu eu cria"? Não, não é assim, replicou Rolo horrorizado, "Vai-se por águas inquietas…". Mas a Sanguessuga já não o ouvia, voltado para o jovem, dizia Pepito, docinho, por que você não oferece uma bebidinha para o Rolo? E dirigindo-se a Rolo O que você quer? Um vermutezinho, um Campari, um uísque, um rum, uma cervejinha? Peça sem medo, que o Pepito é gentil como ele só. Talvez um vermute, concedeu Rolo, dando-se por vencido. A Sanguessuga olhou para o rapaz com olhos de Marilyn Monroe e jogou-lhe um beijo. Fazendo uma reverência cheia de ironia, o *garçon* desapareceu. Você viu que gracinha? E, olhe… Fez um gesto com as mãos dando a entender um tamanho enorme. Um primor, vou levar para Paris, meu bem, porque a França é a França, que

TEU É O REINO 309

é uma coisa, mas os franceses são os franceses, que é outra, se eu fosse o presidente da Comunidade das Nações, obrigaria os franceses a viverem a mais de cem quilômetros de Paris, uma cidade tão bonita, menino, eles a estragam, são grosseiros, feios, incultos, aquela história do racionalismo é mentira, nem todos são Albert Camus, nem o filósofo vesgo, nem essa senhora de útero frio chamada Simone de Beauvoir, além disso, estou levando o Pepito porque, como eu já disse, homens, que mereçam ser chamados de homem, o que se entende universalmente por homem, o conceito platônico de homem, a gente só encontra nesta Ilha misteriosa e terrivelmente desafortunada, e quem diz isso sou eu, que já rodei o mundo mais que a Western Union, e por outro lado, *mon amour*, já estou ficando velha, trinta e sete anos não é brincadeira, Rolo, são muitos anos. Rolo nem pestanejou quando ouviu "trinta e sete", aos quais deveria acrescentar, no mínimo, mais dez anos. Experimentou certa cólera que conseguiu dominar a duras penas ao pensar que essa bicha gorda e parecida com o Duce se deitava com as belezas mais esplêndidas de Havana. Você tem muita sorte, foi o resumo oral de seu pensamento. Você tem muita sorte, repetiu tentando eliminar qualquer carga de inveja. Deus é que foi generoso comigo, porque, juro, eu nunca os procuro, são eles que batem à minha porta, mas, claro: eu tenho meu *cachet*, desculpe, só digo isso porque sei que você se alegra com meu destino e porque nunca houve nem uma ponta de inveja entre nós. E depois de uma pausa triste e longuíssima, Não ligue para mim, Rolo, que eles me custam uma nota preta. Rolo pensou Você acaba de dizer a primeira verdade da noite e provavelmente a última. A Sanguessuga se levantou, repondo-se da breve fraqueza. Agora me dê licença, meu amor, preciso me vestir. E desapareceu com o mesmo artifício com que entrara.

310 Abilio Estévez

Algum tempo depois, ouviram-se as notas do *Convite à valsa* de Carl Maria von Weber, que o falso toureiro e falso José K., de verdadeira beleza, recebeu com gracioso passo de dança. Foi como se os convidados estivessem esperando os acordes daquela fogosidade musical.

Mirrado e quase anão, vestido como um cavalheiro da corte de Felipe II (e conhecido como o Viking), um negrinho fazia as vezes de porteiro. Postado como uma estaca junto à porta e batendo com um bastão no chão, pronunciava os nomes dos que iam chegando: Carmem Miranda, Maria Antonieta de Habsburgo-Lorena, Stálin, Madame Butterfly, Gilles de Rais, Henry Miller, Pastora Pavón, aliás "La Niña de los Peines", Salomão e a Rainha de Sabá (na realidade, arremedos de Yul Brynner e Elizabeth Taylor), Douglas Fairbanks (júnior), Eleanor Duse, o cardeal Mazarino, Cecilia Valdés[25], Conchita Piquer, Theda Bara, El Caballero de Paris, Jean Antoinette Poison Le Normand d'Etiole, e quase todos os personagens célebres do mundo. O amplo apartamento da Sanguessuga foi-se enchendo até que pareceu impossível dar um passo sem esbarrar com algum famoso. Os garçons que serviam manjares e bebidas exibiam esplêndidos mantos de veludo escarlate dignos do *Satiricon*. As bandejas, porém, ofereciam fatias de leitão assado, *tostones*[26], mandioca com

---

[25] Cecília Valdés: personagem-título de um romance cubano costumbrista do século xix, de autoria de Cirilo Villaverde, e da zarzuela homônima de Gonzalo Roig. Representa o tipo cubano conhecido como *mulata de rumba*, sedutora, vaidosa e interesseira. Conchita Piquer: cançonetista e atriz espanhola popularíssima nas décadas de 30 e 40. El Caballero de Paris: morador de rua famoso na Havana dos anos 50, tanto por sua aparência de cavalheiro oitocentista como pelo hábito de discutir filosofia com seus conhecidos e presenteá-los com peças de caligrafia feitas por ele. (N.T.)

[26] *Tostones, Tostón*: petisco de banana verde frita e amassada. (N.T.)

mojo, bolinhos de mangarito, *tamales*, torresmos e qualquer outra comida crioula em quantidades surpreendentes. A bebida, sim, era mais variada e internacional, de modo que tanto se podia ver a índia Anacaona[27] tomando uma taça de Napoléon como Lourenço o Magnífico empunhando uma garrafa de cerveja Hatuey. Rolo estava constrangido entre convidados tão ilustres quanto inesperados. Era a primeira vez que a Sanguessuga comemorava seu aniversário com uma festa à fantasia, embora suas festas (ou suas *partys*, como ele dizia) fossem sempre bem extraordinárias. Rolo era o único não fantasiado, o que o fazia sentir-se ridículo, chamativo. Até que, por volta das nove horas, felizmente, chegou um senhor muito correto, de terno e gravata e com uma valise que o denunciava como advogado, tabelião quem sabe, talvez procurador. Rolo sentiu alívio ao ver alguém de aparência normal e tratou logo de se aproximar, cumprimentar, apresentar-se, oferecer uma bebida. O homem o repeliu sem palavras, com inexplicável rispidez. Joseíto K., que acompanhou o qüiproquó, aproximou-se coruscante em seu vistoso traje de brilhos e com uma ponta de ironia nos olhos água-marinha. Não ligue para ela, é Martina Tabares, a sapatão mais famosa de Luyanó. Rolo recolheu-se num canto e tentou ser invisível. Não queria beber para não perder a lucidez, mas estava tonto como se tivesse bebido um barril de cerveja. De quando em quando, permitia-se um torresmo para não desairar os efebos que serviam nas complicadas bandejas de prata. Ali, na esquina, sob uns camponeses lânguidos de Antonio Gattorno, pôs-se a observar imperatrizes de barba cerrada, guerreiros de formas femininas, cruzados, bispos e embaixadores de sexo e conversas equí-

---

[27] *Índia Anaconda*: heroína indígena dominicana, enforcada por conquistadores espanhóis em 1500 e cultuada até hoje em ritos sincréticos afro-antilhanos. (N.T.)

vocas. A música foi passando do romântico a variações do barroco e deste ao *danzón*, até que no final imperaram Pérez Prado, Benny Moré, a "Sonora Matancera" com o vozeirão soberbo de Celia Cruz, Daniel Santos, a voz chorosa de Panchito Risset e até Toña la Negra, divina Toña, divina negra cantando *Piedad, piedad para el que sufre, piedad, piedad para el que llora, y un poquito de calor en nuestras vidas...* Cleópatra dançava com Fanny Elssler, Alexandre, o Grande com Gerardo Machado, Joana d'Arc com Mariana Alcoforado. A festa aos poucos foi subindo de tom. Houve um momento em que já não apenas se dançava, quando a rainha Vitória começou a beijar desesperadamente Dunia La Taína[28], o que, pelo jeito, foi a ordem para acordar os fantasmas da luxúria. Deviam ser por volta de dez horas. Rolo começou a se sentir à vontade. Como ninguém reparava nele, a falta de fantasia deixou de preocupá-lo. Por outro lado, Pepito K., tão bondoso, arranjou-lhe uma mascarilha, que ocultou sua timidez. Tantos dias de abstinência sexual, pensou, deveriam ter fim numa noite assim propícia. Zombou do pobre Sandokan, que estaria imaginando, em seu buraco no bairro de Zamora, um Rolo choroso e desesperado por sua ausência. Idiota, você não sabe as rodas que eu freqüento, disse em voz alta. E comecei a olhar descaradamente para um desses pequenos Trimalciões que serviam mandioca com *mojo*, meio mulatinho, celestial talvez por isso mesmo, e sorri para ele, e ele sorriu para mim, e quando se aproximou exclamei com minha melhor voz E você, bonitinho, só oferece mandioca? (Eu mesmo me surpreendi com meu descaramento.) O mulatinho sorriu com um sorriso que faria as delícias de Franz Hals, e foi mais descarado ainda pois devol-

---

[28] *Dunia La Taína*: dançarina dos cabarés havaneses muito famosa nos anos 50. (N.T.)

veu Eu ofereço o que me pedem, mas vejo que o senhor já está bem servido, e, apontando para a minha direita, desapareceu, eu olhei para onde ele havia indicado: um homem (só podia ser um homem, beirava os dois metros de altura) vestido com um dominó que o ocultava tanto que nem se viam seus olhos pelas aberturas do capuz, estava quase colado em mim numa atitude francamente provocadora, quero dizer, acariciando a sagrada zona onde começava a se notar um crescimento promissor, pensei em ficar ali, em entrar no jogo, só que me pus a pensar Eu não sei quem se esconde por trás da fantasia, vai que é um ser monstruoso, um desses homens desagradáveis que por alguma razão recorrem a uma máscara…, ao passo que o criado mostrava um rostinho fresco, risonho, e um par de braços bonitos, bem formados, sem alardes de músculos avultados à força de exercícios, portanto esqueci o gigante de dominó, decidi seguir o mulatinho que distribuía mandioca com *mojo*, peguei de uma bandeja um copo de não sei quê, não para beber, mas porque me sentia menos estranho de copo na mão, tentou abrir caminho como pôde entre tanto personagem célebre e tomado de luxúria, tentando por todos os meios não perder de vista o mulatinho, quando tropeçou e derramou o conteúdo intacto do copo na roupa de alguém fantasiado de marinheiro. Rolo levantou a cabeça. A palavra Desculpe ficou por pronunciar. Não, não se tratava de nenhuma fantasia. Você se lembra, Rolo, do marinheiro que encontrou naquela noite estranha da Ilha, a noite de outubro em que apareceu o Ferido, e você, bem antes disso, tinha ido até o terminal de trens e viu uma mochila, e em seguida o Marinheiro que saía do banheiro fechando a braguilha, quase adolescente, alto, magro, de pele escura e uma boca (a boca impressionou muito você) quase grossa mas sem chegar a sê-lo, movimentos elegantes, movimentos de bailarino e não de marinheiro? Lembra? Ali estavam de novo, muito perto, fixos em você, seus grandes olhos brilhantes, cor de mel, que não transpareciam nenhuma piedade. O Marinheiro, que estava sem máscara, sorriu. Não, não se preocupe, não tem a menor importância. Que voz, Rolo, que voz! Forte, bem temperada, não parecia uma voz e sim uma mão acariciando seu rosto. Você pensou que estivesse pedindo desculpas. Na realidade estava mudo e demudado, e o Marinheiro devia estar percebendo porque olhava para você intensamente, meio irônico, muito sábio, sabendo ele (tão jovem) tudo o que se passava com você (tão velho). E você só atinou a tirar o lenço, passá-lo pela perna do rapaz; ele, mais rápido, segurou seu pulso com força Não, senhor, não se incomode, para mim foi um prazer tropeçar com o senhor, voltar a vê-lo. E assim ficava fora de questão que se tratava do mesmo e que, além do mais, se lembrava de você. Você sorriu (ou pensou sorrir) e ficou ali, paralisado, sentindo que algo definitivo lhe acontecia por dentro. E justo nesse instante se apagaram as luzes. Bom, as luzes elétricas, pois alguns poucos candelabros deram rápidos brilhos ao salão. A música parou. Os casais se separaram como impelidos por uma ordem. Ouviram-se os acordes da grande marcha da *Aida*, abriu-se uma porta e aconteceu o inesperado: surgiu Jorge Tamayo, a Sanguessuga. E não era a Sanguessuga, mas uma constelação. Sua calva cabeça estava coberta por uma peruca grandiosa, de cachos dourados. Maquiada e sorridente a cara de Benito Mussolini. Enluvadas as mãos. Longo e amplíssimo o vestido, com infinitas camadas de tules, onde brilhavam centenas de luzes verdes, vivas, piscantes, que com toda a certeza não vinham de pedrarias falsas nem verdadeiras. Houve um primeiro segundo de assombro, um Ahhhhh!!, seguido por uma ovação que obrigou a Sanguessuga a erguer os braços e inclinar-se cerimonioso. Os convidados abriram alas. Ele avançou lento, majestático, iluminado o traje, iluminado o sorriso, levando a cada momento um lencinho bordado aos olhos para enxugar lágrimas que não corriam por seu rosto. Só quando as lâmpa-

Teu é o reino *315*

das se reacenderam e a grandiosa marcha deu lugar a Olga Guillot, *Voy viviendo ya de tus mentiras, sé que tu cariño no es sincero...* Rolo pôde ver que o vestido da Sanguessuga estava cheio de vaga-lumes presos em saquinhos de tule. Voltou-se Rolo para o Marinheiro: já não estava. Procurou entre a multidão que reiniciava a dança e a beijocação. O mulatinho das mandiocas com *mojo* abordou-o com uma bandeja de *tamales* Para que o senhor veja, tenho várias coisas para oferecer. Rolo nem o ouviu. Entre barretes, capelinas, coroas, cabanos, tricornes, birotes e laços, tentava achar o gorro de fita azul da Marinha. Não o encontrou. Sorrindo, tentando ocultar a agitação, continuou o avanço entre os que dançavam, de um lado para o outro, de canto a canto, numa busca cada vez mais infrutífera, desesperada. Até que Pepito K. se aproximou para lhe perguntar, mais do que com os lábios, com a ponta de ironia de seus olhos água-marinha, Perdeu alguém?, eu posso ajudá-lo no que desejar. Rolo quis continuar sorrindo. Acho que estou procurando a mim mesmo, devolveu, satisfeito de ter esquivado bem a farpa do falso toureiro. Parou então num canto, desta vez sob uma paisagem de Víctor Manuel (onde será que a Sanguessuga arranjou esse quadro? Victor Manuel quase não pinta paisagens, será falso?), e quis paz, sim, paz, pensou que chegara a hora de se retirar, mesmo que fosse carregando aquele desejo, aquela angústia que faria as delícias de Freud e Sandokan, assim em Viena como em Coco Solo. De novo, a seu lado, o gigante de dominó acariciava a promissora montanha sagrada. Não, não vou ligar a mínima para você, pode desistir, não estou tão desesperado assim para me deixar seduzir por uma máscara, além do mais, ainda não estou perdido, agora mesmo posso sair desta casa infernal e dar uma volta pelo Prado, sempre aparece alguma coisa, não se preocupe, Havana tem mais veados que palmeiras. Não obstante, quando o gigante de dominó foi se aproximando até colar o corpo ao seu, Rolo não se mexeu.

Deixou que o outro lhe acariciasse as costas, as nádegas, as coxas. Procurou ele o promissor volume e descobriu que não se tratava de nenhuma promessa, e sim de uma poderosa e estremecedora verdade. Vamos, ordenou o gigante. Rolo gostou do tom imperativo, da segurança com que lhe apertou o braço. *Noli me tangere*, exclamou Rolo com um sorriso que soube carregado de aquiescência e humilhação. Vamos, repetiu o outro, que evidentemente não entendera a frase nem estava interessado em entendê-la. Rolo sentiu-se transportado entre a multidão, com uma agradável sensação em que se misturava susto e desejo. Entraram no banheiro. Junto à porta, o camarada Stálin estava ajoelhado acariciando a grandiosa pica de Eugênia de Montijo. Nem o camarada, nem a imperatriz se abalaram com a chegada de Rolo e do gigante. Também Rolo caiu de joelhos cheio de devoção, como naqueles tempos em que, recebendo a hóstia das mãos do padre da igreja de San Rafael, sentia que uma multidão de anjos o conduzia para o reino da bem-aventurança.

Depois de tentar uma frustrada viagem pelo rio, Sebastián volta à Ilha, que agora é um bosque gigantesco e deserto, povoado apenas por Dianas, Hermes, Pensadores e Laocontes que a falta de luz torna luminosos e espectrais. Sem coragem para adentrar nela, parado junto ao Apolo do Belvedere que fica atrás do tapume do vestíbulo, Sebastián observa as árvores, que se agitam como se quisessem sair correndo, e o céu cada vez mais baixo, de um roxo intenso, pressagiando chuva há horas. Embora queira voltar para casa e fechar-se ali para ler, desiste, pois suspeita que agora Helena deve estar anotando números em seu livro interminável, e, além disso, é bem provável que resolva sentá-lo diante dela com o livro de educação moral e cívica, ou de religião. Por isso avança lento pela galeria, em sentido contrário ao

Teu é o reino 317

de sua casa, querendo que o tempo escape veloz. E contorna a Ilha sem decidir-se a pisar a relva, mas sem deixar de olhar enfeitiçado para a espessura que o atrai e atemoriza. Brinca com Buva e Pecu, os dois gatos de Chavito que estão acomodados sobre o ventre do Cristo da Pietá; continua até o imponente Moisés que se ergue onde termina a ala esquerda do conjunto e começa a casa de Consuelo. Agora, à altura da casa de Merengue, pensa ver um vulto entre as folhagens. O que ele viu é impreciso, quase nada, uma sombra atrás dos aloendros, alguém que se detém por um segundo e em seguida desaparece nessa zona final do Aquém, já quase no limite com o Além, que é a mais escura de todas porque a escolinha e a casa de Consuelo não têm luzes. Claro que Sebastián não pode garantir que haja alguém perambulando por ali. Uma coruja passa voando pesada e desaparece entre os choupos. A Ilha está cheia de miragens, de ilusões. As estátuas, e o vento, e a noite, e os galhos das árvores se confabulam para aturdir, para que você pense que as coisas são como não são nem podem ser. E contam-se longas histórias das confusões que ocorreram aqui. Muitas histórias, infinidade de histórias. E eu não quero ser enganado, não tenho a menor vontade de que a Ilha me faça de bobo, e por isso decido mandar o medo à merda, e me embrenho no arvoredo por um dos muitos caminhos de pedra que levam à fonte com o Menino do ganso, e escuto passos a meu redor, passos pesados, como de alguém que se arrastasse, e crepitam as folhas secas e se escutam os galhos que se partem, eu não me deixo enganar, é o vento que quer arrancar as árvores pela raiz, e chego à fonte e vejo que não há nenhum vulto branco ali. Está, sim, Lucio com um paletó de casimira azul-marinho, muito elegante, vestido como para uma festa. Tem um pé apoiado na borda do tanque e os braços cruzados sobre o joelho erguido. Um cigarro se consome entre seus dedos. Pensativo, fita a água do tanque e, como sempre, não nota a chegada de Sebastián. Silencioso, com respeito ou temor, Sebastián se aproxima dele e pára a seu lado. Lucio tira do bolso da calça um lenço vermelho e o passa pela testa seca. O cheiro de água de colônia do lenço é mais penetrante que o de todas as árvores, que o cheiro de terra molhada que o vento traz nesta noite. Sebastián se aproxima mais, alentado pelo mutismo de Lucio. Sem desviar os olhos da água parada, o homem pousa um braço nos ombros de Sebastián, abraça-o, abraça o rapaz e o atrai para si, tanto que Sebastián sente próximo o fogo da respiração do outro. Lucio agora fala com lentidão, como se lhe custasse encontrar o significado de cada palavra, Não entendo Sebas, não entendo, e olha para o garoto com uma ruga entre as sobrancelhas e pergunta Você sabe o que é não entender? E, claro, Sebastián afirma, pois já a própria pergunta ele não entende. E Lucio atira longe, na água, o cigarro sem fumar, e baixa a perna da borda do tanque e endireita o corpo, e volta seu rosto a se iluminar com o sorriso de sempre (onde brilha um dente de ouro), esse sorriso que tão famoso o fez entre as estudantes do colégio, e Sebastián ainda sente sobre os ombros o peso do braço do outro quando escuta Não ligue para mim, garoto, não ligue, eu sou um ignorante que não sabe nada, e se afasta sorrindo, mas fica na fonte o cheiro de água de colônia, como se Lucio se tivesse dividido em dois.

Alguém chora. Não há dúvida. Sebastián acha que os soluços vêm da zona do Eleguá e para lá se dirige sem pensar duas vezes, e contorna a fonte, e passa o apuí sagrado, e chega às flecheiras que rodeiam o bebedouro vazio (ainda com a sombra verde indicando onde um dia houve água), e por fim avista a grande pedra com olhos de conchas, faces riscadas e boca que sorri mostrando os dentes que são as pedras brancas do rio. No chão, com as costas contra o Eleguá, está Tingo. E quem chora é ele, e chora incontível, com um choro que parece não ter tido começo e que tampouco terá fim, pois, quando Tingo chora, parece chorar desde sempre e para sempre. Sebastián senta ao lado dele e lhe diz Me diga, por que você está chorando? O que aconteceu? Vamos, me conte. Tingo continua como se não o ouvisse, como se o choro fosse a única possibilidade, a única salvação. Escute, olhe, eu estou aqui, olhe para mim, sou Sebastián, seu amigo, olhe para mim, e Tingo chora e chora. Chora sem parar. E soluça. Sebastián lhe acaricia a cabeça, Ô, rapaz, que é que há? Conte para mim, o que aconteceu? E, quando sente a mão de Sebastián acariciando sua cabeça, Tingo se estremece, é evidente que se estremece, e ergue para o amigo os olhos que o choro faz mais bonitos, e aos poucos vai se acalmando, vai parando de chorar e, entre suspiros, ainda soluça várias vezes, tenta se controlar até que o consegue e enxuga o rosto com as costas da mão. Há um silêncio entre os dois. Um silêncio que não é silêncio, porque, na Ilha sacudida pelo vento, parece haver uma multidão gritando insultos; claro que, escutando melhor, você logo percebe que não é uma multidão, que não são insultos, e sim os galhos de tantas árvores. E Tingo, com a voz entrecortada, fala sem olhar para Sebastián, com os olhos baixos como se estivesse falando sozinho, como se suas palavras não interessassem a mais ninguém.

Quando a senhorita Berta falou que podíamos ir embora, que dava por encerrada a aula da tarde porque a chuva ia cair a qualquer momento, eu ainda não tinha acabado de copiar da lousa o texto sobre os Alpes, que tanto trabalho me deu, você sabe, eu não entendia e não sei por quê, eu escrevo devagar e não consigo escrever mais rápido, por mais que me apresse e tente alcançar vocês, bom, você sabe, que sempre me vê escrevendo rápido e acabando depois, muito depois de vocês, e foi isso que me aconteceu hoje, e quanto mais rápido eu tentava escrever, mais demorava, e aí vocês foram embora, e a senhorita Berta me olhava com aqueles olhos estranhos, de quando está agoniada, você sabe, e vira e fala Tingo, eu vou indo porque não quero pegar chuva, e eu falo Calma, Senhorita, falta pouco, já estou quase acabando, e ela diz Não, você sempre diz a mesma coisa e nunca acaba, portanto, fique, acabe, apague a luz e tranque a porta, e eu fiquei lá sozinho com aquelas palavras da lousa que não conseguia entender, que nunca entendi, você sabe o que são os Alpes, Sebastián? Bom, não faz diferença. O caso é que no fim acabei, e para falar a verdade não acabei, porque pulei um monte de palavras e botei um ponto final que não era, você sabe, um ponto final, e apaguei a luz e tranquei a porta e saí para a Ilha, contente porque logo ia chegar em casa e largar os cadernos e ir procurar você, saí para a Ilha, e vi que, realmente, parecia que a qualquer momento ia cair um temporal, que a gente sentia como se a chuva já estivesse caindo, um barulho de água e mais água que não sabia de onde vinha, porque a Ilha ainda estava seca, e aí, Sebastián, é que começou a acontecer o que aconteceu e que você não vai acreditar e eu peço que acredite, mesmo que não entenda, como eu também não entendo, juro que é verdade o que eu vou contar, e vou começar contando que o recanto martiano não estava, e eu não podia acreditar, como é possível que o busto do Martí não estivesse lá no seu canto, se eu de manhã, você sabe, fui lá colocar rosas e tudo, e dei alguns passos e pensei que talvez o Chavito tivesse mudado a estátua de lugar, que o Chavito é assim, e dei alguns passos, dez passos eu dei, e isso eu posso garantir porque contei, e foi a pior coisa que eu podia ter feito, porque aposto que você não sabe o que aconteceu, cheguei num lugar com umas árvores muito esquisitas que nunca tinha visto, de folhas grandes e amontoadas na ponta do galho, e de um verde-escuro, feio, e com um cheiro que não sei explicar, e, como eu nunca tinha visto na Ilha umas árvores como aquelas, voltei, mais dez passos de volta para a escolinha, e aí eu vi que não tinha escolinha, que já não era só o busto do Martí que tinha sumido, mas também a escolinha estava desaparecida, aí eu vi que estava num lugar que não tinha nenhuma diferença com aquele outro, com as mesmas árvores de folhas grandes, verde-escuras, amontoadas na ponta dos galhos, e eu pensei que, desviando um pouquinho para a esquerda, caminhando reto para a esquerda, só podia dar na porta do Além e aí podia me orientar com a casa da Consuelo, ou se desviasse para a direita podia chegar na casa da Marta e da Mercedes, e depois na casa da senhorita Berta, e depois na da Irene e depois na minha, mas, por mais que me embrenhasse entre aquelas árvores tão esquisitas, não chegava a lugar nenhum, nenhum lugar aparecia, e embora o temporal fosse o mesmo, o mesmo vento e a mesma ameaça de chuva, a Ilha estava diferente, e eu não tinha como saber onde estava, e aí eu pensei que podia chamar, chamar você, ou alguém, e gritei, gritei muito, mas ninguém apareceu, ninguém ouviu, e continuei andando, mas aí eu achei que podia andar no sentido contrário, para o portão da rua, você sabe, queria de todo jeito encontrar uma estátua, pois se eu tivesse visto o homem jogando o disco, ou o outro com os filhos lutando contra uma serpente, ia ser outra coisa, porque eu ia saber em que parte da Ilha estava, e aí eu vi para que servem as estátuas, que as estátuas estão para a gente saber por onde anda, mas eu não via estátua nenhuma, elas não apareciam, e além disso as árvores continuavam as mesmas, esquisitíssimas, e eu não via nem palmeiras, nem sumaúmas, nem umbaúbas, nem sapatinho-do-diabo, nem as roseiras da Irene, nem nada, nada, só aquelas árvores esquisitíssimas, e aí eu pensei que, como a Ilha é toda fechada, se eu andasse reto, para onde quer que fosse, acabaria topando com um muro, não tinha dúvida, ia topar com uma casa, e andei reto um monte de tempo, devem ter sido horas, porque começou a escurecer e meus pés estavam doendo e começaram a sangrar, e eu já não agüentava mais e não aparecia nenhuma casa, nenhum muro, e, para piorar, minha pele começou a arder e saíram essas bolhas e fiquei com a pele toda vermelha e pensei que tinham me colocado numa fogueira que nem aquele santo de Savona não sei das quantas de que a senhorita Berta vive falando, e senti a maior sede que já senti, e a maior fome, e aí, quando já ia achando que só podia me jogar no chão, quando estava quase entregando os pontos, cheguei num lugar, não um lugar daqui, não, mas um lugar onde eu nunca tinha estado.

Uma casa, Sebastián, um castelo, um palácio, bom, sei lá, um prédio muito velho, caindo aos pedaços, com muros dessa grossura, descascados, sem tinta, manchados de preto e verde, e mais altos que os daqui, juro, mais altos, com janelas e grades, e de cada rachadura saía uma planta, samambaias, saramagos, até uma umbaúba bem encorpada saía de uma das rachaduras dos muros, e eu não sabia por onde entrar, dei várias voltas, e nada, não tinha porta, só aqueles muros, que davam até medo de tão altos, e mais nada, e mesmo sendo de noite dava para enxergar direitinho, nunca vi uma noite como essa, tão clara que nem minha sombra tinha sumido, eu continuava com a minha sombra como se fosse meio-dia, e eu, dá-lhe caminhar, quase desmaiando de cansaço, às vezes chamando a minha mãe, baixinho, não fosse me ouvir alguém que não fosse minha mãe, e em volta da casa ou do castelo ou do palácio, você sabe, tinha um bosque de fazer inveja na Ilha, é, sim, um bosque de verdade, e quem foi que uma vez disse que os bosques têm alma, e que, mesmo quando são derrubados, a alma deles sempre escapa? Quem foi que disse isso? Foi você? Só podia ser você, quem mais inventa essas coisas? Aí eu cansei e sentei embaixo de uma janela, e ouvi alguém chorando, suspiros, soluços, e pensei que era eu, que meu próprio choro vinha de outro lugar, de longe, do alto, da janela, mexi no meu rosto, e estava seco, eu estava cansado, você sabe, não tinha força nem para chorar, e falei, você está na escolinha e pegou no sono na carteira e amanhã, quando a senhorita Berta abrir a classe para a aula, vai acordar você, falei assim, para mim mesmo, e também falei que talvez minha mãe ia perceber que eu não tinha voltado para almoçar nem para dormir e começava a me procurar, e acabavam passando pela escolinha e me achavam dormindo na carteira, e me acordavam e eu contava para todos esse pesadelo, falava Ai, vocês não sabem o que eu sonhei, e dávamos muita risada, Sebastián, estava me enganando feito um bobo, eu sabia que não era sonho nem pesadelo nem nada, aquilo parecia tão verdade como eu mesmo, e se aquilo não era verdade, então, eu mesmo era tão mentira como aquilo, que eu já sonhei muito e sei quando estou sonhando e quando não estou, e falei Calma, rapaz, calma, e fechei os olhos para tentar descobrir como eu tinha chegado até lá, porque todo caminho que vai, volta, então devia ter um jeito de voltar, e olhei para o alto lembrando aquilo que seu tio Rolo nos explicou uma vez, lembra?, que as estrelas, como as estátuas, servem para guiar a gente quando se perde, aí olhei para o céu e tinha tantas estrelas e tão brilhantes que não soube qual delas podia me ajudar, e a lua estava redonda e grande, amarela, mas também não me ajudava porque, quando levantei e caminhei para a direita e para a esquerda, ela foi junto, para a direita, para a esquerda, e as estrelas também iam de um lado para o outro, seu tio Rolo nos enganou, você sabe, nos enganou, e voltei a rodear a ruína, escutando o choro, os soluços, os suspiros, às vezes palavras, inclusive eu me lembro de uma frase, e me lembro porque me chamou a atenção, uma voz de homem bem forte falava Num doce estupor sonhando estava, e eu me lembro bem porque achei a palavra estupor muito bonita, você não acha?, e também tenho certeza de ter ouvido outra voz de homem, mais triste, mais suave, que dizia Quem, dentre a hierarquia dos anjos, me ouviria se por ele eu chamasse?, com que tristeza, Sebastián, com que tristeza, e não é que numa dessas voltas eu acho uma porta, não sei como eu não tinha visto antes, se nunca vi uma porta tão grande, enorme, com pregos cabeçudos, escancarada, e entrei numa sala, e digo sala porque não sei como chamar esse lugar onde entrei, grande, com um teto que se perdia lá no alto, e móveis, tantos móveis que você nem pode imaginar, móveis velhos, escangalhados, lustres, livros, roupa, roupa velha, quadros de paisagens, de gente séria que olhava feio e me deixava triste até não poder mais, mais do que eu já estava por ter me perdido, e tinha caixas, espelhos quebrados, principalmente um, quebrado em vários lugares onde me olhei, e agora é que você vai se espantar: não me vi nele, achei um senhor que ria, inclinando o corpo de um jeito esquisitíssimo, eu nunca na vida vi alguém se inclinar assim, e estava fantasiado, com uma roupa muito estranha, e sorria, piscava um olho, bem feio o homem, sabe?, e a voz não saía da boca dele mas da casa inteira, ou de cima, do teto, e me falou Seja bem-vindo, e eu não sei o que respondi, acho que não, que não respondi, só olhei para ele com olhos assustados, quer dizer, eu imagino que estava olhando com olhos assustados: ele me pediu, Não se assuste, e levantou uma das mãos no ar, e na mão tinha um chapéu preto, que nem o chapéu dos mágicos, ou desses que a gente vê nos filmes de antigamente, e me perguntou qual o meu nome e eu falei Tingo, primeiro eu pensei em mentir, pensei em dizer o seu nome ou o do Vido, e vi que o homem ficava sério e pensativo, e me olhava como se a aparição fosse eu e não ele, e me perguntou, aposto que você não sabe o que ele me perguntou, veio bem para perto de mim e eu vi aquela cara feia quase colada na minha, que até senti seu bafo azedo, e me perguntou Você não é Sebastián? E eu, como é que eu ia mentir?, fiz que não com a cabeça, Não, senhor, eu não sou Sebastián, Pois então, res-

TEU É O REINO 325

pondeu o homem com aquela voz que não saía dele mas da casa inteira, vá e diga a esse garoto que estamos esperando por ele, e mostrou o
chapéu, que nem fazem os mágicos no circo, mostrou o chapéu como
se fosse uma coisa muito cara, e o colocou na cabeça, pelo amor de
Deus, Sebastián, você tem que acreditar em mim, no momento em
que esse homem tão feio e com aquela roupa tão esquisita colocou o
chapéu, desapareceu, isso mesmo, sumiu da minha frente, e eu procurei por toda parte, e nada, colocou o chapéu e sumiu, e só fiquei
escutando a voz dele, o eco, que se repetia cada vez mais longe, diga
para Sebastián que estamos esperando por ele, e me joguei no chão e
chorei, chorei até meus olhos doerem, e, quando os abri, vi você, e vi
que estou na Ilha, e que sou um paspalhão, que foi tudo um sonho.

> *Esta noche es Nochebuena,*
> *vamos al monte hermanito*
> *a cortar un arbolito,*
> *porque la noche es serena.*
> *Los reyes y los pastores*
> *andan siguiendo una estrella...,*

Assim canta Tingo por toda a Ilha na tarde de 24 de dezembro.
E Sebastián, que o ouve, sai correndo atrás de Tingo para ajudá-lo a
cortar a arvorezinha, quando

volta a ver o Ferido escrevendo no caderno. Que é que você está
escrevendo? Anotações. Para quê?
para decidir que esta noite não será de Natal,
que não iremos à mata,

maninho,
para cortar nenhuma arvorezinha, por mais que a noite
seja serena, para decidir que não haverá
nem reis nem pastores,
que as estrelas se apagarão
para decidir que não se iluminarão as árvores
de Natal,
nem haverá presépio
para decidir que nesta noite não será posta
a grande mesa familiar
com as toalhas de linho branco,
bordadas,
nem o jogo de porcelana chinesa,
nem os talheres de prata que só se costumam usar
nesta noite do ano
para decidir que não faremos *congrí*[29]
nem mandioca, nem salada de tomate
com rodelas de cebola,
nem assaremos leitão nos vãos do vestíbulo,
que não traremos torrones de Jijona (meus preferidos)
nem de Alicante (de que eu gosto menos),
que não gelaremos cervejas,
nem vinho tinto (nesta terra calcinada
é preciso esfriá-lo),
já não haverá mais nozes,
nem avelãs,
muito menos tâmaras,

[29] *Congrí*: prato antilhano à base de arroz, feijão e carne de porco, temperado com cominho, orégano e louro. (N.T.)

que aqui nunca se cultivaram nem se cultivarão,
e que não haverá filhós nem goiabada com queijo
(sobremesa que horrorizaria qualquer francês)
para decidir que as crianças não cantem
nenhuma canção
enquanto os adultos contam piadas obscenas
para decidir que ninguém se sentirá transportado de emoção
religiosa,
já que, embora o Natal da Ilha
tenha sido sempre uma festa pagã,
há quem saia para olhar a lua,
as nuvens, a noite
e acredite ver nelas mensagens
ocultas de poderes imortais,
onímodos
para decidir que os personagens
que se movem nesta Ilha não se lembrem
de que hoje
é véspera do nascimento do Filho de Deus,
segundo as convenções
do calendário ocidental

Por que você quer que esqueçamos uma coisa que nos faz felizes?

Para que se acostumem a esquecê-la, não me leve a mal, só estou
tentando ser piedoso, e agora saia, preciso de sossego, me deixe escrever, logo mais teremos bastante tempo para conversar.

Contam que, na noite de Natal, alguém viu a Condessa Descalça na Feira do Século. Contam que a viram no carrossel, que a viram entrar na casa dos espelhos, no labirinto em cujo final não havia nenhum minotauro (nunca há nenhum minotauro no final de nenhum labirinto), e sim uma velha boneca mecânica que ria sem parar. Contam que posou para fotografias em que, apenas colocando a cabeça num buraco, saiu retratada com o corpo de uma cortesã do Rei Sol, de uma camponesa tirolesa, de uma Menina de Velázquez, de Orville Wright num biplano. Contam que pescou salsichas e frigideiras no Poço da Sorte, e que lavou o rosto na fonte da Eterna Juventude. Contam que bebeu cerveja na taberna de Don Ramón e que, enquanto bebia, cantou canções de Manuel Corona e Sindo Garay. Contam que assistiu três vezes a um filme de Errol Flynn, e que entrou na barraca de Mayra, a Cartomante, e foi ela (a Condessa) quem leu o futuro. Contam que nessa noite se escutou (fazia tempo que não se escutava) a dolorosa flauta de Cirilo. Contam que, mais tarde, muito mais tarde, alguém a viu acompanhada de um marinheiro, e que iam de braço dado, passando a Diana, como quem quer sair do Aquém para entrar no Além. Contam que iam recitando um poema de René López, o mais famoso, aquele que começa

> "Barcos que passais em alta noite
> pela azul epiderme destes mares…"

Contam que a Condessa estava muito contente, que ria e que jogou para o Eleguá de Consuelo, como oferenda, sua bengala de acana em forma de serpente. Contam que o marinheiro a beijou na testa quando chegaram à cancelinha que separa o Aquém do Além. Contam que a Condessa se virou e gritou Isto não é uma Ilha, mas um monstro cheio de árvores, e contam que riu, e como riu. E contam muitas outras coisas, claro, porque contar não custa nada e as pessoas são capazes de inventar qualquer história só para ver os outros chorar ou se inquietar.

(Já que se decidiu abolir a noite de Natal, passemos direto para o dia, adiantemos o calendário e escrevamos: é a manhã de 25 de dezembro.)

É a manhã de 25 de dezembro. O estrondo surpreende Helena no momento de preparar o café para Sebastián. É um estrondo como se a Ilha inteira tivesse desabado. Ela corre, sai para a Ilha e constata: nada aconteceu, foi apenas um dos múltiplos enganos deste lugar amaldiçoado.

É a manhã de 25 de dezembro. O estrondo não surpreende Helena. Ela sai de manhã, contorna a galeria, pega pelo caminho de pedras que passa junto à Vênus de Milo, segue contornando a Fonte com o Menino do ganso e continua rumo à casa de Consuelo pelo outro caminho que se abre entre a Diana e o Discóbolo. Antes de chegar, já assiste à queda das últimas vigas, dos últimos pilares, e vê uma imensa coluna de poeira surgindo entre as ruínas do que um dia foi a casa de Consuelo.

Não se sabe o que pode ter provocado o desabamento. Talvez um vento mais forte e o sol quente, juntos, tenham conseguido abrir uma brecha no telhado, e o telhado tenha começado a afundar junto com a areia e os escombros, descendo por ele com rapidez para que a força do telhado (ao afundar) faça com que as colunas (já rachadas)

330 *Abilio Estévez*

não suportem o peso, e venham abaixo. Quando as colunas cederem, restará apenas esperar o estrépito; em questão de minutos, a casa, que tem sua história, deixará de ser uma casa para se transformar numa inútil montanha de pedras.

Será agora uma pedraria imprestável a antiga casa de Consuelo, mas quero que você saiba que essa casa teve sua história, aqui morou uma moça magra e não muito alta, de olhos, boca e nariz grandes, que dançava o tempo todo, é, sim, dançava ao som de Delibes, Adam, Tchaikovsky, Minkus, dançava sem parar, de manhã, de tarde e de noite, sempre dançando, e tanto dançou que chegou a Nova York dançando, e virou primeira *ballerina* de uma companhia de lá, e chegou a ser uma das maiores *ballerinas* do século, sim, senhor, que fazia uma Giselle como ninguém, e ninguém pode me desmentir; e morou também Julio Antonio, El Hermoso, que era assim chamado com justa razão, pois duvido que tenha existido um homem mais lindo em toda a Ilha, e não estou falando desta Ilha, mas de toda a Ilha (de Cuba), e aqui morou Julio Antonio, o Belo antes de ir para o México com uma mulher também muito bonita, fotógrafa, para encontrar a morte (Deus não perdoa, dizem, que pela terra andem homens tão belos, Deus quer todos perto dele como anjos); e aqui morou uma negrinha muito simpática que dançava rumba no circo dos irmãos Torres, e essa negrinha passava o dia chorando não sei por que razão trágica de sua vida e por isso a chamavam a "La Rumbera Triste", embora fosse uma ótima pessoa, sim, senhor; e também morou um cientista chamado Arsenio, que queria tapar o sol, colocar um teto na Ilha, instalar aparelhos de refrigeração gigantes, importar neve, para que, vivendo em Cuba, vivêssemos na Islândia, e nem preciso dizer que o projeto do cientista chamado Arsenio nunca se realizou; e aqui morou um tal de Valdés (marido de Espera Morales), que todos chamavam

O Comunista e vivia lendo Lênin e de quem, por isso mesmo, todos tinham justo terror, e as velhinhas se persignavam quando o viam passar, e as mulheres fechavam portas e janelas, e os homens interrompiam as partidas de bilhar ao vê-lo aparecer, e as crianças lhe atiravam pedras, e O Comunista só dizia Chegará o tempo de minha vingança; e aqui morou também o capitão Caspio, um marinheiro que entendia de marinhagem como nenhum outro mas que nunca se atreveu a navegar, pois tinha a teoria de que o horizonte não era uma linha imaginária, e sim um muro, e que os navios se chocavam contra ele; e aqui morou um pintor chamado Ponce e um poeta chamado Regino, e Lorenzo, o pianista, e duas irmãs acrobatas, e um sacerdote chamado Carlos Manuel (como o pai da pátria), e outro escritor, Reinaldo, e Maité, a do coelhinho, e vários assassinos famosos cujos nomes não cito (não gosto de atrair o azar), e, claro, aqui morou Consuelo, que falou com a Virgem, e só isso bastaria para que chorássemos, até o fim dos tempos, a destruição dessa casa cheia de história.

Chegou-se a dizer que, antes de morar na Ilha, Consuelo, a Mulata, morava numa casinha de madeira que se erguia na barra do Almendares, em frente ao torreão de La Chorrera, perto do misterioso casarão dos Loynaz (o mesmo que Dulce María descreveu num estranho romance). Consuelo, muito jovem, vivia feliz com a mãe, negra e muito velha, que fora escrava da família Simoni. Escrava afinal, a mãe de Consuelo tinha um pouco de bruxa e de sábia. A mãe nunca quis falar do pai de sua filha, por isso pouco se sabia do pai de Consuelo, apenas que devia ser branco: da pele de Consuelo desaparecera a negrura da mãe. Filha de branco afinal, não lhe faltava astúcia; a mistura racial faz crer que, além da beleza, Consuelo possuía os atributos indispensáveis (astúcia, vidência e sabedoria) para ser uma cubana de lei. Viviam de seus bordados. As famílias honradas (isto é, abastadas) de Havana as procuravam com camisolas, enxovais de noiva, lençóis de linho e vestidos brancos. Conta-se que, naquele tempo, Consuelo ainda não tinha consciência de seus dons divinatórios. Um dia entre os dias, Consuelo disse para a mãe Cada vez que afasto os olhos do bordado, vejo peixes, muitos peixes. A mãe fez mais visível o halo azul de seus olhos, cansados de sofrimentos e bordados, e perguntou Em sonho, você quer dizer? Não, mamãe, eu nunca sonho, a senhora sabe disso; vejo peixes quando tiro a vista do bordado, quando não olho nem a linha nem o pano, e aí, mamãe, eu vejo peixes. A mãe pôs de lado o bastidor de seu bordado, levantou-se, saiu para a manhã radiante, olhou ao longe, para o horizonte onde se viam veleiros. Ao voltar para sua cadeira, exclamou entre suspiros Tem perigo. Consuelo olhou para ela sem entender. Tem perigo, vem vindo o temporal. Consuelo continuou sem entender. A mãe perdeu a paciência Os peixes, minha filha, os peixes! A conversa deve ter acontecido por volta das onze da manhã. Por volta das três da tarde, as ondas já saltavam sobre os recifes e vinham bater quase no quintal da casa. Meia hora mais tarde, o mar já subia a olhos vistos e chegava às escadas do forte e se confundia com o rio, e a duras penas Consuelo conseguiu subir a mãe a uma mesa, e depois subiu ela mesma em outra mesa quando o mar já ia entrando na casa e arrancando-a de seus cansados alicerces, e a mãe disse Não se preocupe por mim, sou filha de Iemanjá, graças a ela chegou a minha hora, cuide de você, que tem muito o que fazer, e eu, assustada, falei A senhora não pode me abandonar, mamãe, a senhora não pode me deixar sozinha, e ela não respondeu, coitada, pois o mar estava carregando a casa, e a vimos (a casa, digo) descer o rio, se afastar, aquela casinha onde tínhamos vivido doze lindos anos, arrastada pelo mar como um barquinho sem capitão, indefesa, minha casinha (pobre, sim, mas minha), arrastada pelas ondas. As mesas também não resistiram ao embate do mar.

Primeiro saiu a mãe, como sobre uma balsa, sem alegria mas sem medo. Quando a mãe viu que chegara a hora de partir, gritou para Consuelo Árvores, minha filha, muitas árvores, e não se esqueça da Virgem! Tampouco dessa vez a filha entendeu a mensagem. Coube a Consuelo ver a mãe se afastar mar adentro, até que foi apenas um pontinho, nada, no meio da imensidão. Sua própria mesa começou a ser levada pelas águas, só que ela teve a sorte de que a sua se espatifasse contra os muros do torreão, e um policial gentil (às vezes existem) a salvasse daquele mar disposto a acabar com Havana (não seria a primeira vez — muito menos a última — que o mar tentaria acabar com a cidade). Duas semanas depois, o mar se retirou sem completar seu trabalho (não completar o trabalho até as últimas conseqüências era justamente seu trabalho). A retirada do mar deixou em Havana quantidades inimagináveis de desperdícios, algas, fósseis marinhos, peixes mortos, restos de galeões submersos e de afogados. Foi nessa hora funesta que Consuelo teve consciência de que ficara sem casa. Ignoro se todos os seres humanos conhecem o que encerra a frase "ficar sem casa". Não existe perplexidade que se possa comparar. Não existe desamparo que se possa comparar. Não existe terror que se possa comparar. Acontece que, quando uma casa é levada pelo mar, você não perde apenas um teto onde se proteger da intempérie, da chuva, do frio do luar, não perde apenas o lugar onde sonhos, grandezas e mesquinharias estão a salvo do olhar (severo) do outro, de quem escruta e examina para descobrir em que parte do corpo se esconde sua fraqueza, onde você guarda o que não deve ser visível, acontece que você não perde só aquilo que protege e dá calor, o lugar que permite que você seja o mais você de todos os vocês que mostra, acontece que uma casa não é só o Lugar, aquele do refúgio e do pudor, uma casa é também o armazém das suas lembranças, onde você guardou as caixas de bombons, já sem bombons, cheias de cartas e fotografias, aquela imagem da modelo de revista a quem você quis se igualar, o lugar onde compartilhou quimeras e terrores, o lugar onde lavava a roupa (que é uma forma de purificação), e onde preparava os alimentos (que é uma forma de comunhão), e onde tomava banho (que é uma forma de se igualar ao Senhor), e onde dormia (que é uma forma de se aproximar do mistério), uma casa é também o lugar de defecação (que é a forma de ir-se acostumando a devolver à terra o que é da terra), e o lugar do amor (que é a forma de cada qual experimentar o gozo da expulsão do Éden), e o lugar onde você tem a ilusão de que uma porção do Universo lhe pertence, o único em que Pascal deixava de sentir terror diante dos espaços infinitos, já que é também o lugar construído à sua escala, onde você não se sente uma mísera partícula num plano infinito no tempo e no espaço, é pôr limites ao Universo e dizer de modo categórico Este é meu lugar, e é bom porque é meu lugar. Assim explicou Consuelo a seus parentes a sensação de ter perdido a casa. Explicou-a assim, grandiloqüente, sentimental, porque era uma mulher grandiloqüente, sentimental, e também porque, é bom deixar registrado, sendo personagem, afinal, possuía os defeitos de seu autor (daí ter citado Pascal, autor que Consuelo não conhecia nem por sonho). Foi, contudo, suficientemente explícita para que seus parentes entendessem que ficar sem casa era a coisa mais terrível que podia acontecer a qualquer ser vivo. Mas nem por isso lhe ofereceram refúgio. Pretextaram pouco espaço, lamentaram não poder ajudá-la (será que sempre precisamos de pretextos, de um modo de negar que não exponha a dimensão de nossa mesquinharia?). Consuelo passou a viver com os mendigos da Plaza Vieja. Ali, nas arcadas, nas galerias dos palácios decadentes, ela encontrou um teto transitório sob o qual viver, para não se molhar com a chuva nem adoecer com o frio úmido da madrugada. Depois da negativa dos parentes, decidiu pedir uma audiência com uma antiga freguesa que talvez estivesse disposta a ajudá-la, a digníssima senhora Silvina Bota, cronista social de um importante jornal, que sem dúvida conhecia "todas as esferas do poder" (como ela vivia repetindo) e que pertencia a uma Associação de Damas pelo Bem do Próximo. Um tanto velha, um tanto gorda, a senhorita Bota guardava, no entanto, certo ar de menina que não sabia o que fazer com toda aquela idade. Usava roupa de marinheiro e cabelo à pajem. Seus olhos eram tão doces quanto sua fala pausada e carregada de cultismos, anglicismos, galicismos, arcaísmos. O que mais fascinava Consuelo eram suas mãozinhas (carregadas de jóias), aquele par de pombinhas indefesas que revoavam em torno das palavras. Recebeu-a em seu elegante escritório, mais gentil do que nunca seu rostinho de menina envelhecida. Consuelo repetiu o monólogo (que não voltaremos a transcrever) e sentiu-se escutada com atenção. A senhorita Bota tinha a habilidade de morder as unhas sem afetar em nada o batom Avon. Nem bem terminou a bordadeira seu doído discurso, a senhorita Bota lhe perguntou com voz de soprano Você disse que está vivendo sob as arcadas da Plaza Vieja? Consuelo afirmou com veemência. A senhorita Bota deixou sua bela cadeira Renascimento espanhol, passeou pelo escritório e disparou *But*, você tem um teto, esses antigos e luxuosos palácios foram construídos para a *eternity*, do que você se queixa? Não seja tão ambiciosa, Consuelito, quando chove, você não se molha, quer mais do que isso? Outro dia entre os dias, os mendigos resolveram fazer, em frente ao palácio presidencial, um protesto conhecido como a Marcha dos Sem-Casa. A líder foi Consuelo. Como o protesto foi duramente reprimido, ela teve de fugir, e achou que Marianao seria um bom lugar para se esconder. E, graças a essa fuga (quem pode vangloriar-se de conhecer os desígnios de Deus?), conheceu a Menina Ibáñez, uma velhinha que sofrera mil desgraças e que talvez por isso estava sempre animada, alegres seus olhos azuis, propensa ao riso. A

336 *Abilio Estévez*

Menina Ibáñez, que levara à falência o marido vendeiro presenteando mantimentos a quem não tinha dinheiro, acolheu-a por vários dias, deu-lhe dinheiro e comida e apresentou-a, com segundas intenções, a Lico Grande. Lico Grande (homão de quase dois metros, preto como um mandinga) dedicava-se com idêntica sorte à relojoaria e à jardinagem. Acreditava que Deus se manifestava em cada coisa criada, da mais insignificante formiga até a senhorita Bota, e tinha o costume de vez por outra exclamar sem quê nem para quê Acabo de perceber que cada coisa quer continuar sendo o que é. Por isso, porque Deus era homem, montanha, rio ou árvore, Lico Grande e Consuelo se casaram. Há quem diga que durante a Primeira Intervenção Norte-americana, há quem diga que durante o governo de Tiburón. O fato carece de importância: a Ilha sempre foi a mesma, governasse quem governasse (razão pela qual não se pode dizer que o tempo transcorra sobre ela). O certo é que, já por aqueles anos (para usar uma medida de tempo com que possamos nos entender), Consuelo sabia de seus poderes e dispunha de plena capacidade para utilizá-los. Assim, por exemplo, dias antes de conhecer Lico Grande, para onde quer que ela olhasse, via bosques. Em outra ocasião, começou a ver coroas cheias de luz. Certa noite, junto a uma sumaúma, apareceu-lhe Nossa Senhora da Caridade de El Cobre. Não foi nada de extraordinário, explicou, segundo o que nós, mortais comuns, chamamos extraordinário, mas foi extraordinário de um modo que ela não pôde (ou não quis) explicar. Havia alguma coisa nela, costumava dizer, que parecia mais real que a própria realidade, um brilho sem luz, um corpo sem corpo, um sorriso sem boca, uma conversa sem voz. Como resultado da visão, Consuelo passou dias e dias chorando, inconsolável. Chegamos a pensar que Nossa Senhora podia ter feito revelações sobre o destino da Ilha. Nunca soubemos o que ela disse.

Um desabamento. Na manhã de Natal. Cada um dos personagens que vimos aparecer e desaparecer como sombras na Ilha se surpreende, a seu modo, com o estrondo. Cada um corre para onde crê que ocorreu a catástrofe, e cabe aqui ressaltar que nenhum deles se dirige para o mesmo lugar. Mais tarde, quando já souberem que veio abaixo a antiga casa de Consuelo, tentarão descobrir o significado do desabamento. Se bem que, talvez, assim como na vida, tampouco na literatura os fatos devam por força ter um significado.

Mercedes, será verdade que um dia houve aqui um palmeiral, uma Nossa Senhora da Caridade de El Cobre, essa casa que dizem de Consuelo? Pode ser que Irene esteja regando as flores do jardim, ou sentada numa das cadeiras de balanço da galeria, com aquele falcão empalhado (o leitor é livre para escolher). Pode ser que Mercedes venha colher umas rosas para pôr junto ao nicho vazio da Virgem, ou que tenha acabado de chegar abraçada ao crânio de Hylas. Ante a pergunta inesperada, pode ficar sem resposta e preferir fitar as copas das árvores da Ilha. Você já parou para pensar, pode continuar Irene, como são poucas as coisas que sabemos com certeza; e pode ser que Mercedes (calcada, afinal, nos seres humanos, poderia, se quisesse, ser muito cruel) tenha estado a ponto de dizer Que você não tenha memória não quer dizer que todos sejamos desmemoriados. Se bem que (como os seres humanos, também Mercedes seria condescendente) pode guardar silêncio. Podem continuar sozinhas durante boa parte da tarde, conversando de coisas nada vãs, como o melhor tempero para o feijão preto, ou a última moda em Paris, ou pode ser também que Helena se junte a elas com ar preocupado.

Mas ninguém nunca soube que a Condessa Descalça morava na antiga casa de Consuelo. Nem nunca saberá. Ninguém pensará que é o caso de levantar esses escombros. Se não há o que procurar ali, por que haveriam de pensar? Fazia anos que a Condessa entrava ali de madrugada e se deitava no chão, sobre mantas dadas que ela tratava de manter sempre limpas. Pode-se imaginar o imenso prazer que a Condessa sentia, só de ver como, ao deitar, seu sorriso de deboche dava lugar em seu rosto a outro de bem-estar, de serenidade. Nessa noite de 24 de dezembro que não foi véspera de Natal, ela se deitou como sempre, à luz do candeeiro, acompanhada daquele livrinho de Petrarca, *De vita solitaria*, do qual não teve tempo de ler nem sequer uma página. Logo pegou no sono. E teve alguns sonhos vagos, até que, dentre esses sonhos imprecisos, surgiu com muita nitidez a imagem de dona Juana. Mas não era essa dona Juana de noventa anos que dormia o tempo todo com um terço nas mãos, e sim uma moça linda conhecida como Tita. E no sonho dona Juana a convidava para uma festa. E a Condessa, que em sonho também era jovem e bonita, perguntava O que vamos comemorar nessa festa? E dona Juana, ou melhor, Tita, olhava para ela com incredulidade sorridente e devolvia Você ficou louca? Vamos comemorar que a guerra acabou, que derrotamos a Espanha, que os norte-americanos foram embora, que vai ser hasteada a bandeira cubana no forte de El Morro, que começamos a ser República, afinal, uma República soberana. E a Condessa sentia tamanha alegria que abraçava Tita. E as duas dançavam abraçadas ao som do hino de Perucho Figueredo. E assim esteve a Condessa Descalça sonhando a noite inteira com aquela festa, convidada por Tita, aquela festa em que se comemorava o nascimento de uma República chamada Cuba.

Sandokan foi embora. Escreveu uma linda carta para o Tio, onde lhe diz, entre outras coisas: Querido Rolo, a Ilha ficou pequena para mim, é duro andar dias a fio e só encontrar uma praia que acaba num mar azul monótono, igualmente extenso, igualmente impossível. Querido Rolo, quando estas linhas chegarem às suas mãos, estarei longe, terei zarpado em um navio que percorrerá a China, a Coréia, o Japão, as Filipinas, a Nova Zelândia, os Mares do Sul, como Arthur Gordon Pim. Duvido que eu volte. Duvido que tornemos a nos ver. Estou farto de viver num ponto. No mapa do mundo, toda Ilha é, ao fim e ao cabo, um ponto. Sempre sonhei em viver no mundo, e o mundo é uma sucessão de pontos, uma reta. Mas não duvide que, aonde quer que eu vá, levarei sua lembrança pois você é (e será) o mais belo encontro que já me aconteceu na vida. Não me esqueça. Alegre-se de me ver livre.

Sandokan foi embora. Não escreveu nenhuma carta para o Tio. Dizem que morreu de madrugada, de rápida facada, numa briga que certa puta famosa provocou num bar da praia, aquele que fica ao lado de onde toca o Chori, acho que se chama bar Lágrimas de Oro, não tenho certeza.

Sandokan foi embora. Não escreveu nenhuma carta para o Tio pois Sandokan nem sabe escrever. Conquistou (o que não é difícil para um homem com seus atributos) uma milionária turinense ou madrilena (não se sabe nem importa saber se a milionária é daqui ou de acolá). É milionária. Não há nada de reprovável no fato de uma milionária (se não milionária, pelo menos com uma sólida conta bancária) viajar ao Caribe à procura de um homem que a faça esquecer que é milionária, e lhe permita sentir-se amada e seja capaz de divertir os amigos dançando *guaguancó* ou cantando uma *guajira*[30] ou simplesmente contando caribenhas piadas picantes. Tampouco parece reprovável que um homem pobre do Caribe iluda com galanteios (e outras coisas de maior valia) uma milionária disposta a se deixar iludir, e que o faça esquecer que é um pobre homem do Caribe. Cada um dá aquilo que tem. O mundo a que chamamos de moderno não é regido por uma rigorosa lei de mercado? Não chegamos, por mil tortuosos caminhos, à primitiva fórmula do "toma lá, dá cá?".

Sandokan foi embora, e o tio Rolo caiu presa do desespero. Não sabe se foi de marinheiro, de defunto ou gigolô. E nem precisa sabê-lo. Foi embora. Qualquer um dos três caminhos leva à mesma solidão. O Tio gostava dele como sempre se gosta de quem nos mostra um mundo que não é o nosso, ou seja, precisava dele. O Tio fechou a Eleusis e avisou que não quer ser perturbado.

A seu modo, Melissa acredita ser santa. Talvez só devêssemos precisar em que consiste sua santidade. Se o que conta é a maneira como o homem aprende a se purificar para se aproximar de Deus, Melissa é santa de modo categórico, com o único porém de que Melissa não acredita em Deus e tem certeza de que o mal é mais justo que o bem. Para ela, por meio do mal o homem consegue a purificação com maior rapidez que por meio do bem e da bondade. O bem não ensina; a maldade, sim. Sofrer é mais saudável que prazer. Repisa: A única parte divertida da *Divina comédia* é o "Inferno". Ninguém sabe

---

[30] *Guajira*: balada rural cubana, com letras em décimas e tom bucólico. (N.T)

quem é a mãe de Melissa, nem o pai, nem os irmãos, nem o namorado, nem os amigos de Melissa. Ninguém sabe nada dela, exceto que espera o tempo em que o mal se apodere da terra. Em que cheguem a fome, as doenças, a guerra. Sonha com um Estado todo-poderoso sob o qual, como ela diz com a maior seriedade O que possa ser feito seja proibido, e o que seja proibido não possa ser feito, um Estado de horror sem fim em que o homem não tenha nenhuma importância, em que o importante sejam as idéias, e que o homem sofra a cada momento a desgraça cotidiana que, à força de ser cotidiana, deixe de parecer desgraça e se transforme em tragédia, é necessário encontrar a forma de o homem se salvar, o homem tomou o caminho errado, não sabe o que quer, não pode saber, é necessário salvá-lo, um Estado que seja pai severo, e ordene e mande, e cujas ordens e mandamentos sejam indiscutíveis, é disso que o homem (que ainda não superou a infância) precisa, um Estado que transforme o homem em inimigo do homem, um Estado com olhos ubíquos, com centenas de mãos armadas dispostas a degolar, a arrasar, um Estado que confine o homem nas quatro paredes de sua pobreza e o faça passar fome e sede e o deixe insone, que o faça sentir que sua vida não vale nada, que o importante é como e para que pode esse Estado utilizar sua vida, que transforme a vida de cada um em dossiê, no número desse dossiê, é necessário acabar com o prazer, com as complacências, a dor é o único meio de aprendizagem, e deve-se utilizá-lo racional, conscienciosamente. A seu modo, Melissa acredita ser santa, a sagrada profetisa de um culto por vir. Ela sobe ao terraço, nua, observa a Ilha com desprezo, e com desprezo observa seus companheiros. Aguarda. Tem certeza de que num futuro (não muito distante) assistirá à Aurora de Uma Nova Era.

Lucio está bêbado, Fortunato. Você deve encontrá-lo dormindo debruçado numa das mesas dos Aires Libres de Prado, pegar um táxi e trazê-lo à Ilha. Fortunato, você deve entrar com Lucio procurando não acordar os outros, tentando evitar que Irene veja o estado em que seu filho se encontra. Felizmente, Irene adormeceu sentada na poltrona da sala, e você pode entrar no maior silêncio possível, sem acordá-la. Leve-o ao quarto dele, tire sua roupa, deite-o. Não ouse dar-lhe um banho, você faria muito barulho e poria a perder tantas precauções anteriores. Olhe para ele, Fortunato: Lucio está lindo semi-adormecido, lânguido, nu sobre a cama. Sente-se aos pés da cama e contemple o peito, o púbis, as coxas, as pernas, os pés (principalmente os pés). Diga seu nome, Lucio!, e acaricie a planta de seus pés, o calcanhar, o tornozelo. Beije o calcanhar, Fortunato, beije o tornozelo para que Lucio abra os olhos. Agora levante a cabeça, olhe para ele. Ele diz seu nome, Fortunato, com a voz sumida, e você diz Que foi? O que você quer? Ele, claro, não responde, como iria responder?, e vira o corpo, ficando de bruços. Aí estão, Fortunato, as costas poderosas de Lucio, as nádegas ainda mais poderosas, aí está, e é todo seu, o corpo de tantas fantasias suas. Quase sem premeditá-lo, sua mão vai até as costas dele e inicia uma tênue carícia, que começa no pescoço, continua por toda a linha da coluna em direção a esse lugar mágico onde começam as nádegas. Sinta, Fortunato, na ponta dos dedos, a reação da pele de Lucio, como ela desperta e espera novas carícias. Coragem, suba pelas nádegas, você verá como as nádegas também se retesam. Lucio suspira. Afaste-se da cama, tire a roupa, Fortunato, olhe para seu amigo, para Lucio, o desejado. Você quer se aproximar e não quer se aproximar, e eu entendo, já que você deseja prolongar o instante, ou melhor, detê-lo, você também gostaria que a realidade não o desapontasse, que o momento tivesse o mesmo feitiço que suas fantasias. É inevitável, Fortunato, que você acuda, seu corpo está clamando, todo o vigor de seu corpo está clamando por isso, e, para além de tantas fantasias, aí está o corpo de Lucio, o corpo de verdade, à sua espera, há outra coisa a fazer? Comece beijando-lhe os pés. Cheire-os, beije-os. Vá subindo aos poucos, sem precipitação, pelas pernas, para as coxas. Detenha-se nas coxas antes de subir para as nádegas. Ele tem de necessitar que sua boca chegue às nádegas, por isso o mais sábio é você se demorar, fazê-lo esperar, a sabedoria do prazer consiste na demora, lembre-se, em prometer carícias que não acabam de se cumprir. Agora sim você pode ir lentamente até as nádegas. Olhe para elas, como endurecem para recebê-lo. Cubra-as de beijos, de leves mordidas, gire sua língua, faça desenhos com ela, mexa a língua com rapidez, que Lucio sinta essa rapidez como uma torturante carícia. Percorra as nádegas até que ele se dê por vencido e abra as pernas, para ajudá-lo a encontrar o que está procurando. Então vá, acuda rápido, aí está afinal a escuridão redonda, isto é, perfeita, com que você tanto sonhou. Pare para olhá-la. Não sei se você sentirá satisfação ao pensar que ninguém nunca foi tão longe quanto você. Certamente sim, você gostará da idéia: nada satisfaz mais que o papel de desbravador. Leve, então, a língua ao centro de seu desejo para que esse desejo seja insuportável. O desejo dele e o seu, claro, pois a maciez adocicada dará a você uma força desconhecida. Siga com a língua o desenho de cada prega. Procure a linha redonda. Siga essa linha. Desenhe sua redondeza. Agora, que a língua entre com toda a dureza que você puder, como se procurasse com a língua as entranhas de Lucio. Olhe, ele está mordendo o travesseiro. Olhe como se remexe. Você está fazendo ele sentir coisas com que nunca havia sonhado. Retire-se de quando em quando (para desesperá-lo mais), finja que não voltará ali, beije-lhe as costas, as nádegas, volte quando ele menos esperar, varie ao máximo a velocidade da língua. Além disso, por momentos use os dedos no lugar da língua. Sem esquecer que você

344 *Abilio Estévez*

deve acariciar coxas e pernas: como na guerra (e o amor, o que é?), o êxito consiste em sempre atacar, sem dar trégua. Agora pare, Fortunato: como na guerra, o êxito consiste em dar trégua quando o inimigo menos a espera, para desnorteá-lo, para voltar ao ataque. Com suavidade, deite-se sobre ele. Torture-lhe o pescoço com a boca, enquanto o animal de sua virilidade, mais animal do que nunca, mais cheio de veias e de sangue, mais desesperado, procura o lugar certo onde fincar-se e sumir. Passe as mãos sob seus braços e agarre seus ombros. Termine de unir-se a ele. Afinal, ele já não pode mais e só deseja que você entre; essa mistura (dor prazerosa, prazer doloroso) é exatamente o que ele necessita. Se você o ouvir gemer, não tenha medo, pergunte-lhe com a voz mais doce, a que melhor contradiga a agressividade do animal de sua virilidade Está doendo?, que (se fosse honesto) Lucio responderia Pela primeira vez sou feliz, Fortunato.

Casta Diva chega às coelheiras muito cedo, logo depois do amanhecer. Sonhou que Tingo e Tatina se transformavam em coelhos e que ela saía e via a Ilha invadida de coelhos. Como era de esperar, acordou sobressaltada e correu para as gaiolas, onde Homero Guardavía lhe abriu a porta, sem olhá-la, soltando uma sentença sobre a vida que ela não entendeu. E agora chega à coelheira onde convivem Chacho e Primavera, mal contendo as ânsias. O fedor que sai das gaiolas leva a crer que um lento cadáver apodrece a céu aberto. Chacho, chama, e responde apenas um leve movimento das gaiolas, um rumor de patas. Posso lhe dar de comer?, pergunta a Homero, mas este já sumiu no cinza da manhã. Casta pega um punhado da palha amontoada numa bacia enferrujada. Abre a porta da gaiola de Chacho e Primavera. O cheiro de podridão agora é mais forte, e ela tem de fazer um esforço para não vomitar. Abaixa-se um pouco.

TEU É O REINO 345

Dentro, no escuro da coelheira, há um movimento arisco e um silêncio. Casta Diva descobre a brancura de Primavera, seus olhos vermelhos observando-a com mansidão. Colado a ela, pensa entrever Chacho, mas não pode ser Chacho essa coisa pequena e indefinível que também a fita com olhos grandes e aterrorizados. Chacho, chama, e deve dar uma última prova de coragem para entrar. Primavera nem se mexe com a entrada de Casta. Chacho, em compensação, emite um guincho e quase desaparece entre a pelagem branca da coelha, que apenas mexe o focinho. Chacho, eu trouxe comida para você, e joga as folhas aos pés da coelha, que não se mexe. Casta Diva canta com sua exausta voz de soprano *Uno busca lleno de esperanzas el camino que los sueños prometieron a sus ansias, sabe que la lucha es cruel y es mucha...* Chacho afasta-se de Primavera e levanta os bracinhos, tapa os ouvidos, chia. Casta continua cantando *Pero lucha y se desangra por la fe que lo empecina...* O cabelo desaparece da cabecinha de Chacho, os olhos afundam até que são duas sombras violáceas, como a boca; a cabeça se reduz e já não se vêem nem essas sombras em que se transformaram os olhos e a boca; o tronco, as pernas diminuem, diminuem como o guincho, que deixa um eco que também se dissipa, a cabecinha se une aos pés para formar uma coisa mínima que se perde entre tanta palha, entre tanta merda.

Hoje eu vi que as estrelas começaram a se apagar, dizem que quando as estrelas começam a se apagar é porque o mundo vai acabar, eu não entendo isso, mas é o que dizem e eu repito, que o mundo vai acabar assim que começar o ano que vem, você sabe, no ano que vem a Ilha vai voar pelos ares, dizem, e eu sei disso por causa das estrelas, que começaram a se apagar, e porque as formigas perderam o caminho de suas tocas, que é uma coisa que também dizem, e os pássaros se perderam, não conseguiram voltar para o ninho, e o professor Kingston morreu, acharam ele de olhos abertos, deitado na cama como se estivesse contando as madeiras do teto, e a Condessa Descalça nunca mais apareceu por aqui, o tio Rolo anda triste, a Irene já nem sabe o próprio nome, minha mãe ficou muda, meu pai virou coelho e sumiu, dizem, entre a merda da coelheira, e eu não entendo, você sabe, por isso todos me chamam Tingo-no-Entiendo, porque nunca entendo nada, e neste livro calhou de eu ser o personagem que não entende, e a única coisa que eu entendo é que aqui ninguém entende, papagaio come milho e o periquito aqui é que leva a fama, e olhe que eu vivo perguntando, mas ninguém responde, e é porque não existem respostas, você sabe, e se for verdade que quando as estrelas se apagam o mundo vai acabar, é que o mundo acaba de uma hora para outra, eu as vi (as estrelas, digo), vi com estes olhos, assim, como iam se apagando uma por uma, até que o céu foi só uma massa escura que ninguém podia chamar de céu, e como será que o mundo acaba? Será uma explosão, um vulcão, um ciclone, um terremoto? Onde será que vamos parar? Capaz que com a explosão eu saia voando e acabe num lugar melhor do que este, que, para falar a verdade, não entendo, com tanto lugar para nascer, por que é que eu fui nascer justo na Ilha, onde você anda e anda até cansar e sempre dá no mar, é mar por todo lado, por que teve que ser justo neste calor, e com esta vontade de chorar, e é a mesma coisa que fala a Helena, eu vi a Helena chorando, pelo jeito ela também viu as estrelas se apagando e as formigas e os pássaros perdidos, e sabe que a Ilha está para acabar, e ela sabe mais do que eu, ela parece que entende, andou dizendo que tinha sonhado com um rei vermelho que nos amarrava nas árvores para que sofrêssemos os castigos do sol, um rei vermelho que nos cortava a cabeça para que vivêssemos melhor, pois segundo esse rei a cabeça só atrapalha o homem, segundo a Helena todos os reis, vermelhos, verdes ou pretos, da cor que forem, são assim, mas disso eu não sei nada, todos me chamam Tingo-no-Entiendo pela simples razão de que não entendo, e a única coisa que eu entendo é que aqui ninguém entende e, além disso, não tem o que entender, você sabe, aqui a melhor coisa é ficar calado olhando como as estrelas se apagam cada vez mais, a cada noite são duas, três, quatro estrelas a menos, até que não reste nenhuma e aí a Ilha vai arrebentar como Deus quer, e Deus é quem sabe como ela deve arrebentar, e, para dizer a verdade, pensando melhor, prefiro acabar junto com a Ilha, vai que é verdade que fora da Ilha não tem nada, vai que o mundo não existe, e ainda bem que aquela balsa que a gente fez, o Sebastián, o Vido e eu, não serviu para nada, eu prefiro má Ilha conhecida a bom continente por conhecer (e, que numa dessas, é um continente de mentira).

Construíram a balsa com troncos roubados da carvoeira. Amarraram os troncos com cordas e cipós. Puseram por mastro uma vara de derrubar limões e por vela um lençol de linho que Vido pegou numa gaveta da senhorita Berta. Sebastián arranjou uma bússola e um livro chamado *Diário de navegação de Cristóvão Colombo*. Tingo levou frascos com água, alguns pães e uma lata de leite condensado pela metade. Esconderam a balsa atrás do rochedo, amarrada com uma corda à tora que restava de um antigo atracadouro, e se reuniram para fazer planos nas ruínas do tal Barreto (aquele Gilles de Rais tropical). Sebastián disse categórico Temos que fugir, não nos resta outro remédio, eu soube de fonte segura que esta terra está começando a adoecer, já as estrelas estão se apagando, e um raio destruiu o sândalo-vermelho do Ceilão, não há pássaros nas árvores, e a casa de Consuelo desmoronou, tirou um grande mapa do mundo e o estendeu sobre a terra. O único caminho para fugir é o mar, viver numa Ilha significa que, mais cedo ou mais tarde, você tem que enfrentar o mar. Se pegarmos para o Norte, disse Vido apontando para o mapa, daremos em Cayo Hueso, se rumarmos para o Noroeste, poderemos acabar em algum lugar do México, se, em vez disso, rumarmos para o Nordeste, daremos nas ilhas Canárias ou, com sorte, na mesmíssima Andaluzia, só que, tanto o rumo Noroeste como o Nordeste implicam enormes extensões de oceano, o caminho mais curto, mais reto e mais seguro é o Norte, Cayo Hueso, daí poderíamos ir por terra até Nova York, e em Nova York pegar um navio de verdade para a Europa. Proponho, portanto, o Norte. Sebastián o apoiou. Tingo encolheu os ombros. Zarpariam nessa mesma noite, assim que escurecesse, para que o sol não lhes fizesse mal durante a travessia. Pois, além de tudo, diziam que o sol provocava alucinações nos marinheiros, fazia-os ver ilhas onde só havia mar. E eu pergunto, interveio Sebastián levantando a mão, esta Ilha que habitamos, não seria uma alucinação de dom Cristóvão? Não seremos um engano para marinheiros perdidos? Não me estranharia que fôssemos apenas uma miragem, que nenhum de nós existisse na realidade e estivéssemos tentando fugir de um lugar que também não é verdadeiro. E, como o raciocínio de Sebastián era quase irrefutável, houve um silêncio. Eu penso que, argumentou Vido por fim, mesmo que não existamos, acreditamos nisso, e basta a crença para que de algum modo existamos, e proponho também que continuemos a acreditar nisso para acreditar que fugimos e acreditar que por fim chegaremos à Europa.

Eu vou com vocês, disse Mercedes, estou cansada de esperar, de passar a vida esperando, esperando, esperando — como é terrível esperar! —, esperando que a vida mude, esperando que a vida deixe de ser esta monotonia de levantar, ir para a prefeitura, e tornar a deitar para acordar no dia seguinte, voltar à prefeitura, e continuar numa roda que não acaba nunca, estou farta de andar pelos mesmos caminhos, pelos mesmos palmeirais, pelo mesmo mar, pelas mesmas casas, pelo mesmo calor, sempre calor, sempre, seja outono, inverno ou primavera, calor!, estou farta da luz, de ter os olhos sempre ardendo por causa da luz, de não ser ninguém por culpa da luz, eu gostaria de ter nascido numa terra onde o tempo existisse, onde os relógios tivessem ponteiros e os ponteiros avançassem, escutem, não vivemos numa Ilha mas num veleiro parado na calmaria, eu já devia ter ido há muito tempo, devia ter seguido meu tio Leandro, que fugiu para a Índia, fugir, fugir, é a única coisa que esta Ilha propõe, fugir, parece o verbo mágico, o verbo que, só de ser pronunciado, vira a vida do avesso, como se em Bruxelas, Roma, Praga as pessoas não se chateassem como aqui, imagino que sim, devem se chatear, de outro jeito, mas igualmente chato, por isso eu sempre achei que o mais seguro é viver nas páginas de um romance, Deus, o que eu não daria para ser um personagem de romance! É o único jeito de ter de fato uma vida intensa, cheia de peripécias, uma vida imaginária, eu sonhava ser o grande personagem de um grande livro, eu sonhava ser Naná de Vênus no teatro de variedades, e que o teatro estivesse lotado por minha causa, e aparecer quase nua e não me importar de ter voz de taquara rachada, nem de não saber me mover no palco, minha graça natural seria tão intensa que o público me aplaudiria frenético, é, sim, eu seria Naná despertando a admiração de todos, mesmo com o fim trágico que teve Naná, ou ser talvez uma preceptora, chegar a uma casa em Londres, encontrar duas crianças diabólicas, duas crianças que vêem coisas que eu não sou capaz de ver, duas crianças que me fazem empreender uma batalha contra as forças do mal, Deus, o que eu não daria para ser um personagem de romance! Alicia, por exemplo, Alicia seguindo Arturo Cova pelos labirintos da selva colombiana, desapa-

350 *Abilio Estévez*

recidos, tragados pela selva, ou a pícara Moll Flanders, que foi puta aos doze anos e doze anos ladra, e casou com o irmão, e enriqueceu e morreu arrependida, e quem, me digam, quem não gostaria de ter sido por algumas horas Mathilde de la Mole? Mathilde, a voluntariosa Mathilde, levando a cabeça de Julien, enterrando a cabeça numa cerimônia suntuosa, quem não gostaria de ser Ana, a apaixonada Karenina? Deus, o que eu não daria para ser um personagem de romance! Qualquer coisa seria melhor que a realidade árida de cada dia nesta Ilha, por isso esperem por mim, eu também vou fugir, eu também me lançarei ao mar nessa balsa, agora entendo minha mãe, e vejo que a vida é qualquer coisa menos isto, garotos, quero ser livre, livre, livre até para terminar meus dias de modo trágico, apodrecida como Naná, mas livre, sim, livre, e isso só se consegue fugindo, enfrentando o horizonte numa balsa...

Há um problema. Acontece que, nem os garotos, nem você, Mercedes, contavam com os desígnios da Ilha. Nesta noite se desatará uma ventania dos demônios, e, quando vocês chegarem ao rochedo onde esconderam a balsa, encontrarão as amarras rompidas, a balsa à deriva, muito longe da praia, um ponto se afastando (a esperança também se perde) rumo ao horizonte, desfraldado ao vento o lençol da senhorita Berta.

Os olhos do Sagrado Coração têm vida e a observam. De nada adianta tentar evitá-los mergulhando nas páginas de *Figuras da paixão do Senhor*. Não consegue se concentrar. Os olhos a fascinam, seguem-na por toda parte e a fascinam. Já tentou várias coisas, além de ler: costurar, limpar os bibelôs, procurar um bom parágrafo de

Azorín para a aula de espanhol, preparar gravuras do lago Léman para a de geografia. Nada. Os olhos sempre fixos nela: quando senta de frente para o quadro, os olhos a obrigam a levantar a cabeça; quando lhe vira as costas, lá vão os olhos fincar-se como agulhas em suas costas. Deus, pare de me olhar! A senhorita Berta não sabe mais o que fazer. Vai até o quarto várias vezes. Dona Juana dorme seu sono sossegado, perfeito, cadenciado o ritmo da respiração; as mãos, cruzadas sobre a camisola de linho, seguram o rosário como se, com essa postura, pretendesse antecipar-se à morte. Presidindo a cama, a cruz de bronze que pertenceu a Francisco Vicente Aguilera. A senhorita Berta lamenta que as aulas tenham acabado com as férias de fim de ano; com as aulas, ela pelo menos se distrai, esquece os olhos, dona Juana e o salmo 23 que não consegue parar de repetir. Gosta de estar defronte dos garotos, falar de tantas coisas que eles não sabem, para esquecer, para escapar, para. Vai até a janela. Anoitece. A Ilha desaparece, é pura impressão. Obsessivos, voltam a ela os versos do salmo 23,

> "O senhor é o meu pastor, nada me faltará.
> Deitar-me faz em verdes pastos,
> guia-me mansamente a águas tranqüilas."

Deus, pare de me espiar! A senhorita Berta, à janela, olha a Ilha como se nela quisesse descobrir algo milagroso. A Ilha é uma coisa escura que some sob a noite que cai. Quando amanhecer, voltará a ser a Ilha de sempre, mais úmida e frondosa talvez, mas a de sempre? E a senhorita Berta já está a ponto de dizer Os milagres são puro engodo para mentes simplórias, de repetir, zombando, os versos do salmo, já está disposta a blasfemar quando, embaixo do abacateiro, a dois passos da galeria, de costas para ela, vê um homem de guarda-chuva.

Um velho. Isto salta aos olhos no modo inseguro como se abriga sob o guarda-chuva e sob o abacateiro, e nas costas acorcundadas, e nos cabelos brancos que despontam sob o chapéu. Quem é? O que faz abrigando-se sob o guarda-chuva e sob o abacateiro, se não está chovendo? Levanta a gola do paletó. Deve estar com frio. A senhorita Berta tenta vê-lo melhor, embora a noite seja um vidro embaçado contra o vidro embaçado da janela. Há um detalhe, simples detalhe, que a sobressalta. Trata-se de um pormenor que provavelmente não tem nenhuma importância, se bem que, sem dúvida, os pormenores às vezes são o mais importante. O velho, de terno preto e chapéu, usa, não obstante, perneiras de couro e esporas que brilham a despeito do vidro embaçado da janela. A senhorita Berta sai para a galeria.

— Boa noite, senhor, está perdido? Em que posso ajudá-lo?

O velho vira-se um pouco, a duras penas, como se sentisse dor em todos seus ossos, e pede com um fio de voz:

— Gostaria de beber um copo de água, senhorita.

— Venha, venha por aqui.

Berta toma-o pelo braço e o conduz até sua casa pensando Se ele não tem cem anos, falta pouco, que será que ele faz com essas esporas? Quando entram, o velho tira o chapéu, suspirando de alívio.

— Sente-se, por favor. Em vez de água, preferiria um chá de tília gelado?

— Não, obrigado, quero água, tenho a garganta seca.

Berta nota que ele bebe com indecisão, com a mão trêmula, molhando o terno preto. À luz da luminária, constata que em seu rosto não cabe nem mais uma ruga, que a testa quase desaparece sob as sobrancelhas, que as sobrancelhas quase ocultam os olhos, que possui um grande nariz sobre uma boca sem lábios, que carece de pescoço.

— Qual o seu nome, meu velho?

TEU É O REINO 353

Mas ele não responde. Permaneceu de olhos fechados depois de beber a água, como se quisesse guardar para sempre a lembrança do momento em que a água refrescou sua garganta.

— Quer mais? Também posso lhe fazer um pouquinho de café.

Sem abrir os olhos, o velho eleva uma de suas mãos trêmulas como se com esse gesto quisesse afirmar:

— Sim, quero café, e também agradecer tudo o que está fazendo por mim, Berta.

— De onde me conhece?

Berta prepara o café e o traz na xícara das visitas.

Ele não o bebe de imediato.

— Conheço todos — diz.

— Quem é o senhor?

O velho leva uma das mãos ao peito e se inclina. Ao mexer os pés, ouve-se altíssimo o metal das esporas. Abre os olhos e os ergue a ela, que experimenta uma sensação em que se mistura a alegria com o terror.

— Você! — grita.

— Bom — pede ele —, também não precisa fazer tanto escândalo.

— Por que você tem me olhado esse tempo todo, o que quer de mim?

— De você? Nada, não quero nada de ninguém, estou cansado, quase morto de cansaço, com fome e sede, e sinto desapontá-la, mas não era eu quem a olhava, eu não olho, não tenho tempo de olhar, estou muito decepcionado, muito triste com o rumo das coisas.

— Mas não é Você o criador de tudo o que existiu, existe e existirá?

— Se for começar com ingenuidades…

— O que veio fazer aqui?

354 *Abilio Estévez*

—Ah, está aí uma boa pergunta.

Seus olhos se iluminam vagamente.

— O que eu vim fazer?

Faz uma pausa para cheirar o café, em seguida acrescenta:

— Vim preveni-la.

Berta está de pé e mal consegue conter a ira.

— Me prevenir? De quê?

— Fuja!

— Mas por quê, por que tenho de fugir? Por que, entre todos, você escolheu justo a mim para semelhante recomendação?

— Eu não escolhi você, Berta, de um jeito ou de outro, fiz a mesma recomendação a todos, só que não posso aparecer para os demais, porque não é qualquer um que está preparado para me receber como você, mas posso lhe garantir, para que você se sinta aliviada, que, seja em sonhos, por meio de presenças ou ausências humanas, por meio de cartas, livros, desaparições, estrelas que se apagam, mortes ou qualquer outro sinal (tenho infinitas formas de dar avisos, como você há de entender), a cada um tratei de gritar: Fuja!

— E por que temos que fugir?

— Porque perdi.

— Perdeu o quê?

— A Ilha, Berta, a Ilha. Hoje você está meio burrinha, hein?

— Talvez mais burra que de costume, mas você poderia me explicar o que quer dizer com "Perdi a Ilha"?

O velho enfia um dedo no café, sua aparência de tristeza é ainda maior do que antes.

— Quero dizer exatamente isso: que a perdi, numa aposta.

— Com quem?

O velho suspira de novo.

— Perguntas idiotas não, por favor. Até uma criança sabe com quem aposto sempre.

Berta caminha de um lado para o outro sem saber o que fazer nem aonde ir, depois vira-se para Ele com expressão ameaçadora.

— É muito fácil andar jogando com quem quer que seja, perder uma coisa que tanto significa para outros, e depois aconselhar, como um mau pai, Fuja!, como se fugir fosse a única solução.

Ele a olha com ar de criança apanhada em falta, como quem pergunta O que você quer que eu faça? Mas, em vez disso, explica:

—A fuga não é a melhor solução, eu sei, mas é, sim, a que mais ilusões deixa. O homem que foge de uma catástrofe não percebe que a catástrofe vai com ele, e candidamente acredita que se salvou.

— Quer dizer que, quando nos aconselha a fugir, na realidade você oferece ilusões?

— Berta, acho que cometi um erro mostrando-me a você.

— Você é um canalha!

Batendo com impaciência no braço da poltrona, Ele se lamenta:

— Mulher, você gosta mesmo é de moralizar, chegou a hora de eu ir.

— Que é que eu faço com a minha mãe? — pergunta Berta desesperada.

— Dona Juana? Ela é feliz dormindo, é quem vai acabar melhor, deixe-a, deixe-a dormindo.

E, ao dizer isso, bebe afinal o café, apanha o chapéu e se levanta.

O teto da sala de Berta se abre em silêncio, sem anjos, sem trombetas, sem aparato, ao mesmo tempo em que Ele ascende com uma suave rapidez para a qual ela não está preparada.

A única prova que Berta tem dessa visita é o guarda-chuva que ficou ao lado da poltrona.

O fato é que, nessa manhã de 31 de dezembro, o tio Rolo está dizendo a quem quiser escutá-lo que ele viu, ao amanhecer, como o Apolo do Belvedere foi perdendo a capa, a capa foi virando poeira, e como perdeu a folha de parreira que até o dia de hoje lhe ocultara as partes pudendas, e como perdia o cabelo e o belo perfil clássico, e a base, e se desmanchava inteiro, pois ele diz que viu como o Apolo do Belvedere acabou reduzido a um monte de pó. E deve ser verdade o que o Tio está dizendo: o Apolo não está. E Lucio assegura que a mesma coisa aconteceu com o Laoconte, pois ele o viu no momento em que se desmanchava, primeiro foi a serpente, e houve um momento em que ficaram muito estranhos aquele homem e seus dois filhos sofrendo por nada, pois nada os atacava, até que eles também caíram desfeitos num ruidoso monte de pedras. E também deve ser verdade tudo o que Lucio está afirmando: o Laoconte também não está. Nem estão o Hermes de Praxiteles, nem o busto de Greta Garbo, nem a Vênus de Milo, nem a Diana, nem o Discóbolo, nem o Eleguá, nem a Vitória de Samotrácia que podia ser vista logo à entrada. Quanto ao busto de Martí, é como se nunca tivesse existido. Nem as folhas-de-papagaio nem as rosas plantadas em volta dele estão em parte alguma. A fonte continua ali, mas já não se vê nela o Menino do ganso, nem em seu fundo se encontra a água parada, verdosa, acumulada por anos de chuvas. Sumiram também os caminhos de pedra, graças aos quais era possível aventurar-se entre tantas árvores sem temer o desastre de uma desaparição, sem temer os fantasmas da Ilha. As estátuas e os caminhos eram como a Virgem, um modo de sentir que estávamos protegidos por uma ordem superior e eterna, algo seguro em meio à contingência, algo que sobreviveria a nós; é indiscutível que, por mais que o homem pareça doer-se de que as coisas sobrevivam a ele, ao mesmo tempo (ser inexplicável, paradoxal enfim), ele se alegra de que seja assim, para poder cantar essas coisas (sejam as cataratas do Niágara, seja sua cidade) e deixar uma prova de sua passagem pela terra, e também para poder olhar com olhos efêmeros o que tem valor eterno e sentir que toca uma porção da eternidade, que uma porção dela o contagia.

E acontece que hoje é 31 de dezembro e, segundo as convenções humanas, é de esperar que os personagens desta história comemorem a chegada do Ano Novo.

É altamente provável que, pouco antes de a noite chegar, possa ver-se o Ferido, com seu caderno, deixar a casa de Irene, atravessar a Ilha, chegar ao vestíbulo, sair pelo grande portão que dá na rua de La Línea. Talvez alguém o veja parando um segundo diante de Eleusis, a livraria, cruzar com um marinheiro e seguir a caminho do terminal de trens. Embora também seja altamente provável que o vejam tomar o rumo do Além, para os lados da marcenaria onde o encontraram certa noite de fins de outubro. O que é certo, sim (pelo menos tão certo como essas coisas podem ser), é que, quando por fim chegar essa noite de 31 de dezembro, o Ferido não estará na Ilha.

As luzes das galerias estão acesas. Pouco se consegue com isso. Se hoje não fosse hoje, já no fim da tarde Merengue teria colocado sua cadeira de balanço na galeria para fumar um H-Upmann e bater papo. Logo teria chegado Chavito com sua cadeirinha de lona dobrável e seu sorriso, e teria sentado diante do pai, pois é inegável que Chavito gostava de puxar pela língua de Merengue, fazer-lhe perguntas de outros tempos que, na memória, sempre parecem melhores. Chegaria

Mercedes com Marta, as duas de banho recém-tomado, impecáveis, o colo e o peito alvíssimos de tanto talco de Myrurgia, suspirando, Mercedes dizendo que vem para esquecer por algumas horas a maldita prefeitura. Chegaria Casta Diva com o avental florido e seu ar de diva, exclamando Não me tentem, não me tentem que eu tenho muito o que fazer. E San Martín a seguiria, fazendo-se de contrariado, exclamando com falsa ira Não tem quem segure esta mulher em casa. Também chegaria Irene com seu leque de palma, falando da família de Bauta. Se fosse uma noite como as de antigamente, apareceria a senhorita Berta com seu ar de professora de pedagogia. Também o tio Rolo daria o ar de sua graça, recitando poemas de Julián del Casal. E chegaria Helena, nas mãos a lanterna e as chaves do portão, sempre vigilante da Ilha. E começaria a conversa. E por qualquer bobagem rebentariam as gargalhadas.

Mas hoje não é um dia qualquer. Aconteceram muitas coisas e muitas ainda estão para acontecer. Hoje é 31 de dezembro, um fim de ano especial, e o fato de as luzes da galeria estarem acesas não tem nenhuma importância.

31 de dezembro? E daí? Daí que precisamos comemorar. Que é que eu vou comemorar, se você sabe: nem do meu nome eu me lembro mais, se minha memória foi arrasada e nem sei quem sou, se estou aqui e é como se estivesse em lugar nenhum. Irene caminha de um lado para o outro da casa sem saber aonde vai, e por fim pára no meio da sala. A senhorita Berta tenta consolá-la Calma, é só um esquecimento passageiro, você vai recuperar sua memória, vai voltar a ser a Irene de sempre. E a leva para a galeria, para a Ilha anoitecida. Casta

Diva está ali, esperando por elas, sentada no chão, com Tatina no colo, dizendo Hoje eu me olhei no espelho e não me vi, sabe Deus por onde anda a minha imagem, o que eu sei é que não está comigo, não diante de mim como eu gostaria. E no mesmo instante, como se as palavras de Casta Diva fossem o sinal, sai dentre as árvores uma magnífica voz de soprano

> *"È strano! È strano! In core*
> *Scolpiti ho quegli accenti!*
> *Saria per me sventura un serio amore?*
> *Che risolvi, o turbata anima mia"*

E Casta fica como que abismada, como que perdida num lugar que só ela conhece. É altamente provável que também se escute a flauta de Cirilo, se bem que, na verdade, isso não se possa garantir. Por momentos se escutam tiros, sirenes da polícia, mas quem ousa afirmar que são mesmo tiros e sirenes da polícia? Mercedes vem com Marta de braço dado. Vêm sérias e se sentam sem nem sequer dar boa-noite. Merengue traz uma bandeja de doces que deposita, também silencioso, numa mesinha colocada por Helena. Helena e Rolo trouxeram mais cadeiras para que todos se sentem confortavelmente, Por favor, fiquem à vontade, pois, quando derem as doze badaladas, do jeito que estivermos é como iremos passar todo o ano que vem. Ninguém ri da brincadeira do Tio. Onde estão os meninos? Os meninos andam pelo vestíbulo, diz a Senhorita servindo limonada.

E não há festa, apenas uma espera. Esperar que seja meia-noite e que o relógio da senhorita Berta dê por fim as doze badaladas. E esperar algo mais: não sabem o que poderia ser.

360 Abilio Estévez

E, embora não possam sabê-lo, esperam que apareça um jovem marinheiro e que alguém grite Fogo! (Deverá notar-se: entre o Fogo e a palavra que o designa há um abismo de perplexidade; é o fogo uma das poucas coisas neste mundo mais impressionante que seu nome.) Durante segundos enormes, os personagens que a seu modo aguardam a chegada de um novo ano ficarão fascinados com as chamas que surgirão pelos lados da casa da senhorita Berta e que com rapidez inusitada correrão para o resto da Ilha, consumindo árvores e casas, destruindo tudo o que encontrarem pelo caminho sem o menor titubeio. Brilhantes, vigorosas, douradas, as chamas serão cada vez mais altas, cada vez mais belas, cada vez mais rápidas, e lançarão na noite cores que irão do vermelho ao roxo e se tornarão brancas no alto. E não crescerão apenas para as alturas, mas avançarão em todas as direções, se apossarão da Ilha, da noite, com a segurança e a indiferença que sempre tem o belo. De nada valerão os esforços dos personagens. De nada servirão os gritos e o desespero. Em pouco tempo, a Ilha será um mundo arrasado, um mundo que só se poderá encontrar neste livro.

Pois acontece que ela está deitada de barriga para cima, como sempre, as mãos cruzadas sobre o peito, preso a elas o terço (com Terra Santa, abençoado por Pio XII), nessa posição que é a melhor maneira de evitar a surpresa da morte. Dona Juana dorme tranqüila, com a serenidade dos que nascem para ser eternos. E tem um lindo sonho. Deve-se reconhecer: um dia a bonança acaba vindo. Depois de noventa anos de vida desafortunada, dona Juana entrega-se a doces sonhos. O que não daria a senhorita Berta por ler esta página! O que não daria por saber a que se deve a decisão da mãe de preferir o sono à vigília! Mas a senhorita Berta é um personagem de romance, ou seja, está condenada a permanecer nele e a só aparecer quando é convocada. E agora ela não aparece, não pode nem deve aparecer. O quarto de dona Juana, fechado para o friozinho (é um modo de dizer) de dezembro, está iluminado apenas pela vela do castiçal, branca e salomônica, em frente à imagem da Caridade de El Cobre. Ninguém na Ilha saberá que dona Juana sonha com Viena. Não com a Viena dos bosques e das valsas, claro, pois ela nunca esteve lá, mas com a chácara de sua prima, a poeta Nieves Xenes, na vila de Quivicán. É um sonho que remonta a muitos anos antes, quando pela primeira vez foi hasteada a bandeira no forte de El Morro, e Don Tomás se sentou, com seu jeito de professor honesto e pouco brilhante, na cadeira presidencial. Então dona Juana não era dona, muito menos Juana. Dona Juana seria um nome demasiado formal para aquela jovem, para aquele corpo delicado e ágil, para a despreocupada mulher que trepa nas árvores para apanhar tangerinas, toma banho de rio e, assim como toca ao piano as danças de Saumell, ou canta Pepe Sánchez, vai até as colméias porque o mel santifica a pele e a garganta. Todos a conhecem por Tita. Tem na pele uma linda cor morena, os cabelos negros até não mais poder, os olhos inteligentes e alegres, os lábios sempre encarnados. A descrição é talvez um tanto complacente, mas é assim que dona Juana se vê em sonho, e não resta outro remédio senão narrar as coisas como elas são. É uma manhã de festa em Viena. De festa campestre. As árvores foram enfeitadas com laços de seda e flores de papel crepom. Cavaram sete buracos na terra e sete cozinheiros assam sete belos leitões. Na cozinha, lentos caldeirões de *congrí*. A mandioca será cozida mais tarde para que na hora do almoço esteja fresquinha. Sobre um estrado, uma *charanga*[31] toca o pri-

---

[31] *Charanga*: conjunto musical cubano tradicionalmente formado por dois ou três violinos, piano, flauta, contrabaixo, dois tambores e *güiro* (espécie de reco-reco de cabaça. (N.T.)

meiro *danzón, Las alturas de Simpson*. Sentada na grande poltrona de vime, vestida de preto, pode-se ver Luisa Pérez Zambrana, a poeta. Ao lado dela, vestido de branco, Varona, o filósofo. Os dois conversam com Nieves, com Aurélia Castillo, com um jovem e belíssimo mulato de sobrenome Poveda, e até com o mesmíssimo Esteban Borrero, que não se sabe como subverteu seus hábitos para comparecer à festa. Por ali anda também o temido Fray Candil acompanhado de sua esposa Piedad Zenea. Alguns jovens dançam. Outros se deitam na relva para contemplar o céu, dizem, de um azul que Tita resolve chamar "início-de-século". As crianças correm em volta do lago, armam redes de dormir, escorregam em cascas de palmeira pelos barrancos, cantam

> *"Componte, niña, componte,*
> *que ahí viene tu marinero,*
> *con ese bonito traje*
> *que parece un calesero..."*

Servem aguardente com água-de-coco. Também refrescos de tamarindo, *champolas*[32], limonada e garapa bem gelados. Passam bandejas com *panecitos de gloria* e filhós. Da sacada de seu quarto, o tio Chodo, bêbado há dias, solta um discurso que ninguém entende e que provoca o riso geral. O negro Valentin pula e grita com alegria desmedida, e todos o olham e riem, e até se diria que têm vontade de pular, e Benjamina, que andava de um lado para o outro carregando um cesto de ameixas, põe-se a pular, e até La Nene pula jogando confete para o alto. O padre Gaztelu passa espargindo água benta, cantarolando o *danzón* e recitando décimas. De Havana veio

---

[32] *Champolas, Champola*: refresco de graviola ou cherimólia, leite e açúcar. (N.T.)

TEU É O REINO 363

um fotógrafo muito sério, muito velho, com câmera de tripé, para imortalizar a ocasião. Mais ou menos assim é o sonho de dona Juana, e nele ela ainda não é dona Juana, mas Tita, e está diante do espelho, vestindo-se com a ajuda de suas melhores amigas, pois têm uma surpresa para os convidados, e é que Tita teve a idéia de se fantasiar de República, e mandou fazer um vestido longo com grandes faixas azuis e brancas, e um gorro frígio vermelho com a estrela solitária. E, de fato, dona Juana se vê belíssima como Tita vestida de República no doce sonho. E quando consideram que é chegado o momento, e se escuta a charanga atacar outro *danzón* de Faílde, e o tio Chodo se cansa de arengar, Tita sai para o terraço, desce os degraus que dão no jardim e surge assim, radiante, entre os convidados, e faz-se um silêncio profundo, pois até a charanga silencia para ver Tita passar vestida de República. E no sonho dona Juana se encanta de ver como Tita conseguiu encantar os presentes com essa simples fantasia. Até Luisa Pérez, a poeta, e Varona, o filósofo, se levantam, surpresos, reverentes. O padre Gaztelu lhe esparge água benta e se aproxima para dizer-lhe baixinho Deus te abençoe, minha filha. E é o gesto do padre o sinal para que alguém grite Viva Cuba livre!, e a *charanga* recomeça o *danzón*, e a festa volta a ser festa. Tita, porém, não pára. No sonho, dona Juana a vê seguir contente pelo caminho de palmeiras, contornando o lago, os carreadores, os currais, o canavial, orgulhosa em seu traje, cantando a plenos pulmões

> *"En Cuba, la isla hermosa del ardiente sol*
> *bajo tu cielo azul, adorable trigueña*
> *de todas las flores, la reina eres tú...,"*

e a noite começa a cair, e Tita continua caminhando pelos campos vestida de República, na escuridão da noite, tão noite que nem as próprias mãos ela vê, e Tita segue, e Tita precisa de luz para poder-se aventurar pelos campos em sombras. Sem deixar de sonhar, dona Juana levanta uma das mãos e procura o castiçal com a vela, branca e salomônica, diante da estampa da Caridade de El Cobre. Apanha a vela para iluminar o caminho de Tita, mas a vela cai sobre sua camisola de linho branco. Na realidade, dona Juana arde. No sonho, Tita vê que tudo se ilumina, que os campos se acendem como se tivesse começado a amanhecer.

EPÍLOGO
A VIDA PERDURÁVEL

> *"Lo que non es escripto*
> *non lo afirmaremos."*
>
> Berceo

FAZ-SE NECESSÁRIO aqui contradizer Flaubert: não é saudável que o escritor esteja em sua obra como Deus na Criação: presente mas invisível. Para começo, é mentira que Deus seja invisível. Nós o vemos todos os dias sob as mais diversas formas: como varredor, empregado, criança, amante, palhaço, inimigo, mau e bom escritor, fruta, gato, árvore, flor... (e, se não o vemos como estadista, é porque dessas lides se encarrega o Demônio). Pois bem, se insistirmos em que Deus não está presente em sua obra, se tivermos a desgraça de não acreditar que Ele se mostra em cada coisa criada (exceto nos chefes de Estado, claro), não será sua ausência um tremendo motivo de desconsolo? Logo, por que haveria o escritor de imitar a Deus naquele que, sem dúvida, é seu pior atributo, a invisibilidade? Dou-me ao luxo de fazer uma confissão: eu sou o único que pode apagar o fogo: eu sou o único responsável por ele. Meus personagens esperam os bombeiros desenganados, e rezam porque talvez aspirem, ainda, a um milagre, sem saber que tudo depende só de mim, sem saber que o milagre não cabe a Deus, mas a mim, pois, neste caso (somente neste caso), somos a mesma pessoa. Se eu jogasse fora algumas páginas, a Ilha voltaria à normalidade. Se eu fizesse com que dona Juana não acordasse, não estendesse a mão, não derrubasse a vela, todos chegariam felizes ao ano novo. Talvez me comova o que eu mesmo haverei de perder, o que é mais meu e que este fogo reduzirá a cinzas; tantas lembranças, tanto bem, o único lugar onde pude ser feliz, a ponto de ter chegado a pensar que minha vida verdadeira, a real, foi aquela da Ilha, e que o resto, tudo o que vivi depois, não foram mais que pobres variações, pretextos para rememorar, a melhor maneira de repeti-la, às vezes bem, outras nem tanto. Pode-se deduzir, então, que minha vida, na verdade, durou onze anos. Talvez isso não aconteça só comigo, talvez a cada homem seja dado um curto período de vida, um núcleo vigoroso de anos em torno do qual girem os que o precedem e os que se seguem. Seja como for, o fogo, a quem mais prejudica é a mim. E o que me dói é que fui eu mesmo quem o provocou. Bom, eu sei, dona Juana estendeu a mão e derrubou a vela que deflagrou as labaredas. Isso, porém, é apenas a superfície da questão. E por que justo esse fato? Eu estudava, como todos devem saber, um certo leque de possibilidades. Poderia não ter escolhido essa. Poderia ter feito dona Juana acordar, esplêndida em seus noventa anos, apanhar a vela e sair para a Ilha; os personagens se surpreenderiam, a senhorita Berta choraria... Mas preferi o fogo. E aí está a Ilha em chamas. Os personagens (eu estava no vestíbulo) abandonaram a galeria e entraram na Ilha, correndo, gritando, sem saber o que fazer, a quem chamar, mesmo ignorando a confusão que reinava no resto do país nesse exato momento, pois é hora de revelar que nesse exato momento o Senhor Presidente Fulgencio Batista estava fugindo num avião para a República Dominicana, levando a família e o dinheiro, e o quartel de Columbia (a dois ou três quarteirões da Ilha) ficava sem comando, e os Rebeldes, com suas longuíssimas barbas veementes, assumiam o comando da situação. E, por mais que eu tenha tentado manter os personagens à margem da vida política, obedecendo demasiado ao pé da letra à famosa frase de Stendhal que diz algo como "a política produz na literatura o efeito de um tiro de pistola num concerto", o fato é que agora o tiro de pistola me parece inevitável, mesmo que eu estivesse escutando Maria Callas, a Divina, cantando uma ária de Saint-Saëns. No fundo, alguma relação deve haver entre a fuga do Senhor Presidente, a vitória dos Rebeldes e o fato de dona Juana estender a mão, derrubar a vela e provocar o incêndio que pôs fim aos primeiros onze anos de minha vida, o que, de acordo com a opinião exposta acima, é o mesmo que dizer minha vida inteira.

> "É verdade que não se pode encontrar
> a pedra filosofal.
> Mas é bom procurá-la."
> Fontenelle

Seja qual for a relação entre os fatos, em última instância inescrutável, em última instância visto, uma vez que não anula o fato principal (no caso, para mim, O FOGO, ainda que a História não o registre e, em compensação, ponha tanta ênfase na fuga do Presidente e na vitória dos Rebeldes), o certo é que as labaredas brotaram por lá, *du côté* da senhorita Berta, durante segundos que põem em dúvida a mensurabilidade do tempo. Ficamos fascinados diante das labaredas cada vez mais altas, cada vez mais belas, cada vez mais rápidas, que se propagavam com a rapidez proporcional ao nosso fascínio. Tenho a impressão (não a certeza) de que Merengue foi o primeiro a reagir, a gritar Fogo! (já disse que entre o Fogo e a palavra que o designa há um abismo de perplexidade, que é — o Fogo — das poucas coisas neste mundo mais impressionantes que seu nome), e a correr em busca de água. Mas, claro, a essa altura alguns baldes de água de pouco ou nada adiantariam. Irene também correu em busca da mangueira com que costumava regar o jardim. Mas a água parecia alimento para as chamas vigorosas, que lançavam cores na noite, que se tornavam brancas no alto, semelhantes a estrelas que saíssem da terra e tentassem alvejar o céu. Num dado momento, pudemos ver o papagaio Morales, ao que parece tão deslumbrado quanto nós, mergulhar nas labaredas. Foi a primeira (e última) vez que Melissa chorou. E uma coisa realmente assombrosa: depois do papagaio, começaram a sair das árvores gaivotas, mariquitas, periquitos, patos, cardeais, turdos, ministros, andorinhas, beija-flores e muitos outros pássaros que revoavam alegres sobre o fogo para depois se arremessar nele com intenso bater de asas. Uma longa fileira de ratos, *jutías*[33] e *almiquíes*[34] também abandonou suas tocas para internar-se nas chamas. Enlouquecido, tio Rolo gritava. Ajudado por Vido, Merengue continuava jogando incansáveis e inúteis baldes de água ao mesmo tempo em que brigava com são Lázaro, Caralho, velho veado, leproso, você nos abandonou. Com Tatina nos braços, Casta Diva chorava. Quase nu, armado de uma marreta, Lucio parecia um personagem de tragédia grega (embora a marreta lembrasse mais aquilo que há muitos, muitos anos, há milênios, se conheceu como realismo socialista) em luta contra a adversidade, espécie de Perseu disposto a acabar com a Medusa; ignoro se ele percebia (tampouco nós percebíamos) que as marretadas eram inúteis: derrubavam paredes que de qualquer modo seriam pasto das chamas. De um lado para o outro, Mercedes ia

---

[33] *Jutías, Jutía*:nome de várias espécies de pequenos roedores silvestres das Grandes Antilhas. (N.T.)
[34] *Almiquíes, Almiquí*: mamífero insetívoro autóctone de Cuba, semelhante ao musaranho, mas muito maior que este. (N.T.)

fazendo perguntas que ninguém entendia, e voltava, abraçava Marta, que, de olhos fechados, iluminada pelas chamas, parecia a sacerdotisa de um culto antigo. Tingo se escondia atrás do sândalo-vermelho do Ceilão e chorava sem entender (sempre sem entender). A senhorita Berta dizia com desconsolo Já os sete anjos têm as sete trombetas, já Ele abriu o sétimo selo, este é o fogo do incensário, o fogo do altar que cai sobre a terra... Vendo seu reino ameaçado, minha mãe dava ordens desesperadas. O professor Kingston apareceu junto ao busto de Greta Garbo, silencioso, um pouco triste, acompanhado do marinheiro de longos cabelos cacheados, olhos escuros e grandes (o mesmo — agora, passado o tempo, sei disso — que conheceu Luis Cernuda, o mesmo que conhecemos em qualquer porto do mundo; é hora de concluir que existe um único marinheiro, e, sempre que deparamos com um marinheiro, é O Marinheiro, o de Cernuda — tempos depois, li essa idéia em *Querelle de Brest*, sem menção a Cernuda). Não ignoro que o professor Kingston já está morto, que desapareceu poeticamente na Ilha páginas atrás, nem que a lógica da estrutura dita que ele não deveria estar aqui, mas o que eu posso fazer se ele aparece, se o vejo, se quase o escuto dizer *The land of ice, and of fearful sounds where no living thing was to be seen*, e noto que ele se apóia no ombro do marinheiro (também é hora de afirmar que um marinheiro aparece para que nos apoiemos em seu ombro, e até choremos nele, pois, entre outras coisas, um marinheiro aparece para consolar). Do mesmo modo, embora ninguém soubesse de onde vinha, embora ninguém a visse, ouvia-se a voz e a risada da Condessa Descalça, Eu avisei, eu avisei e não me escutaram, eu avisei que seriam arrasados, que estavam fadados à destruição. E já escrevi que as chamas não só cresciam para o alto, mas avançavam em todas as direções, se apoderavam da Ilha, da noite, com a segurança, a impiedade, a indiferença do sublime. Devo reconhecer que eu também tinha os olhos arrasados em lágrimas, ainda que por outro motivo. Não me importava a perda de nada, e, mesmo se eu soubesse que minha vida terminava com aquele fogo (coisa que então ignorava), bem pouco teria me importado, enfeitiçado que estava com a múltipla fulguração das chamas, com aquele movimento voluptuoso e cambiante que, ao mesmo tempo em que destruía o transitório, fundava uma beleza definitiva. Vale lembrar que, em situações-limite, quando o mais importante parece estar em jogo, a mente se diverte e se fixa em detalhes e reflexões que nada têm a ver com a fatalidade dos acontecimentos. Assim, eu, diante da destruição de minha casa (a destruição de qualquer casa é, no fundo, a destruição de uma esperança, de uma vida, e até de um mundo), diante de um fato tão definitivo para mim e os meus, pus-me a pensar no lado sagrado daquele fogo, na razão que tiveram os antigos ao lhe outorgar categoria divina, e cheguei a imaginar a alegria dos deuses com a oferenda que lhe era feita naquela passagem de ano, de 1958 a 1959, e tive a ingenuidade de acreditar que aquele exorcismo bastaria, que os anos vindouros seriam plenos de paz e bonança. No fundo de tanta retórica, quero dizer: eu estava contente. Quase desejava discursar para os que me rodeavam, dizer-lhes Não se deixem abater, este fogo é apenas o início de uma Nova Era, literalmente fabulosa, onde seremos os Eleitos da Felicidade, o Fogo é a porta que se fecha para que se abram milhares de portas, o sinal de uma Nova Vida Venturosa. Nada disse, por sorte (desde então, tive a sabedoria de sempre reprimir a vontade de discursar, como se já tivesse a obscura consciência da falsidade de todos os discursos, porque os discursos, como os chefes de Estado, são coisa do Demônio). Nada disse e

> "… É sempre perigoso escrever
> do ponto de vista do 'eu'."
> Anthony Trollope

Eu saí correndo. Eu me perdi entre as árvores. Eu passei por onde antes se via a Vênus de Milo, pelos lados onde um dia ficava o Laoconte. Eu entrei na casa do tio Rolo, que estava aberta. Ninguém, nem minha mãe, notou minha fuga. Sandokan nunca mais dormiria sua bebedeira largado naquela cama. Escura, a livraria me recebeu inofensiva. Não acendi a luz. Não fazia a menor falta, nem queria chamar a atenção. A catástrofe em nada alterava a calma daquela porção intocada da Terra. Escutava-se, quando muito, um sussurro como o que o vento produz entre as flecheiras. Nada de inquietante para quem ignorasse que a poucos metros estava ocorrendo um incêndio de proporções colossais. Como um Teseu tarimbado (que até se dá ao luxo de prescindir do fio de Ariadne), corri sem ver, mas vendo de outro modo, para o centro mesmo da livraria, onde aquele tapete ocultava um desnível no chão. Ali estava o alçapão de madeira. Abri-o e, depois de tornar a fechá-lo sobre mim, desci rápido a escada. Por fim chegara a um mundo de absoluta calma. O fogo era uma lembrança. Durante muito tempo desci pelo que parecia um imenso túnel. Por momentos pensava ver uma claridade bem no fundo; quando chegava ao que presumia ser o lugar da possível luz, encontrava idêntica escuridão e outra luminosidade bem mais adiante. Também tinha a impressão de ouvir vozes. Suponho que as ouvisse, só que, num dado momento, percebi que meus próprios pensamentos haviam adquirido sonoridade real e independente da minha vontade. Meus pensamentos se ouviam, encontravam eco no túnel, e por isso resolvi repetir em pensamento os versos daquele livro roubado na tarde em que minha mãe me mandou chamar o Tio, e que de imediato se ouviram, incompreensíveis, mas de uma beleza que os tornava claríssimos:

"Suspiro pelas regiões
onde voam os alciões
sobre o mar…"

E aconteceu como nesses contos de *As mil e uma noites* em que as palavras mágicas abrem portas que pareciam fechadas para sempre, ou permitem que apareça o djim capaz de resolver qualquer situação e cumular-nos de riquezas. Respondeu-me um coro de vozes que repetia frases, algumas conhecidas, outras desconhecidas, e o longo túnel se iluminou e vi que na verdade não se tratava de um túnel, e sim de um lugar lindo, com vidoeiros, e ciprestes, e choupos, e fontes, e mansos regatos (por mais que eu tente fugir do lugar-comum…) e com uma luz especial, quase falsa, que tanto podia ser do entardecer como da aurora, um lugar, enfim, entre Fragonard e Corot, acariciado por uma brisa embalsamada por uma porção de flores esplêndidas, e que, ainda por cima, trazia melodia de alaúde. Não muito avisado tem de ser o leitor para notar a impostura, a mistificação dessa passagem. Devo reconhecer que ao menos três razões me levaram a escrevê-la. Primeiro, sempre desejei estar num lugar assim, essa espécie de Citera à qual, bem ou mal, com mais ou menos paixão, todos aspiramos; suponho que, no meu caso, o ar kitsch do lugar dos meus sonhos se deva à série de pinturas de paisagens que havia na casa de minha avó e que se repetiam quase idênticas em todas as casas que visitávamos em Havana por esses anos; "paisagens impossíveis", diria Lorca, rotundamente idílicas, ainda mais idílicas que essa que acabo de descrever, onde se viam donzéis (em minha memória não há nenhuma donzela) tangendo alaúdes. A segunda razão para mentir de modo tão flagrante foi que, quando me sentei para escrever, minha mente estava bloqueada pela brancura despudorada da virgem página, nada recatada e bem revoltante, para a qual há uma única resposta: escrever, escrever a primeira coisa que venha à mente. (A virgem página deve ser emendada, preenchida de signos, de qualquer signo; ela logo tratará de transformar a mentira possível em revelação.) A terceira razão é para mim a mais convincente: se toda literatura é embuste, que diferença faz acrescentar invenção à invenção? Se, afinal de contas, o leitor sabe que lhe mentem, para que fingir que não lhe mentimos? A questão é que, claro, há mentiras e mentiras. Há a mentira de Victorien Sardou e a mentira de Honoré de Balzac; há a mentira de Pearl S. Buck e a de William Faulkner. Uma questão muito espinhosa, gostaria de superá-la o mais rápido possível. Em última instância, uns e outros tinham o mesmo direito de mentir. E, enquanto abuso da digressão, o que estava acontecendo com o adolescente de onze anos que era eu, depois de descer as escadas do túnel infinitamente escuro e encontrar-se em meio à bucólica cena? É justo esclarecer que, de paisagem madrigalesca, nada. Um *marabuzal*. Um matagal. Chegara, ao que parece, a hora indecisa que precede a noite. Tinha as pernas e os braços sangrando, machucados pelos galhos dos *marabús*. Não se ouvia nenhuma música, nenhuma voz, nada, e o único cheiro possível era o do meu próprio medo. Quando por fim consegui sair do matagal, encontrei-me num deserto rochoso, carente de árvores, em que caía uma noite sem estrelas nem lua. Ao longe, como nas histórias que Helena (minha mãe) lia para mim antes de dormir, entrevia-se uma luzinha vacilante. Corri na direção dela, se não alegre, ao menos bem determinado. Encontrei uma casa grande, em ruínas. Encontrei, também, o obstáculo de um rio bem largo, cheio e turvo, que se interpunha entre mim e a casa. Sentado à beira do rio, passei muito tempo pensando em que caminho seguir. O rio parecia muito perigoso para ser atravessado a nado. Nem preciso dizer que eu nunca tinha visto um rio tão caudaloso. O único que eu conhecia era aquele córrego que passava nos fundos da Ilha, atrás da marcenaria, onde Vido costumava nadar nu. E muito menos se podia pensar em fazer uma balsa, pois não havia um único tronco com que construí-la. Pensei: Quem sabe descansando até o amanhecer, com a dupla luz da mente fresca e do sol, eu consiga achar um jeito de passar para o outro lado. Já ia me deitando nas pedras, quando vi um velhinho a meu lado. Não sei como conseguiu se aproximar sem que eu notasse. O certo é que ali estava ele. Mirrado, quase calvo, olhinhos de rato apagados atrás de uns óculos sem lentes, barba branca de vários anos, roupas esfarrapadas, sujas. Estendeu-me a mão. Você tem uma moeda? Ando sem dinheiro, respondi. Mau, muito mau, o dinheiro é a única força que move a Terra, a Razão Última, o Logos, a *Causa Eficiens*, se você não tem dinheiro, deve ser um cabeça-de-vento. Eu não soube o que replicar. Limitei-me a olhar para a casa e sua luzinha promissora. O velhinho se aproximou muito. Senti o bafo de seu estômago vazio. Você quer ir àquela casa? Logicamente, afirmei. Claro, todos querem: poucos podem, faz anos que venho tentando, e aqui estou. Tirou o velhinho a dentadura postiça e fitou-a um bom tempo com a testa enrugada, como Hamlet na cena em que encontra o crânio do *poor* Yorick. Há um barqueiro, disse ele por fim. Interessado, perguntei E quando vem esse barqueiro? De quando em nunca, não o espere. O senhor já o viu? Faz anos que estou nesta margem e só o vi uma ou duas vezes. E por que não foi com ele então? Recolocou a dentadura, mastigou várias vezes, talvez para testar sua eficácia, e me mostrou um dos apagados olhos de ratinho para que eu visse que era de vidro. Ir até essa casa custa o olho da cara, explicou encolhendo os ombros. Mas, se o senhor não tem um dos olhos, é sinal de que já pagou. Fingindo não ter escutado, o velhinho tirou de não sei onde uma sacola de moedas e pôs-se a contá-las. Depois sacudiu a sacola para que as moedas tilintassem. Ouça, música das esferas, que Mozart, que nada! Olhou-me assustado, abriu a boca para tomar fôlego, ficou vermelho como um tomate e guardou a sacola no lugar de onde a tirara, ou seja, um lugar que eu não posso dizer. Mais calmo, apoiou um braço sobre meus ombros, Vou lhe contar uma história. E, justo nesse instante de extremo perigo, estando eu já à beira do abismo com meus ternos onze anos, surgiu do escuro, da névoa, do nada, um barco, ou melhor, a sombra de um barco com uma sombra humana, ou quase humana, que repetia meu nome aos brados Sebastián, Sebastián, e estendeu uma mão humana, ou quase humana, à qual me aferrei. O velhinho, por sua vez, aferrou-se a mim choroso, gemendo Eu quero ir, eu quero ir. O barqueiro, ou a sombra do barqueiro, empurrou-o com tamanha violência que o velhinho saiu voando pelos ares. O diabo que o carregue, gritou o barqueiro mais forte ainda. A sensação que tive então foi a de me encontrar num barco e ao mesmo tempo não me encontrar num barco, a de cruzar um rio e ao mesmo tempo não o fazer, a de ser levado por um barqueiro que estava a meu lado e não estava. Um pouco para ser gentil e muito para acrescentar a pitada de realidade indispensável àquela situação ilusória, agradeci ao barqueiro e lhe disse que se comportara com autêntica valentia. Não posso dizer que tenha olhado ou sorrido para mim porque eu nada via no rosto fantasmagórico; não posso dizer que me tenha tocado porque, embora o tenha feito, meu corpo nada experimentou. Agora sim experimento um profundo cansaço e,

"Seja a obra horrenda ou gloriosa,
terrível ou divina,
não resta muita escolha.
Apenas aceitá-la tranqüilamente."
Charlotte Brontë

ao olhar pela janela (esta janela, a daqui, a janela "real", a de minha casa) percebo: é um dia lindo, desses, tão raros em Havana, em que a luz não apaga as coisas, muito pelo contrário, e em que o céu é de um azul uniforme, e corre brisa (brisa!) e dá vontade de ir à praia, e passear pela orla deserta, ou passear pelo campo, sob um palmeiral, junto ao riacho murmurante, deitar numa rede pendurada sob mangueiras, ver passar uns *guajiros*[35] (muito jovens) de chapéu, roupas limpíssimas, perneiras, violões, cantando alegres, cantando alegres — sim, por que não? —, cantando alegres. Lá fora o mundo vive, ai!, e se regozija. E o que é que eu faço aqui, tentando escrever uma página que talvez ninguém venha a ler? Por que não me visto e saio à luz para conversar e rir com os outros? Deito na cama, com o corpo dolorido, repito as perguntas em voz alta. O importante é a flechada, não o alvo, digo a mim mesmo. A frase, obviamente, é de Lezama Lima. Penso nele, nesse escritor imenso, gordo, gordíssimo, fechado em sua casa na rua Trocadero 162, em pleno coração da cidade mais pestilenta, horrorosa e barulhenta do planeta, sem poder mover-se mais que da sala de estar à de jantar, apoiado em María Luisa (ainda estando ele vivo, ela se transformou na viúva perfeita), ouvindo por música os palavrões dos vizinhos, confinado entre livros poeirentos, paredes úmidas, sufocado, afundado na poltrona, escrevendo em papeluchos, escrevendo com teimosia, com o passo seguro da mula à beira do abismo. Penso em Virgilio Piñera, banido dos dicionários, das antologias, das resenhas críticas, no pequeno apartamento na esquina da 27 com a N, com aquele asfixiante cheiro adocicado mistura de gás e borra de café, em pé desde as quatro da manhã, martelando, martelando na máquina de escrever os versos de *¿Un pico o una pala?*, sua última

---

[35] *Guajiros, Guajiro*: Camponês cubano.(N.T.)

peça teatral, em verso e prosa (inacabada), levantando de quando em quando para saborear uma colherada de leite condensado, ou escutar mil vezes a *Apassionata* (em música, ou se é Beethoven, ou não se é ninguém), e ler em francês e voz bem alta uma página do *Diário íntimo* dos irmãos Goncourt, das cartas de Madame de Sevigné, das Memórias de Casanova, e de Proust (de novo Proust, Proust sem cansaço no café da manhã, no almoço e no jantar, Proust). Agora me lembro, uma noite ele exclamou para sempre (ele sabia que era para sempre) Entre Marcel Proust e mim existe a distância que você quiser, mas nos iguala a paixão com que nos sentamos a escrever. Então, você quer dizer que a vida foi feita para os outros? Bom, não sejamos trágicos, ó, pobre de mim! As coisas são como são. Sim, porque o escrito *também* é a vida. Não, é mais, muito mais, é o triunfo da ordem sobre o caos, do estruturado sobre o informe, o *fiat lux*, a varinha mágica que transforma em universo o que não tem nem pé nem cabeça, nem sentido, o aditamento indispensável sem o qual. Sem o qual, o quê? Nada, não continuarei repetindo lugares-comuns. Para que se escreve um romance? Silêncio. Insondável. Vasto. Religioso. Magnífico. Eloqüente. Como se compreenderá, não resta outra alternativa senão voltar à mesa, à página despudorada e deslumbrante, à tinta, à pena gasta. Ignoro como saltei em terra. Assim como antes eu me vira de repente vogando na sombra de um barco por um rio proceloso, acompanhado pela sombra quase humana de um barqueiro, assim, com a mesma irrealidade, eu me vi na margem oposta, numa paisagem mais inóspita, se possível, que a do outro lado, mas com a esperança da casa que ali, a poucos passos, prometia abrigo, um cantinho onde dormir (se algo eu desejava era dormir; não há nada mais insuportável que uma vigília prolongada). Caminhei aos tropeços pelo chão rochoso. Tive a impressão de ser acompanhado por umas figuras luminosas, mas, por mais que eu me virasse para olhar, nada vi, nem sequer o rio, muito menos o barqueiro e seu barco. Para ser sincero, devo dizer: às minhas costas não havia nada. E gostaria que essa frase fosse entendida em seu sentido mais direto: nada! Nada de nada. Sei que a palavra "nada" é muito difícil de entender: peço um pequeno esforço: Nada! O que, entre outras coisas prodigiosas, quer dizer que minha única alternativa era seguir em frente. Concentrei-me então na casa e em meu próprio desejo de chegar. A dois ou três metros da porta, estreita e baixa, descobri um senhor bem vestido, de *blacktie* ou algo assim, e rosto meio inglês, meio norte-americano, quer dizer, hierático, e um castiçal na mão direita: a luzinha promissora que se via ao longe! Fez um gesto para que eu parasse. Pronunciou o que interpretei como uma frase mágica, e que soou mais ou menos assim: *The portrait of a Lady*, ou talvez *Princess Casamassima*, não sei. A porta se abriu. Aqui está Sebastián, anunciou num inglês ainda mais hierático que seu rosto. Do interior da casa veio uma voz estranha, amplificada pelo eco, que ordenou em cubaníssimo espanhol OK, Mister James, deixe-o entrar. E me vi numa sala lúgubre em cujo extremo, sentado numa cadeira, balançando-se, iluminado pela diagonal de uma luz que entrava pela janela inexistente, ou que vinha do teto de trepadeiras também inexistentes (a mesma luz dos quadros de Vermeer de Delft), um homem de rosto triste, entediado, cético, irônicos os olhos esverdeados, testa vincada, nariz de corvo, como descrito por Mister Poe, lábios grossos, predispostos à careta de desagrado. Recebeu-me sem sorriso, com um Até que enfim você chegou, seja bem-vindo, a casa é sua, prometo uma viagem mais maravilhosa que a de Nils Holgersson pela Suécia. Se bem que essas últimas palavras eu devo ter sonhado, meus olhos pesavam e não me agüentava de cansaço.

"Devo fazer com que esta obra
seja boa a todo custo,
ou ao menos tão boa
quanto eu puder."
Dostoiévski

Quando acordei (se é que acordei), qual não seria minha surpresa ao me encontrar na Ilha. A Ilha sem fogo nem destruições. O senhor dos irônicos olhos esverdeados e nariz Edgar A. Poe, que me recebera e prometera uma viagem maravilhosa, fumava com calma e classe, olhando-me sem expressão. Você está bem?, perguntou com sua voz singular, fazendo um lânguido gesto com a mão que segurava o cigarro. Sabe quem sou eu? Breve pausa para puxar do cigarro, jogar fumaça para o alto como invocando a divindade, atirar o cigarro com desmaiado gesto para a espessura, arregalar os olhos que brilharam com mais ironia, sorrir, mostrando, claro, uns dentes manchados de nicotina, suspirar duas, três, quatro vezes, tocar o peito, do lado do coração, com mão belíssima, branca, de adolescente. Você está autorizado a me chamar de Sherazade. A luz pareceu tornar-se íntima. De surpresa, o sujeito rejuvenesceu, transformou-se para meu assombro no Ferido, com seu lindo rosto Honthorst, e daí passou a ser uma mulher, uma belíssima mulher. Como o cruel sultão é eterno, exclamou com voz potente e ainda mais misteriosa, Sherazade viu-se obrigada a usar incontáveis pseudônimos ao longo de séculos incontáveis. Virou-se para mim, levantadas as sobrancelhas, no peito a mão linda, coberta de anéis que brilhavam. Seu primitivismo (você é tão jovem) não lhe ocultará que Sherazade foi (é, sou, serei) uma mulher brilhante, que decidiu (decidi, decido, decidirei) contar e contar e tornar a contar para salvar a vida, e percebeu (percebo, perceberei) que con-

TEU É O REINO 383

tar era (é, será) o único modo de sobreviver, percebeu (percebo, perceberei) as propriedades salvadoras que têm (e sempre, sempre terão) as palavras, teve a iluminação de que narrar era (é, continuará sendo) o único modo (o único modo!) de alcançar a eternidade, e falei (continuarei a falar, quer queiram, quer não) durante mil noites e uma — mil noites e uma! — e mais, a vida inteira, como se diz. E, como seu primitivismo não lhe ocultará, ela se salvou, Sherazade se salvou! Estava de pé, entre as flores de Irene, iluminada, envolta em túnica verde, cada vez mais linda, fitando-me com olhos também verdes, subjugadores, que brilhavam tanto quanto anéis e braceletes. E num segundo voltou a ser o homem com cara Mister Poe. Com a mão direita, pôs-se a acariciar a palma da mão esquerda. Tinha uma ruga entre as sobrancelhas quando voltou a falar: Depois, com o tempo, ao longo de séculos e mais séculos, como um personagem famoso de Mistress Woolf, Sherazade foi trocando de corpo, de sexo, de nome, foi conhecida como Herman Broch, Alberto Moravia, Truman Capote, Azorín, Chordelos de Laclos, Alice B. Toklas (desculpe, queria dizer Miss Stein), Jean Genet, Vargas Llosa, Cervantes, José Soler Puig, Mademoiselle Yourcenar, Chaucer, Tibor Déry, Nélida Piñón, Lawrence Sterne, Miss Austen, Leon Tolstói, Carlos (Loveira, Fuentes, Montenegro, Victoria, Baudelaire e Dickens — se bem que esses dois últimos são na verdade Charles), Enrique Labrador Ruiz, Clarín, Homero, E.M. Forster, Ryunosuke Akutawaga, Albert Camus, Tomás de Carrasquilla, Katherine Anne Porter, Bioy Casares, Mongo Beti, Thomas Mann, José Saramago, Cirilo Villaverde, Henry Fielding e *tutti quanti*, não citarei todos atento àquilo de *ars longa, vita brevis*, como você há de compreender, nossa vida não bastaria, e eu, seu nada humilde servidor, sou apenas mais uma das prodigiosas encarnações dessa mulher superior, e por isso digo: autorizo você a me chamar por meu nome oculto e verdadeiro, Sherazade, mas, se preferir, pode também me chamar de Mestre, apelativo mais natural, rápido, familiar, e que, no final das contas, significa a mesma coisa. O Mestre deixou crescer outro longo e sagrado silêncio. Cada vez mais íntima, nele se concentrava a luz que descia oblíqua do teto de folhagens. Senti que eu tinha desaparecido. Ou pelo menos foi o que pensei. Só ele existia. Cada um de seus gestos adquiria valor especial. Tirou vários papéis do bolso da desbotada camisa, desdobrou alguns, aproximou-os dos olhos. E o ouvi ler:

> "A tarefa do poeta e do romancista
> é mostrar a vileza que se encontra
> sob as coisas grandes,
> e a grandeza que se encontra
> sob as coisas vis."
> Thomas Hardy

eu o ouvi ler, sem ênfase, cansado o acento e ao mesmo tempo com extraordinária vivacidade: "A maldita circunstância da água por toda a parte me obriga a sentar à mesa do café. Se eu não pensasse que a água me cerca como um câncer, poderia ter dormido a sono solto. Enquanto os rapazes se livravam de suas roupas para nadar, doze pessoas morriam esmagadas num quarto...". E era o poder de ir entrando na Ilha quase que pela primeira vez, sentir a compressão do mar, o confinamento que toda ilha provoca, a possibilidade de reconhecê-la, de descobrir seus mistérios, de assistir à chegada do dia, a luz que faz invisível e apaga as cores, à neblina da luz, "todo um povo pode morrer de luz como morrer de peste", a autoridade do sol, que exige a rede de dormir e vira para cima as inúteis palmas das mãos, e ver como não há tigres passando, deixar que só a sombra de sua descrição altere, por um momento, o domínio da luz, assistir depois ao arcano da

TEU É O REINO 385

noite antilhana, ao poder do perfume (feito de tantas frutas, de tantos perfumes), porque "o perfume do abacaxi pode deter um pássaro", e o doce perfume de uma manga no rio, fluente, é claro, permite atingir a revelação, e confessar as chaves de um descrente misticismo, ver como se sacrifica um galo para conseguir a proximidade de outro corpo, conseguir a entrega de outro corpo, mostrar como se entregam ao prazer dois ou mais corpos no bananal, amparados pela Musa Paradisíaca (como viver sem tal satisfação nesta Ilha!?), ao mesmo tempo em que a graviola é varada pelo punhal, como qualquer coração, e descobrir não apenas o deleite, o ensalmo do amor em pêlo, sob o céu livre, glorioso (terrível), branco de estrelas, mas também o outro feitiço da dança (acaba sendo a mesma coisa), e desejar viver, morrer, nesse nada jubiloso, onde não se pode definir, nem ordenar, nem relatar, onde só se pode sentir, o paraíso onde a razão é abolida, sim, "uivando no mar, devorando frutas, sacrificando animais, sempre mais embaixo, até saber o peso de sua ilha; o peso de uma ilha no amor de um povo". Sacralizadas, as palavras (que não foram, como o leitor há de imaginar, essas que acabo de escrever) tiveram o poder de tornar-me intangível. O silêncio me devolveu, dolorosamente, à materialidade. Eu soube, por outro lado, que não qualquer palavra chegaria a ter essa força, que não qualquer palavra *era (não podia chegar a ser)* A Palavra. Portanto, permaneci mergulhado em meu silêncio como um ser infernal a quem, para maior castigo, é concedida num instante brevíssimo a possibilidade de contemplar o Paraíso.

> "PERIGO: Circunstância de existir
> possibilidade, ameaça ou risco
> de ocorrer uma desgraça
> ou um contratempo."
> María Moliner

O Mestre me chamou com um gesto e pôs-se a caminhar. Levantei e segui seu passo cauteloso, fui atrás dele por entre árvores, as árvores do jardim extenso, intenso, e chegamos a seus confins, onde uma grade alta, antiga, enferrujada, elegante, adornada em demasia, assinalava o limite com o mundo. O Mestre apontou para a escuridão intimidadora do outro lado. Você sabe o que há além dessa grade?, perguntou. Neguei com a cabeça, mas pensando Não, Mestre, como é que eu vou saber, se nem sei onde estou, nem sequer quem sou? Juntou as mãos, ergueu-as como dispondo-se a elevar uma prece. Nada disse. Quando as separou, delas saiu voando uma pomba. Digo "pomba" para dar um nome conhecido àquele belíssimo pássaro branco que, ao escapar de suas mãos, deu algumas voltas sobre nossas cabeças antes de transpor a grade e passar alegremente para o outro lado da Ilha. Ouviu-se um disparo. A pomba, o pássaro, parou no ar, abertas as asas (imagem da perplexidade), e caiu para não sei onde, para não sei que precipício sem fundo. Silêncio imponente. O Mestre virou-se para mim. Entendeu? Você sabe agora o que há do outro lado? Perigo, perigo extremo, significa dizer Estamos cercados, vamos margeando o perigo. Vale lembrar: eu era quase uma criança, deve-se, portanto, entender bem, em toda sua ingenuidade, a pergunta Não há nada a fazer?, que o Mestre recebeu com um sorriso condescendente. Também o perigo tem sua graça, disse, existem perigos deliciosos, há muito a fazer contra o perigo, e seguiu caminho para lugares mais intrincados da Ilha. Mestre, dá medo, muito medo, a palavra "perigo". Medo?

> "O que tenho com isso, eu,
> que fabrico esta história?"
> Jean Genet

Como o avisado leitor poderá deduzir, devo abandonar o relato, por dois minutos que sejam, para tomar uma xícara de café, ir até o terraço, ver a vida passar, ou pelo menos isso que temos como tal, a vida, a vida, porque...

TENHO MEDO!

(medo de quê?, vamos, coragem, acabe de dizê-lo)

NÃO!

... necessito recuperar forças, respirar fundo, ver como o dia é mais um dia (nenhum dia é mais um dia!), tentar inutilmente esquecer o medo, o perigo. Enquanto isso, o Mestre e eu vamos penetrando na Ilha, o espetáculo da rua é pavoroso: faz uma semana que o lixeiro não passa, montes de sacos de lixo crescem sem parar nas esquinas, neles cresce também o número de moscas e é mefítica a inútil brisa que corre. Ameaçador e feroz como um animal, o sol se apodera da rua. Uma multidão, homens e mulheres de bicicleta, suarentos, chorosos, tristes, cansados, aborrecidos, enche a rua brilhante, também feroz, também ameaçadora. Outros se sentam na calçada, inexpressivos, para esperar não sabem o quê, não há o que esperar, nem sequer se sentam para matar o tempo, não há tempo, o tempo não existe, o tempo não é nenhuma criança jogando dados, não há crianças, não há dados, o tempo nesta rua, nesta cidade, é um rodamoinho de poeira com duas flechas, nascimento e morte. E, por falar em crianças, vem uma e me aponta uma espingarda de brinquedo. Pá, matei você! De fato, me mata. Sim, morto. Pela quinta, oitava vez, acabam de me matar. Morto e aterrorizado (o pior modo de morrer), fecho a porta. E

388 *Abilio Estévez*

agora, morto, que é que eu faço? Seguir em frente, Mestre, seguir com o senhor pelo jardim (agora jardim deste livro) significa dizer: era um jardim morredouro, foi fixado na palavra, único modo de eternidade, sim, Mestre, seguir com o senhor para descobrir onde vamos parar. Muito bem, vá me acompanhando, ordenou ele, olhou-me com malícia e continuou dizendo Quanto à morte, nada de preocupações, ou pelo menos nada de autocomiseração (odeio as pessoas que se julgam desgraçadas), eu sou um fantasma

> "Que é um fantasma?
> — perguntou Stephan Dedalus.
> — Alguém que se desfez
> em impalpabilidade por morte,
> por ausência
> ou por mudança de hábitos."
> James Joyce

mas não faço drama, todos somos ou fomos fantasmas, todos estamos sofrendo ou já sofremos nesta vida (e enfatizo "esta" porque a outra…), o sofrimento não é uma exclusividade sua, a literatura cubana se caracterizou por isso, como você sabe. (Você acha mesmo que nascer aqui é uma festa inominável?) Siga-me, você vai ver, eu prometi uma viagem maravilhosa e tenho — temos! — que cumprir a promessa, continuemos caminhando por entre tantas e tantas árvores, você começará a perder a noção de espaço, não se sentirá no jardim nem em lugar algum, a noite está se transformando num acontecimento palpável, num muro que se pode tocar apenas estendendo as mãos, estenda, vamos, estenda as mãos, toque a noite, não tenha medo, olhe que essas oportunidades são únicas, agora empurre a portinha, abaixe-se para entrar, não vá uma pancada fazer você perder os sentidos, que devem estar bem alertas, pronto, aqui temos o castiçal, a luz será suficiente?, sim, a luz sempre será suficiente, mesmo que este, infelizmente, não seja o Século das Luzes, mas antes seu contrário. Acabávamos de chegar a um lugar imenso, cheio de sombras. Ciente do valor que se dá à verdade na literatura, gostaria de jurar ao leitor que sou verdadeiro, que narro a exata impressão que me causou tudo aquilo que então experimentei, que estou procurando ser realista (sim, realista), ao máximo, sem exagero, nem por um momento me passou pela cabeça distorcer os fatos que vivi e que hoje, graças ao furor das palavras, revivo com maior intensidade. Tudo o que narro é autobiográfico. Nenhuma semelhança com pessoas ou fatos reais é fortuita. Sombras, sombras. Incorpóreas. Ou nem sequer formas, rastros que se levantavam imateriais. Erravam. Mexiam-se como protozoários. Levantou o castiçal. Uma daquelas sombras se transformou num senhor austero, de severíssimo terno preto, sentado a uma mesa, em cadeira austríaca, em frente a um copo de água e a um caderno aberto cujas folhas estavam escritas à mão, com letra miúda, apertada, aí está ele, o príncipe de Lampedusa, pobre homem, mesmo morto continua a acreditar que ninguém quer publicar seu livro, mesmo morto ignora que seu romance foi traduzido a todas as línguas, não sabe (não pode saber; provavelmente nem lhe interessaria saber) que é um gênio, tentou aproximar mais um pouco a pobre luz que levava nas mãos, a sombra voltou à impalpabilidade no exato instante em que outra começava a se corporificar, agora pude ver um homem barbado, rosto abatido, olhos de delírio, deitado numa cama, não toquei sua testa suada, soube que ardia, pronunciava um nome que eu não entendi, José Asunción!, chamou Sherazade, e o homem levantou levemente a cabeça, pareceu sorrir, olhava para nós, e tirou uma mão de baixo da manta e, com movimentos cerimoniosos, levou ao peito, à camisa de dormir onde tinha desenhado um coração, o canhão da pistola, eu gritei, ou tentei gritar Não, não faça isso! (como se tivesse lido meu pensamento, o Mestre fez um gesto para impedir que eu gritasse), seguiu-se um disparo, tive a impressão de ver que de seu peito escapava, violento, o coração, mas isso, claro, eu não posso garantir, pode ter sido a mórbida, a diabólica, a malévola, a tortuosa imaginação, e a sombra voltou a ser sombra, e ele, o Mestre, voltou a levantar o castiçal, um jovem de olhos escuros e olhar que pouco antes devia ter sido de susto (nesse minuto já não era, olhar sereno de quem tudo compreendeu em súbita descoberta); levavam o jovem frente ao pelotão de fuzilamento, *Eu sei que meu perfil será tranqüilo* (era a voz de Sherazade), e os disparos o faziam cair, e ele, Federico, caiu com os grandes olhos serenos que já haviam alcançado a revelação, punha-se heroicamente de pé, o Mestre afastou o castiçal, não queira ver isso, disse, mais olhos sábios agora, então outra sombra, corporificada pela luz, se aproximou, veio a mim, um homem velho — um homem velho? —, talvez mais velho do que aparentava. E é anormal? Quem é o anormal, baboso, chorão, acorcundado, quase nu, fedendo a urina fermentada, mendigo, que não pode nem com a própria alma? Você o conhece? Não o conhece? Olhe bem, vou aproximar a luz, ele também se chama Frederico, ou o equivalente em sua língua materna, Nietzsche, você deveria conhecê-lo, sua mente chegou tão longe…, não, minto, não é ele, mas Oscar Wilde, cumprindo pena por suposta imoralidade, e agora, atenção, você está diante de Gérard de Nerval, sim, disposto a se enforcar com o cinto na Vieille Lanterne, cantando Não me espere esta tarde porque a noite será negra e branca… (era a voz de Sherazade), não, também não é ele, é Attila Jozsef se jogando sob o trem, e você tem de saber: esse homem que observa o desabrochar da flor mais mínima, e fica pensando, pensando, pensando, com cara de dor, porque a flor, tão pequena a flor que desabrocha, desperta nele pensamentos demasiado profundos que o atormentam, esse homem é Wordsworth, mas, se você o vir pendurado de uma corda num quarto de hotel, será Esenin, e, se agora ele fugir, não será Wordsworth nem Esenin, mas Rousseau, Jean-Jacques, o andarilho solitário, nos últimos anos acabou paranóico como Strindberg, e é ele, Strindberg escrevendo em Paris *A defesa de um louco*, e, se você o vir transformar-se em mulher, terá Alfonsina, que decidiu acabar no fundo do mar, Virginia decidiu acabar no fundo do rio, Hart Crane também optou pelo mar (ah! *La mer, la mer toujours recomencée...*), ou este, olhe, loiro e escuro, lindo, Dylan Thomas bebendo dezoito uísques seguidos que o levarão da loucura sóbria à loucura ébria e desta à morte, e, por falar em loucura ébria, olhe lá, Ricardo Reis, Álvaro de Campos, esse homem múltiplo que é mais fácil chamar Fernando Pessoa, e, por falar em loucura, você poderá ver Hölderlin junto ao Neckar, e, se o vir abrindo o próprio ventre, Mishima, e, se o vir sem olhos, Homero, Milton, Borges, todos ao mesmo tempo, e, se o que ele estiver abrindo forem as próprias veias, chame Petrônio! e você verá se erguerem, elegantes, os olhos do árbitro da elegância, e, aquele que definha na prisão e vai encolhendo, chame-o Miguel Hernández!, lembre-lhe Tanto sofrer para morrer um dia (o tom inconfundível da voz de Sherazade), e aquela freira que agora minha luz faz visível numa cela é sóror Juana Inés de la Cruz, e, se for um homem bonito e alto que também atira contra si mesmo (ouviu o disparo?), deverá tratar-se de Maiakovski, Bulgalov, Cesare Pavese, Bruno Shulz, que não se suicidou, mas foi devolvido às lojas cor de canela, ou seja, assassinado numa tarde pavorosa por um SS grandioso, belíssimo, com a aparência que costumam ter as almas endemoninhadas, e agora minha luz faz visível a decapitação de Thomas Morus, e agora minha luz faz visível don Miguel de Unamuno, malvivendo (ou malmorrendo) com seu sentimento trágico da vida, e Camus, que já sabe (embora não o entenda:

392 *Abilio Estévez*

é absurdo) que sofreu o acidente definitivo, e agora minha luz faz visível Alejandra Pizarnik, José María Argedas, e a pobre mulher à janela é Emily de Amherst, e, se você vir ao longe as duas sombras que fazem amor e se atacam (vem a ser o mesmo, não acha?), amam e brigam, disparam e amam, Rimbaud e Verlaine, e agora minha luz faz visível Isidore Ducasse, conde de Lautréamont, e o garoto ingênuo que já pensa em escrever romances, o garoto (*I weep for Adonais — he is dead!*) em quem cravaram milhares de dardos e outros milhares de dardos o esperam ao longo do caminho, esse garoto fantasmagórico, morto, vivo e morto, é você, Sebastián, e só o revelo porque

> "A vida não deve ser um romance
> que nos foi legado,
> e sim um romance que fazemos."
> Novalis

é meu dever, de Mestre, de escritor, de homem com um alto conceito moral, não, entenda, não resta outro remédio, não posso dizer mentiras, no máximo, a mentira que leva à verdade, porque eu, você, ele, nós, os que escrevemos, somos, como Cocteau, os mentirosos que revelamos sempre uma verdade, e pronto, acabou, por hoje chega, apago a vela e saímos do Hades. Apagou a vela, saímos do Hades. Como por obra de magia, estávamos de novo no jardim…

E o tempo passou. Sim,

… O TEMPO PASSOU

Ao chegar a este ponto, não posso deixar de reconhecer: o romancista deve escolher, selecionar (bela palavra: seleção) um número limitado de detalhes dentre a enorme abundância que a vida oferece, pela simples razão de que, como dizia Maupassant (não estava tão louco como nos fizeram crer), "contar tudo seria impossível, pois se precisaria um volume por jornada para enumerar os múltiplos incidentes que preenchem nossa vida". Há muito os romancistas desistiram da pretensão de escrever tudo, como teria desejado Rétif de La Bretonne e aqueles soberbos demiurgos chamados Balzac e Tolstói. Mais humilde, agora o infeliz romancista deve lançar mão de todos os artifícios a seu alcance para que o leitor não se dê conta de sua impotência para dizer tudo: síncopes, acelerações, resumos, saltos bruscos. O tempo foi uma preocupação tão constante entre os romancistas que, de um tema a mais, ou de uma condição para a realização, passou a ser, por momentos, o herói da história, como em *Tristam Shandy*, ou O Tema, como demonstraram Mann, Woolf e o maior de todos, Proust. Como o leitor bem sabe, existem três tempos possíveis: o da aventura, o da escritura e o da leitura. O tempo da aventura... Meu Deus, não! Com a quantidade de coisas por narrar, com a quantidade de homens e mulheres tristíssimos, abatidos, mesquinhos, pusilânimes, relapsos, solenes, insidiosos, pálidos, sepulcrais, aborrecidos, enormemente ingênuos e leves, discretamente malvados (vigias de cemitério chamou-os Sartre), que não podem (nem sequer sabem) fazer outra coisa além de crítica literária, por que vou desperdiçar meu tempo com uma digressão sobre o tempo? A melhor coisa a fazer, portanto, é voltar ao instante assombroso em que fui capaz de escrever com a maior inocência

e o tempo passou.

Verdade, muitas noites transcorreram com Sherazade naquele jardim. Na assim chamada realidade (na equívoca, na indecifrável, na ambígua realidade, cujo verdadeiro nome deveria ser "fantasia"), estávamos ele e eu sozinhos. Mas agora devo ater-me à inequívoca, à poderosa fantasia, cujo verdadeiro nome deveria ser "realidade". A cada noite Sherazade fazia aparecer um personagem diferente. Assim, fez aparecer minha mãe, Irene, Lucio, tio Rolo, o professor Kingston, Merengue…, e ia recontando a história de cada um a seu modo, como ele teria gostado. Olhe para eles!, ordenou-me uma noite. Para quem? Para quem poderia ser? Para eles. E todos os personagens da Ilha reapareceram sentados nas cadeiras da galeria, numa tarde de outubro, fresca e luminosa, tomando café, conversando… Você sabe quem são? Olhei para o Mestre cheio de surpresa, único modo de olhar em casos como esse. Sim, Mestre, eu sei, respondi com timidez. Replicou: Não vá cometer a vulgaridade de explicar que são Marta, Casta Diva, Chavito, Mercedes…, esse pormenor não é novidade para ninguém, nem tem maior importância, estou falando de outra coisa. Voltei a olhá-los, voltei a constatar que continuavam com a exata expressão de contentamento no ócio da tarde. Sherazade, o Mestre, se levantara, não se agüentando de ansiedade, e caminhava de um lado para o outro, sempre acompanhado pela luz que descia oblíqua do teto. E neste instante devo reconhecer que o espanto foi meu ao descobrir um fato milagroso, ao constatar que ele voltara a ser o Ferido e que tinha nas mãos nada menos que aquele caderno com que se sentava a escrever na cadeira de Irene. De onde tirou esse caderno, Mestre? Odeio as perguntas idiotas, devolveu, e em seguida, fuzilando-me com olhos que não eram esverdeados e sim vermelhos, disse Olhe bem para eles. O que estão fazendo aqui? O que os trouxe? (*Olhar de compaixão, suspiro.*) Agora preste atenção, você vai ter um sinal, vou escrever no caderno enquanto você os observa. Os personagens começaram a mudar, na cor dos cabelos, dos olhos, trocaram de nariz, boca, mãos, corpos, roupas, expressões e gestos, eram outros, e tampouco outros, nem aqueles outros, mas outros, outros mais, mutáveis, e responderam a tantos nomes, René, Sofía, Foción, Alma, Felipe, Bárbara, Esteban, Ramón, Estrella, Gregório, Maité, Pascacio, Oppiano, Luz Marina... Foram tantos, em tão breve tempo, que agora não sou capaz de dar um testemunho exato das mudanças. Houve um momento, até, em que se transformaram em cópias exatas de mim mesmo. Eu me vi multiplicado, cinco, seis, sete vezes repetido, como se a realidade se tivesse coberto de espelhos. Levantei a mão direita, e várias mãos se ergueram. Espantei-me, e se espantaram. Cantei, e cantaram. Ri, e riram. Chorei, e choraram. Sabe o que é?, gritou o Mestre com a voz exultante própria de quem revela a chave da grande descoberta, são personagens!...?

> "... Tampouco pinto retratos.
> Não é meu estilo.
> Invento. O público, que não sabe em que consiste inventar, procura originais
> em toda parte."
> Georges Sand

Quer dizer que não existem? Olhe as coisas que você pensa! Muito pelo contrário, meu filho, eles existem mais do que nós (*pausa breve, outro suspiro, olhar de compaixão, inexplicável música de fundo, outro suspiro, muitos suspiros*), mas em parte eles são como nós, sim, guardamos algumas semelhanças porque eles foram feitos com uma estranha alquimia, Sebastián, com todas as carnes e sangues, com todos os ossos e artérias, com músculos e nervos, com as angústias, alegrias e incertezas, as nostalgias e impiedades, as grandezas e misérias, eles têm, como nós, de Deus e do demônio, e de todos os mistérios; não, na verdade não são, não somos, como você: possuímos brilho de eternidade! Sherazade lançou-me um profundo olhar, irônico, cúmplice, e girou em torno de mim com agilidade surpreendente. Numa das voltas perdeu suas roupas baratas e apareceu vestido de capa, bengala e cartola. Eu mesmo, quem sou? Seu personagem! Se formos honestos, admitiremos que estou sendo construído com suas entranhas, e também com as entranhas desse grande escritor, Virgilio Piñera, que você tanto amou e a quem tanto deve e deverá para sempre, o escritor maldito, bendito para você (ah, você tinha que achar um jeito de se unir a ele!), e também estou sendo construído com muitas outras entranhas, claro, o personagem é feito com corpos e almas de tantos cadáveres saqueados pelo caminho. Continuou rodando, girando a bengala, tirando, colocando o chapéu, agitando a capa. Os outros personagens perderam corporeidade. Restaram seus contornos, tornaram-se transparentes, desapareceram. Não só eles. Com a passagem do Mestre, a realidade se desfez como o cenário estragado de uma peça em fim de temporada. Sherazade e eu, sós. O resto, nada. Como algumas páginas atrás, *nada de nada*. Absolutamente nada, querido leitor. Volto a escrever: "Sei que a palavra 'nada' é muito difícil de entender". Torno a escrever: "Gostaria que essa palavra fosse entendida em seu sentido mais direto: nada!". Nesta ocasião que narro, encontrei-me sozinho com Sherazade em meio ao nada. Nesta ocasião não tinha nem sequer um caminho à minha frente. Ela/ele me estendeu o caderno e exclamou entre risos A terra não tem forma: é preciso que alguém a dê, Sebastián, a terra é um mar profundo coberto de escuridão, seu espírito e o meu (que vêm a ser o mesmo) pairam sobre as águas, não acha que é necessário fazer a luz?

Abri o caderno.

Escrevi

luz

e as três letras, de aparência inocente, fizeram com que o nada se enchesse de um brilho magnífico, dourado, e constatei que há uma abissal diferença entre o nada escuro e o nada iluminado (o dia e a noite em meio ao nada). E Sherazade, que ao se iluminar adquirira expressão de beatitude, perguntou com a melhor de suas vozes Você não acha, Sebastián, que deveria existir uma abóbada separando as águas?

Escrevi, evidentemente,

abóbada

e uma abóbada dividiu o nada, e logo se transformou no céu que, como por obra de magia, se fez azul. E, sem que ninguém me ordenasse,

escrevi

terra

e nossos corpos deixaram de levitar, nossos pés afinal pousaram em algo firme,

como se poderá deduzir, continuei,

escrevendo palavras, palavras, palavras,

palavras, palavras, palavras,

palavras, palavras,

palavras

vento

água

montanhas

casas

rios

árvores

e para cada palavra uma coisa se acrescentou à realidade. O mundo se conformou e ordenou como eu queria ou desejava. O Ferido e eu passeamos por aquela invenção com alegria que não conseguíamos conter. Sei, ou acredito saber, que chegamos a um lago. Devemos ter sentado a sua beira (os lagos existem para que nos sentemos à sua beira). Com gesto carregado de intenção, ele ordenou Incline-se, olhe-se nas águas azuis que, como acabaram de ser criadas e como por ora somos os únicos humanos, ainda não estão poluídas. Ali, nas águas, não vi refletida minha imagem, mas a dele, vi o Ferido que Tingo e eu encontramos, naquela noite de fins de outubro, na marcenaria do finado pai de Vido. E a imagem das águas, titubeante e quase efêmera, permitiu-me entender, numa iluminação, o que ele fazia com o caderno e, o mais importante, permitiu-me entender quem era eu. Mestre, disse, quero contar a história da minha infância, a história daquela Ilha onde eu nasci, no Marianao, nos arredores de Havana, ao lado do quartel de Columbia, narrar a história daqueles que me acompanharam e me fizeram desventurado ou feliz, voltar aos meses finais de 1958 em que, sem saber, estávamos perto de uma mudança definitiva em nossas vidas, daquele ciclone que abriria portas e janelas, e destruiria telhados, e derrubaria paredes, ignorávamos então o poder da História na existência do homem comum, Mestre, ignorávamos que éramos fichas no tabuleiro de um jogo incompreensível, não pudemos nos dar conta de que a fuga do tirano com a família para a República Dominicana, a entrada em Havana dos Rebeldes vitoriosos (que tomamos por enviados do Senhor), transformaria a tal ponto nossas vidas, como se tivéssemos morrido na noite de 31 de dezembro de 1958, para nascer em 1º de janeiro de 1959 com nome, corpo e alma totalmente transfigurados (ainda que isso, eu sei, não caiba no romance: deverá ser narrado em outros livros). O Mestre, ao que parece, não escutou. Permaneceu sorridente, imóvel. Os olhos adquiriram um brilho especial. Rejuvenesceu. Seu corpo começou a emanar um clarão intenso, que me cegou. Só então ele reagiu. Escreva, não perca tempo, escreva!, gritou enquanto girava, e notei, e agora notarão vocês, distintos e possíveis leitores (no gesto seguro que acompanhou a exclamação, no brilho dos olhos esverdeados e no sorriso tão seguro quanto o gesto), que ele (ou ela) tinha plena consciência do valor que devia transmitir à frase. Continuou girando até se desfazer em fumaça, em poeira brilhante que subiu para depois precipitar-se sobre a terra sob a forma de chuva generosa. Entendi, entendo: restava e resta um único caminho. Volto, portanto, a abrir o caderno. Escrevo: "Contaram e contam tantas coisas sobre a Ilha que, se a gente for acreditar nelas, acaba enlouquecendo...".

"Não é a vitória o que eu queria,
mas a luta."
Strindberg

e se levantam, junto com as mangueiras, os abricoteiros e graviolas, choupos, salgueiros, ciprestes, e até o esplêndido sândalo-vermelho do Ceilão, cresce uma vegetação intrincada, samambaias e flores, vêem-se estátuas, o Discóbolo, a Diana, o Hermes, a Vênus de Milo, o busto de Greta Garbo, o Laoconte com seus filhos, o Apolo do Belvedere junto ao tapume do vestíbulo, a fonte no centro mostra o Menino com o ganso nos braços, aí estão as casas, o grande portão gradeado que dá para a rua de La Línea, o Aquém separando-se do Além. Volto a uma noite de fins de outubro. Diante de mim, Mercedes com sua solidão, Marta com seus sonhos, Lucio e sua confusão, o tio Rolo na livraria, a senhorita Berta que nos dava aula sonhando com Deus, Tingo chorando de ignorância, Merengue limpando o carrinho de doces enquanto pensava em Chavito desaparecido, Casta Diva e Chacho, Helena, Vido, Melissa, a Condessa Descalça, o professor Kingston, dona Juana que dorme... Posso vê-los: esperam. Estão prontos, eu sei, para ganhar vida e repetir, transformado, o breve mas vigoroso intervalo que irá de uma noite de fins de outubro (ameaça chuva, sentem a presença desconhecida na Ilha) até a data histórica de 31 de dezembro de 1958 em que ocorreu o incêndio devastador. Todos se animam. À medida que escrevo, se animam. Vivem os olhos, soam as vozes. Ouvem-se passos, sussurros. Abrem-se e fecham-se portas, janelas. Anoitece. Amanhece. Os sapos coaxam. Voa uma coruja. A brisa balança a copa das árvores. Desperta o cheiro intenso dos pinheiros e das casuarinas. Também a terra tem um cheiro especial, como se chovesse. É o reino, meu reino, animado outra vez. A Ilha da minha infância de novo diante de mim. E aqueles que a povoaram. Seus estados de espírito, vitórias e fracassos. O destino deles dependerá de mim, deste caderno. É hora de escrever: escrevo. No momento, ocupo o lugar de Deus. E, como agora sou eu quem cria, as coisas, claro, não serão, não acabam de ser, como um dia foram. Retifico. Escolho. Recomponho. Caminho pelo quarto, olho para a rua onde a vida se revela alucinação. Também eu sou uma alucinação. Não me engano. Não tenho valor material. Quando saio para a rua, ninguém repara em mim. Não existo. Logo, quem sou quando não estou defronte ao papel reluzente? Para sentir que vivo, volto à escritura. De modo irremediável, volto ao papel. Bastarão as palavras. Aliadas, confabuladas, poderosas. E não é justo e até necessário que

TEU É O REINO *401*

no princípio tenha sido o Verbo, que a complexidade do mundo tenha começado por uma simples palavra?

Havana, 1996

ESTE LIVRO, DESENHADO PELA INC. DESIGN
EDITORIAL NA FONTE FAIRFIELD E PAGINADO
PELO BUREAU SPRESS, FOI IMPRESSO EM
PÓLEN SOFT 80G COM FOTOLITOS DO
BUREAU SPRESS NA IMPRENSA DA FÉ.
SÃO PAULO, BRASIL, NO OUTONO DE 2002.